Buch

Ein uralter Menschheitstraum hat sich erfüllt – die ganze Welt ist eine große, glückliche Familie. Es gibt keine nationalen, rassischen oder sozialen Schranken mehr. Ein Supercomputer lenkt das Leben jedes einzelnen. Haß, Mißgunst, Angst, Armut, Hunger und Krieg sind endgültig von der Erde verschwunden. Es gibt keine individuellen Wünsche, kein individuelles Denken und Entscheiden mehr. Alle Menschen sind schön und sprechen dieselbe Sprache.
Trotzdem versuchen einige ›Revolutionäre‹ immer wieder den Ausbruch aus dieser ›besten aller Welten‹. Und einem von ihnen gelingt es. Nach und nach reift in ihm ein unglaublicher Plan – den Supercomputer, der das Leben aller Menschen steuert, ein für allemal zu zerstören.

Autor

Ira Levin, geboren 1929, ist der Großmeister der amerikanischen Spannungsliteratur. Seine Weltbestseller *Der Kuß vor dem Tode*, *Rosemarys Baby*, *Die Frauen von Stepford* und *Die Boys aus Brasilien* wurden allesamt verfilmt, und mit *Sliver* gelang es dem zweifachen Edgar-Allan-Poe-Preisträger, nach vierzehn Jahren an die alten Erfolge anzuknüpfen. *Die sanften Ungeheuer*, chronologisch Levins drittes Werk, stellt im Gewand eines erstklassigen Spannungsromans eine der Grundfragen unserer Existenz: Was ist schrecklicher – menschliche Unmenschlichkeit oder unmenschliche Menschlichkeit?

Ira Levin im Goldmann Verlag

Der Kuß vor dem Tode. Roman (41264)
Die Boys aus Brasilien. Roman (41410)
Sliver. Roman. (Goldmann Hardcover 30434)

IRA LEVIN
Die sanften Ungeheuer

ROMAN

Aus dem Amerikanischen
von Hans Fahrbach

GOLDMANN VERLAG

Titel der amerikanischen Originalausgabe:
»This Perfect Day«

Umwelthinweis:
Alle bedruckten Materialien dieses Taschenbuches
sind chlorfrei und umweltfreundlich.
Das Papier enthält bereits Recycling-Anteile.

Der Goldmann Verlag
ist ein Unternehmen der Verlagsgruppe Bertelsmann

Made in Germany · 2/93 · 1. Auflage
Genehmigte Taschenbuchausgabe
Copyright © der Originalausgabe 1970 by Ira Levin
Copyright © der Übersetzung 1972 Hoffmann und Campe Verlag,
Hamburg
Umschlaggestaltung: Design Team München
Umschlagfoto: Design Team München
Druck: Elsnerdruck, Berlin
Verlagsnummer: 41459
Lektorat: SN
Herstellung: Stefan Hansen
ISBN 3-442-41459-8

Erster Teil: Jugend

I

Je weiter man zum Stadtinneren vordrang, desto höher wurden die ringförmig angeordneten, kahlen, weißen Betongebäude, aber mitten zwischen ihnen war noch Raum für einen großen Spielplatz mit rosarotem Boden. Ungefähr zweihundert Kinder spielten oder turnten dort unter der Obhut von zwölf Aufseherinnen in weißen Overalls. Die meisten der sonnengebräunten, schwarzhaarigen Kinder krochen durch rote und gelbe Tonnen, schaukelten oder machten Gruppengymnastik; in einer schattigen Ecke aber, wo ein Himmel-und-Hölle-Spiel auf den Boden gezeichnet war, standen fünf ganz still in einem engen Kreis beisammen. Vier hörten zu, und einer sprach:

»Sie fangen Tiere und essen sie und tragen ihre Häute als Kleider«, erzählte der etwa achtjährige Junge. »Und sie tun noch etwas – ›kämpfen‹ sagen sie dazu. Das heißt, sie verletzen einander absichtlich, mit den Händen oder mit Steinen und allen möglichen Gegenständen. Sie lieben und helfen einander überhaupt nicht.«

Die anderen hörten dem Jungen mit offenem Mund zu. Ein Mädchen, das jünger war als er, sagte: »Aber man *kann* sein Armband nicht abnehmen. Es ist unmöglich.« Sie zerrte mit einem Finger an ihrem eigenen Armband, um zu zeigen, wie stark und fest die Glieder miteinander verbunden waren.

»Mit dem richtigen Werkzeug kann man es schon«, sagte der Junge. »An deinem Eingliederungstag wird es doch auch abgenommen, oder nicht?«

»Nur für eine Sekunde.«

»Aber abgenommen wird es!«

»Wo leben sie denn?« fragte ein anderes Mädchen.

»Auf Berggipfeln«, sagte der Junge, »und in tiefen Höhlen. Überall dort, wo wir sie nicht finden können.«

Das erste Mädchen sagte: »Sie müssen krank sein.«

»Na klar«, sagte der Junge lachend. »›Unheilbar‹ heißt doch krank. Deshalb nennt man sie ja die Unheilbaren, weil sie sehr, sehr krank sind.«

Der Kleinste, ein Junge von etwa sechs Jahren, fragte: »Bekommen sie denn keine Behandlungen?«

Der ältere Junge schaute ihn verächtlich an. »Ohne ihre Armbänder? Und wo sie in Höhlen leben?«

»Aber wie *werden* sie krank?« fragte der Sechsjährige. »Bis sie weglaufen, bekommen sie doch ihre Behandlungen, oder nicht?«

»Behandlungen wirken nicht immer«, sagte der ältere.

Der Sechsjährige starrte ihn an. »Doch, das tun sie«, sagte er.

»Nein, tun sie nicht!«

»Du liebe Güte«, sagte eine Aufseherin, die, mit einem Volleyball unter jedem Arm, auf die Gruppe zukam, »sitzt ihr nicht ein bißchen zu dicht beieinander? Was spielt ihr denn Komisches?«

Die Kinder rückten schnell zu einem größeren Kreis auseinander – nur der sechsjährige Junge blieb sitzen und rührte sich nicht. Die Aufseherin schaute ihn neugierig an.

Ein Zweiklang-Gong ertönte aus den Lautsprechern. »Geht duschen und zieht euch an«, sagte die Aufseherin, und die Kinder sprangen auf und rannten davon.

»Duschen und anziehen!« rief die Aufseherin einer Guppe zu, die nebenan Völkerball spielte.

Der Sechsjährige stand auf. Er sah verstört und unglücklich aus. Die Aufseherin kniete vor ihm nieder und blickte ihm teilnahmsvoll ins Gesicht. »Wo fehlt's denn?« fragte sie.

Der Junge, dessen rechtes Auge grün war anstatt braun, sah sie an und blinzelte.

Die Aufseherin ließ ihre Volleybälle fallen, drehte das Handgelenk des Jungen um, damit sie auf sein Armband sehen konnte, und faßte ihn liebevoll um die Schultern.

»Was ist denn passiert, Li?« fragte sie. »Hast du das Spiel verloren? Das ist doch nicht schlimm. Verlieren ist so gut wie gewinnen, das weißt du doch, nicht wahr?«

Der Junge nickte.

»Wichtig ist nur, daß man dabei vergnügt ist und sich Bewegung verschafft.«
Der Junge nickte wieder und versuchte zu lächeln.
»So ist's schon besser«, sagte die Aufseherin. »Ein bißchen besser wenigstens. Jetzt siehst du nicht mehr aus wie ein alter Trauerkloß.«
Der Junge lächelte.
»Geh jetzt zum Duschen und zieh dich an«, sagte die Aufseherin erleichtert. Sie drehte den Jungen um und gab ihm einen Klaps aufs Hinterteil. »Los, hopplahopp.«
Der Junge, der manchmal Chip gerufen wurde, öfter aber Li – seine NN (Name + Nummer) war Li RM35M4419 –, sagte kaum ein Wort beim Essen, aber seine Schwester Peace plapperte ununterbrochen, und seine Eltern merkten gar nicht, wie schweigsam er war. Erst als sich alle vier in die Fernsehsessel gesetzt hatten, schaute ihn seine Mutter genauer an und fragte: »Geht es dir nicht gut?«
»Doch, doch«, sagte er.
Seine Mutter wandte sich zu seinem Vater und sagte: »Er hat den ganzen Abend kein Wort gesagt.«
Chip sagte: »Mir fehlt nichts.«
»Warum bist du dann so still?« fragte seine Mutter.
»Pst«, sagte der Vater. Der Bildschirm begann zu flimmern.
Nach einer Stunde, als sich die Kinder fürs Bett fertig machten, ging Chips Mutter ins Badezimmer und schaute zu, wie er sich die Zähne putzte und sein Mundstück aus der Röhre zog.
»Was hast du?« fragte sie. »Hat jemand etwas über dein Auge gesagt?«
»Nein«, sagte er errötend.
»Spül es aus«, sagte sie.
»Hab' ich schon.«
»*Spül es aus.*«
Er spülte sein Mundstück und streckte sich hoch, um es an seinen Platz auf dem Bord zu stellen. »Jesus hat geredet«, sagte er. »Jesus DV. Beim Spielen.«
»Worüber? Über dein Auge?«
»Nein, nicht über mein *Auge*. Keiner sagt etwas über mein *Auge*.«
»Worüber dann?«

Er zuckte die Achseln. »Über Mitglieder, die krank werden und – die Familie verlassen, fortlaufen und ihre Armbänder abnehmen.«
Seine Mutter schaute ihn nervös an. »Unheilbare«, sagte sie.
Er nickte. Daß seine Mutter so reagierte und den Namen kannte, ließ ihn noch unruhiger werden. »Ist es wahr?« fragte er.
»Nein«, sagte sie. »Nein, nein, es ist nicht wahr. Ich werde Bob anrufen. Er wird es dir erklären.« Sie drehte sich um und lief hastig an Peace vorbei, die hereinkam und ihren Schlafanzug zumachte. Im Wohnzimmer sagte Chips Vater: »Noch zwei Minuten. Sind sie im Bett?«
Chips Mutter sagte: »Eins von den Kindern hat Chip von den Unheilbaren erzählt.«
»Haß«, sagte sein Vater.
»Ich rufe Bob an«, sagte seine Mutter und ging zum Telefon.
»Es ist schon nach acht.«
»Er wird kommen«, sagte sie. Sie berührte die Telefonscheibe mit ihrem Armband und las laut die rotgedruckte NN auf einer Karte unter dem Bildrand des Telefons: »Bob NE20G3018.« Sie wartete, ungeduldig die Handflächen aneinander reibend. »Ich wußte, daß ihn etwas bedrückt«, sagte sie. »Er hat den ganzen Abend kein einziges Wort gesagt.«
Chips Vater erhob sich aus seinem Sessel. »Ich werde mit ihm reden«, sagte er und ging hinaus.
»Überlaß das lieber Bob«, rief Chips Mutter. »Bring Peace ins Bett. Sie ist immer noch im Badezimmer.«

Bob kam zwanzig Minuten später.
»Er ist in seinem Zimmer«, sagte Chips Mutter.
»Ihr beiden schaut euch das Programm an«, sagte Bob. »Kommt, setzt euch hin und schaut zu.« Er lächelte sie an. »Ihr braucht euch gar nicht aufzuregen. So etwas kommt jeden Tag vor. Wirklich!«
»*Immer noch?*« fragte Chips Vater.
»Natürlich«, sagte Bob. »Und es wird in hundert Jahren noch vorkommen. Kinder sind Kinder.«
Er war der jüngste Berater, den sie bisher gehabt hatten – gerade einundzwanzig und erst vor einem Jahr von der Akademie gekommen. Trotzdem war er überhaupt nicht schüchtern oder unsicher. Im Gegen-

teil: Er war natürlicher und selbstbewußter als mancher Berater vo. fünfzig oder fünfundfünfzig Jahren. Sie mochten ihn gern.

Er ging zu Chips Zimmer und schaute hinein. Chip war im Bett. Er hatte den Kopf in die Hand gestützt, und ein aufgeschlagenes Comic-Buch lag vor ihm.

»Grüß dich, Li«, sagte Bob.

Chip sagte: »Grüß dich, Bob.«

Bob ging hinein und setzte sich auf den Bettrand. Er stellte sein Telecomp zwischen die Füße auf den Boden, befühlte Chips Stirn und strich ihm durchs Haar. »Was liest du denn?« fragte er.

»*Woods Kampf*«, sagte Chip und zeigte Bob den Einband des Comic-Buchs. Er ließ es geschlossen aufs Bett fallen und zog mit dem Zeigefinger das breite, gelbe W in »Woods« nach.

Bob sagte: »Ich habe gehört, daß dir einer Mist über die Unheilbaren erzählt hat.«

»Ist es wirklich Mist?« fragte Chip, ohne von seinem Finger aufzuschauen.

»Ja Li, jetzt schon«, sagte Bob. »Früher, vor langer, langer Zeit, war es einmal wahr, aber heute nicht mehr.«

Chip zeichnete schweigend das w nach.

»Früher verstanden wir nicht soviel von Medizin und Chemie wie jetzt«, sagte Bob und schaute ihm aufmerksam zu, »und bis ungefähr fünfzig Jahre nach der Vereinigung kam es vor, daß Mitglieder – aber nur ganz wenige – krank wurden und glaubten, sie *seien keine* Mitglieder. Manche liefen weg und lebten miteinander an Orten, die die Familie nicht bewohnte, auf unfruchtbaren Inseln und Berggipfeln und so.«

»Und sie haben ihre Armbänder abgenommen?«

»Das nehme ich an«, sagte Bob. »Armbänder hätten ihnen nicht viel genützt, wenn es da, wo sie lebten, keine Raster gab, an die sie sie halten konnten, nicht wahr?«

»Jesus sagte, sie täten etwas, das ›kämpfen‹ heißt.«

Bob wandte sich kurz ab und sah dann wieder zu Chip. »›Sich aggressiv verhalten‹ klingt hübscher«, sagte er. »Ja, das haben sie getan.«

Chip blickte zu ihm hoch. »Aber jetzt sind sie tot?« fragte er.

»Ja, alle«, sagte Bob. »Bis auf den letzten Mann.« Er streichelte Chips

Haar. »Das ist lange, lange her«, sagte er. »Heute passiert das keinem mehr.«

Chip sagte: »Wir verstehen heute mehr von Medizin und Chemie. Behandlungen *wirken*.«

»Recht hast du«, sagte Bob. »Und du darfst nicht vergessen, daß es damals fünf verschiedene Computer gab. Wenn ein krankes Mitglied erst einmal seinen Heimatkontinent verlassen hatte, stand es ganz ohne Verbindung da.«

»Mein Großvater hat geholfen, UniComp zu bauen.«

»Ich weiß, Li. Und wenn dir wieder einmal jemand von den Unheilbaren erzählt, dann denke an zwei Dinge: Erstens sind Behandlungen heute viel wirkungsvoller als vor langer Zeit, und zweitens wacht UniComp auf der ganzen Erde über uns. Okay?«

»Okay«, sagte Chip und lächelte.

»Sehen wir einmal nach, was er über *dich* sagt«, sagte Bob, hob sein Telecomp hoch und öffnete es auf seinen Knien.

Chip richtete sich auf, kam näher und streifte den Schlafanzugärmel über sein Armband hoch. »Glaubst du, ich bekomme eine Extra-Behandlung?« fragte er.

»Wenn du eine brauchst«, sagte Bob. »Willst du es einschalten?«

»Ich?« fragte Chip. »Darf ich?«

»Klar«, sagte Bob.

Vorsichtig legte Chip Daumen und Zeigefinger auf den Ein- und Aus-Schalter. Er drückte ihn, und kleine Lämpchen blinkten auf – blau, gelb, gelb. Er lächelte sie an.

Bob sagte: »Jetzt berühren!«

Chip berührte den Raster mit seinem Armband, das blaue Licht daneben wurde rot.

Bob bediente die Input-Tasten. Chip beobachtete gespannt, wie sich Bobs Finger schnell bewegten. Schließlich drückte er den Antwort-Knopf. Eine Reihe grüner Zeichen leuchteten auf dem Bildschirm auf, und dann erschien darunter noch eine zweite. Bob studierte die Zeichen, und Chip beobachtete ihn dabei.

Lächelnd sah Bob ihn aus den Augenwinkeln an. »Morgen um 12.25 Uhr«, sagte er. »Gut!« sagte Chip. »Ich danke dir.«

»Danke Uni!« sagte Bob, schaltete das Telecomp aus und klappte es zu.
»Wer hat dir von den Unheilbaren erzählt? Welcher Jesus?«
»DV-33 Sowieso«, sagte Chip. »Er wohnt im vierundzwanzigsten Stock.«
Bob legte die Griffe des Telecomps um. »Wahrscheinlich macht er sich genau solche Sorgen wie du vorhin«, sagte er.
»Kann er auch eine Extra-Behandlung bekommen?«
»Wenn er eine braucht. Ich werde seinen Berater verständigen. Und jetzt wird *geschlafen*, Bruder, morgen hast du Schule.«
Bob nahm Chips Comic-Buch und legte es auf den Nachttisch.
Chip kuschelte sich lächelnd in sein Kissen, und Bob stand auf, knipste die Lampe aus, strich Chip noch einmal durchs Haar und beugte sich herab, um ihn auf den Hinterkopf zu küssen.
»Bis Freitag«, sagte Chip.
»Ja«, sagte Bob. »Gute Nacht.«
»Gute Nacht, Bob.«
Chips Eltern standen nervös auf, als Bob ins Wohnzimmer kam.
»Es geht ihm gut«, sagte Bob. »Er schläft praktisch schon. Morgen in der Mittagspause bekommt er eine Extra-Behandlung, wahrscheinlich eine geringe Dosis eines Beruhigungsmittels.«
»Ach, bin ich erleichtert!« sagte Chips Mutter, und sein Vater sagte: »Danke, Bob.«
»Danke Uni«, sagte Bob. Er ging zum Telefon. »Ich will dafür sorgen, daß dem anderen Jungen, der ihm davon erzählt hat, geholfen wird«, sagte er und berührte die Scheibe des Telefons mit seinem Armband.

Am nächsten Tag fuhr Chip nach dem Mittagessen im Aufzug von seiner Schule drei Stockwerke tiefer in das Medizentrum. Als er mit seinem Armband den Raster am Eingang zum Medizentrum berührte, erschien ein leuchtendes grünes JA auf der Anzeigetafel. Dasselbe grüne JA flammte über der Tür zur Behandlungs-Abteilung auf und noch einmal über der Tür zum Behandlungsraum.
Weil nur vier der fünfzehn Apparate in Betrieb waren, stand schon eine lange Schlange von Wartenden davor. Trotzdem konnte Chip schon bald auf das Trittbrett für Kinder steigen und seinen Arm durch eine

gummiumrandete Öffnung stecken, nachdem er den Ärmel hochgestreift hatte. Er hielt den Arm kerzengerade ausgestreckt, bis drinnen der Raster sein Armband gefunden hatte und die Infusionsscheibe sich warm und glatt gegen das zarte Fleisch seines Oberarms schmiegte. Motoren summten im Inneren des Apparates, und etwas Flüssigkeit tröpfelte herab. Das blaue Licht über seinem Kopf wurde rot, und die Infusionsscheibe kitzelte-piekste-stach seinen Arm, und dann wurde das Licht wieder blau.

Am Nachmittag kam Jesus DV, der Junge, der Chip von den Unheilbaren erzählt hatte, auf dem Spielplatz zu Chip und bedankte sich, weil er ihm geholfen hatte.

»Danke Uni«, sagte Chip. »Ich habe eine Extra-Behandlung bekommen, du auch?«

»Ja«, sagte Jesus, »und die anderen Kinder und Bob UT auch. Der hat es nämlich *mir* erzählt.«

»Ich habe mich ein bißchen gefürchtet«, sagte Chip, »als ich mir vorgestellt habe, wie Mitglieder krank werden und weglaufen.«

»Ich auch ein bißchen«, sagte Jesus. »Aber es kommt nicht mehr vor. Es ist schon lange, lange her.«

»Die Behandlungen sind jetzt besser als früher«, sagte Chip.

Jesus sagte: »Und wir haben UniComp, der auf der ganzen Erde über uns wacht.«

»So ist es«, sagte Chip.

Eine Aufseherin kam und schob sie in einen Kreis von fünfzig oder sechzig Jungen und Mädchen, die sich auf zwei Armlängen Entfernung einen Ball zuwarfen und mehr als ein Viertel des belebten Spielplatzes einnahmen.

2

Seinen Namen hatte Chip von seinem Großvater erhalten, der die ganze Familie umgetauft hatte. Seine Tochter, Chips Mutter, nannte er »Suzu«

anstatt Anna, Chips Vater (der die Idee blödsinnig fand) hieß für ihn »Mike«, nicht Jesus, und zu Peace sagte er »Willow«; aber sie sträubte sich wütend dagegen. »Nein! Nenn mich nicht so! Ich bin Peace! Ich bin Peace KD37T5002!«

Papa Jan war seltsam. Natürlich *sah er seltsam aus*. Schließlich hatten alle Großeltern ihre ausgeprägten Eigentümlichkeiten – wenn sie nicht ein paar Zentimeter zu groß oder zu klein waren, hatten sie zu helle oder zu dunkle Haut, große Ohren oder eine gebogene Nase. Papa Jan war größer und dunkler als normal, seine Augen waren groß und vorstehend, und in seinem grauen Haar hatte er zwei rötliche Stellen. Aber das wirklich Seltsame an ihm war nicht sein Aussehen, sondern das, was er sagte.

Er sprach immer sehr lebhaft und mit Begeisterung, und dennoch fühlte Chip, daß er alles gar nicht so meinte, sondern das Gegenteil ausdrücken wollte. Zum Beispiel über die Namen sagte er: »Herrlich! Wunderbar! Vier Namen für Jungen, vier für Mädchen! Da gibt es keine Probleme, und alle sind gleich! Schließlich würde ohnehin jeder seine Söhne nach Christus, Marx, Wood und Wei nennen, nicht wahr?«

»Ja«, sagte Chip.

»Natürlich!« sagte Papa Jan. »Und wenn Uni vier Namen für Jungen austeilt, muß er auch vier für Mädchen austeilen, stimmt's? Na also! Hör zu!« Er hielt Chip fest und kniete nieder, um von Angesicht zu Angesicht mit ihm zu sprechen. Seine vorquellenden Augen blitzten, als wollte er gleich lachen. Es war ein Feiertag – Tag der Vereinigung oder Weis Geburtstag oder sonst etwas – und sie befanden sich auf dem Weg zum Festumzug. Chip war sieben. »Hör zu, Li RM35M26 – J449988WXYZ«, sagte Papa Jan, »ich werde dir etwas Phantastisches, Unglaubliches erzählen. Zu meiner Zeit – hörst du mir zu? –, zu meiner Zeit gab es *allein für Jungen über zwanzig verschiedene Namen*! Kannst du dir das vorstellen? Bei der Liebe zur Familie, es ist wahr! Es gab ›Jan‹ und ›John‹ und ›Amu‹ und ›Lev‹, ›Higa‹ und ›Mike‹ und ›Tonio‹! Und zur Zeit meines Vaters waren es noch mehr, vielleicht vierzig oder fünfzig! Ist das nicht lächerlich? So viele verschiedene Namen für Mitglieder, die alle genau gleich und austauschbar sind? Etwas Dümmeres hast du bestimmt noch nie gehört!«

Und Chip nickte, ganz verwirrt, weil er spürte, daß Papa Jan das Gegenteil meinte; daß es irgendwie *nicht* dumm war, allein für Jungen vierzig oder fünfzig verschiedene Namen zu haben.

»Schau sie dir an!« sagte Papa Jan. Er nahm Chip bei der Hand und ging weiter mit ihm – durch den Park der Einheit zu Weis Geburtstagsparade. »Genau gleich! Ist das nicht wunderbar? Gleiche Haare, gleiche Augen, gleiche Haut, gleiche Figur; Jungen, Mädchen, alle gleich. Wie Erbsen in einem Topf. Ist das nicht schön? Ist das nicht toll?«

Chip wurde rot, blinzelte (nicht mit seinem grünen Auge, das die *anderen nicht* hatten) und fragte: »Was ist Erpsineimdopf?«

»Ich weiß nicht«, sagte Papa Jan. »Etwas, das Mitglieder aßen, bevor es Vollnahrungskuchen gab. Sharya hat immer so gesagt.«

Er war Konstruktionsleiter in EUR 55 131, zwanzig Kilometer entfernt von '55 128, wo Chip und seine Familie lebten. Sonntags und feiertags fuhr er herüber und besuchte sie. Seine Frau Sharya war 135, im selben Jahr, als Chip geboren wurde, bei einem Schiffsunglück ertrunken, und er hatte nicht wieder geheiratet.

Die anderen Großeltern von Chip, die Eltern seines Vaters, lebten in MEX 10 405, und er sah sie nur, wenn sie an Geburtstagen telefonierten. Sie waren auch seltsam, aber längst nicht so sehr wie Papa Jan.

Die Schule machte Spaß, und Spielen machte Spaß. Auch Besuche im vV-Museum (mit vV wurde alles bezeichnet, was sich auf die Zeit *vor* der Vereinigung bezog) machten Spaß, obwohl manche der Ausstellungsstücke ein wenig gruselig waren – die »Speere« und »Gewehre« zum Beispiel, und die »Gefängniszelle« mit dem »Häftling«, der in seinem gestreiften Anzug auf der Pritsche saß und regungslos in ewiger Reue sein Gesicht verbarg. Chip schaute ihn jedesmal an – wenn es sein mußte, schlich er sich von der Klasse weg – und nachdem er ihn gesehen hatte, lief er immer schnell davon.

Eis und Spielzeug und Comic-Bücher machten auch Spaß. Einmal hatte Chip mit seinem Armband und dem Nummernschild eines Spielzeuges einen Versorgungszentrale-Raster berührt, und die Anzeigetafel hatte ein rotes »*Nein*« geblinkt. Da mußte er sein Spielzeug, einen Baukasten, in den Rückgabe-Schacht legen. Er konnte nicht verstehen, warum Uni

abgelehnt hatte, denn es war der richtige Tag, und das Spielzeug gehörte zur richtigen Sorte. »Es *muß* einen Grund geben, Kleiner«, sagte das Mitglied hinter ihm. »Geh nur zu deinem Berater und frage ihn.«
Das tat er, und es stellte sich heraus, daß ihm das Spielzeug nur für ein paar Tage, nicht endgültig, verweigert wurde, weil er irgendwo unartig mit einem Raster herumgespielt hatte. Er hatte ihn immer wieder mit seinem Armband berührt, und man hatte ihm beigebracht, daß er das nicht durfte. Sonst hatte das rote *Nein* immer nur aufgeleuchtet, wenn er ins falsche Klassenzimmer gehen wollte oder am falschen Tag ins Medizentrum kam; aber nun war ihm zum ersten Mal etwas abgeschlagen worden, das ihm viel bedeutete, und darüber war er gekränkt und traurig.
Geburtstage und das Christfest und das Marxfest und der Tag der Vereinigung und die Geburtstage von Wood und Wei machten Spaß, aber mehr noch seine Eingliederungstage, denn sie waren seltener. Das neue Glied in seinem Armband war glänzender als die anderen und blieb noch viele, viele Tage glänzend, und eines Tages dachte er wieder daran und schaute nach und sah nur noch alte Glieder – eines wie das andere und nicht mehr zu unterscheiden. Wie Erpsineimdopf.

Im Frühjahr 145, als Chip zehn war, wurde ihm und seinen Eltern und Peace die Reise nach EUR 00 001 zur Besichtigung von Uni gewährt. Die Fahrt von einer Wagenstation zur anderen dauerte über eine Stunde. Das war die längste Reise, an die Chip sich erinnern konnte, obwohl ihm seine Eltern erzählt hatten, er sei mit eineinhalb Jahren von MEX nach EUR geflogen und ein paar Monate später von EUR 20 140 nach '55 128. Sie unternahmen den UniComp-Ausflug an einem Sonntag im April. Mit ihnen fuhren ein Ehepaar in den Fünfzigern (seltsam aussehende Großeltern eines anderen Kindes, beide heller als normal und die Frau mit ungleichmäßig geschnittenem Haar) und eine andere Familie mit einem Jungen und einem Mädchen, die ein Jahr älter als Chip und Peace waren. Der andere Vater fuhr den Wagen von der EUR 00 001-Ausfahrt zur Wagenstation bei UniComp. Es war ein komisches Gefühl, sich wieder langsam auf Rädern zu bewegen, nachdem man durch die Luft gebraust war.

Sie machten Fotos von UniComps weißem Marmordom: Er war weißer und viel schöner als auf Bildern oder im Fernsehen, und die schneebedeckten Berge dahinter erhabener, der See der Weltweiten Brüderlichkeit blauer und unendlicher. Und dann stellten sie sich in die Schlange vor dem Eingang, berührten den Zulassungs-Raster und betraten den blau-weißen, sanft geschwungenen Vorraum. Ein lächelndes Mitglied zeigte ihnen, wo die Schlange vor dem Aufzug stand. Sie reihten sich ein, und Papa Jan kam auf sie zu, strahlend vor Entzücken, weil sie so verwundert waren.

»Was tust *du* denn hier?« fragte Chips Vater, als Papa Jan Chips Mutter küßte. Sie hatten ihm gesagt, daß sie die Erlaubnis zur Reise bekommen hatten, aber er hatte mit keinem Wort erwähnt, daß er selbst darum nachgesucht hatte.

Papa Jan küßte Chips Vater. »Ach, ich habe einfach beschlossen, euch zu überraschen – nur so«, sagte er. »Ich wollte meinem Freund hier« – er hatte Chip seine große Hand auf die Schulter gelegt – »ein bißchen mehr über UniComp erzählen, als er aus dem Ohreinsatz hört. Grüß dich, Chip.« Er beugte sich nieder und küßte Chip auf die Wange, und Chip – überrascht, daß Papa Jan seinetwegen gekommen war – erwiderte seinen Kuß und sagte: »Grüß dich, Papa Jan.«

»Guten Tag, Peace KD37T5OOO2«, sagte Papa Jan feierlich und küßte Peace. Sie küßte ihn und sagte: »Guten Tag.«

»Wann hast du die Reise beantragt?« fragte Chips Vater.

»Ein paar Tage nach euch«, sagte Papa Jan, ohne seine Hand von Chips Schultern zu nehmen. Die Wartenden rückten ein paar Meter weiter vor, und sie auch.

Chips Mutter sagte: »Aber du warst doch erst vor fünf oder sechs Jahren hier, nicht?«

»Uni weiß, wer ihn gebaut hat«, sagte Papa Jan. »Wir erhalten besondere Vergünstigungen.«

»Das stimmt nicht«, sagte Chips Vater. »Keiner erhält besondere Vergünstigungen.«

»Nun, auf jeden Fall bin ich hier«, sagte Papa Jan und wandte sein lächelndes Gesicht Chip zu. »Habe ich recht?«

»Ja«, sagte Chip und lächelte zu ihm hoch.

Papa Jan hatte als junger Mann geholfen, UniComp zu bauen, das war seine erste Aufgabe gewesen.

Der Aufzug faßte ungefähr dreißig Mitglieder, und anstelle von Musik hörte man in ihm eine Männerstimme – »Guten Tag, Brüder und Schwestern, willkommen auf dem Gelände von UniComp« – eine warme, freundliche Stimme, die Chip schon aus dem Fernsehen kannte. »Wie ihr wohl schon bemerkt habt, befinden wir uns in Bewegung«, sagte sie, »und fahren nun mit fünfundzwanzig Meter in der Sekunde abwärts. Es dauert kaum mehr als dreieinhalb Minuten, bis wir die fünf Kilometer in die Tiefen von UniComp zurückgelegt haben. Der Schacht, durch den wir hinabfahren...« Die Stimme zählte statistische Angaben über die Größe von UniComps Gebäude und den Durchmesser seiner Mauern auf und berichtete, wie gut er gegen alle natürlichen und von Menschen erdachten Störungen gesichert war. Chip hatte das alles schon früher in der Schule und im Fernsehen gehört, aber hier, während er dieses Gebäude betrat und durch diese Mauern schritt, unmittelbar bevor er UniComp *sah*, klang es neu und aufregend. Er hörte aufmerksam zu und beobachtete die Sprechscheibe über der Aufzugtür. Papa Jans Hand lag immer noch auf seiner Schulter, wie um ihn zurückzuhalten. »Wir fahren jetzt nicht mehr so schnell«, sagte die Stimme. »Viel Spaß bei eurem Besuch!« Der Aufzug hielt sanft an, als sinke er auf ein Kissen, die Tür teilte sich und glitt nach beiden Seiten auseinander.

Sie kamen in einen anderen Vorraum, kleiner als der im Erdgeschoß. Auch hier ein lächelndes Mitglied in Hellblau und eine Schlange von Wartenden in Zweierreihen vor Doppeltüren, die zu einem schwach erleuchteten Flur führten.

»Jetzt sind wir da!« rief Chip, und Papa Jan sagte zu ihm: »Wir müssen nicht alle zusammenbleiben.« Sie waren von Chips Eltern und Peace getrennt worden, die weiter vorn in der Schlange standen und fragend zu ihnen zurückblickten – Chips Eltern wenigstens, denn Peace war so klein, daß man sie nicht sehen konnte. Das Mitglied vor Chip drehte sich um und wollte sie vorbeilassen, aber Papa Jan sagte: »Nein, es ist schon gut so. Danke, Bruder.« Er winkte Chips Eltern zu und lächelte, und Chip machte es ihm nach. Chips Eltern lächelten zurück, dann drehten sie sich um und gingen weiter vorwärts.

Papa Jan blickte umher. Seine vorstehenden Augen glänzten, und er lächelte immer noch. Seine Nasenflügel blähten sich im Rhythmus seines Atems. »So«, sagte er, »jetzt wirst du endlich UniComp sehen. Aufgeregt?«

»Ja, sehr«, sagte Chip.

Sie bewegten sich in der Schlange voran.

»Kann ich dir nicht verdenken«, sagte Papa Jan. »Herrlich! Ein einmaliges Erlebnis, die Maschine zu sehen, die dich klassifizieren und dir deine Aufgaben zuweisen wird, die darüber entscheidet, wo du leben wirst und ob du das Mädchen, das du heiraten möchtest, heiraten darfst oder nicht – und wenn ja, ob ihr Kinder bekommt oder nicht, und wie sie heißen sollen, falls ihr welche bekommt. Natürlich bist du aufgeregt, wer wäre es nicht?«

Chip sah Papa Jan verstört an.

Papa Jan klopfte ihm, immer noch lächelnd, den Rücken, als sie in den Flur eintraten. »Jetzt schau!« sagte er. »Sieh dir die Ausstellung an, sieh dir Uni an, sieh dir alles an, denn dazu ist es da!«

Genau wie in einem Museum gab es einen Ständer mit Ohreinsätzen. Chip nahm einen und legte ihn an. Papa Jans merkwürdiges Benehmen machte ihn nervös, und er bedauerte, daß er nicht weiter vorne bei seinen Eltern und Peace war. Papa Jan steckte sich auch einen Einsatz ins Ohr. »Ich bin gespannt, was ich für interessante Neuigkeiten hören werde«, sagte er und lachte vor sich hin. Chip wandte sich von ihm ab. Seine Nervosität und Unruhe fiel von ihm ab, als er vor einer Wand stand, auf der tausend winzige, blitzende Lichter funkelten und strahlten. Die Stimme aus dem Aufzug sprach ihm ins Ohr und erzählte ihm, was die Lichter zeigten: Wie UniComp über sein weltumspannendes Relais-Netz die Mikrowellen-Impulse all der unzähligen Raster und Telecomps und telekontrollierten Apparate empfing und die Impulse auswertete und seine Antwort-Impulse zu dem Relais-Netz und den anfragenden Stellen zurückstrahlte.

Ja, er war aufgeregt. Was konnte schneller, klüger und allgegenwärtiger sein als Uni?

Die nächste Wandfläche zeigte, wie die Gedächtnisspeicher funktionierten. Ein Lichtstrahl flackerte über ein kreuz und quer von Linien durchzogenes Metallrechteck, so daß manche Teile erleuchtet wurden und andere im Dunkeln blieben. Die Stimme sprach von Elektronenstrahlen und besonders leitungsfähigen Stromnetzen, von geladenen und ungeladenen Abschnitten, die zu Ja-oder-Nein-Trägern für verschiedene Einzelinformationen wurden. Wurde UniComp eine Frage gestellt, so ertastete er die entsprechenden Informationen, sagte die Stimme...

Er verstand es nicht, aber dadurch wurde es *noch* wunderbarer, daß Uni alles Wissenswerte auf so magische, *un*-verständliche Weise wußte!

Die nächste Fläche bestand nicht aus einer Wand, sondern aus Glas – und da war UniComp: eine Doppelreihe verschiedenfarbiger Metallkörper, wie Behandlungsapparate, nur kleiner und niedriger. Die einen waren rosa, die anderen braun und orange, und dazwischen standen in dem rosig erleuchteten Raum zehn oder zwölf Mitglieder in blaßblauen Overalls. Sie lächelten und schwatzten miteinander, während sie Zähler und Skalen auf den mehr als dreißig Anlagen ablasen und die Ergebnisse auf hübsche hellblaue Plastik-Tafeln schrieben. An der gegenüberliegenden Wand sah man ein Kreuz und eine Sichel aus Gold und eine Uhr, die 11.08 12. Apr. 145 J.V. anzeigte. Musik drang in Chips Ohren und wurde lauter: Ein riesiges Orchester spielte »Empor, empor«, so bewegend und majestätisch, daß Chip vor Stolz und Glück Tränen in die Augen schossen.

Stundenlang hätte er hierbleiben und die geschäftigen, fröhlichen Mitglieder und diese imposanten, leuchtenden Gedächtnisspeicher betrachten und den Klängen von »Empor, empor« und dann von »Eine einzige mächtige Familie« lauschen können; aber die Musik wurde leiser (als aus 11.10 11.11 wurde), und die Stimme erinnerte ihn freundlich, voll Rücksicht auf seine Gefühle, an die anderen Mitglieder, die warteten, und forderte ihn auf, bitte zur nächsten Sehenswürdigkeit weiter hinten im Flur zu gehen. Widerwillig wandte er sich von UniComps Glaswand ab. Andere Mitglieder wischten sich die Augen und lächelten und nickten. Er lächelte ihnen zu, und sie erwiderten sein Lächeln.

Papa Jan packte ihn am Arm und zog ihn über den Flur zu einer von Rastern bewachten Tür. »Na, hat es dir gefallen?« fragte er.
Chip nickte.
»Das ist nicht Uni«, sagte Papa Jan.
Chip sah ihn an.
Papa Jan zog Chips Ohreinsatz heraus. »Das ist nicht UniComp«, flüsterte er grimmig. »Die sind nicht echt, die rosaroten und orangefarbenen Kästchen da drin! Das sind *Attrappen* für die Familienmitglieder, die hierher kommen und sie anschauen und denen dabei ganz warm ums Herz wird!« Seine Augen quollen hervor, und kleine Tropfen seines Speichels flogen Chip auf Nase und Wangen. »Da unten ist er!« sagte er. »Unter diesem Stockwerk sind noch drei weitere, und da ist er! Willst du ihn sehen? Willst du den *echten* UniComp sehen?«
Chip konnte ihn nur anstarren.
»Willst du, Chip?« fragte Papa Jan. »Willst du ihn sehen? Ich kann ihn dir zeigen!«
Chip nickte.
Papa Jan ließ seinen Arm los und richtete sich ganz gerade auf. Er blickte umher und lächelte. »Gut«, sagte er, »gehen wir hier entlang.« Er nahm Chip bei der Schulter und schob ihn vor sich her in die Richtung, aus der sie gekommen waren, vorbei an der Glaswand, vor der sich die Mitglieder stauten, und den flackernden Lichtstrahlen der Gedächtnisspeicher und der funkelnden Wand der Mini-Lichter und – »Entschuldige bitte« – durch die Reihe der hereinkommenden Mitglieder und einen anderen, dunkleren und weniger belebten Teil des Flures, wo ein riesiges zerbrochenes Telecomp schief von der Wand hing und zwei blaue Tragbahren mit Kissen und gefalteten Decken nebeneinander standen. In der Ecke war eine Tür mit einem Raster daneben, aber als sie in seine Nähe kamen, drückte Papa Jan Chips Arm herunter.
»Der Raster«, sagte Chip.
»Nein«, sagte Papa Jan.
»Sollten wir hier nicht...«
»Ja.«
Chip sah Papa Jan an, und Papa Jan schob ihn an dem Raster vorbei, riß die Tür auf, schubste ihn hinein und kam ihm nach. Dann drückte

er die Tür, viel zu hastig, wieder zu, und ihr Schließmechanismus quietschte.

Chip starrte ihn zitternd an.

»Ist schon gut«, sagte Papa Jan streng, und dann nahm er, gar nicht streng, sondern freundlich, Chips Kopf in beide Hände und sagte: »Alles ist in Ordnung. Es wird dir nichts geschehen. Ich habe es schon oft getan.«

»Wir haben nicht *gefragt*«, sagte Chip, immer noch zitternd.

»Das ist ganz *in Ordnung*«, sagte Papa Jan. »Schau, wem gehört denn UniComp?«

»Gehören?«

»Für wen ist er da?«

»Für – die ganze Familie.«

»Und du bist ein Mitglied der Familie, nicht wahr?«

»Ja...«

»Nun, dann ist er zum Teil dein Computer, oder nicht? *Er* gehört *dir*, nicht umgekehrt. *Du* gehörst nicht *ihm*.«

»Nein, wir sollen um alles *bitten*!« sagte Chip.

»Bitte Chip, vertraue mir«, sagte Papa Jan, »und überlege dir einmal folgendes: Der Computer hätte es doch ganz einfach so einrichten können, daß man an einem Raster gar nicht vorbeigehen *kann*, ohne vorher zu fragen. UniComp hat auf eine solche Sperre verzichtet, und da UniComp alles weiß, hat er sicher auch dafür seine Gründe. Warum sollen wir diese Möglichkeit nicht einmal nützen? Wir werden ja nichts wegnehmen, nicht einmal etwas anfassen. Wir wollen nur schauen. Deshalb bin ich heute hierhergekommen: um dir den echten UniComp zu zeigen. Du willst ihn doch sehen, nicht wahr?«

Nach kurzem Schweigen sagte Chip: »Ja.«

»Dann mache dir keine Sorgen. Es ist alles in Ordnung.«

Papa Jan sah Chip beruhigend in die Augen, und dann ließ er seinen Kopf los und nahm seine Hand.

Sie standen auf einem Treppenabsatz. Stufen führten in die Tiefe. Sie schritten vier oder fünf Stufen hinab, der Kälte entgegen, da blieb Papa Jan stehen und hielt auch Chip zurück.« Bleib hier«, sagte er, »ich bin in zwei Sekunden wieder da. Rühr dich nicht von der Stelle.«

Chip beobachtete ängstlich, wie Papa Jan zurück zu dem Treppenabsatz ging und dann schnell durch die Tür, die sich hinter ihm schloß.
Chip begann wieder zu zittern. Er war an einem Raster vorbeigegangen, ohne ihn zu berühren, und nun stand er allein auf einer eiskalten Treppe – und Uni wußte nicht, wo er war!
Die Tür öffnete sich von neuem, und Papa Jan kam wieder herein, mit blauen Decken über dem Arm. »Es ist sehr kalt«, sagte er.

In Decken gehüllt, gingen sie zusammen den Korridor entlang, der gerade breit genug für zwei war. Die Stahlwände wurden nach vorne immer enger, bis sie in der Ferne auf eine Querwand stießen. Oben wölbten sie sich zu einer strahlend weißen Decke von einem halben Meter Breite.
Eigentlich waren es gar keine Wände, sondern Reihen von riesigen Stahlblöcken, die, von Kältenebeln umwogt, nebeneinander standen und auf der Vorderseite in Augenhöhe schwarze Nummern trugen: H 46, H 48 auf der einen Seite des Korridors, H 49, H 51 auf der anderen. Dieser Korridor war nur einer von mehr als zwanzig schmalen Gängen zwischen Reihen von Stahlblöcken, die Rücken an Rücken standen. Vier etwas breitere Quergänge unterteilten die Reihen in regelmäßigen Abständen.
Als sie den Gang entlangschritten, bildete ihr Atem vor Mund und Nase weiße Wölkchen, und zwischen ihren Füßen bewegten sich verschwommene Schatten. Außer den Geräuschen, die sie selbst machten – dem Paplon-Knistern ihrer Overalls und dem Klappern ihrer Sandalen – und deren Echo war nichts zu hören.
»Na?« sagte Papa Jan.
Chip zog die Decke enger um sich. »Es ist nicht so nett wie oben«, sagte er.
»Nein«, sagte Papa Jan. »Hier unten gibt es keine hübschen jungen Mitglieder mit Federhaltern und Schreibblöcken. Kein warmes Licht und keine freundlichen rosaroten Maschinen. Hier ist es immer leer. Leer und kalt und leblos. Häßlich!«
Sie standen an der Kreuzung zweier Gänge, die sich zwischen dem Stahl in die eine und die andere, in eine dritte und vierte Richtung erstreckten.

Papa Jan schüttelte den Kopf und machte ein finsteres Gesicht. »Es ist falsch«, sagte er. »Ich weiß nicht, warum und wie, aber es ist falsch. Tote Pläne toter Mitglieder. Tote Ideen, tote Beschlüsse.«
»Warum ist es so kalt?« fragte Chip, seinem Atem nachblickend.
»Weil es tot ist«, sagte Papa Jan. Dann schüttelte er den Kopf. »Nein, ich weiß nicht. Sie funktionieren nicht, wenn sie nicht eiskalt sind. Ich weiß es nicht. Ich wußte nur, wie man die Dinger an den richtigen Platz befördert, ohne sie kaputtzumachen.«
Sie schritten Seite an Seite durch einen anderen Gang. R 20, R 22, R 24.
»Wie viele sind es?« fragte Chip.
»Zwölfhundertundvierzig in diesem Stockwerk, zwölfhundertundvierzig in dem Geschoß darunter. Und die sind nur für *jetzt*. Hinter dieser Ostwand ist noch einmal doppelt soviel Raum bereitgestellt für die Zeit, wenn sich die Familie vergrößert. Weitere Schächte und ein weiteres Belüftungssystem... alles schon fix und fertig...«
Sie stiegen in das nächsttiefere Stockwerk hinab. Dort war alles genau wie oben, nur daß an zwei der Kreuzungen stählerne Pfeiler standen und die Gedächtnisspeicher rote Zahlen trugen anstatt schwarze. Sie gingen an J 65, J 63, J 61 vorbei. »Die größte Aufgabe aller Zeiten: Einen Computer zu schaffen, der die fünf alten überflüssig macht. Als ich in deinem Alter war, wurden jeden Abend die neuesten Meldungen darüber gesendet. Ich rechnete mir aus, daß es noch nicht zu spät für mich wäre, daran mitzuwirken, wenn ich zwanzig sein würde, vorausgesetzt, ich käme in die richtige Klassifizierung. Also habe ich darum gebeten.«
»Du hast darum gebeten?«
»Genau das«, sagte Papa Jan lächelnd und nickte. »Damals war das nichts Unerhörtes. Ich habe meine Beraterin gebeten, Uni zu fragen – na ja, es war nicht Uni, sondern EuroComp – jedenfalls habe ich sie gebeten zu fragen, und sie hat es getan, und Christus, Marx, Wood und Wei, es hat geklappt – 042 C, Bauarbeiter dritter Klasse. Erster Einsatz hier.« Er sah sich mit lebhaftem Blick um, immer noch lächelnd. »Sie wollten diese Riesenklötze einzeln in die Schächte hinablassen«, sagte er und lachte. »Ich habe eine ganze Nacht nicht geschlafen und ausgetüftelt, daß die Arbeit acht Monate früher beendet sein könnte, wenn wir einen Tunnel von der anderen Seite des Bergs der Liebe« – er zeigte

mit dem Daumen über die Schulter – »graben und sie auf Rädern einfahren. EuroComp war auf diese einfache Idee nicht gekommen, oder vielleicht legte er auch keinen Wert darauf, daß ihm sein Gedächtnis so schnell abgezapft wurde.« Er lachte wieder.

Er hörte auf zu lachen, und Chip bemerkte zum ersten Mal, daß sein Haar jetzt ganz grau war. Die rötlichen Stellen, die er vor ein paar Jahren gehabt hatte, waren völlig verschwunden.

»Und hier sind sie«, sagte er, »alle am richtigen Platz, durch meinen Tunnel heruntergerollt, und sie werden acht Monate länger als ursprünglich vorgesehen funktionieren.« Er blickte im Vorübergehen auf die Speicher, als wären sie ihm zuwider.

Chip fragte: »Magst du UniComp nicht?«

Papa Jan schwieg einen Augenblick. »Nein«, sagte er und räusperte sich. »Du kannst nicht mit ihm diskutieren, du kannst ihm nichts erklären...«

»Aber er weiß doch *alles*«, sagte Chip. »Was gibt es da zu erklären oder zu diskutieren?«

Sie trennten sich, weil ein Stahlpfeiler im Weg stand, und trafen wieder zusammen. »Ich weiß nicht«, sagte Papa Jan. »Ich weiß nicht.« Er ging mit gesenktem Kopf und gerunzelter Stirn, in seine Decke gehüllt. »Sag mal«, fragte er, »gibt es eine Klassifizierung, die *dir* lieber wäre als jede andere? Eine Aufgabe, auf die du *besonders* hoffst?«

Chip sah Papa Jan unsicher an und zuckte die Achseln. »Nein«, sagte er. »Ich will die Klassifizierung, die ich erhalte, in die ich passe, und die Aufgabe, für die mich die Familie braucht. Es gibt ohnehin nur eine Aufgabe. Zur Ausbreitung der...«

»Zur Ausbreitung der Familie durch das Weltall beizutragen«, sagte Papa Jan. »Ich weiß. Durch das vereinigte UniComp-Universum. Komm, gehen wir wieder nach oben. Ich halte die mörderische Kälte nicht mehr lange aus.«

Verlegen fragte Chip: »Ist da nicht noch ein Stockwerk? Du sagtest, dort...« »Unmöglich«, sagte Papa Jan. »Dort sind Raster, und Mitglieder würden sehen, daß wir sie nicht berühren, und uns ›zu Hilfe‹ eilen. Etwas Besonderes gibt es da sowieso nicht zu sehen, nur die Empfänger- und Sendegeräte und die Gefrieranlage.«

Sie gingen zu den Treppen. Chip fühlte sich niedergeschlagen. Aus irgendeinem Grund war Papa Jan von ihm enttäuscht, und – schlimmer noch – es stimmte etwas nicht mit ihm, denn er wollte mit Uni streiten und hatte keine Raster berührt und böse Reden geführt. »Du solltest deinem Berater erzählen, daß du mit Uni streiten willst«, sagte Chip, als sie die Treppen hochstiegen.
»Ich will nicht mit Uni streiten«, sagte Papa Jan. »Ich möchte nur mit ihm streiten können, *falls* ich Lust dazu habe.«
Da kam Chip überhaupt nicht mehr mit. »Du solltest es deinem Berater auf jeden Fall sagen. Vielleicht bekommst du eine Extra-Behandlung.«
»Vielleicht«, sagte Papa Jan, und nach einer kurzen Pause: »Gut, ich sage es ihm.«
»Uni weiß alles über alles«, sagte Chip.
Sie stiegen die zweite Treppe empor, und auf dem Absatz vor dem Ausstellungsflur blieben sie stehen und falteten ihre Decken. Papa Jan war zuerst fertig. Er sah Chip zu, wie er seine faltete.
»Da«, sagte Chip und drückte ihm das blaue Bündel gegen die Brust.
»Weißt du, warum ich dir den Namen ›Chip‹ – ›Span‹ – gegeben habe?« fragte Papa Jan.
»Nein«, sagte Chip.
»Es gibt eine alte Redensart, ›ein Span vom alten Holz.‹ Das heißt, daß ein Kind wie seine Eltern oder seine Großeltern ist.«
»Aha.«
»Damit meine ich nicht, daß du deinem Vater oder gar mir gleichst«, sagte Papa Jan. »Ich meine, du gleichst *meinem* Großvater. Wegen deinem Auge. Er hatte auch ein grünes Auge.«
Chip trat ungeduldig von einem Fuß auf den anderen. Wenn Papa Jan nur endlich aufhörte zu reden, damit sie wieder hinausgehen könnten, wohin sie gehörten.
»Ich weiß, du sprichst nicht gern darüber«, sagte Papa Jan, »aber du brauchst dich nicht dafür zu schämen. Es ist gar nicht so schrecklich, ein bißchen anders als alle anderen zu sein. Du kannst dir nicht vorstellen, wie verschieden Mitglieder früher waren. Dein Ur-Urgroßvater war ein sehr tapferer und tüchtiger Mann. Er hieß Hanno Rybeck – Namen und Nummer waren damals getrennt –, und er war ein Kosmo-

naut, der die erste Mars-Kolonie errichten half. Also schäme dich nicht, weil du sein Auge hast. Heute kämpfen sie gegen die Gene – entschuldige, daß ich so daherrede –, aber vielleicht haben sie bei dir ein paar nicht erwischt, vielleicht hast du nicht nur ein grünes Auge, sondern auch ein wenig vom Mut und der Tüchtigkeit meines Großvaters mitbekommen.«
Er öffnete die Tür einen Spalt breit, drehte sich aber noch einmal um und sah Chip an. »Versuche, dir etwas zu wünschen, Chip«, sagte er. »Versuche es einen oder zwei Tage vor deiner nächsten Behandlung. Dann ist es am leichtesten, sich etwas zu wünschen und sich Gedanken zu machen...«

Chips Eltern und Peace warteten schon auf sie, als sie in der Eingangshalle im Erdgeschoß aus dem Lift traten. »Wo habt ihr denn gesteckt?« fragte Chips Vater, und Peace, die einen orangeroten (nicht echten) Miniatur-Gedächtnisspeicher in der Hand hatte, sagte: »Wir haben so lange gewartet.«
»Wir haben uns Uni angesehen«, sagte Papa Jan.
Chips Vater fragte: »Die ganze Zeit?«
»Jawohl.«
»Ihr hättet weitergehen und anderen Mitgliedern Platz machen müssen.«
»*Ihr* schon, Mike«, sagte Papa Jan lächelnd. »Mein Ohreinsatz sagte: ›Jan, alter Freund, schön, dich zu sehen! Du und dein Enkel, ihr könnt bleiben und schauen, so lange ihr wollt!‹«
Chips Vater wandte sich ab, ohne zu lächeln.
Sie gingen in die Kantine und beantragten Kuchen und Cola – nur Papa Jan nicht, denn er hatte keinen Hunger – und nahmen alles mit auf das Picknick-Gelände hinter dem Dom. Papa Jan zeigte Chip den Berg der Liebe und erzählte ihm mehr darüber, wie der Tunnel gegraben wurde. Chips Vater war ganz erstaunt, als er davon hörte – ein Tunnel, um sechsunddreißig gar nicht so große Gedächtnisspeicher einzufahren. Papa Jan erzählte ihm, daß es tiefer unten noch mehr Speicher gab, aber er sagte nicht wie viele und auch nicht, wie groß und kalt und leblos sie waren. Auch Chip sagte nichts. Es war ein eigenartiges Gefühl, daß er

und Papa Jan etwas wußten und den anderen nichts davon sagten. Dadurch wurden sie *verschieden* von den anderen und einander gleich, wenigstens ein bißchen ...
Nach dem Essen gingen sie zur Wagenstation und reihten sich in die Schlange der Wartenden ein. Papa Jan blieb bei ihnen, bis sie dicht vor den Rastern standen, und ging dann. Er sagte, er wolle noch warten und mit zwei Freunden aus Riverbend zurückfahren, die Uni später am Tag besuchten. »Riverbend« war seine Bezeichnung für L55131, wo er wohnte.
Als Chip das nächste Mal zu Bob NE, seinem Berater, kam, erzählte er ihm von Papa Jan; daß er Uni nicht leiden konnte und mit ihm streiten und ihm alles mögliche erklären wollte.
Bob sagte lächelnd: »Bei Leuten, die so alt sind wie dein Großvater, kommt das manchmal vor, Li, aber das ist kein Grund zur Beunruhigung.«
»Kannst du es nicht Uni sagen?« fragte Chip. »Vielleicht könnte Papa Jan eine Extra-Behandlung bekommen, oder eine stärkere.«
»Li«, sagte Bob und beugte sich über seinen Schreibtisch vor, »die verschiedenen chemischen Stoffe, die wir bei unseren Behandlungen bekommen, sind sehr kostbar und schwierig herzustellen. Wenn ältere Mitglieder soviel bekämen, wie sie manchmal brauchen, bliebe vielleicht für die jungen Mitglieder nicht genug übrig, und die sind für die Familie wirklich wichtiger. Und um genug Chemikalien für alle herzustellen, müßten wir womöglich die wichtigeren Aufgaben vernachlässigen. Uni weiß, was zu tun ist, wieviel es von allem gibt und wieviel jeder davon braucht. Dein Großvater ist nicht wirklich unglücklich, das verspreche ich dir; nur ein bißchen schrullig. Wenn wir über fünfzig sind, wird es uns ebenso ergehen.«
Chip sagte: »Er benutzt dieses Wort: ›K-Punkt-Punkt-Punkt-Punkt-Punkt-n‹.«
»Auch das kommt manchmal bei älteren Mitgliedern vor«, sagte Bob. »Sie denken sich nichts dabei. Ein Wort als solches ist nicht ›schmutzig‹; nur die Tat, für die ein sogenanntes schmutziges Wort steht, ist anstößig. Mitglieder wie dein Großvater benutzen nur das Wort, aber sie handeln nicht danach. Und wie geht's dir? Irgendeine Reibung? Deinen

Großvater wollen wir eine Weile seinem eigenen Berater überlassen.«
»Nein, keine Reibung«, sagte Chip und dachte daran, daß er einen Raster passiert hatte, ohne ihn zu berühren, und gewesen war, wohin Uni ihn nicht gehen lassen wollte, und daß er plötzlich keine Lust hatte, Bob davon zu erzählen. »Überhaupt keine Reibung«, sagte er. »Alles große Klasse.«
»Okay«, sagte Bob. »Berühren. Nächsten Freitag sehe ich dich wieder, ja?«

Ungefähr eine Woche später wurde Papa Jan nach USA 60 607 versetzt. Chip und seine Eltern fuhren zum Flughafen in EUR 55 130, um sich von ihm zu verabschieden.
Während Chips Eltern und Peace durch die Glasscheiben im Wartesaal zusahen, wie die Passagiere an Bord gingen, zog Papa Jan Chip zur Seite und sah ihn zärtlich lächelnd an. »Chip Grünauge«, sagte er – Chip runzelte gegen seinen Willen die Stirn – »du hast um eine Extra-Behandlung für mich gebeten, nicht wahr?«
»Ja«, sagte Chip. »Woher weißt du das?«
»Ach, ich habe es nur so vermutet«, sagte Papa Jan. »Paß gut auf dich auf, Chip. Denk daran, daß du ein Span vom alten Holz bist, und vergiß nicht, was ich dir gesagt habe: Versuche dir etwas zu wünschen.«
»Ich werde es nicht vergessen«, sagte Chip.
»Die letzten gehen schon«, sagte Chips Vater.
Papa Jan küßte sie alle zum Abschied und schloß sich den hinausgehenden Mitgliedern an. Chip ging zu der Glasscheibe und sah Papa Jan in der hereinbrechenden Dunkelheit zum Flugzeug gehen – ein außergewöhnlich großes Mitglied, das seinen Reisetornister in der Hand schwenkte. Bei der Rolltreppe drehte er sich um und winkte – Chip winkte zurück und hoffte, daß Papa Jan ihn sehen konnte –, dann drehte er sich wieder in die andere Richtung und hielt sein Handgelenk, an dem der Tornister baumelte, an den Raster. Das Antwortsignal leuchtete grün in der Ferne, und Papa Jan schritt durch die Dämmerung zu der Rolltreppe, die ihn langsam nach oben trug.
Auf der Rückfahrt saß Chip ganz still im Wagen. Er fühlte, daß ihm Papa Jan und seine Sonntags- und Feiertagsbesuche fehlen würden. Das

war eigenartig, denn er war ein so seltsames und andersartiges altes Mitglied. Aber plötzlich erkannte Chip, daß er ihn gerade vermissen würde, *weil* er alt und anders war. Und niemand würde seinen Platz einnehmen.
»Was hast du denn«, Chip? fragte seine Mutter.
»Ich werde Papa Jan vermissen«, sagte er.
»Ich auch«, sagte sie, »aber wir werden ihn ab und zu im Telefon sehen.«
»Es ist gut, daß er geht«, sagte Chips Vater.
»Ich will nicht, daß er geht«, sagte Chip. »Ich möchte, daß er hierher zurückversetzt wird.«
»Das ist nicht sehr wahrscheinlich«, sagte Chips Vater, »und es ist gut so. Er hatte einen schlechten Einfluß auf dich.«
»Mike«, sagte Chips Mutter.
»Fang *du* nicht mit diesem Quatsch an«, sagte Chips Vater. »Ich heiße Jesus, und er Li.«
»Und ich Peace«, sagte Peace.

3

Chip vergaß nicht, was Papa Jan ihm gesagt hatte, und in den folgenden Wochen und Monaten dachte er oft daran, sich etwas zu wünschen, etwas *tun* zu wollen, wie Papa Jan sich mit zehn Jahren gewünscht hatte, Uni mitzubauen. Alle paar Nächte lag er eine Stunde oder länger wach und dachte über die verschiedenen Aufgaben und Klassifizierungen nach, die er kannte – Bauleiter wie Papa Jan, Laborant wie sein Vater, Plasmaphysiker wie seine Mutter, Fotograf wie ein Freund seines Vaters; Arzt, Berater, Zahnarzt, Kosmonaut, Schauspieler, Musiker. Sie erschienen ihm alle ziemlich gleich, aber bevor er sich eine wirklich wünschen konnte, mußte er sich für eine entscheiden. Ein merkwürdiger Gedanke – zu suchen, zu wählen, zu entscheiden. Er fühlte sich dabei ganz klein werden und doch auch ganz groß, beides zur gleichen Zeit.
Eines Nachts fand er, es wäre vielleicht interessant, große Gebäude zu

entwerfen, wie die kleinen, die er vor langer, langer Zeit mit einem Baukasten (blinkendes rotes *Nein* von Uni) gebaut hatte. Das war in der Nacht vor einer Behandlung – die richtige Zeit für Wünsche, wie Papa Jan gesagt hatte. In der nächsten Nacht sah er gar keinen Unterschied mehr zwischen einem Baumeister und den anderen Klassifizierungen, ja, der Gedanke, sich eine bestimmte Klassifizierung zu wünschen, schien ihm überhaupt dumm und vV, und er schlief sofort ein.

In der Nacht vor seiner nächsten Behandlung dachte er wieder daran, Gebäude zu entwerfen – in lauter verschiedenen Formen, nicht nur den drei üblichen –, und er überlegte sich, warum er einen Monat zuvor das Interesse daran verloren hatte. Behandlungen sollten Krankheiten verhüten und verklemmte Mitglieder gelöst machen und verhindern, daß Frauen zu viele Babies bekamen und den Männern Haare im Gesicht wuchsen. Doch warum sollten sie einen interessanten Gedanken uninteressant erscheinen lassen? Das aber bewirkten sie einen Monat nach dem anderen.

Er vermutete, es könnte eine Form von Selbstsucht sein, sich solche Gedanken zu machen. Aber selbst wenn das zutraf, war ihr Ausmaß doch so gering – sie nahm nur eine oder zwei Stunden Schlaf in Anspruch, nie Schul- oder Fernsehzeit –, daß er sich nicht die Mühe machte, sie Bob NE gegenüber zu erwähnen. Von einer momentanen Nervosität oder einem gelegentlichen Traum sprach er ja ebensowenig. Jede Woche, wenn Bob fragte, ob alles in Ordnung sei, sagte er: »Ja, große Klasse, keine Reibung.« Er paßte auf, daß sich seine Gedanken nicht zu oft oder zu lange mit seinen Wünschen befaßten, damit er immer genügend Schlaf bekam, und morgens beim Waschen prüfte er sein Gesicht im Spiegel, ob er noch normal aussah. Er sah normal aus – von seinem Auge abgesehen, natürlich.

Im Jahr 146 wurden Chip und seine Familie, wie die meisten Mitglieder in ihrem Gebäude, nach AFR 71 680 versetzt. Das neue Gebäude, in dem sie wohnten, war nagelneu, hatte grüne Teppiche anstatt grauen in den Fluren, größere Fernsehschirme und gepolsterte, aber nicht verstellbare Möbel.

Vieles in '71 680 war ungewohnt. Das Klima war wärmer und die Overalls leichter und heller; die Einschienenbahn war alt und langsam und

hatte oft eine Panne, und die Vollnahrungskuchen waren in grünlicher Folie verpackt und schmeckten salzig und ein bißchen komisch.
Die neue Beraterin von Chip und seiner Familie hieß Mary CZ14L8584. Sie war ein Jahr älter als Chips Mutter, obgleich sie ein paar Jahre jünger aussah.
Nachdem Chip sich erst einmal an das Leben in '71 680 gewöhnt hatte – wenigstens die Schule war nicht anders –, fing er wieder an, »Wünsche zu denken«. Er sah jetzt, daß es beträchtliche Unterschiede zwischen den einzelnen Klassifizierungen gab, und überlegte, welche ihm Uni wohl zuteilen würde, wenn es soweit war. Uni mit seinen zwei Stockwerken voll kalter Stahlblöcke, seiner leeren, hallenden Härte... Er wünschte, Papa Jan hätte ihn mit in den untersten Stock genommen, wo es Mitglieder gab. Es war angenehmer, sich vorzustellen, daß man von Uni und ein paar Mitgliedern klassifiziert wurde und nicht von Uni allein. Wenn er eine Klassifizierung erhielt, die ihm nicht paßte, und Mitglieder da wären, könnte man ihnen vielleicht erklären...
Papa Jan rief zweimal im Jahr an. Er sagte, er beantrage mehr Gespräche, bekomme aber nur zwei bewilligt. Er sah älter aus und lächelte müde. Ein Teil von USA 60 607 wurde umgebaut, und er war dafür verantwortlich. Chip hätte ihm gerne gesagt, daß er versuchte, sich etwas zu wünschen, aber er konnte es nicht, während die anderen mit ihm vor dem Bildschirm standen. Einmal sagte er, als ein Gespräch beinahe zu Ende war: »Ich versuche es«, und Papa Jan lächelte wie früher und sagte: »Du bist richtig, Junge.«
Als das Gespräch beendet war, sagte Chips Vater: »Was versuchst du?«
»Nichts«, sagte Chip.
»Du mußt doch *irgend etwas* gemeint haben«, sagte sein Vater.
Er zuckte die Achseln.
Mary CZ fragte ihn auch, als Chip das nächste Mal zu ihr kam. »Was hast du gemeint, als du zu deinem Großvater sagtest, du versuchtest es?« fragte sie.
»Nichts«, sagte Chip.
»Li«, sagte Mary und schaute ihn vorwurfsvoll an. »Du hast gesagt, du versuchtest es. Was?«
»Ihn nicht zu vermissen«, sagte er. »Als er nach USA versetzt wurde,

sagte ich ihm, ich würde ihn vermissen, und er sagte, ich sollte versuchen, nicht an ihn zu denken; alle Mitglieder seien gleich, und er würde ohnehin anrufen, sooft er könne.«
»Oh«, sagte Mary und sah Chip immer noch an, nun aber unsicher. »Warum hast du das nicht gleich gesagt?« fragte sie.
Chip zuckte die Achseln.
»Und vermißt du ihn *tatsächlich*?«
»Nur ein bißchen«, sagte Chip. »Ich versuche dagegen anzugehen.«

Der Sex begann, und daran zu denken, war noch schöner, als sich in Gedanken etwas zu wünschen. Obwohl er bereits gelernt hatte, daß Orgasmen etwas überaus Erfreuliches seien, hatte er keine Ahnung gehabt, wie beinahe unerträglich herrlich die Augenblicke der höchsten Spannung, die Explosion der Ekstase und der erschöpfte und schwerelose Zustand der Befriedigung danach waren. *Niemand* hatte eine Ahnung davon gehabt, keiner seiner Klassenkameraden. Sie sprachen von nichts anderem und hätten liebend gerne nur noch dafür gelebt. Chip konnte kaum an Mathematik und Elektronik denken, geschweige denn an die Unterschiede zwischen den einzelnen Klassifizierungen. Nach ein paar Monaten jedoch wurden alle ruhiger und gewöhnten sich an das neue Vergnügen und verwiesen es auf die ihm zukommende Rolle im Wochenplan als Samstagabend-Zeitvertreib.
Eines Abends, als er vierzehn war, radelte Chip mit einer Gruppe von Freunden zu einem schönen weißen Strand wenige Kilometer nördlich von AFR 71 680. Dort schwammen sie, planschten und tummelten sich in den Wellen, deren Schaum von der sinkenden Sonne rosig gefärbt wurde. Sie machten ein Feuer auf dem Sand und saßen auf Decken im Kreis und verzehrten ihre Kuchen und ihre Cola und knusprige süße Stücke einer aufgeklopften Kokosnuß. Ein Junge spielte Lieder auf einem Plattenspieler, und dann teilte sich die Gruppe in fünf Paare auf, jedes auf seiner eigenen Decke.
Das Mädchen, das Chip hatte, hieß Anna VF, und nach ihrem Orgasmus – dem besten, den Chip je erlebt hatte; oder zumindest kam es ihm so vor – war er von Zärtlichkeit für sie erfüllt und wünschte, er könnte ihr, um ihr sein Gefühl zu beweisen, etwas schenken; so wie die wunder-

schöne Muschel, die Yin AP von Karl GG bekommen hatte, oder Li OS Lied auf der Schallplatte, das nun leise für das Mädchen erklang, mit dem er zusammenlag. Chip hatte nichts für Anna, keine Muschel, kein Lied, gar nichts, ausgenommen vielleicht seine Gedanken.
»Würdest du gerne über etwas Interessantes nachdenken?« fragte er, auf dem Rücken liegend, einen Arm um sie gelegt.
»Mhm«, sagte sie und schmiegte sich dichter an ihn. Ihr Kopf lag auf seiner Schulter, ihr Arm über seiner Brust.
Er küßte ihre Stirn. »Denk mal an all die verschiedenen Klassifizierungen, die es gibt –«, sagte er.
»Mhm.«
»Und versuche zu entscheiden, welche du aussuchen würdest, wenn du müßtest.«
»Eine aussuchen?«
»Ja.«
»Wie meinst du das?«
»Eine wählen. Eine bekommen. In einer sein. Welche Klassifizierung wäre dir am liebsten? Ärztin, Ingenieurin, Beraterin...«
Sie stemmte ihren Kopf in die Hand und sah ihn verständnislos an. »Was meinst du damit?« fragte sie.
Er seufzte ein wenig und sagte: »Wir werden klassifiziert, stimmt's?«
»Stimmt.«
»Nimm einmal an, wir *würden nicht* klassifiziert, sondern müßten es selbst tun.«
»Das ist blöd«, sagte sie und ließ ihre Finger über seine Brust gleiten.
»Es ist interessant, darüber nachzudenken.«
»Komm, wir machen's noch mal«, sagte sie.
»Warte eine Minute«, sagte er. »Denk nur an die verschiedenen Klassifizierungen. Nimm an, es stünde uns frei...«
»Das will ich nicht«, sagte sie und unterbrach ihr Fingerspiel. »Wir *werden* klassifiziert, da gibt es nichts zu überlegen. Uni weiß, was wir...«
»Ach, Kampf Uni«, sagte Chip. »Stell dir nur eine Minute lang vor, wir lebten in –« Anna schnellte von ihm weg und legte sich auf den Bauch, steif und reglos, das Gesicht von ihm abgewandt.
»Tut mir leid«, sagte er.

»*Du* tust *mir* leid«, sagte sie. »Du bist krank.« »Nein«, sagte er.
Sie schwieg.
Er setzte sich auf und sah voll Verzweiflung auf ihren steifen Rücken.
»Es ist mir nur so herausgerutscht«, sagte er. »Entschuldige bitte.«
Sie sagte immer noch nichts.
»Es ist nur ein *Wort*, Anna«, sagte er.
»Du bist krank«, sagte sie.
»Oh, Haß.«
»Verstehst du nun, was ich meine?«
»Hör zu, Anna«, sagte er. »Vergiß es. Vergiß das Ganze, ja? Vergiß es einfach.« Er kitzelte sie zwischen den Schenkeln, aber sie ergriff seine Hand und stoppte ihn.
Ach, komm, Anna«, sagte er. »Ich habe gesagt, es tut mir leid, oder nicht? Los, wir machen's noch mal. Ich lecke dich auch vorher, wenn du willst.«
Nach einer Weile entspannte sie sich und ließ sich kitzeln.
Dann drehte sie sich um, richtete sich auf und sah ihn an. »*Bist* du krank, Li?« fragte sie.
»Nein«, sagte er und zwang sich zum Lachen, »natürlich nicht.«
»So etwas habe ich noch nie gehört«, sagte sie. »›Uns selbst zu klassifizieren.‹ Wie könnten wir das denn? Wie könnten wir jemals genug wissen?«
»Es ist nur etwas, an das ich ab und zu denke«, sagte er. »Nicht sehr oft. Eigentlich fast nie.«
»Es ist so ein – ein komischer Gedanke«, sagte sie. »Es klingt so – ich weiß nicht – so vV.«
»Ich werde nicht mehr daran denken«, sagte er und hob die rechte Hand, so daß sein Armband zurückrutschte. »Bei der Liebe zur Familie«, sagte er. »Komm, leg dich hin, und ich lecke dich.«
Mit bekümmertem Gesicht streckte sie sich auf der Decke aus.

Am nächsten Morgen um fünf vor zehn rief Mary CZ Chip an und bat ihn, zu ihr zu kommen.
»Wann?« fragte er.
»Jetzt gleich!«

»Ist gut«, sagte er, »ich komme gleich hinunter.«
Seine Mutter sagte: »Warum will sie dich denn an einem Sonntag sehen?«
»Ich weiß nicht«, sagte Chip.
Aber er wußte es. Anna VF hatte ihren Berater angerufen.
Er fuhr im Aufzug hinab, immer tiefer, immer tiefer, und überlegte sich, wieviel Anna wohl erzählt hatte, und was er sagen sollte; und plötzlich überkam ihn der Wunsch, zu weinen und Mary zu gestehen, daß er krank und selbstsüchtig und verlogen war. Die Mitglieder in den aufwärts fahrenden Lifts lächelten zufrieden und gelöst. Die fröhliche Musik aus den Lautsprechern paßte zu ihnen; keiner außer ihm war unglücklich oder schuldbewußt.
In den Beratungsbüros herrschte eine merkwürdige Stille. In einigen Kabinen sprachen Mitglieder mit ihren Beratern, aber die meisten standen leer, die Schreibtische waren aufgeräumt, und die Stühle warteten. In einer Kabine beugte sich ein Mitglied in grünem Overall über ein Telefon und hantierte mit einem Schraubenzieher daran herum.
Mary stand auf ihrem Stuhl und dekorierte das Bild *Wei spricht zu den Chemotherapeuten* mit einem Stück Weihnachtsgirlande. Auf dem Tisch lagen noch zwei, eine rote und eine grüne, und daneben standen Marys offenes Telecomp und ein Teegefäß.
»Li?« sagte sie, ohne sich umzudrehen. »Das ging aber schnell. Setz dich.«
Chip setzte sich. Grüne Zeichen leuchteten in Reihen auf dem Bildschirm des Telecomps auf. Der Antwort-Knopf wurde durch einen Briefbeschwerer, ein Souvenir aus RUSS 81 655, nach unten gedrückt.
»Bleib droben«, sagte Mary zu der Girlande und sprang vom Stuhl, um ihr Werk zu betrachten. Die Girlande blieb an ihrem Platz.
Mary drehte ihren Stuhl herum und lächelte Chip zu, als sie sich hinsetzte. Sie sah auf den Bildschirm des Telecomp, griff dabei nach ihrem Teegefäß und nippte daran. Sie stellte es ab und sah Chip an und lächelte.
»Ein Mitglied sagt, du brauchtest Hilfe«, sagte sie. »Das Mädchen, mit dem du gestern Nacht geschlafen hast. Anna« – sie warf einen schnellen Blick auf den Bildschirm – »VF35H6143.«
Chip nickte. »Ich habe ein schmutziges Wort gebraucht«, sagte er.

»Zwei«, sagte Mary, »aber das ist nicht von großer Bedeutung. *Wichtig* sind vielmehr einige der anderen Dinge, die du gesagt hast, darüber, welche Klassifizierung du dir aussuchen würdest, wenn wir dafür nicht UniComp hätten.«
Chip wandte den Blick von Mary und sah die rote und grüne Weihnachtsgirlande an.
»Denkst du oft darüber nach, Li?« fragte Mary.
»Nur manchmal«, sagte Chip. »In der Freistunde oder nachts, nie während des Unterrichts oder zur Fernsehzeit.«
»Auch die Nachtstunden zählen«, sagte Mary. »Dann solltest du schlafen.«
Chip sah sie an und schwieg.
»Wann hat es angefangen?« fragte sie.
»Ich weiß nicht«, sagte er. »Vor ein paar Jahren. In Eur.«
»Dein Großvater«, sagte sie.
Er nickte.
Sie schaute auf den Bildschirm, dann wieder, ganz traurig, auf Chip. »Ist dir noch nie eingefallen, daß ›entscheiden‹ und ›aussuchen‹ Anzeichen von Selbstsucht sind? *Akte* der Selbstsucht?«
»Doch, vielleicht schon«, sagte Chip und sah auf die Fingerspitze, mit der er über die Kante der Schreibtischplatte fuhr.
»Oh, Li«, sagte Mary. »Wozu bin ich denn da? Wozu gibt es Berater? Um uns zu helfen, nicht wahr?«
Er nickte.
»Warum hast du mir nichts gesagt? Oder deinem Berater in Eur? Warum hast du gewartet und dich um den Schlaf gebracht und diese Anna erschreckt?«
Chip zuckte die Achseln und sah immer noch auf seine Fingerspitze, die die Schreibtischplatte entlangstrich, und auf das Dunkle unter dem Fingernagel. »Es war irgendwie – interessant«, sagte er.
»Irgendwie interessant«, sagte Mary. »Es wäre auch interessant gewesen, an das vorvereinigungsmäßige Chaos zu denken, das wir hätten, wenn wir *wirklich* unsere eigenen Klassifizierungen aussuchten. Hast du daran gedacht?«
»Nein«, sagte Chip.

»Nun, dann tu es. Stell dir vor, was geschähe, wenn hundert Millionen Mitglieder beschlössen, Fernsehschauspieler zu werden, und nicht ein einziges, in einem Krematorium zu arbeiten.«
Chip blickte zu ihr hoch. »Bin ich sehr krank?« fragte er.
»Nein«, sagte Mary, »aber ohne Annas Hilfsbereitschaft hätte es soweit kommen können.« Sie nahm den Briefbeschwerer von dem Antwortknopf des Telecomps, und die grünen Zeichen verschwanden vom Bildschirm. »Berühren«, sagte sie.
Chip berührte den Raster mit seinem Armband, und Mary begann die Input-Tasten zu bedienen. »Du hast seit deinem ersten Schultag Hunderte von Tests mitgemacht, und UniComp hat jedes Ergebnis gespeichert.« Ihre Finger flogen über die zwölf schwarzen Tasten. »Du hast Hunderte von Sitzungen mit deinen Beratern hinter dir«, sagte sie, »und auch über diese weiß UniComp Bescheid. Er weiß, welche Aufgaben zu erfüllen sind und wer dafür geeignet ist. Er weiß *alles*. Also, wer kann die Klassifizierung besser und sachgerechter vornehmen, du oder UniComp?«
»UniComp, Mary«, sagte Chip. »Das weiß ich. Ich wollte es gar nicht wirklich selbst tun; ich habe nur – nur darüber nachgedacht, was *wäre*, wenn – nichts weiter.«
Mary war mit den Tasten fertig und drückte den Antwortknopf. Grüne Zeichen erschienen auf dem Schirm. Mary sagte: »Geh in den Behandlungsraum.«
Chip sprang auf die Füße. »Danke«, sagte er.
»Danke Uni«, sagte Mary. Sie stellte das Telecomp ab, klappte es zu und legte die Griffe um.
Chip zögerte. »Werde ich wieder gesund?« fragte er.
»Ganz und gar«, sagte Mary. Sie lächelte beruhigend.
»Tut mir leid, daß du meinetwegen am Sonntag hereinkommen mußtest«, sagte Chip.
»Das macht nichts«, sagte sie. »So werde ich wenigstens einmal im Leben vor dem 24. Dezember mit meiner Weihnachtsdekoration fertig werden.«
Chip verließ die Beratungsbüros und ging in den Behandlungsraum. Obwohl nur ein Apparat in Betrieb war, standen nur drei wartende

Mitglieder davor. Als er an die Reihe kam, steckte er seinen Arm in die gummiumrandete Öffnung, soweit er konnte, und spürte voll Dankbarkeit, wie der Raster ihn berührte und die Infusionsscheibe sich warm an ihn schmiegte. Er wünschte, das Kitzeln-Pieken-Stechen möge lange dauern und ihn für immer und vollständig heilen; aber es ging noch schneller als sonst, und er bekam Angst. Vielleicht war der Kontakt zwischen Uni und der Anlage unterbrochen oder sie enthielt nicht genug Chemikalien! Konnte es nicht sein, daß sie an einem ruhigen Sonntagmorgen achtlos bedient wurde?
Doch seine Sorgen verflogen bald, und als er im Aufzug nach oben fuhr, erschien ihm alles viel besser – er selbst, Uni, die Familie, die Welt, das Universum.
Als er in die Wohnung kam, rief er als erstes Anna an und bedankte sich bei ihr.

Mit fünfzehn wurde er als 663D klassifiziert – Genetik-Taxonomist vierter Klasse – und nach RUS 41 500 an die Akademie für Genetische Wissenschaft versetzt. Er übte sich in Labortechniken und wurde in die Vererbungslehre, in Mutation und Transplantations-Theorie eingeführt; er lief schlittschuh und spielte Fußball und besuchte das vV-Museum und das Museum der Errungenschaften der Familie; er hatte eine Freundin namens Anna aus Jap und dann eine andere namens Peace aus Aus. Am Donnerstag, dem 18. Oktober 151, blieb er, wie alle anderen von der Akademie, bis morgens vier Uhr auf, um den Start der *Altaira* zu verfolgen, und dann verschlief und vertrödelte er den halben freien Tag danach.
Eines Nachts riefen seine Eltern ganz unerwartet an. »Es ist etwas Schlimmes passiert«, sagte seine Mutter. »Papa Jan ist heute morgen gestorben.«
Die Trauer, die ihn überkam, war offensichtlich in seinem Gesicht zu lesen, denn seine Mutter sagte: »Er war zweiundsechzig, Chip. Er hat sein Leben gelebt.«
»Niemand lebt ewig«, sagte Chips Vater.
»Ja«, sagte Chip. »Ich hatte vergessen, wie alt er war. Wie geht es euch? Ist Peace schon klassifiziert worden?«

Als sie ihr Gespräch beendet hatten, brach er zu einem Spaziergang auf, obwohl es beinahe zehn Uhr abends war und draußen Regen fiel. Er ging in den Park. Alle kamen schon heraus. »Noch sechs Minuten«, sagte ein Mitglied und lächelte ihm zu.
Er kümmerte sich nicht darum. Er wollte naß werden, sich richtig durchregnen lassen. Er wußte nicht warum, aber er wollte es.
Er setzte sich auf eine Bank und wartete. Der Park war leer. Alle waren gegangen. Er dachte an Papa Jan, wie er immer das Gegenteil von dem sagte, was er meinte, und wie er dann tief im Innern von Uni, in eine blaue Decke gewickelt, sagte, was er wirklich dachte.
Auf die Rückenlehne der Bank auf der anderen Seite des Fußwegs hatte jemand mit roter Kreide ein windschiefes KAMPF UNI geschrieben. Ein anderer oder vielleicht dasselbe kranke Mitglied, das sich nachher wieder geschämt hatte – hatte die Inschrift mit Weiß durchgestrichen. Der Regen begann sie abzuwaschen, und weiße und rote Kreise vermischten sich zu einem rosaroten Rinnsal, das die Banklehne besudelte.
Chip wandte sein Gesicht zum Himmel und hielt es unbewegt dem Regen entgegen. Er versuchte sich vorzustellen, daß er vor Trauer weinte.

Zu Anfang von Chips drittem und letztem Jahr auf der Akademie fand ein komplizierter Austausch der Kabinen im Schlafsaal statt, damit alle näher bei ihrem Freund oder ihrer Freundin lagen. Auch Chip zog um und war nun zwei Kabinen von Yin DW entfernt. Direkt gegenüber auf der anderen Seite des Ganges schlief ein Mitglied namens Karl WL, der kleiner als normal war, oft einen grünen Skizzenblock mit sich herumtrug und selten von sich aus ein Gespräch anfing, obwohl ihm immer rasch eine Antwort einfiel.
Dieser Karl WL hatte einen außergewöhnlich konzentrierten Ausdruck in den Augen, als ob er der Antwort auf schwierige Fragen dicht auf der Spur wäre. Einmal bemerkte Chip, wie er nach Beginn der ersten Fernsehstunde aus dem Aufenthaltsraum verschwand und erst kurz vor Ende der zweiten wieder hereinschlüpfte, und eines Nachts im Schlafsaal sah er ein schwaches Leuchten durch Karls Bettdecke dringen, nachdem die Lichter ausgeschaltet waren.

Als Chip einmal Samstag nachts – eigentlich war es schon Sonntagmorgen – leise aus Yin DW's Kabine zu seiner eigenen zurückging, sah er Karl im Schlafanzug auf dem Bett sitzen. Er hielt seinen Skizzenblock unter das Licht einer Taschenlampe auf dem Schreibtisch und zeichnete mit raschen, ruckartigen Handbewegungen. Die Glühbirne der Taschenlampe war so abgedeckt, daß nur ein dünner Lichtstrahl herausdrang. Chip ging näher zu Karl und sagte: »Kein Mädchen diese Woche?« Karl schreckte zusammen und klappte den Block zu. In der Hand hielt er ein Stück Holzkohle.
»Entschuldige, daß ich dich überrascht habe«, sagte Chip.
»Macht nichts«, sagte Karl. Von seinem Gesicht waren in dem trüben Licht nur das Kinn und die Backenknochen zu erkennen. »Ich war früh fertig. Peace KG. Bleibst du nicht die ganze Nacht bei Yin?«
»Sie schnarcht«, sagte Chip.
Karl gluckste belustigt. »Ich lege mich jetzt hin«, sagte er.
»Was machst du denn?«
»Nur ein paar genetische Schaubilder«, sagte Karl. Er schlug den Deckel des Blocks zurück und zeigte Chip das erste Blatt. Chip kam näher, beugte sich nieder und schaute – auf Querschnitte von Genen in B 3, die sorgfältig mit einer Feder gezeichnet und schraffiert waren. »Ich habe es mit Holzkohle versucht«, sagte Karl, »aber das klappt nicht.« Er schloß den Block, legte die Holzkohle auf das Pult und knipste die Taschenlampe aus. »Schlaf gut«, sagte er.
»Danke«, sagte Chip. »Du auch.«
Er ging in seine eigene Kabine und kroch ins Bett. Er überlegte sich, ob Karl tatsächlich genetische Schaubilder gezeichnet hatte, für die Holzkohle wohl das ungeeignetste Material war. Wahrscheinlich sollte er mit seinem Berater, Li YB, darüber sprechen, daß Karl so geheimnisvoll tat und sich manchmal gar nicht wie ein Mitglied benahm; aber er beschloß, noch eine Weile zu warten, bis er sicher war, daß Karl Hilfe brauchte. Er wollte nicht Li YB's und Karls Zeit und seine eigene vergeuden, indem er unnötig Alarm schlug.

Ein paar Wochen später kam Weis Geburtstag, und nach dem Festumzug fuhren Chip und ein rundes Dutzend andere Studenten zum Ver-

gnügungsgarten hinaus, um dort den Nachmittag zu verbringen. Sie ruderten eine Weile und schlenderten dann durch den Zoo. Als sie vor einem Springbrunnen standen, sah Chip Karl WL auf dem Geländer vor dem Pferdegehege sitzen. Er hielt seinen Skizzenblock auf den Knien. Chip entschuldigte sich bei den anderen und ging hinüber.
Karl sah ihn kommen, lächelte ihn an und hinüber.
den Block zu. »War das nicht ein toller Festzug?« sagte er.
»Wirklich Klasse«, sagte Chip. »Zeichnest du die Pferde?«
»Ich versuch's mal.«
»Darf ich sehen?«
Karl sah ihm einen Moment in die Augen, dann sagte er: »Klar, warum nicht?« Er blätterte den Block durch, öffnete ihn in der Mitte und ließ Chip einen sich aufbäumenden Hengst in Holzkohle sehen, der dunkel und kraftvoll die Seite füllte. Muskeln wölbten sich unter dem glänzenden Fell; seine Augen rollten wild, und seine Vorderbeine bebten. Chip war völlig überrascht, wie lebendig und eindrucksvoll die Zeichnung war. Noch nie hatte er ein Pferdebild gesehen, das diesem auch nur annähernd gleichkam. Er suchte nach Worten und brachte nur heraus: »Das ist – großartig, Karl! Klasse!«
»Es ist nicht naturgetreu«, sagte Karl.
»Doch!«
»Nein!« sagte Karl. »Wenn es naturgetreu wäre, würde ich an der Kunstakademie studieren.«
Chip sah die echten Pferde in dem Gehege an und dann wieder Karls Zeichnung, dann wieder die Pferde, und er erkannte, daß ihre Beine dicker und ihre Flanken schmaler waren.
»Du hast recht«, sagte er und sah wieder die Zeichnung an. »Es ist nicht naturgetreu, aber irgendwie *besser* als naturgetreu.«
»Danke«, sagte Karl. »Das möchte ich erreichen. Ich bin noch nicht fertig.«
Chip schaute ihn an und fragte: »Hast du schon mehr gemacht?«
Karl schlug die vorhergehende Seite um und zeigte ihm einen sitzenden Löwen – stolz und wachsam. In der linken unteren Ecke der Seite stand ein A in einem Kreis. »Wunderschön!« sagte Chip. Karl drehte andere Seiten um; da gab es zwei Rehe, einen Affen, einen Adler im Flug, zwei

43

Hunde, die sich beschnupperten, und einen kauernden Leoparden. Chip lachte. »Du hast ja den ganzen Zoo beisammen!«
»Nein«, sagte Karl.
In der Ecke trug jede Zeichnung das von einem Kreis umgebene A.
»Was bedeutet das?« fragte Chip.
»Früher haben Künstler ihre Bilder immer signiert, damit man sehen konnte, wer sie geschaffen hat.«
»Ich weiß«, sagte Chip, »aber warum ein A?«
»Oh«, sagte Karl und blätterte die Seiten einzeln um. »Es steht für Ashi«, sagte er. »So nennt mich meine Schwester.« Er kam zu dem Pferd, zog eine neue Linie am Bauch und betrachtete die Pferde in dem Gehege mit seinem konzentrierten Blick, der nun ein Objekt und einen Grund hatte.
»Ich habe auch einen besonderen Namen«, sagte Chip. »Chip. Mein Großvater hat mich so genannt.«
»Chip? Span?«
»Das bedeutet ›Span vom alten Holz‹. Ich soll wie der Großvater meines Großvaters sein.« Chip sah Karl zu, wie er die Hinterbeine des Pferdes deutlicher herausarbeitete, und trat dann zur Seite. »Ich gehe besser zu meiner Gruppe zurück«, sagte er. »Aber deine Bilder sind große Klasse. Es ist eine Schande, daß du nicht als Maler klassifiziert wurdest.«
Karl sah ihn an. »Ich wurde es aber nicht«, sagte er, »deshalb zeichne ich nur sonntags und feiertags und in der Freistunde. Ich achte darauf, daß meine Arbeit und meine sonstigen Pflichten nie darunter leiden.«
»Richtig«, sagte Chip. »Bis später im Schlafsaal.«
An diesem Abend kam Chip nach dem Fernsehen in seine Kabine zurück und fand das Pferdebild auf seinem Schreibtisch. Karl fragte in seiner Kabine: »Willst du es haben?«
»Ja«, sagte Chip. »Danke. Es ist großartig.« Die Zeichnung war noch lebendiger und kraftvoller als zuvor. In einer Ecke stand ein A, das von einem Kreis umschlossen war.
Chip heftete die Zeichnung auf das schwarze Brett hinter dem Schreibtisch, und als er gerade fertig war, kam Yin DW herein, um ein *Universe*-Heft zurückzubringen, das sie ausgeliehen hatte. »Woher hast du das?« fragte sie.

»Es stammt von Karl WL«, sagte Chip.
»Sehr hübsch, Karl«, sagte Yin. »Du zeichnest gut.«
Karl, der gerade in seinen Schlafanzug schlüpfte, sagte: »Danke, es freut mich, daß es dir gefällt.«
Zu Chip gewandt, flüsterte Yin: »Die Proportionen stimmen überhaupt nicht, aber laß es trotzdem da. Es war nett von dir, daß du es aufgehängt hast.«

Ab und zu gingen Chip und Karl in der Freistunde in das vV-Museum. Karl machte Skizzen vom Mastodon und vom Bison, von den Höhlenmenschen in ihren Tierfellen, den Soldaten und Matrosen in ihren zahllosen verschiedenen Uniformen. Chip betrachtete die uralten Autos und Schreibmaschinen, die Safes und Handschellen und Fernsehgeräte. Er studierte die Bilder und Modelle der Bauwerke von einst: die Kirchen mit ihren Türmen und Pfeilern, die Schlösser mit ihren Zinnen, die großen und kleinen Häuser mit ihren Fenstern und verschließbaren Türen. Es wäre sicher ein angenehmes und erhebendes Gefühl, von seinem Zimmer oder seinem Arbeitsplatz auf die Welt zu schauen, und von außen mußte ein Haus bei Nacht mit vielen erleuchteten Fenstern hübsch oder sogar schön ausgesehen haben.
Eines Nachmittags kam Karl in Chips Kabine und stellte sich, die Fäuste in die Seite gestemmt, neben den Schreibtisch. Chip sah zu ihm auf und glaubte, Karl habe Fieber oder eine noch schlimmere Krankheit; sein Gesicht war gerötet, die Augen ganz schmal, sein Blick seltsam starr. Aber nein, nicht Fieber war daran schuld, sondern Zorn, ein Zorn, wie Chip ihn nie zuvor gesehen hatte; der so heftig war, daß Karl, als er zu sprechen versuchte, anscheinend seine Lippen nicht bewegen konnte.
Ängstlich fragte Chip: »Was hast du?«
»Li«, sagte Karl. »Hör zu. Tust du mir einen Gefallen?«
»Klar! Natürlich!«
Karl beugte sich dicht zu ihm vor und flüsterte: »Beantrage einen Zeichenblock für mich, ja? Ich habe gerade einen verlangt und nicht bekommen. Fünfhundert von den verdammten Dingern lagen auf einem riesigen Stapel, und ich mußte meinen zurückgeben!«
Chip starrte ihn an.

»Du beantragst einen, ja?« sagte Karl. »Jeder kann in seiner Freizeit ein wenig zeichnen, stimmt's? Du gehst hinunter, nicht wahr?«
Ganz unglücklich sagte Chip: »Karl –«
Karl sah ihn an, und sein Zorn verflog. »Nein«, sagte er und richtete sich auf, »ich habe – ich habe nur die Nerven verloren, es tut mir leid. Entschuldige, Bruder. Vergiß es.« Er klopfte Chip auf die Schulter. »Ist schon wieder in Ordnung«, sagte er. »Ich werde in einer Woche oder so wieder einen Antrag stellen. Ich habe ohnehin zuviel gezeichnet, glaube ich. Uni weiß es am besten.« Er ging den Flur hinunter zum Badezimmer.
Chip drehte sich wieder um zu seinem Schreibtisch und stützte sich auf die Ellbogen. Zitternd verbarg er sein Gesicht in den Händen.
Das geschah an einem Dienstag. Woodstags um 10.40 Uhr ging Chip jede Woche zu seinem Berater, und diesmal würde er Li YB von Karls Krankheit erzählen. Jetzt konnte keine Rede mehr davon sein, daß er voreilig Alarm schlug, im Gegenteil: Es war unverantwortlich gewesen, so lange zu warten. Beim ersten deutlichen Anzeichen hätte er etwas sagen müssen – als Karl sich vom Fernsehen davongeschlichen hatte (um zu zeichnen, natürlich) oder sogar schon, als er Karls seltsamen Blick bemerkte. Warum, zum Haß, hatte er gewartet? Im Geiste hörte er schon Li YBs freundlichen Vorwurf: »Du warst kein sehr guter Hüter deines Bruders, Li.«
Frühmorgens am Woodstag beschloß er jedoch, sich ein paar Overalls und den neuen *Genetiker* zu holen. Er ging hinunter in das Versorgungszentrum, nahm einen *Genetiker* und ein paar Overalls und ging ein Stück weiter und kam zur Abteilung Zeichenbedarf. Er sah den Stapel grüner Zeichenblöcke; fünfhundert waren es nicht, aber siebzig oder achtzig, und niemand schien sich um sie zu reißen. Er ging weg, weil er dachte, er müsse den Verstand verlieren. Doch wenn Karl versprach, nur dann zu zeichnen, wenn er durfte ...
Er ging zurück – *»Jeder kann in seiner Freizeit ein wenig zeichnen, stimmt's?* – und ergriff einen Block und eine Packung Kohlestifte. Mit klopfendem Herzen und zitternden Händen reihte er sich in die kürzeste Schlange ein. So tief wie möglich holte er Luft, noch einmal und noch einmal.

Er hielt sein Armband gegen den Raster, dann die Etikette der Overalls, den *Genetiker*, den Block und die Zeichenkohle. Die Antwort war jedesmal *ja*. Er machte Platz für das nächste Mitglied.
Er ging in den Schlafsaal zurück. Karls Kabine war leer, das Bett ungemacht. Er ging in seine eigene Kabine und legte die Overalls in das Fach und den *Genetiker* auf den Schreibtisch. Auf das oberste Blatt des Zeichenblocks schrieb er, immer noch zitternd: *Nur in der Freizeit, das mußt du mir versprechen.* Dann legte er den Block und die Zeichenkohle auf sein Bett, setzte sich an den Schreibtisch und sah sich den *Genetiker* an.
Karl kam in seine Kabine und fing an, sein Bett zu machen. »Gehört das dir?« fragte Chip.
Karl blickte auf den Zeichenblock und die Kohlestifte auf Chips Bett.
Chip sagte: »Mir gehört es nicht.«
»O ja, danke«, sagte Karl, kam herüber und nahm die Sachen. »Vielen Dank.«
»Du solltest deine NN auf die erste Seite schreiben«, sagte Chip, »wenn du dein Zeug so herumliegen läßt.«
Karl ging in seine Kabine, schlug den Zeichenblock auf und schaute die erste Seite an. Er sah zu Chip hinüber, nickte, hob die rechte Hand und sagte feierlich: »Bei der Liebe zur Familie!«
Sie fuhren zusammen hinunter in die Unterrichtsräume. »Warum mußtest du eine Seite unbrauchbar machen?« fragte Karl.
Chip lächelte.
»Das soll kein Witz sein«, sagte Karl. »Hast du noch nie gehört, daß man eine Notiz auf einen Schmierzettel schreiben kann?«
»Christus, Marx, Wood und Wei«, sagte Chip.

Im Dezember dieses Jahres, 152, kam die schreckliche Nachricht, daß der Graue Tod in allen Mars-Kolonien – außer einer – wütete und sie in neun Tagen vollkommen auslöschte. Wie in allen Einrichtungen der Familie herrschte auch in der Akademie für Genetische Wissenschaft hilfloses Schweigen, dann Trauer und endlich eine unerschütterliche Entschlossenheit, der Familie zu helfen, diesen bösen Schicksalsschlag zu überwinden. Alle arbeiteten härter und länger. Die Freizeit wurde

auf die Hälfte reduziert, auch sonntags fand Unterricht statt, und Weihnachten war nur ein halber Tag frei. Nur die Genetik konnte neue Kräfte für kommende Generationen heranzüchten; jeder hatte es eilig, seine Ausbildung abzuschließen und seine erste echte Aufgabe zu erhalten. An jeder Mauer klebten schwarze Plakate, auf denen in weißen Lettern stand: DER MARS MUSS WIEDER UNSER SEIN.
Der neue Geist herrschte mehrere Monate. Erst zum Marxfest gab es wieder einen ganztägigen Feiertag, und dann wußte keiner so richtig etwas damit anzufangen. Chip und Karl und ihre Freundinnen fuhren im Ruderboot zu einer der Inseln im Vergnügungsgarten-See und legten sich auf einen großen, flachen Felsen in die Sonne. Karl zeichnete seine Freundin. Das war, soviel Chip wußte, das erste Mal, daß er einen lebenden Menschen zeichnete.
Im Juni beantragte Chip wieder einen Zeichenblock für Karl.
Ihre Ausbildung war – fünf Wochen vor dem Termin – beendet, und ihre ersten Posten wurden ihnen zugewiesen. Chip kam in ein Forschungslaboratorium für Virengenetik in USA 90058, Karl in das Institut für Enzymologie in JAP 50319. Am Abend bevor sie die Akademie verließen, packten sie ihre Reisetornister. Karl zog grüne Zeichenblöcke aus seinen Schreibtisch-Schubladen, hier ein Dutzend, dort ein halbes, noch mehr Blöcke aus anderen Schubladen. Er türmte sie alle auf seinem Bett auf. »Die kriegst du nie alle in deinen Tornister«, sagte Chip.
»Habe ich auch nicht vor«, sagte Karl. »Die sind alle voll, ich brauche sie nicht mehr.« Er setzte sich auf das Bett, blätterte einen Block durch und riß zwei Zeichnungen heraus.
»Kann ich ein paar haben?« fragte Chip.
»Klar«, sagte Karl und schubste ihm einen Block zu.
Er enthielt zum größten Teil Skizzen aus dem vV-Museum. Chip nahm sich eine von einem Armbrust-Schützen im Kettenhemd und eine, auf der sich ein Affe kratzte.
Karl raffte die meisten Blöcke zusammen und ging den Flur hinunter zum Müllschlucker. Chip legte den Block auf Karls Bett und nahm sich einen anderen. In diesem sah er einen Mann und eine Frau, beide nackt, in einer Parklandschaft außerhalb einer kahlen Großstadt stehen. Sie waren größer als normal, sehr schön und seltsam würdevoll. Die Frau

sah ganz anders aus als der Mann, und zwar nicht nur im Genitalbereich: Ihre Haare waren länger, ihre Brüste traten hervor, und ihr ganzer Körper war weicher, sanfter und stärker gewölbt. Die Zeichnung war sehr gut, aber irgend etwas daran störte Chip, ohne daß er wußte, was es war. Er schlug weitere Seiten auf und erblickte andere Frauen und Männer. Die Bilder wurden sicherer und stärker, die Linien sparsamer und kühner; bessere Zeichnungen waren Karl nie gelungen, doch in jeder von ihnen lag etwas Störendes, Unausgewogenes, ein Mangel, den Chip nicht definieren konnte.

Es traf ihn wie ein Blitzschlag. Sie hatten keine Armbänder!

Er sah zur Sicherheit noch einmal nach. Sein Magen krampfte sich zusammen. Fast wurde ihm übel. Keine Armbänder! Auf keiner Zeichnung Armbänder! Und es bestand nicht die Möglichkeit, daß die Zeichnungen unvollendet waren, denn jede trug das A *im Kreis* in einer Ecke. Er legte den Zeichenblock weg und setzte sich auf sein Bett und sah zu, wie Karl zurückkam und den Rest der Blöcke einsammelte und lächelnd davontrug.

Im Aufenthaltsraum wurde getanzt, aber wegen der Mars-Katastrophe war die Stimmung gedrückt, und die Feier dauerte nicht lange. Später ging Chip mit seiner Freundin in ihre Kabine. »Was hast du?« fragte sie.

»Nichts.«

Auch Karl fragte ihn, als sie am Morgen die Bettdecken zusammenlegten. »Was hast du, Li?«

»Nichts.«

»Traurig, weil du von hier weg mußt?«

»Ein bißchen.«

»Ich auch. Komm, gib mir deine Laken, und ich werfe sie in den Müllschlucker.«

»Wie ist seine NN?« fragte Li YB.

»Karl WL35S7497«, sagte Chip.

Li YB kritzelte sie nieder. »Und was genau scheint ihm zu fehlen?« fragte er. Chip wischte sich die Handflächen an den Schenkeln ab. »Er hat ein paar Bilder von Mitgliedern gezeichnet«, sagte er.

»Verhalten sie sich aggressiv?«

»Nein, nein«, sagte Chip. »Sie stehen oder sitzen einfach herum, treiben es miteinander oder spielen mit Kindern.«
»Und?«
Chip sah auf den Schreibtisch. »Sie haben keine Armbänder.«
Li YB sagte nichts. Sie sahen einander an. Nach einem kurzen Augenblick fragte Li YB: »Mehrere Bilder?«
»Ein ganzer Zeichenblock voll.«
»Und überhaupt keine Armbänder?«
»Kein einziges.«
Li YB atmete tief ein und ließ dann die Luft rasch und stoßweise durch die Zähne zischen. Er sah auf seinen Notizblock. »OKWL35S7497P«, sagte er. Chip nickte.

Er zerriß das Bild des Armbrust-Schützen, weil es aggressiv war, und auch die Affen-Zeichnung. Er trug die Schnipsel zum Müllschlucker und warf sie hinein.
Er verstaute die letzten paar Dinge in seinem Tornister – seine Schere und sein Mundstück und eine gerahmte Fotografie von seinen Eltern und Papa Jan – und drückte ihn zu.
Karls Freundin kam herein, schon mit dem Tornister über der Schulter.
»Wo ist Karl?« fragte sie.
»Im Medizentrum.«
»Oh«, sagte sie. »Richte ihm aus, daß ich mich verabschieden wollte, ja?«
»Klar.«
Sie küßten sich auf die Wange.
»Lebwohl«, sagte sie.
»Lebwohl.«
Sie ging den Flur hinunter. Andere Studenten, die nun keine Studenten mehr waren, kamen vorbei. Sie lächelten Chip zu und sagten ihm Lebewohl. Er blickte sich in der leeren Kabine um. Das Pferdebild hing immer noch an der Tafel. Er ging hinüber und schaute es an, sah wieder den Hengst, der sich so lebendig und wild aufbäumte. Warum hatte Karl sich nicht mit den Tieren im Zoo begnügt? Warum hatte er angefangen, lebende Menschen zu zeichnen?

Chip spürte in sich ein Gefühl aufkeimen und stärker werden, das ihm sagte, es sei falsch gewesen, Li YB von Karls Zeichnungen zu erzählen. Aber natürlich wußte er, daß er recht gehabt hatte. Wie konnte es denn falsch sein, einem kranken Bruder zu helfen? Falsch wäre es gewesen, *nichts* zu sagen, den Mund zu halten wie früher und zuzulassen, daß Karl weiterhin Mitglieder ohne Armbänder zeichnete und immer kränker wurde. Schließlich hätte er vielleicht sogar Mitglieder gezeichnet, die sich aggressiv verhielten. Die kämpften!
Natürlich hatte er recht gehabt.
Und dennoch verließ ihn das Gefühl nicht, daß er falsch gehandelt hatte, und es wuchs, ganz unsinnig, zu Schuldbewußtsein an.
Es kam jemand auf ihn zu, und er drehte sich hastig um, weil er glaubte, es sei Karl, der sich bei ihm bedanken wollte. Es war nicht Karl, nur jemand, der an seiner Kabine vorbei dem Ausgang zuging.
Aber was würde geschehen: Karl würde vom Medizentrum zurückkommen und sagen: »Ich danke dir für deine Hilfe, Li. Ich war wirklich krank, aber jetzt geht es mit sehr viel besser«, und er würde sagen: »Danke nicht mir, Bruder, danke Uni«, und Karl würde sagen: »Nein, nein«, und sich noch einmal bei ihm bedanken und ihm die Hand schütteln.
Plötzlich wünschte er, nicht da zu sein, um Karls Dank für seine Hilfe zu empfangen; er ergriff seinen Tornister und lief zum Flur – blieb kurz stehen, überlegte und rannte zurück. Er nahm das Pferdebild von der Wand, öffnete seinen Tornister auf dem Schreibtisch, steckte die Zeichnung zwischen die Seiten eines Kolleghefts, schloß den Tornister und ging hinaus.
Er hastete über die abwärtsfahrende Rolltreppe, rief anderen Mitgliedern Entschuldigungen nach, immer getrieben von der Angst, Karl könnte ihm nachkommen. Er bahnte sich seinen Weg bis in das unterste Geschoß, wo der Bahnhof war, und stellte sich in die Reihe der Mitglieder, die warteten, bis sie den Flughafen betreten durften. Er hielt den Kopf gerade und blickte nicht zurück. Endlich kam er zu dem Raster. Er stand einen Augenblick davor und berührte ihn mit seinem Armband. Ein grünes JA blinkte auf. Er stürzte durch die Sperre.

Zweiter Teil: Erwachen

I

Zwischen Juli 153 und Marx 162 hatte Chip vier Posten inne: Zwei in Forschungslaboratorien in USA, einen – nur kurze Zeit – am Institut für Genetische Steuerung in IND, wo er eine Vorlesungsreihe über neue Fortschritte der Mutationsbeeinflussung hörte; und endlich arbeitete er fünf Jahre in einem Werk in CHI, das chemische Kunststoffe produzierte. Er wurde zweimal befördert, und 162 war er genetischer Taxonomist zweiter Klasse.
In diesen Jahren war er nach außen hin ein normales und zufriedenes Mitglied der Familie. Er verrichtete seine Arbeit ordentlich, nahm an Sport- und Erholungsprogrammen teil, hatte einmal pro Woche Geschlechtsverkehr, telefonierte jeden Monat mit seinen Eltern, die er alle zwei Jahre besuchte, und kam immer pünktlich zum Fernsehen, zu seinen Behandlungen und den Sitzungen mit seinem Berater, dem er keine körperlichen oder seelischen Beschwerden zu melden hatte.
Innerlich jedoch war er keineswegs normal. Das Schuldgefühl, das ihn seit seinem Abgang von der Akademie begleitete, hatte ihn dazu verleitet, sich seinem nächsten Berater nicht anzuvertrauen; denn er wollte das Gefühl nicht loswerden. Zwar war es kein angenehmes Gefühl, aber doch das stärkste, das er je erlebt hatte, und seltsamerweise bildete es eine Erweiterung seines Bewußtseins. Und weil er sich gegen seinen Berater verschloß – indem er keine Beschwerden meldete und die Rolle eines gelösten und zufriedenen Mitglieds spielte –, war es im Lauf der Jahre dazu gekommen, daß er sich gegen jeden in seiner Umgebung verschloß und den Dingen ganz allgemein mit gesteigerter Wachsamkeit und Vorsicht gegenüberstand. Schließlich erschien ihm alles fragwürdig: Vollnahrungskuchen und Overalls, die Gleichförmigkeit im Wohnen und Denken der Mitglieder und besonders seine Arbeit, denn er sah, daß sie nur einem Zweck diente: die universelle Gleichschaltung zu vollziehen. Natürlich konnte man sich keine anderen Alternativen vor-

stellen, aber er verschloß sich weiterhin und grübelte. Nur die ersten paar Tage nach den Behandlungen war er wirklich das Mitglied, das er vorgab zu sein.

Nur eines gab es auf der Welt, das unzweifelhaft richtig war: Karls Zeichnung von dem Pferd. Er rahmte sie – den Rahmen holte er nicht aus der Versorgungszentrale, sondern bastelte ihn selbst aus Holzstreifen, die er von der Rückseite einer Schublade abgelöst und glatt gefeilt hatte – und hängte sie in seinen Zimmern in USA, in IND und in CHI auf. Sie war viel erfreulicher anzusehen als *Wei spricht zu den Chemotherapeuten* oder *Marx beim Schreiben* oder *Christus vertreibt die Wechsler aus dem Tempel*.
In CHI dachte er ans Heiraten, aber nachdem ihm mitgeteilt wurde, er sei nicht zur Fortpflanzung ausersehen, fand er seine Absicht nicht mehr sehr sinnvoll.

Mitte Marx 162, kurz vor seinem siebenundzwanzigsten Geburtstag, wurde er an das Institut für Genetische Steuerung in IND 26 1 10 zurückversetzt und einem neu errichteten Gen-Unterteilungs-Zentrum zugewiesen. Neue Mikroskope hatten Unterschiede zwischen bisher identisch erscheinenden Genen gefunden, und er war einer von vierzig 663B's und C's, die sich mit der Feststellung dieser Unterschiede befaßten. Weil sein Zimmer vier Gebäude von dem Zentrum entfernt lag, mußte er zweimal am Tag einen kurzen Fußmarsch hinter sich bringen. Er fand eine Freundin, die ein Stockwerk unter ihm wohnte. Sein Berater hieß Bob RO und war ein Jahr jünger als er selbst. Das Leben ging anscheinend weiter wie zuvor.
Eines Abends im April jedoch, als er gerade vor dem Zubettgehen die Zähne putzen wollte, fand er ein kleines weißes Etwas in seinem Mundstück. Verblüfft zog er es heraus. Es war ein dreifach gefaltetes, eng zusammengerolltes Stück Papier. Er stellte das Mundstück ab und entfaltete ein dünnes, weißes Rechteck, auf dem getippt stand: *Du scheinst ein recht ungewöhnliches Mitglied zu sein. Zum Beispiel überlegst Du Dir, welche Klassifizierung Du aussuchen würdest. Hättest Du Lust, ein paar andere ungewöhnliche Mitglieder kennenzulernen? Laß es Dir ein-*

mal durch den Kopf gehen. Du bist nur zum Teil lebendig. Wir können Dir mehr helfen, als Du für möglich hältst.

Das Briefchen überraschte ihn, weil es soviel Kenntnis von seiner Vergangenheit verriet, und es verwirrte ihn, weil es so geheimnisvoll war. Und was sollte die merkwürdige Behauptung »Du bist nur zum Teil lebendig« bedeuten, was die ganze seltsame Botschaft? Und wer hatte sie – ausgerechnet – in sein Mundstück gelegt? Aber dann fiel ihm ein, daß es gar keinen besseren Platz gab, um sicherzugehen, daß er und niemand anderes sie fand. Wer also hatte sie schlauerweise dorthin gelegt? Jeder hätte im Laufe des Tages oder früher am Abend in sein Zimmer kommen können. Mindestens zwei Mitglieder waren tatsächlich hier gewesen. Auf seinem Schreibtisch hatten Zettel von seiner Freundin Peace SK und von der Sekretärin des Foto-Klubs gelegen.

Er putzte sich die Zähne, ging ins Bett und las das Briefchen noch einmal. Sein Verfasser oder eines der anderen »ungewöhnlichen Mitglieder« mußte Zugang zu UniComps Erinnerung an die Selbstklassifizierungs-Träume seiner Jugend gehabt haben, und das genügte der Gruppe anscheinend, um in ihm einen Gleichgesinnten zu sehen. War er das? Sie waren anormal, das stand fest! Aber was war *er*? War er nicht auch anormal? *Wir können Dir mehr helfen, als Du für möglich hältst.* Was sollte *das* heißen? Wie helfen? Wobei helfen? Und was sollte er tun, falls er sie wirklich kennenlernen wollte? Anscheinend nur warten – auf eine neue Botschaft, irgendeine neue Kontaktaufnahme. *Laß es Dir einmal durch den Kopf gehen*, stand auf dem Zettel.

Der letzte Gong ertönte, und er rollte das Papier wieder zusammen und steckte es in den Rücken des Buches auf seinem Nachttisch, *Weis lebendige Weisheit*. Er knipste das Licht aus und lag wach und dachte über die Botschaft nach. Sie war beunruhigend, aber doch interessant, und sie war einmal etwas anderes. *Hättest Du Lust, ein paar andere ungewöhnliche Mitglieder kennenzulernen?*

Bob RO sagte er nichts davon. Jedesmal, wenn er in sein Zimmer zurückkam, suchte er nach einem neuen Zettel in seinem Mundstück, fand aber keinen. Auf dem Weg zur Arbeit oder nach Hause, beim Fernsehen im Aufenthaltsraum, und wenn er im Speisesaal oder in der Versorgungszentrale in der Schlange der Wartenden stand, beobachtete er die

Mitglieder in seiner Nähe aufmerksam. Er lauerte auf eine bedeutungsvolle Bemerkung, nur einen Blick vielleicht oder eine Kopfbewegung, die ihn aufforderte, jemandem zu folgen. Nichts geschah.
Vier Tage vergingen, und er begann zu glauben, die Botschaft sei ein Scherz eines kranken Mitgliedes gewesen oder, schlimmer noch, irgendeine Art von Prüfung. Hatte Bob RO sie selbst geschrieben, um zu sehen, ob er sie erwähnen würde? Nein, das war lächerlich! Er wurde allmählich wirklich krank.
Er war neugierig gewesen – erregt sogar und voll Hoffnung, wenn er auch nicht wußte, worauf – aber nun, als ein Tag nach dem anderen verging, wurde er enttäuscht und gereizt.
Und dann, eine Woche nach der ersten Botschaft, geschah es: Dasselbe dreifach gefaltete, zusammengerollte Blatt Papier lag in seinem Mundstück. Er zog es heraus, und seine hoffnungsvolle Erregung stellte sich augenblicklich wieder ein. Er rollte das Papier auseinander und las:
Wenn du uns treffen und erfahren willst, wie wir dir helfen können, dann sei morgen abend um 11.15 am Unteren Christus-Platz, zwischen den Gebäuden J 16 und J 18. Berühre auf dem Weg dorthin keine Raster. Wenn vor einem, den du passieren mußt, Mitglieder in Sichtweite sind, dann gehe durch eine andere Straße. Ich werde bis 11.30 warten. Unterzeichnet war der Brief mit einem maschinegeschriebenen *Snowflake*.

Nur wenige Mitglieder befanden sich auf der Straße, und sie strebten ihren Betten zu, ohne nach links oder rechts zu blicken. Er mußte nur einmal einen Umweg machen, ging schneller und erreichte den Unteren Christus-Platz genau um 11.15. Er überquerte die weiße, mondhelle Fläche mit dem abgestellten Springbrunnen, in dem sich der Mond spiegelte, und fand J 16 und die dunkle Gasse, die es von J 18 trennte.
Es war niemand da – aber dann erblickte er, tief im Schatten, einen weißen Overall mit einem Zeichen, das wie das rote Kreuz der Medizentrum-Mitglieder wirkte. Er schritt in das Dunkel hinein, auf das Mitglied zu, das schweigend an der Mauer von J 16 stand.
»Snowflake?« fragte er.
»Ja«, es war eine Frauenstimme. »Hast du einen Raster berührt?«
»Nein.«

»Komisches Gefühl, nicht wahr?« Sie trug eine Art Maske, blaß und dünn und enganliegend.
»Ich habe es schon früher getan«, sagte er.
»Um so besser.«
»Nur einmal, und da hat mich jemand gestoßen«, sagte er. Sie schien älter als er, aber er wußte nicht, um wieviel.
»Wir gehen zu einem Ort, der fünf Minuten von hier entfernt ist«, sagte sie. »Dort kommen wir regelmäßig zusammen. Wir sind zu sechst, vier Frauen und zwei Männer – ein fürchterliches Verhältnis. Ich hoffe, daß du es verbessern wirst. Wir werden dir einen bestimmten Vorschlag machen. Wenn du darauf eingehst, könntest du einer der unseren werden; wenn nicht, dann wird unsere Begegnung heute nacht die letzte gewesen sein. In diesem Fall können wir aber nicht zulassen, daß du weißt, wie wir aussehen oder wo wir zusammenkommen.« Sie zog etwas Weißes aus der Tasche. »Ich muß dir die Augen verbinden«, sagte sie. »Deshalb trage ich den Medizentrum-Ovi, damit ich dich führen kann, ohne daß es auffällt.«
»Um diese Zeit?«
»Wir haben es schon früher gemacht und keine Schwierigkeiten gehabt«, sagte sie. »Du hast doch nichts dagegen?«
Er zuckte die Achseln. »Ich glaube nicht.«
»Leg das auf die Augen.« Sie gab ihm zwei Wattebäusche. Er schloß die Augen, legte die Bäusche auf und hielt sie mit den Fingern fest. Sie begann eine Binde um seinen Kopf und über die Wattebäusche zu wickeln, er nahm seine Finger weg und neigte den Kopf, um ihr zu helfen. Sie wand die Binde immer weiter um seinen Kopf, bis auch seine Stirn und seine Wangen bedeckt waren.
»Bist du wirklich nicht vom Medizentrum?« fragte er.
Sie kicherte und sagte: »Bestimmt nicht!« Sie zog das Ende der Binde stramm und steckte es fest, drückte ihm den Verband noch einmal ordentlich gegen das Gesicht und die Augen und nahm dann seinen Arm. Sie drehte ihn um – in Richtung Christus-Platz, das wußte er – und begann ihn zu führen.
»Vergiß deine Maske nicht«, sagte er.
Sie blieb kurz stehen. »Gut, daß du mich daran erinnerst, danke«, sagte

sie. Ihre Hand ließ seinen Arm los und kam einen Augenblick später wieder zurück. Sie schritten voran.
Der Klang ihrer Schritte veränderte sich, hallte im Raum, und ein Lufthauch kühlte sein Gesicht unter dem Verband – sie waren auf dem Platz.
»Snowflakes« Hand auf seinem Arm zog ihn schräg nach links, in die Richtung, die vom Institut wegführte.
»Wenn wir an unserem Ziel angekommen«, sagte sie, »werde ich ein Stück Pflaster über dein Armband kleben; über meines auch. Wir vermeiden nach Möglichkeit, die NN's der anderen zu kennen. Ich kenne deine – ich war diejenige, die dich ausfindig gemacht hat –, aber die anderen nicht. Sie wissen nur, daß ich ihnen ein vielversprechendes Mitglied bringe. Später müssen vielleicht einer oder zwei Bescheid wissen.«
»Prüfst du die Daten von jedem, der hierher versetzt wird?«
»Nein. Wieso?«
»Hast du mich nicht ›ausfindig‹ gemacht, weil du darauf gestoßen bist, daß ich daran gedacht habe, mich selbst zu klassifizieren?«
»Hier geht es drei Stufen hinunter«, sagte sie. »Nein, das war nur die Bestätigung. Und zwei und drei. Was mir auffiel, war dein Blick, der Blick eines Mitglieds, das nicht hundertprozentig im Schoß der Familie ruht. Du wirst auch lernen, ihn zu erkennen, wenn du dich uns anschließt. Ich fand heraus, wer du bist, und dann ging ich in dein Zimmer und sah das Bild an der Wand.«
»Das Pferd?«
»Nein, *Marx beim Schreiben*«, sagte sie. »Natürlich das Pferd. Du hast es so gezeichnet, wie es einem normalen Mitglied nicht einmal im Traum einfallen würde. *Dann*, nachdem ich das Bild gesehen hatte, habe ich deine Daten geprüft.«
Sie verließen den Platz und befanden sich auf den Gehwegen westlich davon – K oder L, das wußte er nicht genau.
»Du hast dich geirrt«, sagte er. »Das Bild hat ein anderer gezeichnet.«
»Du hast es gezeichnet!« sagte sie. »Du hast Kohlestifte und Skizzenblöcke beantragt.«
»Für das Mitglied, von dem die Zeichnung stammt, einen Freund von der Akademie.«
»Ach, *das* ist ja interessant.« sagte sie. »Du hast mit Anträgen gemogelt!

Ein besseres Zeichen gibt es überhaupt nicht! Auf jeden Fall gefiel dir das Bild so gut, daß du es aufgehoben und gerahmt hast. Oder hat den Rahmen auch dein Freund gemacht?«
Er lächelte. »Nein, das war ich«, sagte er. »Dir ist nichts entgangen.«
»Hier gehen wir nach rechts.«
»Bist du Beraterin?«
»Ich? Haß, nein.«
»Aber du hast Einsicht in die Lebensdaten?«
»Gelegentlich.«
»Bist du am Institut?«
»Frag nicht soviel«, sagte sie. »Hör mal, wie sollen wir dich nennen, anstatt Li RM?«
»Oh, Chip«, sagte er.
»Chip? Nein«, sagte sie, »sag nicht einfach, was dir als erstes einfällt. Du solltest ›Pirat‹ oder ›Tiger‹ heißen oder so ähnlich. Die anderen heißen King und Lilac und Leopard und Hush und Sparrow.«
»Chip wurde ich als Junge genannt«, sagte er. »Ich bin daran gewöhnt.«
»Na schön«, sagte sie, »aber *ich* hätte mir etwas anderes ausgesucht. Weißt du, wo wir sind?«
»Nein.«
»Gut. Jetzt nach links.«

Sie schritten durch eine Tür, Stufen empor, durch eine andere Tür in eine Art großen Saal, in dem ihre Schritte laut widerhallten. Sie wechselten immer und immer wieder die Richtung, als ob sie an einer Reihe unregelmäßig placierter Gegenstände vorübergingen. Sie stiegen eine stillstehende Rolltreppe hoch und schritten dann einen Flur entlang, der nach rechts abbog.
Sie hielt ihn an und verlangte sein Armband. Er hob sein Handgelenk hoch, und sein Armband wurde gedrückt und gerieben. Er berührte es – an der Stelle seiner NN war alles glatt. Durch diese Veränderung und seine Blindheit fühlte er sich plötzlich ganz körperlos, als ob er gleich vom Boden empor und durch die Wände ins All hinausschweben und sich in Nichts auflösen müßte.
Sie nahm wieder seinen Arm. Sie gingen weiter und blieben stehen. Er

vernahm ein Klopfen, dann zwei weitere Klopfzeichen; eine Tür wurde geöffnet, Stimmen verstummten. »Hallo«, sagte sie und führte ihn weiter nach vorne. »Das ist Chip. Anders tut er es nicht.«
Stühle wurden gerückt, Stimmen begrüßten ihn. Eine Hand ergriff die seine und schüttelte sie. »Ich bin King«, sagte ein Mitglied, ein Mann. »Ich freue mich, daß du dich entschlossen hast, zu kommen.«
»Danke«, sagte Chip.
Eine andere Hand ergriff die seine. Ihr Druck war kräftiger. »Snowflake sagt, du seist ein richtiger Künstler« – ein Mann, der älter war als King. »Ich bin Leopard.«
Andere Hände kamen schnell auf ihn zu – Frauenhände. »Grüß dich, Chip. Ich bin Lilac.« »Und ich bin Sparrow. Ich hoffe, du gehörst bald ganz zu uns.« »Ich bin Hush, Leopards Frau. Grüß dich.« Ihre Hand und ihre Stimme waren alt, die beiden anderen Frauen waren jung.
Er wurde zu einem Stuhl geführt und daraufgesetzt. Er streckte die Hände aus und stieß an eine glatte, leere Tischplatte mit leicht geschwungener Kante. Vermutlich war es ein ovaler oder ein großer runder Tisch. Die anderen setzten sich, rechts von ihm Snowflake, die sprach, links jemand anderes. Er roch, daß etwas brannte, schnupperte, um sicher zu sein. Keiner der anderen schien etwas zu merken. »Hier brennt etwas«, sagte er.
»Tabak«, sagte die alte Frau, Hush, links von ihm.
»Tabak?«
»Wir rauchen ihn«, sagte Snowflake. »Möchtest du versuchen?«
»Nein«, sagte er.
Ein paar von ihnen lachten. »Man stirbt nicht wirklich davon«, sagte King, weiter links. »Ich nehme sogar an, daß er in mancher Hinsicht heilsam wirkt.«
»Es ist ein richtiger Genuß«, sagte eine der jungen Frauen auf der anderen Seite des Tischs.
»Nein, danke«, sagte er.
Sie lachten wieder und machten ihre Bemerkungen, dann verstummten sie nacheinander. Seine rechte Hand auf der Tischplatte wurde von Snowflakes Hand bedeckt. Er hätte sie gern weggezogen, beherrschte sich jedoch. Es war dumm gewesen, zu kommen. Was hatte er hier zu

suchen, blind zwischen diesen kranken Mitgliedern mit ihren falschen Namen sitzend? Im Vergleich zu ihnen war seine Anormalität nicht der Rede wert. Tabak! Das Zeug war vor hundert Jahren ausgerottet worden. Woher, zum Haß, hatten sie ihn bekommen?

»Entschuldige den Verband, Chip«, sagte King. »Ich nehme an, Snowflake hat dir erklärt, warum er notwendig ist.«

»Ja«, sagte Chip, und Snowflake sagte: »Ich habe es ihm erklärt.« Sie ließ Chips Hand los, und er nahm sie vom Tisch und umklammerte damit seine Hand in seinem Schoß.

»Wir sind anormale Mitglieder – das ist wohl nicht zu übersehen«, sagte King. »Wir tun viele Dinge, die allgemein als krankhaft betrachtet werden. Aber wir glauben, wir *wissen*, daß sie das nicht sind.« Seine Stimme war kräftig und tief und gebieterisch. Chip stellte ihn sich als großen, wuchtigen Mann um die vierzig vor. »Ich werde nicht auf zu viele Einzelheiten eingehen«, sagte er, »weil du in deinem derzeitigen Zustand darüber schockiert und entsetzt wärst, genau wie offenbar schon über die Tatsache, daß wir Tabak rauchen. Du wirst die Einzelheiten in der Zukunft selbst herausfinden, falls es, was dich und uns betrifft, eine Zukunft *gibt*.«

»Wie meinst du das«, sagte Chip, »in meinem derzeitigen Zustand?«

Einen Augenblick herrschte Schweigen. »Während du durch deine letzte Behandlung betäubt und normalisiert bist«, sagte King.

Chip saß ruhig da, das Gesicht in Kings Richtung gewandt, wie gelähmt von der Unsinnigkeit dieser Worte. Er überdachte das Gesagte noch einmal und antwortete: »Ich bin nicht betäubt und normalisiert.«

»Doch, das bist du«, sagte King.

»Die ganze Familie ist es«, sagte Snowflake, und von weiter her erklang Leopards Altmännerstimme: »Alle, nicht nur du.«

»Was glaubst du, was du bei einer Behandlung bekommst?« fragte King.

Chip sagte: »Impfstoffe, Enzyme, Empfängnisverhüter, manchmal ein Beruhigungsmittel ...«

»*Immer* ein Beruhigungsmittel«, sagte King, »und LPK, das die Aggressivität vermindert und die Freude und die Wahrnehmungsfähigkeit und jede verfluchte Regung, zu der das Gehirn fähig ist.«

»Und ein sexuelles Dämpfungsmittel ist dabei«, sagte Snowflake.

»Das auch«, sagte King. »Einmal in der Woche zehn Minuten automatischer Sex, das ist kaum ein Bruchteil des Möglichen.«
»Das glaube ich nicht«, sagte Chip. »Nichts davon.«
»Es ist wahr, Chip.« »Wirklich, es stimmt.«
»Du bist doch Genetiker«, sagte King, »und arbeitet die genetische Steuerung nicht darauf hin, die Aggressivität auszuschalten, den Geschlechtstrieb zu unterdrücken, Hilfsbereitschaft und Sanftmut und Dankbarkeit zu züchten? Dafür müssen Behandlungen sorgen, solange die genetische Steuerung noch nicht mehr als Körpergröße und Hautfarbe bestimmen kann.«
»Behandlungen helfen uns«, sagte Chip.
»Sie helfen Uni«, sagte die Frau auf der anderen Seite des Tischs.
»Und den Wei-Anbetern, die Uni programmiert haben«, sagte King.
»Aber sie helfen *uns* nicht soviel, wie sie uns schaden. Sie machen uns zu Maschinen.«
Chip schüttelte den Kopf, einmal und noch einmal.
»Snowflake hat uns erzählt« – jetzt sprach Hush mit ihrer trockenen, ausdruckslosen Stimme – »daß du anormale Neigungen hast. Ist dir noch nie aufgefallen, daß sie unmittelbar vor einer Behandlung stärker und nachher schwächer sind?«
Snowflake sagte: »Ich wette, du hast diesen Bilderrahmen einen oder zwei Tage *vor* einer Behandlung gemacht, nicht kurz danach.«
Er überlegte einen Augenblick. »Das weiß ich nicht mehr«, sagte er, »aber wenn ich als Junge daran gedacht habe, mich selbst zu klassifizieren, fand ich es nach den Behandlungen dumm und vorvereinigungsmäßig, aber vor den Behandlungen war es – erregend.«
»Siehst du«, sagte King.
»Aber diese Erregung war *krankhaft*!«
»Sie war gesund«, sagte King, und die Frau gegenüber sagte: »Du warst lebendig und hast etwas gefühlt, und *irgendein* Gefühl zu haben ist gesünder, als gar nichts zu empfinden.«
Er dachte an das Schuldgefühl, das er seinen Beratern verheimlichte, seitdem die Sache mit Karl auf der Akademie passiert war. Er nickte.
»Ja«, sagte er, »ja, das könnte sein.« Er wandte sein Gesicht King zu, der Frau, Leopard und Snowflake, und er wünschte, er könnte seine

Augen öffnen und sie ansehen. »Aber eines verstehe ich nicht«, sagte er. »*Ihr* bekommt Behandlungen, nicht wahr? Seid *ihr* dann nicht ...«
»Reduziert«, sagte Snowflake.
»Ja, wir bekommen Behandlungen«, sagte King, »aber wir haben erreicht, daß sie herabgesetzt wurden, daß uns gewisse Bestandteile in geringeren Dosen verabreicht werden. Deshalb sind wir ein wenig mehr als die Maschinen, für die Uni uns hält.«
»Und das bieten wir auch *dir* an«, sagte Snowflake. »Eine Möglichkeit, mehr zu sehen, zu empfinden und zu tun und größere Freude zu verspüren.«
»Und unglücklicher zu sein. Sagt ihm das auch.« Diese sanfte und klare Stimme hörte er zum ersten Mal. Sie gehörte der anderen jungen Frau, die links von Chip auf der gegenüberliegenden Seite des Tischs, in der Nähe von King, saß.
»Das stimmt nicht«, sagte Snowflake.
»Doch, es ist so«, sagte die klare Stimme – beinahe die Stimme eines Mädchens; Chip schätzte sie nicht älter als zwanzig. »Es wird Tage geben, an denen du Christus, Marx, Wood und Wei haßt«, sagte sie, »und Uni in Brand stecken möchtest. Und es wird Tage geben, an denen du dein Armband abreißen möchtest und wie die alten Unheilbaren auf einen Berggipfel stürmen, nur damit du tun kannst, was du willst, und selbst Entscheidungen treffen und dein eigenes Leben leben.«
»Lilac«, sagte Snowflake.
»Es werden Tage kommen, an denen du *uns* haßt«, sagte sie, »weil wir dich aufgeweckt haben und dich *nicht* zur Maschine werden ließen. Maschinen sind im Weltall zu Hause, Menschen sind Fremdlinge.«
»Lilac«, sagte Snowflake, »wir versuchen Chip für uns zu gewinnen, nicht, ihn in die Flucht zu schlagen.« Zu Chip sagte sie: »Lilac ist *wirklich* nicht normal.«
»Es ist schon etwas Wahres an dem, was Lilac sagt«, sagte King. »Ich glaube, wir alle wünschen uns gelegentlich einen Ort, zu dem wir gehen könnten, eine Siedlung oder eine Kolonie, wo wir unsere eigenen Herren wären ...«
»Ich nicht«, sagte Snowflake.
»Und da es einen solchen Ort nicht gibt«, sagte King, »sind wir manch-

mal unglücklich, ja! Du nicht, Snowflake, ich weiß. Anscheinend bringt die Fähigkeit, Glück zu empfinden – von seltenen Ausnahmen wie Snowflake abgesehen – auch die Möglichkeit, unglücklich zu sein, mit sich. Aber wie Sparrow sagte, ist es besser und gesünder, irgend etwas zu empfinden als gar nichts, und die unglücklichen Momente kommen wirklich nicht so häufig vor.«
»Doch«, sagte Lilac.
»Ach, Unsinn«, sagte Snowflake. »Hören wir doch mit diesem Gerede über Unglück auf.«
»Keine Sorge, Snowflake«, sagte die Frau auf der anderen Seite des Tisches, Sparrow, »wenn er aufsteht und wegläuft, kannst du ihm ein Bein stellen.«
»Ha, ha, Haß, Haß«, sagte Snowflake.
»Snowflake, Sparrow«, sagte King.
»Nun, Chip, wie lautet deine Antwort? Möchtest du, daß deine Behandlungen eingeschränkt werden? Es geht in Etappen vor sich; die erste ist einfach, und wenn es dir nicht gefällt, wie du dich in einem Monat fühlst, kannst du zu deinem Berater gehen und sagen, du seist von einer Gruppe sehr kranker Mitglieder angesteckt worden, die du leider nicht identifizieren kannst.«

Nach kurzer Pause sagte Chip: »Einverstanden. Was muß ich tun?«
Snowflake drückte seinen Arm. Hush flüsterte: »Gut!«
»Moment, ich zünde gerade meine Pfeife an«, sagte King.
»Raucht ihr alle?« fragte Chip. Der intensive Brandgeruch stieg ihm beißend in die Nase.
»Jetzt nicht«, sagte Hush. »Nur King, Lilac und Leopard.«
»Wir haben es aber alle schon *getan*«, sagte Snowflake. »Man raucht ja nicht dauernd. Du tust es eine Weile, und dann hörst du wieder eine Weile auf.«
»Woher bekommt ihr den Tabak?«
»Wir pflanzen ihn an«, sagte Leopard mit Genugtuung. »Hush und ich. In einem Park.«
»In einem Park?«
»Du hast schon richtig gehört«, sagte Leopard.

»Wir haben zwei Fleckchen Land«, sagte Hush, »und letzten Sonntag haben wir ein drittes ausfindig gemacht.«
»Chip?« sagte King, und Chip wandte sich ihm zu und lauschte. »Der erste Schritt besteht im Grunde nur darin, daß du dich verhältst, als wärst du *über*behandelt worden«, sagte King. »Du wirst langsamer bei der Arbeit, beim Sport, bei allem – aber nur ein *wenig*, nicht so, daß es auffällt. Mache einen kleinen Fehler bei deiner Arbeit und ein paar Tage später wieder einen. Und sei sexuell nicht auf der Höhe. Am besten ist es, wenn du onanierst, bevor du mit deiner Freundin zusammen bist. So kannst du überzeugend versagen.«
»Onanieren?«
»Oh, vollbehandeltes, vollbefriedigtes Mitglied«, sagte Snowflake.
»Verschaffe dir einen Orgasmus mit der Hand«, sagte King. »Und dann nimm es nicht zu tragisch, wenn du später keinen hast. Laß deine Freundin *ihrem* Berater davon erzählen; du sagst deinem nichts. Nimm alles ein bißchen auf die leichte Schulter: deine Fehler, deine Verspätung bei Verabredungen usw. Laß die anderen darauf aufmerksam werden und Meldung machen.«
»Tu so, als ob du beim Fernsehen einschläfst«, sagte Sparrow.
»Bis zu deiner nächsten Behandlung sind es noch zehn Tage«, sagte King. »Wenn du tust, was ich dir gesagt habe, wird dir dein Berater nächste Woche wegen deiner allgemeinen Schlappheit auf den Zahn fühlen. Du zeigst wieder keine Besorgnis, nur Apathie! Wenn du alles richtig machst, werden die Beruhigungsmittel bei deiner Behandlung ein klein wenig sparsamer dosiert, gerade soviel, daß du in einem Monat darauf brennst, etwas über die zweite Etappe zu hören.«
»Das klingt recht einfach«, sagte Chip.
»Ist es auch«, sagte Snowflake, und Leopard sagte: »Wir haben es alle getan, du kannst es auch.«
»Eine Gefahr besteht allerdings«, sagte King. »Obwohl deine Behandlung vielleicht eine Kleinigkeit schwächer ist als sonst, wird sie in den ersten paar Tagen noch stark wirken. Du wirst bereuen, was du getan hast, und das Bedürfnis spüren, deinem Berater alles zu gestehen und stärkere Behandlungen als je zuvor zu Ob du diesem Drang widerstehen kannst, läßt sich nicht voraussagen. Uns ist es gelungen, anderen jedoch

nicht. Im letzten Jahr haben wir zwei andere Mitglieder eingeweiht, und sie haben den Erschöpfungszustand vorgetäuscht, aber dann einen oder zwei Tage nach der Behandlung sind sie schwach geworden und haben alles gestanden.«

»Wird denn mein Berater nicht mißtrauisch werden, wenn ich mich erschöpft zeige? Er muß doch von diesen anderen gehört haben.«

»Ja«, sagte King, »aber es gibt echte Erschöpfungszustände: wenn ein Mitglied weniger Beruhigungsmittel als früher braucht. Wenn du dich geschickt anstellst und überzeugend wirkst, wird man dir schon glauben. Der Drang, zu gestehen, ist viel eher ein Grund zur Besorgnis.«

»Du mußt dir immer wieder vorsagen« – jetzt sprach Lilac –, »daß du dich nur deshalb für krank und hilfsbedürftig hältst, weil man dir ohne deine Einwilligung eine chemische Substanz eingeflößt hat.«

»Meine Einwilligung?«

»Ja«, sagte sie. »Dein Körper gehört dir, nicht Uni.«

»Ob du gestehst oder durchhältst«, sagte King, »hängt davon ab, wie widerstandsfähig dein Geist gegen Veränderungen durch Chemikalien ist, und darauf hast du kaum Einfluß. Aufgrund dessen, was wir von dir wissen, würde ich sagen, daß deine Chancen gut stehen.«

Sie gaben ihm noch einige Tips, wie er seine Lethargie augenfällig beweisen könnte – ein- oder zweimal den Mittagskuchen auslassen und vor dem letzten Gong ins Bett gehen –, und dann schlug King vor, Snowflake solle ihn zu ihrem Treffpunkt zurückbringen. »Ich hoffe, wir sehen dich wieder, Chip«, sagte er. »Ohne den Verband.«

»Das hoffe ich auch«, sagte Chip. Er stand auf und schob seinen Stuhl zurück. »Viel Glück!« sagte Hush. Sparrow und Leopard, und als letzte Lilac, sagten ebenfalls: »Viel Glück, Chip!«

»Was geschieht«, fragte er, »wenn ich dem Drang, zu gestehen, nicht nachgebe?«

»Wir werden es erfahren«, sagte King, »und einer von uns wird ungefähr zehn Tage nach der Behandlung Verbindung zu dir aufnehmen.«

»Wie werdet ihr es erfahren?«

»Wir werden es erfahren.«

Snowflake ergriff seinen Arm. »Gut«, sagte Chip. »Ich danke euch allen.«

Sie sagten »Oh, bitte« und »Gern geschehen, Chip« und »Es war uns ein Vergnügen«. Das hörte sich seltsam an, und dann – als Snowflake ihn aus dem Raum führte – wußte er, warum: Keiner hatte »Danke Uni« gesagt.

Sie gingen langsam. Snowflake hielt seinen Arm nicht wie eine Krankenschwester, sondern wie ein Mädchen, das mit seinem Freund spazierengeht.
»Es ist schwer zu glauben«, sagte er, »daß das, was ich jetzt fühlen und sehen kann – nicht alles ist.«
»Es ist nicht einmal die Hälfte«, sagte sie. »Du wirst schon noch dahinterkommen.«
»Das hoffe ich.«
»Ich bin sicher, daß es dir gelingt.«
Er lächelte und sagte: »Warst du dir bei den beiden anderen sicher, die es vergeblich versucht haben?«
»Nein«, sagte sie. Dann: »Ja, bei dem einen schon, aber bei dem anderen nicht.«
»Worin besteht die zweite Stufe?«
»Bring zuvor einmal die erste hinter dich.«
»Gibt es mehr als zwei?«
»Nein. Wenn die zweite klappt, werden die Behandlungen drastisch eingeschränkt, und dann erwachst du *wirklich* zum Leben. Apropos Stufen: Direkt vor uns sind drei, nach oben.«
Sie stiegen die drei Stufen hoch und gingen weiter. Sie waren wieder auf dem Platz angelangt. Alles war vollkommen still, und kein Lüftchen regte sich mehr.
»Das beste ist der Geschlechtsverkehr«, sagte Snowflake. »Er wird viel besser, viel intensiver und aufregender, und du wirst beinahe jede Nacht dazu imstande sein.«
»Das ist ja unglaublich!«
»Und denk bitte daran«, sagte sie, »daß ich es war, die dich gefunden hat. Wenn ich dich dabei erwische, daß du Sparrow auch nur *ansiehst*, bringe ich dich um.«
Chip zuckte zusammen und redete sich gut zu, nicht kindisch zu sein.

»Entschuldige«, sagte sie. »Ich werde mich dir gegenüber aggressiv verhalten. Wahnsinnig aggressiv.«
»Ist schon gut«, sagte er. »Ich bin nicht schockiert.«
»Nicht sehr.«
»Was ist mit Lilac?« sagte er. »Darf ich sie ansehen?«
»Soviel du willst. Sie liebt King.«
»Ach?«
»Mit vorvereinigungsmäßiger Leidenschaft. Er war es, der die Gruppe ins Leben gerufen hat. Nach Lilac kamen Leopard und Hush dazu, dann ich, dann Sparrow.«
Ihre Schritte wurden lauter und widerhallend. Sie hielt ihn an. »Wir sind da«, sagte sie. Er spürte, daß sie an dem Verband zupfte, und senkte den Kopf. Sie fing an, den Verband abzuwickeln, und legte Hautflächen bloß, die sofort kühl wurden. Sie entfernte den Verband vollends und nahm endlich die Watte von seinen Augen. Er blinzelte und riß die Augen weit auf.
Sie stand dicht bei ihm, im hellen Mondenschein, und es schien ihm, als blicke sie ihn herausfordernd an, während sie den Verband in ihren Medizentrum-Overall stopfte. Irgendwie hatte sie ihre bleiche Maske wieder angelegt – aber zu seiner maßlosen Überraschung sah er, daß es gar keine Maske war; es war ihr Gesicht. Sie war hell. Heller als irgendein anderes Mitglied, das er je gesehen hatte, von wenigen beinahe Sechzigjährigen abgesehen. Sie war fast weiß. Fast so weiß wie Schnee.
»Maske ordnungsgemäß angelegt«, sagte sie.
»Entschuldige«, sagte er.
»Macht nichts«, sagte sie. »In irgendeiner Beziehung sind wir alle merkwürdig. Schau dieses Auge an.« Sie war um die fünfunddreißig, hatte scharfe Züge und frisch geschnittene Haare und sah intelligent aus.
»Enschuldige«, sagte er noch einmal.
»Ich sagte, es ist gut!«
»Darfst du mir denn zeigen, wie du aussiehst?«
»Ich will dir einmal etwas sagen: Wenn du nicht durchkommst, ist es mir vollkommen egal, ob die ganze Bande normalisiert wird. Ich glaube, es wäre mir sogar lieber.« Sie nahm seinen Kopf in beide Hände und küßte ihn. Ihre Zunge zuckte auf seinen Lippen, glitt spielerisch in sei-

nen Mund und umschlang seine Zunge. Snowflake hielt seinen Kopf fest, drängte ihr Becken gegen seinen Unterleib und rieb sich in kreisenden Bewegungen an ihm. Er fühlte seine Männlichkeit reagieren und legte die Hände auf Snowflakes Schulter. Er versuchte, das Spiel ihrer Zunge zu erwidern.
Sie entzog ihm ihren Mund. »Recht ermutigend, wenn ich bedenke, daß es mitten in der Woche ist«, sagte sie.
»Christus, Marx, Wood und Wei«, sagte er. »Küßt ihr alle so?«
»Nur ich, Bruder«, sagte sie. »Nur ich.«
Sie küßten sich noch einmal.
»Geh jetzt nach Hause«, sagte sie. »Berühre keinen Raster.«
Er ließ sie los und trat einen Schritt zurück. »Ich sehe dich im nächsten Monat«, sagte er.
»Das möchte ich dir geraten haben«, sagte sie. »Viel Glück!«
Er trat auf den Platz hinaus und machte sich auf den Weg zum Institut. Einmal drehte er sich um. Zwischen den kahlen mondweißen Gebäuden war nur ein leerer Durchgang.

2

Bob RO saß hinter seinem Schreibtisch, blickte auf und lächelte. »Du kommst zu spät«, sagte er.
»Tut mir leid«, sagte Chip. Er setzte sich.
Bob schloß einen weißen Hefter mit einem roten Aktenzeichen darauf. »Wie geht es dir?« fragte er.
»Gut«, sagte Chip.
»Schöne Woche verlebt?«
»Mhm.«
Bob, der den Ellbogen auf die Armlehne gestützt hatte, sah ihn einen Augenblick lang prüfend an und rieb sich die Nase. »Gibt's etwas Besonderes, über das du sprechen möchtest?« fragte er.
Chip schwieg und schüttelte den Kopf. »Nein«, sagte er.

»Ich habe gehört, du hast gestern den halben Nachmittag die Arbeit eines anderen getan.«
Chip nickte. »Ich habe eine Probe aus dem falschen Fach im IC-Schrank genommen«, sagte er.
»Ich verstehe«, sagte Bob. Er stützte das Kinn auf die Hand, so daß ein Finger auf seinen Lippen lag. »Was ist am Freitag passiert?«
»Freitag?«
»Etwas mit einem falschen Mikroskop, das du benutzt hast.«
Chip sah ihn verdutzt an. »Ach so«, sagte er dann. »Ja. Benutzt habe ich es eigentlich nicht. Ich bin nur in den Raum gegangen, in dem es stand, aber ich habe es nicht anders eingestellt.«
Bob sagte: »Eine so gute Woche war es anscheinend *doch* nicht.«
»Da magst du recht haben«, sagte Chip.
»Peace SK sagte, du hättest Samstag nacht Schwierigkeiten gehabt.«
»Schwierigkeiten?«
»Sexueller Art.«
Chip schüttelte den Kopf. »Ich habe keine Schwierigkeiten gehabt. Ich war einfach nicht in Stimmung.«
»Sie sagte, du hättest es versucht und keine Erektion zustande gebracht.«
»Ach, ich dachte, ich *müßte* es tun, *ihr* zuliebe, aber mir war einfach nicht danach zumute.«
Bob betrachtete ihn wortlos.
»Ich war müde.«
»Du bist anscheinend oft müde in letzter Zeit. Warst du deshalb am Freitag nicht im Foto-Klub?«
»Ja«, sagte er. »Ich bin früh ins Bett gegangen.«
»Wie fühlst du dich jetzt? Bist du jetzt müde?«
»Nein, überhaupt nicht.«
Bob sah ihn an, richtete sich in seinem Stuhl auf und lächelte.
»Gut, Bruder«, sagte er. »Du kannst den Raster berühren und gehen.«
Chip hielt sein Armband gegen den Raster von Bobs Telecomp und stand auf. »Bis nächste Woche«, sagte Bob.
»Ja.«
»Pünktlich!«

Chip, der sich schon abgewandt hatte, drehte sich noch einmal um und sagte: »Wie bitte?«
»Nächste Woche pünktlich«, sagte Bob.
»Ach so«, sagte Chip. »Ja.« Er drehte sich um und verließ die Kabine.

Er glaubte seine Sache gut gemacht zu haben, aber es gab keine Möglichkeit, sich Gewißheit darüber zu verschaffen, und je näher seine Behandlung heranrückte, desto besorgter wurde er. Der Gedanke an eine wesentliche Steigerung seiner Erlebnisfähigkeit wurde stündlich erregender, und Snowflake, King, Lilac und die anderen immer anziehender und bewundernswerter. Was war schon dabei, wenn sie Tabak rauchten? Sie waren glückliche und gesunde Mitglieder – nein, *Menschen*, keine *Mitglieder*! –, denen es gelungen war, der Sterilität und Einförmigkeit und der allumfassenden mechanischen Zweckbezogenheit zu entrinnen. Er wollte sie sehen und bei ihnen sein. Er wünschte, er könnte Snowflakes unvergleichlich helle Haut küssen, mit King gleichberechtigt von Freund zu Freund sprechen und mehr von Lilacs seltsamen, aber aufrüttelnden Ideen hören. »Dein Körper gehört dir, nicht Uni« – was für ein verwirrend vorvereinigungsmäßiger Ausspruch. Wenn irgend etwas Wahres daran war, hatte das möglicherweise zur Folge, daß . . . er konnte sich nicht vorstellen was! . . . Daß seine gesamte Einstellung den Dingen gegenüber sich grundlegend änderte! Das war in der Nacht vor seiner Behandlung. Er lag stundenlang wach, dann erklomm er mit verbundenen Händen einen schneebedeckten Berggipfel, rauchte genüßlich Tabak unter der Anleitung eines freundlich lächelnden King, öffnete Snowflaks Overall und entdeckte ihren schneeweißen Körper mit einem roten Kreuz vom Hals bis zu den Lenden; er lenkte einen frühzeitlichen Wagen mit Lenkradsteuerung durch die Flure eines riesigen Genetik-Vernichtungs-Zentrums und bekam ein neues Armband mit der Aufschrift *Chip*, und in seinem Zimmer war ein Fenster, durch das er ein reizendes nacktes Mädchen einen Fliederbusch begießen sah. Sie winkte ihm ungeduldig, und er ging zu ihr – und erwachte frisch und munter und fröhlich, trotz dieser Träume, die viel lebendiger und überzeugender gewesen waren als die fünf oder sechs, die er früher gehabt hatte.

An diesem Morgen, einem Freitag, bekam er seine Behandlung. Das Kitzeln-Pieksen-Stechen schien den Bruchteil einer Sekunde kürzer als sonst, und als er den Behandlungsraum verließ und seinen Ärmel wieder hinunterrollte, fühlte er sich immer noch wohl und ganz als er selbst, ein Träumer lebhafter Träume, ein Gefährte außergewöhnlicher Menschen, einer, der die Familie und Uni überlistet hatte. Er ging mit Absicht übertrieben langsam zu dem Zentrum. Plötzlich erkannte er, daß er gerade jetzt seinen Erschöpfungszustand weiter vortäuschen mußte, um die noch stärkere Reduzierung zu rechtfertigen, die durch die zweite Phase, über die er noch nichts wußte, erreicht werden sollte. Er war sehr mit sich zufrieden, weil ihm das eingefallen war, und wunderte sich, daß King und die anderen es nicht vorgeschlagen hatten. Vielleicht hatten sie gedacht, er wäre nach der Behandlung nicht imstande, irgend etwas zu tun. Die zwei anderen Mitglieder waren anscheinend vollkommen abtrünnig geworden. Die unglücklichen Brüder!
Nachmittags beging er einen hübschen kleinen Fehler: Er fing an, einen Bericht zu diktieren und hielt dabei das Mikrophon verkehrt herum, während ein anderer 663B zusah. Ein wenig schuldig fühlte er sich schon, aber er tat es dennoch.
Abends schlief er, zu seiner Überraschung, *wirklich* beim Fernsehen ein, obwohl die Sendung – über ein neues Radio-Teleskop in ISR – ganz interessant war. Und später, im Foto-Klub, konnte er kaum die Augen offen halten. Er verabschiedete sich bald und ging auf sein Zimmer. Er zog sich aus, ohne sich die Mühe zu machen, seinen benutzten Overall in den Müllschlucker zu werfen, ging ohne Schlafanzug ins Bett und schaltete das Licht aus. Er war gespannt, wovon er träumen würde.
Er erwachte angsterfüllt und glaubte, er sei krank und brauche Hilfe. Was war Schlimmes geschehen? Hatte er etwas Unrechtes getan?
Es fiel ihm wieder ein, und er schüttelte den Kopf, weil er es kaum glauben konnte. War es wirklich wahr? War es denn möglich? Hatte ihn die Gruppe beklagenswert kranker Mitglieder tatsächlich derartig angesteckt und verseucht, daß er absichtlich Fehler gemacht und versucht hatte, Bob RO zu täuschen (vielleicht sogar mit Erfolg!), und daß er feindliche Gedanken gegen seine ganze liebende Familie gehegt hatte?

Oh, Christus, Marx, Wood und Wei. Er dachte daran, was ihm das junge Mädchen, »Lilac«, gesagt hatte: Er dürfe nicht vergessen, daß es eine chemische Substanz sei, die ihn glauben ließ, er sei krank; eine chemische Substanz, die ihm ohne sein Einverständnis eingeflößt worden war. Einverständnis! Als ob sein *Einverständnis* etwas mit einer Behandlung zu tun hätte, die man zur Erhaltung seiner Gesundheit und seines Wohlergehens bekam und die wesentlich zur Gesundheit und zum Wohlergehen der ganzen Familie beitrug! Selbst vor der Vereinigung, in den wahnwitzigen Wirren des zwanzigsten Jahrhunderts, wurde kein Mitglied um seine Zustimmung gebeten, bevor es gegen Typhis oder Typho – oder wie diese Krankheit hieß – behandelt wurde. Einverständnis! Zustimmung! Und er hatte zugehört, ohne ihr zu widersprechen.

Der erste Gong ertönte, und er sprang aus dem Bett, begierig, seine unvorstellbaren Missetaten wieder gutzumachen. Er warf den Overall vom Vortag weg, urinierte, wusch sich, putzte sich die Zähne, glättete sein Haar, zog einen frischen Overall an und machte sein Bett. Er ging zum Speisesaal und beantragte seinen Kuchen und seinen Tee. Als er zwischen den anderen Mitgliedern saß, verspürte er das Bedürfnis, ihnen zu helfen, ihnen etwas zu schenken, zu beweisen, daß er anständig und voll Liebe war, nicht der kranke Bösewicht von gestern. Das Mitglied links von ihm aß den letzten Rest seines Kuchens. »Möchtest du ein Stück von meinem?« fragte Chip.

Das Mitglied schaute peinlich berührt drein. »Nein, natürlich nicht«, sagte er. »Trotzdem vielen Dank, du bist sehr freundlich.«

»Nein, das bin ich nicht«, sagte Chip, aber er freute sich über das Lob. Er eilte zum Zentrum und kam acht Minuten zu früh. Er nahm eine Probe aus seinem eigenen Fach im IC-Schrank, nicht aus einem fremden, und schob sie in sein eigenes Mikroskop. Er legte die Gläser richtig auf und befolgte die Vorschriften buchstabengetreu. Respektvoll bat er Uni um Daten (*Vergib mir meine Sünden, Uni, der du alles weißt*) und fütterte ihn demütig mit neuen Daten (*Hier sind genaue und wahrheitsgemäße Informationen über Gen-Probe NF 5049.*)

Der Abteilungsleiter schaute herein. »Wie geht's?« fragte er.

»Sehr gut, Bob.« »Fein.«

Mittags fühlte er sich jedoch schlechter. Was war mit *ihnen,* diesen Kranken?
Sollte er sie ihrer Krankheit, ihrem Tabak, ihren reduzierten Behandlungen und ihren vorvereinigungsmäßigen Gedanken überlassen? Er hatte keine Wahl. Sie hatten ihm die Augen verbunden, und es gab keine Möglichkeit, sie ausfindig zu machen.
Doch halt, das stimmte nicht.
Es *gab* eine Möglichkeit! Snowflake hatte ihm ihr Gesicht gezeigt. Wie viele beinahe weiße weibliche Mitglieder mochte es in der Stadt geben? Drei? Vier? Fünf? Uni konnte in einem Augenblick ihre NN's angeben, wenn Bob RO darum bat. Und wenn sie gefunden und richtig behandelt wurde, würde sie die NN's von einigen anderen verraten, und diese wiederum die NN's der übrigen. In ein oder zwei Tagen konnte man alle finden und ihnen helfen.
So wie er Karl geholfen hatte.
Das ließ ihn innehalten. Er hatte Karl geholfen und Schuld verspürt – eine Schuld, an die er sich viele Jahre lang geklammert hatte und die nun als ein Teil seiner selbst weiterlebte. O Jesus, Christus und Wei Li Chun, wie unvorstellbar krank er war!
»Alles in Ordnung, Bruder?«
Die Frage kam von dem Mitglied, das ihm gegenübersaß, einer älteren Frau. »Ja, ja, danke«, sagte er und lächelte und führte den Kuchen zum Mund.
»Du hast eine Sekunde lang so *bekümmert* ausgesehen«, sagte sie.
»Mir fehlt nichts«, sagte er. »Mir ist nur eingefallen, daß ich etwas vergessen habe.«
»Aha«, sagte sie.
Sollte er ihnen helfen oder nicht? Was war falsch, was richtig? Er *wußte,* was falsch war: Ihnen nicht zu helfen, sie im Stich zu lassen, als wäre er nicht seines Bruders Hüter.
Aber er war nicht sicher, ob es nicht auch falsch war, ihnen zu helfen; und wie konnte beides falsch sein?
Am Nachmittag arbeitete er weniger eifrig, aber gut und fehlerlos, wie es sich gehörte. Nach Tagesende ging er in sein Zimmer zurück und lag rücklings auf seinem Bett, die Handballen so fest auf die geschlossenen

Augen gepreßt, daß er farbige Lichter flimmern sah. Er hörte die Stimmen der Kranken, sah, wie er selbst die Probe aus dem falschen Fach nahm und die Familie um Zeit und Energie und Material betrog. Der Gong zum Abendessen ertönte, aber er blieb liegen, zu sehr in sich versunken, um ans Essen zu denken.
Später rief Peace SK an. »Ich warte schon seit zwanzig Minuten in der Halle«, sagte sie. »Es ist zehn vor acht.«
»Entschuldige«, sagte er. »Ich komme sofort hinunter.«
Sie gingen in ein Konzert und dann auf ihr Zimmer.
»Was ist *los*?« fragte sie.
»Ich weiß nicht«, sagte er. »Ich war die letzten Tage – ein bißchen durcheinander.«
Sie schüttelte den Kopf und machte sich emsiger an seinem schlaffen Penis zu schaffen. »Da komme ich nicht mit«, sagte sie. »Hast du deinem Berater nichts gesagt? Ich habe es meinem erzählt.«
»Doch, habe ich getan. Schau« – er nahm ihre Hand weg – »auf sechzehn ist kürzlich eine ganze Gruppe neuer Mitglieder eingezogen. Warum gehst du nicht in die Halle und suchst dir einen anderen?«
Sie sah unglücklich drein. »Das sollte ich wohl, glaube ich«, sagte sie.
»Ich glaube es auch«, sagte er. »Halt dich ran.«
»Ich komme da einfach nicht mit«, sagte sie und stand vom Bett auf.
Er zog sich an und ging in sein Zimmer zurück und zog sich wieder aus. Er glaubte, er würde nicht einschlafen können, aber er konnte es doch.
Am Sonntag fühlte er sich noch schlechter. Er begann zu hoffen, Bob würde anrufen, sehen, daß es ihm nicht gutging, und ihm die Wahrheit entreißen. Dann wäre er nicht schuldig oder verantwortlich, sondern nur erleichtert. Er blieb in seinem Zimmer und ließ den Bildschirm des Telefons nicht aus den Augen. Einer von der Fußballmannschaft rief an, und Chip sagte ihm, er fühle sich nicht wohl.
Mittags ging er in den Speisesaal, aß schnell einen Kuchen und kehrte in sein Zimmer zurück. Jemand aus dem Zentrum rief an und fragte, ob er die NN eines anderen wisse.
Hatte Bob jetzt noch nicht erfahren, daß er sich nicht normal benahm? Hatte Peace nichts gesagt? Oder der Anrufer aus der Fußballmannschaft?

Und das Mitglied, das ihm gestern beim Mittagessen gegenübergesessen hatte, war sie nicht klug genug gewesen, seine Ausrede zu durchschauen und sich nach seiner NN zu erkundigen? (Seht ihn an. Er erwartet, daß andere *ihm* helfen, aber wem in der Familie hilft er?) Wo *war* Bob denn? Was war er nur für ein Berater?

Es kamen keine Anrufe mehr, weder nachmittags noch abends. Einmal wurde die Musik unterbrochen und ein Bericht über ein Astralschiff durchgegeben.

Am Montag morgen, nach dem Frühstück, ging er zum Medizentrum hinunter. Der Raster zeigte *Nein* an, aber er sagte dem Wärter, er möchte seinen Berater sprechen. Der Wärter betätigte sein Telecomp, und dann blinkten alle Raster *Ja, Ja*, bis er zu den halbleeren Beraterbüros kam. Es war erst 7.50 Uhr.

Er ging in Bobs leere Kabine, setzte sich und wartete auf ihn, die Hände auf den Knien. Er überlegte sich noch einmal, in welcher Reihenfolge er über alles berichten würde: Erst über die absichtliche Erschöpfung, dann über die Gruppe; was ihre Mitglieder sagten und taten und wie man sie über Snowflakes helle Haut ausfindig machen konnte, und endlich über das krankhafte und irrationale Schuldgefühl, das er all die Jahre verheimlicht hatte, seitdem er Karl geholfen hatte. Eins, zwei, drei. Er würde eine Extra-Behandlung, die einen möglichen Rückstand vom Freitag wieder ausglich, erhalten und das Medizentrum als normales, zufriedenes Mitglied, gesund an Leib und Seele, verlassen.

Dein Körper gehört dir, nicht Uni.

Krankhaft, vorvereinigungsmäßig. Uni war der Wille und die Weisheit der ganzen Familie. Er hatte ihn, Chip, *gemacht*, ihm seine Nahrung, seine Kleidung, seine Unterkunft und seine Ausbildung gewährt. Sogar die Erlaubnis zu seiner *Zeugung* hatte Uni erteilt. Ja, er hatte ihn gemacht, und von nun an würde er ...

Bob kam herein, sein Telecomp schwingend, und blieb überrascht stehen. »Li«, sagte er. »Grüß dich. Stimmt etwas nicht?« Er sah Bob an. Der *Name* stimmte nicht. Er war Chip, nicht Li. Er sah auf sein Armband hinab: LIRM35M4419. Er hatte erwartet, *Chip* zu lesen. Wann hatte er eines gehabt, auf dem *Chip* stand? In einem Traum, einem merkwürdigen, glücklichen Traum von einem winkenden Mädchen...

»Li«, sagte Bob und stellte sein Telecomp auf den Fußboden. Uni hatte ihn zu *Li* gemacht. Für Wei. Aber er war Chip, ein Span vom alten Holz. Wer war er? Li? Chip? Li?

»Was fehlt dir, Bruder?« fragte Bob. Er stand ganz dicht bei ihm und nahm ihn bei der Schulter.

»Ich wollte mit dir sprechen«, sagte Chip.

»Worüber?«

Er wußte nicht, was er sagen sollte. »Du sagtest, ich solle nicht zu spät kommen«, sagte er. Er sah Bob ängstlich an. »Bin ich pünktlich?«

»Pünktlich?« Bob trat zurück und blinzelte. »Bruder, du bist einen Tag zu früh hier«, sagte er. »Du bist dienstags dran, nicht montags.«

Er stand auf. »Entschuldige«, sagte er. »Ich gehe wohl besser zum Zentrum ...«, und er machte sich auf den Weg zur Tür.

Bob ergriff seinen Arm. »Bleib hier«, sagte er. Sein Telecomp fiel mit lautem Getöse um.

»Ich bin ganz gesund«, sagte Chip. »Ich habe nur die Termine durcheinandergebracht. Ich komme morgen wieder.« Er schüttelte Bobs Hand ab und ging zu der Kabine hinaus.

»Li«, rief Bob.

Er ging weiter.

Am Abend verfolgte er aufmerksam das Fernsehprogramm – ein Wettrennen in ARG, eine Übertragung von der Venus, die Nachrichten, ein Tanzprogramm und *Weis lebendige Weisheit* – und ging dann auf sein Zimmer. Er drückte den Lichtschalter, aber er funktionierte nicht, weil etwas darübergeklebt war. Die Tür fiel zu; jemand, der im Dunkeln in seiner Nähe stand und atmete, hatte sie geschlossen. »Wer ist da?« fragte er.

»King und Lilac«, sagte King.

»Was ist heute morgen passiert?« fragte Lilac, irgendwo drüben bei seinem Schreibtisch. »Warum bist du zu deinem Berater gegangen?«

»Um alles zu erzählen.«

»Du hast es aber nicht getan.«

»Ich hätte es tun sollen«, sagte er. »Geht bitte.«

»Siehst du?« sagte King.

»Wir müssen es doch noch einmal versuchen« sagte Lilac. »Bitte geht«, sagte Chip. »Ich will nichts mehr mit euch zu tun haben, mit keinem von euch. Ich weiß nicht mehr, was richtig und was falsch ist. Ich weiß nicht einmal, wer ich bin.«

»Du hast ungefähr zehn Stunden Zeit, um es herauszufinden«, sagte King. »Dein Berater wird dich morgen früh abholen und ins Haupt-Medizentrum zur Untersuchung bringen. Eigentlich haben wir erst in etwa drei Wochen damit gerechnet, wenn du weitere ›Fortschritte‹ gemacht hättest. Das wäre Stufe zwei gewesen. Aber nun geschieht es doch schon morgen und wird wahrscheinlich Stufe minus eins sein.«

»Das muß aber nicht so sein«, sagte Lilac. »Du kannst immer noch Stufe zwei daraus machen, wenn du tust, was wir dir sagen.«

»Ich will nichts davon hören«, sagte er. »Bitte geht jetzt.«

Sie sagten kein Wort. Er hörte, wie King eine Bewegung machte.

»Begreifst du denn nicht?« sagte Lilac. »Wenn du tust, was wir dir sagen, werden deine Behandlungen ebenso stark reduziert wie unsere. Wenn du nicht auf uns hörst, werden sie sie wieder auf den alten Stand bringen, ja vermutlich noch darüber hinaus steigern, nicht wahr, King?«

»Ja«, sagte King.

»Um dich zu ›schützen‹«, sagte Lilac. »So daß du nie mehr auch nur *versuchen* wirst, dich davon zu befreien.« Ihre Stimme kam näher. »Siehst du denn nicht, Chip, daß das für alle Zeiten deine einzige Chance ist? Für den Rest deines Lebens wirst du eine Maschine sein.«

»Nein, keine Maschine, ein Mitglied«, sagte er. »Ein gesundes Mitglied, das seine Aufgabe erfüllt, das der Familie *hilft* und sie nicht betrügt.«

»Hier ist jedes Wort zuviel, Lilac«, sagte King. »Wenn es ein paar Tage später wäre, könntest du ihn vielleicht überzeugen, aber es ist zu früh.«

»Warum hast du heute morgen nicht gestanden?« fragte ihn Lilac. »Du bist zu deinem Berater gegangen. Warum hast du ihm nichts erzählt, wie die anderen?«

»Ich wollte es«, sagte er.

»Warum hast du es nicht getan?«

Er wandte sich zur Seite. »Er nannte mich ›Li‹«, sagte er. »Und ich dachte, ich sei Chip. Alles wurde so – ungewiß.«

»Aber du *bist* Chip«, sagte sie, immer noch näher kommend. »Einer mit

einem Namen, den er nicht von Uni bekommen hat. Einer, der daran gedacht hat, sich seine Klassifizierung selbst auszusuchen, anstatt sie Uni zu überlassen.«
Unruhig wich er zurück, dann wandte er sich um und faßte ihre undeutlichen Umrisse ins Auge – die kleine Lilac stand, nur ein paar Meter entfernt, ihm gegenüber, King rechts von ihm vor der Tür, durch die am Rand Licht hereinfiel. »*Wie könnt ihr gegen Uni hetzen?*« fragte er. »Er hat uns alles geschenkt.«
»Nur was wir ihm gegeben haben«, sagte Lilac. »Er hat uns hundertmal mehr verweigert.«
»Er ließ uns geboren werden.«
»Wie viele werden *nicht* geboren, weil er es nicht zuläßt?« sagte sie. »Wie deine Kinder! Und meine!«
»Was meinst du damit?« sagte er. »Soll etwa jeder, der Kinder *will*, sie auch bekommen dürfen?«
»Ja«, sagte sie. »Das meine ich.«
Kopfschüttelnd ging er zu seinem Bett und setzte sich darauf. Sie kam zu ihm, kauerte sich vor ihm nieder und legte die Hände auf seine Knie. »Bitte, Chip«, sagte sie. »Ich sollte so etwas nicht sagen, solange du noch in diesem Zustand bist, aber bitte, bitte, glaube mir. Glaube *uns*. Wir sind *nicht krank*, wir sind *gesund*. Die Welt ist krank – vor lauter Chemie und Zweckmäßigkeit und Bescheidenheit und Hilfsbereitschaft. Tu, was wir dir sagen. Werde gesund. Bitte, Chip.«
Ihr Ernst rührte ihn. Er versuchte, ihr Gesicht zu sehen. »Warum liegt dir soviel daran?« fragte er. Ihre Hände auf seinen Knien waren klein und warm, und es drängte ihn, sie zu berühren, sie mit seinen eigenen zu bedecken. Schwach erkannte er ihre Augen: Groß waren sie und weniger schräg als üblich, ungewöhnlich und sehr schön.
»Wir sind so wenige«, sagte sie, »und wenn wir mehr wären, könnten wir vielleicht etwas tun – irgendwie entkommen und ganz für uns leben.«
»Wie die Unheilbaren«, sagte er.
»So lehrt man uns, sie zu nennen«, sagte sie. »Vielleicht waren sie in Wirklichkeit die Unschlagbaren, die nicht zu Betäubenden.«
Er blickte sie an, versuchte, mehr von ihrem Gesicht zu sehen.

»Wir haben ein paar Kapseln«, sagte sie, »die deine Reflexe verzögern und deinen Blutdruck senken, durch die Stoffe in dein Blut eingeschleust werden, die bewirken, daß man deine Behandlungen für zu stark hält. Wenn du sie morgen nimmst, bevor dein Berater kommt, und wenn du dich im Medizentrum so verhältst und gewisse Fragen so beantwortest, wie wir sagen – dann wird morgen Stufe zwei ausgelöst, und du wirst die Prüfung bestehen und gesund werden.«
»Und unglücklich«, sagte er.
»Ja«, sagte sie, mit einem Lächeln in der Stimme, »auch unglücklich, aber nicht so sehr, wie ich gesagt habe. Ich werde manchmal von meinen Stimmungen überwältigt.«
»Alle fünf Minuten etwa«, sagte King.
Sie nahm ihre Hände von Chips Knien und stand auf. »Willst du?« fragte sie.
Er wollte ja sagen, aber er wollte auch nein sagen. Er sagte: »Laß mich die Kapseln sehen.«
King trat vor und sagte: »Du wirst sie sehen, nachdem wir gegangen sind. Sie sind hier drin.« Er drückte Chip ein glattes Döschen in die Hand. »Die rote mußt du heute nacht nehmen und die zwei anderen, sobald du aufstehst.«
»Woher habt ihr sie?«
»Einer aus der Gruppe arbeitet in einem Medizentrum.«
»Entscheide dich«, sagte Lilac. »Willst du hören, was du tun und sagen mußt?«
Er schüttelte das Döschen, hörte aber nichts. Er blickte auf die zwei verschwommenen Gestalten, die wartend vor ihm standen. Er nickte und sagte: »Ja.«
Sie setzten sich und sprachen mit ihm, Lilac auf dem Bett neben ihm, King auf dem Schreibtischstuhl, den er herübergezogen hatte. Sie brachten ihm verschiedene Tricks bei: Er solle vor der Stoffwechseluntersuchung die Muskeln anspannen und beim Tiefenwahrnehmungs-Test über das Objektiv hinwegschauen. Sie schärften ihm ein, was er zu dem behandelnden Arzt und dem Oberberater, der ihn ausfragte, sagen müsse. Sie erzählten ihm von Fallen, die man ihm vielleicht stellte: Plötzliche Geräusche könnten hinter seinem Rücken ertönen, oder man

würde ihn ganz allein lassen (aber nicht wirklich!), wenn der Bericht des Arztes in greifbarer Nähe vor ihm lag. Meist sprach Lilac. Zweimal berührte sie ihn, am Bein und am Unterarm, und einmal streifte er ihre Hand, als sie neben seiner lag. Sie wurde ihm mit einer Bewegung entzogen, die vielleicht schon vor der Berührung eingesetzt hatte.
»Das ist wahnsinnig wichtig«, sagte King.
»Entschuldige, was bitte?«
»Ignoriere es nicht vollkommen«, sagte King. »Das Formular mit dem Bericht über dich.«
»Nimm es zur Kenntnis«, sagte Lilac. »Wirf einen kurzen Blick darauf und tu dann, als ob du es nicht der Mühe wert fändest, es aufzuheben und zu lesen. Als ob es dir gleichgültig wäre, was darauf steht.«
Es war spät, als sie aufhörten. Der letzte Gong war schon vor einer halben Stunde erklungen. »Es ist besser, wenn wir getrennt gehen«, sagte King. »Du gehst voraus. Warte neben dem Gebäude auf mich.«
Lilac stand auf und Chip auch. Ihre Hand fand die seine. »Ich weiß, daß du es schaffen wirst, Chip«, sagte sie.
»Ich werde es versuchen«, sagte er. »Vielen Dank, daß ihr gekommen seid.«
»Gern geschehen«, sagte sie und ging zur Tür. Er dachte, er würde sie beim Hinausgehen im Licht des Flurs sehen, aber King erhob sich und stellte sich in den Weg, und die Tür fiel wieder ins Schloß.
Sie standen sich einen Augenblick schweigend gegenüber, er und King.
»Vergiß es nicht: die rote Kapsel jetzt und die anderen zwei beim Aufstehen.«
»Richtig«, sagte Chip und tastete nach dem Döschen in seiner Tasche.
»Du dürftest keine Schwierigkeiten haben.«
»Ich weiß nicht. Man muß an so vieles denken.« Sie schwiegen wieder.
»Ich danke dir vielmals, King«, sagte Chip und streckte im Dunkeln seine Hand aus.
»Du bist ein Glückspilz«, sagte King. »Snowflake ist eine sehr leidenschaftliche Frau. Du wirst viele wunderschöne Stunden mit ihr erleben.«
Chip verstand nicht, warum er das sagte. »Das hoffe ich«, sagte er. »Es ist schwer zu glauben, daß mehr als ein Orgasmus pro Woche möglich

ist.« »Jetzt müssen wir einen Mann für Sparrow finden«, sagte King. »Dann sind alle versorgt. So ist es besser. Vier Paare. Keine Reibung.«
Chip ließ seine Hand sinken. Plötzlich verstand er, daß King ihm damit sagen wollte, er solle sich von Lilac fernhalten; er erklärte ihm, wer zu wem gehörte, und daß man das zu respektieren habe. Hatte King etwa gesehen, daß er Lilacs Hand berührt hatte?
»Ich gehe jetzt«, sagte King. »Dreh dich bitte um.«
Chip gehorchte und hörte, wie King sich entfernte. Schwaches Licht fiel in den Raum, als die Tür aufging, ein Schatten huschte hindurch und verschwand wieder, als die Tür sich schloß.
Chip drehte sich um. Was für eine seltsame Vorstellung, ein bestimmtes Mitglied so sehr zu lieben, daß man sich wünschte, kein anderer möge es berühren!
Ob es ihm wohl ähnlich erging, wenn seine Behandlungen eingeschränkt wurden? Es war – wie soviel anderes – schwer zu glauben.
Er ging zum Lichtschalter und untersuchte, womit er überklebt war: Leukoplast und darunter etwas Flaches, Rechteckiges. Er zupfte an dem Streifen, riß ihn ab und drückte den Schalter. Von der Helligkeit der Zimmerdecke geblendet, schloß er die Augen.
Als er wieder sehen konnte, schaute er auf den Leukoplast-Streifen. Er war hautfarben und mit einem rechteckigen Stück blauer Pappe beklebt. Er warf ihn in den Müllschlucker und zog das Döschen aus der Tasche. Es bestand aus weißem Kunststoff. Er klappte den Deckel hoch. Auf einem Wattepölsterchen lagen eine rote, eine weiße und eine halb weiße, halb gelbe Kapsel.
Er trug das Döschen ins Badezimmer und machte das Licht an, stellte das offene Döschen auf den Rand des Waschbeckens, öffnete den Wasserhahn und ließ eine Tasse vollaufen. Dann drehte er das Wasser ab. Er begann zu überlegen, aber bevor er überhaupt denken konnte, nahm er die rote Kapsel, legte sie weit hinten auf die Zunge und trank die Tasse aus.

Zwei Ärzte befaßten sich mit ihm, nicht nur einer. Sie führten ihn in einem blaßblauen Kittel von einem Untersuchungsraum in den anderen, konferierten mit den untersuchenden Ärzten, besprachen sich untereinander und machten Eintragungen und Notizen auf einem Berichtformular, das sie zwischen sich hin- und herreichten. Der eine Arzt war eine Frau in den Vierzigern, der andere ein Mann in den Dreißigern. Die Frau legte Chip manchmal beim Gehen den Arm um die Schulter; sie lächelte und nannte ihn »junger Bruder«. Der Mann beobachtete ihn teilnahmslos, mit Augen, die kleiner waren und dichter beieinander standen als normal. Auf der Backe hatte er eine frische Narbe, die sich von der Schläfe bis zum Mundwinkel erstreckte, und auf Backen und Stirn dunkle Quetschungen. Er ließ Chip nur aus den Augen, um auf sein Berichtformular zu sehen. Selbst wenn er mit den Ärzten sprach, beobachtete er ihn weiter. Wenn die drei zum nächsten Behandlungsraum gingen, blieb er gewöhnlich hinter Chip und der lächelnden Ärztin zurück. Chip erwartete, daß er ein unerwartetes Geräusch machen würde, aber das geschah nicht.

Die Unterredung mit der Oberberaterin, einer jungen Frau, war gut verlaufen, dachte Chip, aber alles andere nicht. Er wagte nicht, vor der Stoffwechseluntersuchung die Muskeln anzuspannen, weil der Arzt ihn beobachtete, und beim Tiefenwahrnehmungs-Test dachte er zu spät daran, über das Objektiv hinwegzuschauen.

»Zu dumm, daß du einen ganzen Arbeitstag versäumst«, sagte der Arzt, der ihn beobachtete.

»Ich werde ihn nachholen«, sagte er und erkannte sofort, daß er einen Fehler gemacht hatte. Er hätte sagen müssen: »*Es ist ja für einen guten Zweck*« oder »*Werde ich den ganzen Tag hier sein?*« oder einfach nur, ganz stumpfsinnig und überbehandelt: »*Ja.*«

Mittags bekam er anstelle eines Vollnahrungskuchens ein Glas mit einer bitteren, weißen Flüssigkeit, und danach wurde er weiter geprüft und untersucht. Die Ärztin entfernte sich für eine halbe Stunde, aber der Mann nicht.

Gegen drei Uhr schienen sie fertig zu sein. Sie gingen in ein kleines Büro. Der Mann setzte sich hinter den Schreibtisch, Chip ihm gegenüber. Die Frau sagte: »Entschuldigt mich, ich bin in zwei Sekunden wieder zurück.« Sie lächelte Chip zu und ging hinaus.

Der Mann vertiefte sich eine oder zwei Minuten in den Bericht, immer mit der Fingerspitze an seiner Narbe auf- und abstreichend, und dann sah er auf die Uhr und legte die Akte nieder. »Ich hole sie«, sagte er, stand auf und ging. Die Tür ließ er einen Spalt breit offen.

Chip saß still und rümpfte die Nase und schaute auf die Akte. Er beugte sich hinüber, verdrehte den Kopf und las auf dem Berichtformular die Worte *Cholinesterase-Absorptionsfaktor nicht übersteigert*. Dann lehnte er sich wieder in seinem Stuhl zurück. Hatte er zu lange geschaut? Er war nicht sicher. Er rieb sich den Daumen und untersuchte ihn, dann besah er die Bilder in dem Raum. *Marx beim Schreiben* und *Wood überbringt das Vereinigungs-Abkommen*.

Sie kamen wieder herein. Die Ärztin setzte sich hinter den Schreibtisch und der Mann in einen Stuhl neben ihr. Die Frau sah Chip an. Sie lächelte nicht und wirkte bekümmert.

»Junger Bruder«, sagte sie, »ich mache mir Sorgen um dich. Ich glaube, du hast versucht, uns zum Narren zu halten!«

Chip sah sie an. »Euch zum Narren halten?« sagte er.

»Es gibt kranke Mitglieder in dieser Stadt«, sagte sie. »Weißt du das?«

Er schüttelte den Kopf.

»Ja«, sagte sie. »So krank wie nur möglich. Sie verbinden anderen Mitgliedern die Augen und führen sie irgendwohin und sagen ihnen, sie sollen Erschöpfungszustände vortäuschen und Fehler machen und vorgeben, sie hätten kein Interesse mehr an Sex. Sie versuchen, andere Mitglieder ebenso krank zu machen, wie sie selbst sind. Kennst du solche Mitglieder?«

»Nein«, sagte Chip.

»Anna«, sagte der Mann, »ich habe ihn *beobachtet*. Nichts spricht dafür, daß mit ihm etwas nicht stimmt, von dem abgesehen, was wir in den Tests herausgefunden haben.« Er wandte sich an Chip und sagte: »Alles ganz einfach zu beheben, du brauchst dir gar keine Gedanken zu machen.«

Die Frau schüttelte den Kopf. »Nein«, sagte sie, »nein, ich habe einfach ein *ungutes Gefühl*. Bitte, junger Bruder, du willst doch, daß wir dir helfen, nicht wahr?«

»Niemand hat mir gesagt, ich solle Fehler machen«, sagte Chip. »Warum sollte ich auch?«

Der Mann tippte auf den Bericht. »Schau doch nur, wie übel es mit seinen Enzymen aussieht«, sagte er zu der Frau. »Ich habe es gesehen, ich habe es gesehen.«

»Er wurde hier und hier und hier ganz schlimm überbehandelt. Wir wollen Uni die Daten übergeben und dafür sorgen, daß er wieder in Ordnung kommt.«

»Ich möchte, daß Jesus HL ihn sieht.«

»Warum?«

»Weil ich mir *Sorgen mache.*«

»Ich kenne keine kranken Mitglieder«, sagte Chip. »Sonst würde ich es meinem Berater sagen.«

»So«, sagte die Frau, »und weswegen wolltest du ihn gestern morgen sprechen?«

»Gestern?« sagte Chip. »Ich dachte, es sei mein Tag. Ich habe die Tage verwechselt.«

»Gehen wir, bitte«, sagte die Frau und stand auf, den Block in der Hand. Sie verließen das Büro und schritten den Flur entlang. Die Frau legte den Arm um Chips Schultern, aber sie lächelte nicht. Der Mann ging hinter ihnen.

Am Ende des Flurs kamen sie zu einer Tür mit der Nummer 600A und einem braunen Schildchen, auf dem in weißen Buchstaben *Leiter der Chemotherapeutischen Abteilung* stand. Sie traten in einen Vorraum, wo ein Mitglied hinter einem Schreibtisch saß. Die Ärztin sagte ihm, sie wollten Jesus HL zu einem diagnostischen Problem konsultieren, und das Mitglied stand auf und ging durch eine andere Tür hinaus.

»Reine Zeitverschwendung«, sagte der Mann.

Die Frau sagte: »Das hoffe ich, glaube mir.«

Das Vorzimmer war kärglich möbliert: zwei Stühle, ein leerer, niedriger Tisch und *Wei spricht zu den Chemotherapeuten.* Chip nahm sich vor, möglichst nichts von Snowflakes heller Haut und Lilacs weniger-als-normal-schrägen Augen zu sagen, falls man ihn zum Sprechen brachte. Das Mitglied kam zurück und hielt die Tür auf.

Sie betraten ein großes Büro. Ein hageres, grauhaariges Mitglied zwischen fünfzig und sechzig – Jesus HL – saß hinter einem großen, unordentlichen Schreibtisch.

Er nickte den Ärzten zu, als sie näher kamen, und warf einen abwesen-

den Blick auf Chip. Er wies mit der Hand auf einen Stuhl vor dem Schreibtisch. Chip setzte sich.
Die Ärztin übergab Jesus HL den Block. »Das kommt mir nicht ganz geheuer vor«, sagte sie. »Ich fürchte, er simuliert.«
»Obwohl die enzymologische Untersuchung das Gegenteil beweist«, sagte der andere Arzt.
Jesus HL lehnte sich in seinem Stuhl zurück und vertiefte sich in den Bericht. Die Ärzte standen neben dem Schreibtisch und beobachteten Jesus. Chip versuchte, neugierig, aber nicht besorgt zu wirken. Er sah Jesus HL einen Augenblick lang aufmerksam an, dann schaute er auf den Schreibtisch, wo alle möglichen Papiere kreuz und quer durcheinander lagen. Auch ein altmodisches Telecomp in einem abgenutzten Gehäuse war von Papieren bedeckt. Ein mit Bleistiften und Linealen vollgestopftes Trinkgefäß stand neben einem gerahmten Foto von Jesus HL in jüngeren Jahren, wie er lächelnd vor Unis Dom stand. Zwei Souvenir-Briefbeschwerer, ein ungewöhnlicher rechteckiger aus CHI 61 332 und ein runder aus ARG 20 400, standen auf dem Tisch, aber beide nicht auf Papier.
Jesus HL studierte den Bericht von oben bis unten und drehte das Formular um, damit er auch die Rückseite lesen konnte.
Die Ärztin sagte: »Ich würde ihn gerne über Nacht hierbehalten und einige der Tests morgen noch einmal durchführen.«
Der Mann sagte: »Du vergeudest nur . . .«
»Oder noch besser wäre es, ihn jetzt unter TP zu befragen«, sagte die Frau lauter.
»Zeit- und Materialverschwendung«, sagte der Mann.
»Sind wir Ärzte oder Rationalisierungs-Fachleute?« fragte ihn die Frau in scharfem Ton.
Jesus HL legte den Aktendeckel nieder und sah Chip an. Er stand auf und kam um den Tisch herum. Die Ärzte traten schnell aus dem Weg, um ihn vorbeizulassen. Groß und mager stand er direkt vor Chips Stuhl; auf seinem Overall mit dem roten Kreuz waren gelbe Flecke zu sehen. Er nahm Chips Hände von den Armlehnen, drehte sie um und besah sich die schweißglänzenden Innenflächen. Er ließ eine Hand los und fühlte bei der anderen den Puls. Chip zwang sich, unbefangen aufzu-

blicken. Jesus HL sah ihn einen Augenblick lang forschend an, dann kam ihm ein Verdacht – nein, es war Gewißheit! –, und er lächelte verächtlich, weil er Chip durchschaut hatte. Chip fühlte sich ausgebrannt und besiegt.
Jesus HL ergriff Chip beim Kinn, beugte sich herab und sah ihm aus nächster Nähe in die Augen. »Mach die Augen auf, so weit du kannst«, sagte er. Seine Stimme war die von King. Chip starrte ihn an.
»Gut so«, sagte er. »Starr mich an, als hätte ich etwas Schockierendes gesagt.« Es war *Kings Stimme* – unverkennbar. Chip riß den Mund auf.
»Bitte nicht sprechen«, sagte King-Jesus HL und drückte Chips Kinnladen schmerzhaft zusammen. Er starrte Chip in die Augen und drehte seinen Kopf nach links und nach rechts; dann ließ er ihn los und trat einen Schritt zurück. Er ging wieder um den Tisch herum und setzte sich, nahm die Akte in die Hand, warf einen Blick darauf und reichte sie lächelnd der Ärztin. »Du hast dich geirrt, Anna«, sagte er. »Du kannst ganz beruhigt sein. Ich habe schon viele Mitglieder gesehen, die simulieren. Der hier gehört nicht dazu. Trotzdem möchte ich dich für deine Sorgfalt loben.« Zu dem Mann sagte er: »Weißt du, sie hat recht, Jesus, wir dürfen nicht zu sehr auf Wirtschaftlichkeit achten. Wenn es um die Gesundheit eines Mitglieds geht, kann sich die Familie ein wenig Verschwendung leisten. Was *ist* die Familie schließlich, wenn nicht die Summe ihrer Mitglieder?«
»Danke, Jesus«, sagte die Frau lächelnd. »Ich bin froh, daß ich mich geirrt habe.«
»Leitet diese Unterlagen an Uni weiter«, sagte King, der sich umdrehte und Chip ansah, »damit unser Bruder hier in Zukunft richtig behandelt werden kann.«
»Ja, sofort.« Die Frau winkte Chip. Er erhob sich von seinem Stuhl. Sie verließen das Büro. Auf dem Flur drehte sich Chip um. »Ich danke dir«, sagte er.
King saß hinter seinem unordentlichen Schreibtisch und sah ihn an – ohne Lächeln, ohne einen Funken Freundschaft. »Danke Uni«, sagte er.

Er war noch keine Minute in seinem Zimmer, als Bob anrief. »Ich habe gerade einen Bericht vom Haupt-Medizentrum erhalten«, sagte er.

»Deine Behandlungen waren nicht ganz korrekt, aber von nun an werden sie genau richtig sein.«
»Gut«, sagte Chip.
»Deine Geistesabwesenheit und deine Müdigkeit werden im Lauf der nächsten Woche allmählich verschwinden, und dann wirst du wieder ganz der alte sein.«
»Das hoffe ich.«
»Ganz bestimmt. Hör zu, Li, soll ich dich morgen außer der Reihe drannehmen, oder warten wir bis nächsten Dienstag?«
»Lassen wir es ruhig bei Dienstag.«
»Fein«, sagte Bob. Er grinste. »Weißt du was? Du siehst schon besser aus.«
»Ich fühle mich auch ein wenig besser«, sagte Chip.

3

Mit jedem Tag fühlte er sich ein wenig wohler, wacher und lebendiger, und mit jedem Tag wuchs seine Überzeugung, daß er bisher krank gewesen war und nun der Genesung zustrebte. Am Freitag – drei Tage nach der Untersuchung – fühlte er sich wie sonst am Tag vor der Behandlung. Aber seine letzte Behandlung lag erst eine Woche zurück; mehr als drei lange Wochen voll Ungewißheit mußte er bis zur nächsten noch überstehen. Sein Täuschungsmanöver war gelungen, Bob war darauf hereingefallen und die Behandlung herabgesetzt worden. Und die nächste würde aufgrund der Untersuchungsergebnisse noch weiter reduziert werden. Was für wunderbare, unbekannte Gefühle mochte er wohl in fünf oder sechs Wochen verspüren?
An diesem Freitag, wenige Minuten nach dem letzten abendlichen Gong, kam Snowflake in sein Zimmer. »Kümmere dich nicht um mich«, sagte sie, ihren Overall abstreifend. »Ich lege nur einen Zettel in dein Mundstück.«
Sie kroch zu ihm ins Bett und half ihm, seinen Pyjama auszuziehen. Ihr

Körper unter seinen Händen und Lippen war weich und biegsam und erregender als jeder andere, und sein eigener Körper erbebte lustvoll und heftig wie nie zuvor, als sie ihn küßte und leckte. Fast quälende Begierde überkam ihn. Er glitt in sie hinein – tief in die warme, feuchte Enge – und hätte sie beide sofort zum Höhepunkt gebracht, aber sie hielt ihn zurück, stoppte ihn, entzog sich ihm und ließ ihn wieder in sich eindringen. Sie nahm eine merkwürdige, aber wirkungsvolle Position nach der anderen ein. Zwanzig Minuten oder noch länger waren sie am Werk, so lautlos wie möglich, damit die Mitglieder nebenan und im Stockwerk darunter nichts merkten.

Als sie fertig waren und nebeneinander lagen, sagte sie: »Na?«

»Es war natürlich ganz toll, aber ehrlich gesagt, nach allem, was du mir erzählt hast, habe ich noch mehr erwartet.«

»Geduld, Bruder«, sagte sie. »Noch bist du ein Krüppel. Eines Tages wirst du das heute als die ›Nacht, in der wir uns die Hand geschüttelt haben‹ betrachten.«

Er lachte.

»Pst!«

Er umarmte und küßte sie. »Was steht denn auf dem Zettel in meinem Mundstück?« fragte er.

»Sonntag nacht um elf, an der gleichen Stelle wie beim letzten Mal.«

»Aber ohne Binde.«

»Ohne Binde.«

Er würde sie alle sehen, Lilac und die anderen. »Ich habe mir schon überlegt, wann wohl das nächste Treffen stattfindet«, sagte er.

»Ich habe gehört, du seist wie eine Rakete durch die zweite Phase gesaust.«

»Gestolpert, meinst du. Ich hätte es überhaupt nicht geschafft, wenn nicht . . .« Wußte sie, wer King wirklich war? Durfte er davon sprechen?«

»Wenn nicht was?«

»Wenn nicht King und Lilac in der Nacht vorher gekommen wären, um mich zu präparieren.«

»Natürlich«, sagte sie, »*keiner* von uns hätte es ohne die Kapseln geschafft.«

»Ich frage mich, woher sie diese bunten Kapseln immer bekommen.«
»Ich glaube, einer von ihnen arbeitet in einem Medizentrum.«
»Mhm, das wäre eine Erklärung«, sagte er. Sie wußte es nicht. Oder sie wußte es, aber nicht, daß *er* es wußte. Plötzlich fand er es lästig, daß dieser Zwang zur Vorsicht zwischen ihnen stand.
Sie richtete sich auf. »Hör zu«, sagte sie, »es fällt mir schwer, das zu sagen, aber vergiß nicht, mit deiner Freundin weiterzumachen wie bisher. Morgen nacht, meine ich.«
»Sie hat einen anderen gefunden«, sagte er. »Du bist meine Freundin.«
»Nein, das bin ich nicht«, sagte sie. »Wenigstens nicht Samstag nachts. Unsere Berater würden sich wundern, daß wir jemand aus einem anderen Haus besucht haben. Ich habe einen netten normalen Bob auf meiner Etage, und du wirst eine nette normale Yin oder Mary finden. Aber wenn du mehr mit ihr treibst als eine kleine Nummer auf die Schnelle, dann dreh ich dir den Hals um.«
»Morgen nacht werde ich nicht einmal das schaffen.«
»Das ist gut so«, sagte sie, »schließlich giltst du noch als Rekonvaleszent.« Sie sah ihn ernst an. »Du mußt wirklich aufpassen, daß du nicht zu leidenschaftlich wirst, außer bei mir. Und vergiß nicht, zwischen dem ersten und dem letzten Gong ein zufriedenes Lächeln im Gesicht zu tragen und an deinem Arbeitsplatz eifrig, aber nicht zu eifrig zu sein. Es ist schwierig, unterbehandelt zu werden, aber es zu *bleiben* ist genauso schwierig.« Sie legte sich wieder neben ihn. »Haß«, sagte sie, »jetzt würde ich sonstwas geben für ein bißchen Tabak.«
»Macht es wirklich soviel Spaß?«
»Mmhm. Besonders in solchen Momenten.«
»Ich muß es doch einmal versuchen.«
Sie lagen noch eine Weile im Bett und plauderten und streichelten einander, und dann versuchte Snowflake, ihn noch einmal zu erregen –
»Wer nicht wagt, der nicht gewinnt«, sagte sie – aber all ihre Bemühungen blieben ohne Erfolg. Ungefähr um Mitternacht ging sie. »Sonntag um elf«, sagte sie unter der Tür. »Herzlichen Glückwunsch.«

Am Samstag abend traf Chip in der Halle ein Mitglied namens Mary KK, deren Freund ein paar Tage zuvor nach CAN versetzt worden war. Ihrer

NN nach war sie 38 geboren – also vierundzwanzig Jahre alt. Sie gingen zu einem vormarxfestlichen Musikabend im Park der Gleichheit. Während sie warteten, bis sich das Amphitheater füllte, sah Chip Mary genau an. Ihr Kinn war kantig, aber sonst war sie normal: bräunliche Haut, schräge, braune Augen, kurzgeschnittenes, schwarzes Haar, gelber Overall auf einem sehr schlanken Körper. Einer von ihren Zehennägeln, der halb von dem Sandalenriemen verdeckt wurde, hatte eine bläulichpurpurne Farbe. Sie saß lächelnd neben ihm und sah zur anderen Seite des Amphitheaters hinüber.
»Woher kommst du?« fragte er sie.
»RUS«, sagte sie.
»Was hast du für eine Klassifizierung?«
»Eins-vierzig B. Augenärztliche Technikerin.«
»Was machst du da?«
Sie drehte sich zu ihm um. »Ich passe Linsen ein«, sagte sie. »In der Kinderabteilung.«
»Macht es dir Spaß?«
»Natürlich.« Sie sah ihn unsicher an. »Warum fragst du mich soviel?« fragte sie. »Und warum schaust du mich so an – als ob du noch nie ein Mitglied gesehen hättest?«
»Ich habe *dich* noch nie gesehen«, sagte er. »Ich möchte dich gern kennenlernen.«
»Ich bin nicht anders als alle anderen Mitglieder«, sagte sie. »Ich habe nichts Außergewöhnliches an mir.«
»Dein Kinn ist ein wenig kantiger als normal.«
Sie wich zurück, offensichtlich beleidigt und verwirrt.
»Ich wollte dich nicht kränken«, sagte er. »Ich wollte nur betonen, daß du *doch* etwas Außergewöhnliches hast, auch wenn es nichts Wichtiges ist.«
Sie sah ihn fragend an, dann blickte sie weg, wieder zur anderen Seite des Amphitheaters hinüber. Sie schüttelte den Kopf. »Ich verstehe dich nicht«, sagte sie.
»Es tut mir leid«, sagte er. »Ich war bis letzten Dienstag krank, aber mein Berater hat mich ins Haupt-Medizentrum gebracht, und sie haben mich fein wieder hingekriegt. Jetzt geht's mir schon besser. Mach dir

keine Sorgen.« »Ach, *das* ist gut«, sagte sie. Mit einem strahlenden Lächeln wandte sie ihm ihr Gesicht zu. »Ich verzeihe dir«, sagte sie.
»Danke«, sagte er, und plötzlich stimmte sie ihn traurig.
Sie sah wieder weg.
»Ich hoffe, wir singen ›Die Befreiung der Massen‹«, sagte sie.
»Ganz sicher.«
»Ich liebe dieses Lied«, sagte sie und begann lächelnd, es zu summen.
Er schaute sie immer noch an; hoffentlich tat er es normal und unauffällig. Was sie gesagt hatte, traf zu: Sie unterschied sich in nichts von allen anderen Mitgliedern. Was bedeutete schon ein kantiges Kinn oder ein verfärbter Zehennagel? Sie war genau wie jede Mary und Anna und Peace und Yin, die er schon zur Freundin gehabt hatte: bescheiden und gut, hilfsbereit und fleißig. Und dennoch machte sie ihn traurig. Warum? Und hätte er dasselbe Gefühl bei allen anderen empfunden, wenn er sie ebenso genau betrachtet und ihnen ebenso aufmerksam zugehört hätte?
Er sah die Mitglieder neben sich an, die vielen anderen in den Sitzreihen über und unter ihnen.
Sie waren alle wie Mary KK, sie lächelten und freuten sich auf ihre Lieblingslieder zum Marxfest und stimmten ihn traurig, alle in dem Amphitheater, die Tausende und Abertausende. Ihre Gesichter umsäumten das riesige Freilichttheater bis in weite Ferne wie dicht hintereinander aufgereihte gelbbraune Rosenkränze.
Scheinwerfer strahlten das goldene Kreuz und die rote Sichel in der Mitte der Arena an. Vier vertraute Trompetentöne erklangen, und alle sangen im Chor:
Eine mächtige Familie,
Herrliche, vollkomm'ne Rasse,
Frei von Gier
und allem Hasse.
Jeder gibt, was er verma – ag,
Uni dankt's ihm jeden Ta – ag!
Aber sie waren keine mächtige Familie, dachte er. Sie waren eine schwache, deprimierende, mitleiderregende Familie, von Chemikalien be-

täubt und durch Armbänder entmenschlicht. Mächtig war nur Uni.
Eine mächtige Familie,
Wirklichkeit geword'ner Traum,
Unsre Kinder fliegen tapfer
In den weiten Weltenraum ...
Er sang die Worte automatisch mit, aber in Gedanken mußte er Lilac recht geben: reduzierte Behandlungen brachten neuen Kummer.

Sonntag abend um elf traf er Snowflake zwischen den Gebäuden am Unteren Christus-Platz. Er umarmte und küßte sie dankbar, voll Freude über ihre Sinnlichkeit und ihren Humor und ihre helle Haut und ihren bitteren Tabakgeschmack – all die Dinge, die ihre Persönlichkeit ausmachten und keiner anderen zu eigen waren. »Christus und Wei, bin ich froh, dich zu sehen«, sagte er.
Sie zog ihn näher an sich und lächelte ihm glücklich ins Gesicht. »Fällt einem allmählich ganz schön auf die Nerven, immer mit dem normalen Volk zusammen zu sein, nicht?« sagte sie.
»Und wie!« sagte er. »Heute morgen hätte ich am liebsten nicht den Fußball, sondern die Mannschaft getreten.«
Sie lachte.
Seit dem Festgesang war er deprimiert gewesen, jetzt fühlte er sich erleichtert und glücklich und größer. »Ich habe eine Freundin gefunden«, sagte er, »und stell dir vor, ich habe ohne die geringste Schwierigkeit mit ihr verkehrt.«
»Haß.«
»Nicht so ausgiebig und befriedigend wie mit dir, aber ganz ohne Mühe, keine vierundzwanzig Stunden danach.«
»So genau wollte ich es gar nicht wissen.«
Er grinste und ließ seine Hände über ihren Körper gleiten und legte sie auf ihre Hüften. »Ich glaube, ich könnte es heute nacht sogar schon wieder schaffen«, sagte er und spielte mit dem Daumen an ihr herum.
»Dein Selbstbewußtsein wächst ja sprunghaft.«
»Nicht nur mein Selbstbewußtsein.«
»Komm, Bruder«, sagte sie, indem sie seine Hände wegschubste, »wir gehen lieber in unsere vier Wände, bevor du anfängst zu singen.«

Sie traten auf den Platz hinaus und überquerten ihn diagonal. Fahnen und herabgesunkene Marxfest-Girlanden hingen regungslos im schwachen Licht entfernter Gehwege. »Wohin gehen wir eigentlich?« fragte er, munter ausschreitend. »Wo befindet sich der geheime Treffpunkt der kranken Verderber gesunder junger Mitglieder?«
»Im vV«, sagte sie.
»Im Museum?«
»Jawohl. Kannst du dir einen besseren Platz für eine Gruppe anormaler Uni-Betrüger vorstellen? Genau da gehören wir hin. Langsam«, sagte sie und zog ihn an der Hand, »geh nicht so schwungvoll.«
Ein Mitglied mit einer Aktenmappe oder einem Telecomp in der Hand kam aus dem Gehweg, dem sie zusteuerten, auf den Platz.
Chip ging normaler neben Snowflake her. Das Mitglied kam näher – was er in der Hand trug, war ein Telecomp –, lächelte und nickte. Sie lächelten und nickten zurück, als sie an ihm vorübergingen.
Sie stiegen Stufen hinab und verließen den Platz.
»Übrigens«, sagte Snowflake, »ist es von acht bis acht leer und eine unerschöpfliche Fundgrube für Pfeifen und komische Kostüme und ausgefallene Betten.«
»Nehmt ihr Sachen mit?«
»Die Betten lassen wir stehen«, sagte sie. »Aber wir benutzen sie hin und wieder. Die feierliche Zusammenkunft im Konferenzzimmer war nur deinetwegen arrangiert.«
»Was tut ihr noch?«
»Oh, herumsitzen und ein bißchen jammern. Das besorgen meistens Lilac und Leopard. Mir genügt Sex und Rauchen. King parodiert ein paar Fernsehsendungen. Warte nur, bis du merkst, wie du lachen kannst.«
»Und die Betten«, fragte Chip, »werden die gruppenweise benutzt?«
»Nur paarweise, mein Lieber, *so* vorvereinigungsmäßig sind wir nun wieder nicht!«
»Und mit wem hast du sie benutzt?«
»Mit Sparrow, logischerweise. Notstand ist der Vater von . . . na und so weiter. Armes Mädchen, jetzt tut sie mir leid.«
»Natürlich.«

»Ja, wirklich. Aber was soll's, in der Abteilung ›Kunsthandwerk des neunzehnten Jahrhunderts‹ gibt es einen künstlichen Penis, also wird sie's überleben.«
»King sagt, wir sollten einen Mann für sie suchen.«
»Sollten wir. Wenn wir vier Paare wären, sähe die Sache viel besser aus.«
»Das sagte King auch.«

Als sie in dem Museum mit einer Taschenlampe, die Snowflake hervorgezogen hatte, durch das Dunkel des Erdgeschosses mit seinen seltsamen Schatten schritten, traf sie ein anderer Lichtstrahl von der Seite, und eine Stimme sagte ganz in der Nähe: »Hallo!« Sie zuckten zusammen.
»Entschuldigt«, sagte die Stimme. »Ich bin's, Leopard.«
Snowflake richtete ihre Taschenlampe auf den Wagen aus dem zwanzigsten Jahrhundert, und in seinem Inneren erlosch ein Licht. Sie gingen zu dem glänzenden Metallfahrzeug hinüber. Leopard, der hinter dem Steuer saß, war ein altes, pausbäckiges Mitglied mit rundem Gesicht. Auf dem Kopf trug er einen Hut mit einer orangeroten Feder. Auf seiner Nase und seinen Backen waren mehrere dunkelbraune Flecken zu erkennen. Er streckte seine, ebenfalls fleckige Hand durch das Wagenfenster. »Gratuliere, Chip«, sagte er. »Freut mich, daß du es geschafft hast.«
»Machst du einen kleinen Ausflug?« fragte Snowflake.
»Bin schon zurück«, sagte er. »Einmal JAP und retour. Jetzt ist kein Sprit mehr im Volvo, und ganz schön naß ist er auch.«
Sie lächelten.
»Einfach phantastisch, nicht wahr?« sagte er, drehte das Lenkrad und bediente einen Hebel, der unten herausragte. »Der Fahrer hat beide Hände und beide Füße benutzt und den Wagen vom Start bis zum Ziel völlig unter Kontrolle gehabt.«
»Das muß furchtbar geholpert haben«, sagte Chip, und Snowflake sagte: »Von der Gefahr ganz zu schweigen.«
»Aber Spaß hat es bestimmt auch gemacht«, sagte Leopard. »Muß ein richtiges Abenteuer gewesen sein – zu überlegen, wohin man fahren will und auf welchen Straßen man am besten hinkommt, und das Tempo und die Fahrweise der anderen richtig abzuschätzen –.«

»Falsch schätzen und sterben«, sagte Snowflake. »Ich glaube, so oft, wie man uns erzählt, ist das in Wirklichkeit gar nicht vorgekommen«, sagte Leopard. »Denn sonst hätten sie das Vorderteil ihrer Wagen dicker gemacht.«

Chip sagte: »Aber dadurch wären sie schwerer und noch langsamer geworden.«

»Wo ist Hush?« fragte Snowflake.

»Oben, mit Sparrow«, sagte Leopard. Er öffnete den Wagenschlag und stieg aus, eine Taschenlampe in der Hand. »Sie räumen um, weil noch mehr Zeug in den Raum gestellt wurde.« Er drehte das Wagenfenster bis zur Hälfte hoch und schlug die Tür fest zu. Ein breiter, brauner, mit Metallnieten verzierter Gürtel spannte sich über seinem Overall.

»King und Lilac?« fragte Snowflake.

»Die müssen auch irgendwo sein.«

Betten benutzen, dachte Chip, während sie alle drei weiter durch das Museum gingen.

Er hatte viel über King und Lilac nachgedacht, seitdem er King gesehen hatte, und wußte, wie alt er war – zwei- oder dreiundfünfzig oder vielleicht noch älter. Er hatte über den Altersunterschied zwischen den beiden nachgedacht – allermindestens dreißig Jahre – und über die Art, wie King ihm gesagt hatte, er solle sich von Lilac fernhalten; und über Lilacs große, weniger als normal schräge Augen und ihre Hände, die klein und warm auf seinen Knien lagen, als sie sich vor ihm niederkauerte und ihn zu intensiverem, bewußterem Leben gedrängt hatte.

Sie stiegen die Stufen der stillstehenden Rolltreppe hoch und schritten durch den zweiten Stock des Museums. Das Licht der zwei Taschenlampen von Snowflake und Leopard tanzte über die Gewehre und Dolche, über Lampen mit ihren Glühbirnen und Kabeln, die blutenden Boxer, die Könige und Königinnen in ihren pelzumsäumten Gewändern und Juwelen und die drei schmutzigen, verkrüppelten Bettler, die ihre Gebresten zur Schau stellten und ihre Hüte aufhielten. Die Trennwand hinter den Bettlern war zur Seite geschoben, so daß ein schmaler Durchgang offenblieb, der tiefer in das Gebäude hineinführte. Die ersten Meter wurden von dem Licht erhellt, das links aus einem Eingang drang. Eine Frau sprach mit sanfter Stimme. Leopard ging weiter, durch

die Tür, während Snowflake neben den Bettlern Pflasterstücke von einer Rolle aus einem Verbandskasten abriß. »Snowflake ist hier mit Chip«, sagte Leopard hinter der Tür. Chip legte ein Stück Pflaster über das Abzeichen auf seinem Armband und drückte es fest.
Sie gingen zu der Tür, betraten den stickigen, nach Tabak riechenden Raum, in dem eine alte und eine junge Frau dicht beieinander auf Stühlen aus der Zeit vor der Vereinigung saßen. Vor ihnen lagen zwei Messer und ein Haufen brauner Blätter auf einem Tisch. Hush und Sparrow! Sie schüttelten Chip die Hand und gratulierten ihm. Hush hatte viele Falten um die Augen und lächelte, Sparrow war schwergliedrig und wirkte verlegen; ihre Hand war heiß und feucht. Leopard stand neben Hush. Er hielt einen Fidibus in den Kopf einer geschwungenen schwarzen Pfeife, zog Rauch aus dem Stiel und blies Ringe in die Luft.
Der ziemlich große Raum war ein richtiges Lager. Bis zur Decke stapelten sich überall Relikte aus der Zeit vor der Vereinigung, ganz alte und jüngere: Maschinen und Möbel und Bilder und Kleiderbündel, Schwerter und Werkzeuge mit Holzgriffen, eine Statue eines Mitglieds, das »Engel« hieß und Flügel hatte, ein halbes Dutzend offene und geschlossene Kisten mit dem Aufdruck IND 26 I 10 und rechteckigen gelben Aufklebern in der Ecke. Chip sah sich um und sagte: »Hier wären genügend Gegenstände für ein weiteres Museum.«
»Und lauter echte«, sagte Leopard. »Manche von den Schaustücken sind nämlich nicht echt.«
»Das wußte ich nicht«, sagte Chip.
Im vorderen Teil des Raumes waren die verschiedensten Stühle und Bänke aufgestellt. Gemälde lehnten an der Wand, und Schachteln mit kleineren Relikten und Stapel vermodernder Bücher standen herum. Ein Gemälde mit einem riesigen Felsblock stach Chip ins Auge. Er rückte einen Stuhl näher, um es genauer sehen zu können. Der Felsblock, fast schon ein Berg, schwebte über der Erde im blauen Himmel, peinlichst naturgetreu gemalt und sinnverwirrend. »So ein verrücktes Bild«, sagte er.
»Viele davon sind verrückt«, sagte Leopard.
Hush sagte: »Die von Christus zeigen ihn mit einem Licht um den Kopf, und er sieht überhaupt nicht menschlich aus.«

»Die habe ich schon entdeckt«, sagte Chip, der immer noch den Felsblock betrachtete, »aber ich habe noch nie zuvor eines wie dieses gesehen. Es ist faszinierend, wirklich und unwirklich zugleich.«

»Du kannst es aber nicht mitnehmen«, sagte Snowflake. »Wir können nichts nehmen, was vielleicht vermißt würde.«

Chip sagte: »Ich könnte es ohnehin nirgends unterbringen.«

»Wie gefällt es dir, unterbehandelt zu sein?« fragte Sparrow.

Chip wandte sich um. Sparrow sah weg. Sie hielt eine Rolle Blätter und ein Messer in der Hand. Hush war mit derselben Arbeit beschäftigt. Sie hackten mit raschen Bewegungen auf eine Rolle Blätter ein und schnitten sie in kleine Schnipsel, die sich vor dem Messer auftürmten. Snowflake hatte eine Pfeife im Mund, Leopard hielt den Fidibus in den Pfeifenkopf. »Es ist wundervoll«, sagte Chip. »Im wahrsten Sinn des Wortes. Voller Wunder. Jeden Tag mehr. Ich bin euch allen so dankbar.«

»Wir haben nur getan, was man uns geheißen hat«, sagte Leopard lächelnd. »Wir haben einem Bruder geholfen.«

»Nicht ganz vorschriftsmäßig«, sagte Chip.

Snowflake bot ihm ihre Pfeife an. »Bist du bereit, einen Zug zu machen?« fragte sie.

Er ging zu ihr und nahm die Pfeife. Der Kopf war warm, der rauchende Tabak darin grau. Er zögerte einen Moment, lächelte den anderen zu, die ihn beobachteten, und führte den Stiel zum Mund. Er saugte kurz daran und blies Rauch aus. Der Geschmack war stark, aber überraschend angenehm. »Nicht schlecht«, sagte er. Er zog noch einmal, nun schon sicherer. Etwas von dem Rauch kam ihm in die Kehle, und er hustete.

Leopard, der lächelnd zur Tür ging, sagte: »Ich hole dir eine eigene, für dich allein«, und verließ den Raum.

Chip gab Snowflake die Pfeife zurück, räusperte sich und setzte sich auf eine abgewetzte Bank aus dunklem Holz. Er beobachtete Hush und Sparrow beim Tabakschneiden. Hush lächelte ihm zu. Chip fragte: »Woher bekommt ihr die Samen?«

»Von den Pflanzen selbst«, sagte sie.

»Und woher habt ihr die ersten Pflanzen bekommen?«

»King hatte sie.« »Was hatte ich?« fragte King, der gerade hereinkam. Er war groß und mager und hatte glänzende Augen, und auf seiner Brust hing eine Kette mit einem goldenen Medaillon über dem Overall. Hinter ihm, an seiner Hand, trat Lilac ein.
Chip stand auf. Sie sah ihn an – dunkel, schön, jung und ungewöhnlich.
»Die Tabaksamen«, sagte Hush.
King bot Chip mit einem herzlichen Lächeln die Hand. »Schön, dich hier zu sehen«, sagte er. Chip schüttelte ihm die Hand. Ihr Druck war fest und stark. »Wirklich schön, ein neues Gesicht in der Gruppe zu sehen«, sagte King. »Besonders einen Mann, der mir hilft, diese vorvereinigungsmäßigen Weiber im Zaum zu halten.«
»Huh«, sagte Snowflake.
»Es ist schön, hier zu sein«, sagte Chip, erfreut über Kings Freundlichkeit. Seine Kälte, als Chip sein Büro verließ, mußte gespielt gewesen sein, um die zuschauenden Ärzte zu täuschen. »Ich danke euch«, sagte Chip. »Für alles. Euch beiden!«
Lilac sagte: »Ich freue mich sehr, Chip.«
King hielt immer noch ihre Hand. Sie war dunkler als normal, fast braun, mit einem hübschen Rosa-Schimmer. Ihre Augen waren groß und fast gerade, ihre Lippen rosig und sanft. Sie drehte sich um und sagte: »Grüß dich, Snowflake.« Sie entzog King ihre Hand und ging zu Snowflake, um sie auf die Wange zu küssen.
Sie war nicht älter als zwanzig oder einundzwanzig. In den oberen Taschen ihres Overalls steckte etwas, das sie wie die vollbusige Frau auf Karls Zeichnungen wirken ließ. Chip fand diesen Anblick eigenartig und geheimnisvoll verlockend.
»Fühlst du dich schon ein bißchen anders, Chip?« fragte King. Er saß vorgebeugt am Tisch und stopfte Tabak in seine Pfeife.
»Ja, wie umgewandelt!« sagte Chip. »Genau wie du es beschrieben hast.«
Leopard kam herein und sagte: »Da, Chip, für dich.« Er gab ihm eine gelbe Pfeife mit breitem Kopf und Bernsteinstiel. Chip dankte ihm und probierte die Pfeife aus. Sie fühlte sich gut an in seinen Händen und auf seinen Lippen. Er trug sie zum Tisch, und King zeigte ihm, wie sie richtig gestopft wurde.

Leopard führte ihn durch die Personalräume des Museums und zeigte ihm weitere Lagerhallen, das Konferenzzimmer und verschiedene Büros und Arbeitsräume.

Er sagte: »Es ist ganz gut, wenn jemand ein bißchen darauf achtet, wer bei diesen Zusammenkünften wohin geht, und später nachsieht, ob alles noch so an seinem Platz liegt, daß nichts auffällt. Die Mädchen könnten da ein wenig vorsichtiger sein. Im allgemeinen kümmere ich mich darum, aber wenn ich nicht mehr da bin, könntest du diese Aufgabe vielleicht übernehmen. Die Normalen sind nicht ganz so unachtsam, wie es uns lieb wäre.«

»Wirst du versetzt?« fragte Chip.

»O nein«, sagte Leopard. »Ich werde bald sterben. Ich bin jetzt schon beinahe drei Monate über zweiundsechzig. Hush auch.«

»Das tut mir leid«, sagte Chip.

»Uns auch«, sagte Leopard, »aber keiner lebt ewig. Tabakasche ist natürlich gefährlich, aber in der Beziehung passen alle auf. Wegen des Geruchs brauchst du dir keine Sorgen zu machen. Die Belüftungsanlage wird um sieben Uhr vierzig eingeschaltet und wirbelt den Rauch hinaus. Ich bin einmal morgens hiergeblieben, um mich zu vergewissern. Sparrow wird in Zukunft den Tabak anpflanzen. Wir trocknen die Blätter gleich hier, hinten in dem Warmwasser-Behälter. Ich werde es dir zeigen.«

Als sie in den Lagerraum zurückkamen, saßen King und Snowflake auf einer Bank rittlings einander gegenüber und beschäftigten sich eifrig mit irgendeinem mechanischen Spiel, das zwischen ihnen aufgestellt war. Hush döste in ihrem Stuhl vor sich hin, und Lilac kauerte vor den Antiquitäten. Sie nahm Bücher aus einer Schachtel, sah darauf und stapelte sie auf dem Fußboden. Sparrow war nicht da.

»Was ist das?« fragte Leopard.

»Neues Spiel. Gerade eingetroffen«, sagte Snowflake, ohne aufzublikken.

Für jede Hand gab es einen Hebel, den sie drückten und wieder losließen, und dann schlugen kleine Arme einen rostigen Ball auf einer Metallfläche mit erhöhtem Rand hin und her. Die Arme, die zum Teil zerbrochen waren, quietschten bei jeder Bewegung. Der Ball hüpfte hierhin und dorthin und kam in einer Vertiefung an Kings Ende zum Stehen. »Fünf«, rief Snowflake. »Jetzt hab' ich dir's aber gegeben, Bruder!«

Hush öffnete die Augen, sah sich um und schloß sie wieder.

»Verlieren ist dasselbe wie gewinnen«, sagte King und zündete seine Pfeife mit einem Metallfeuerzeug an.

»So siehst du aus«, sagte Snowflake. »Chip? Komm, du bist der nächste.«

»Nein, ich schaue zu«, sagte er lächelnd.

Leopard wollte auch nicht spielen, und King und Snowflake fingen ein neues Match an. In einer Spielpause, als King gerade einen Treffer erzielt hatte, sagte Chip: »Darf ich das Feuerzeug sehen?«, und King gab es ihm. Ein fliegender Vogel war darauf abgebildet, eine Ente, wie Chip dachte. Er hatte schon Feuerzeuge im Museum gesehen, aber noch nie eines benutzt. Er klappte es auf und tippte mit dem Daumen das gerillte Rädchen an. Beim zweiten Versuch flammte der Docht auf. Er klappte das Feuerzeug zu, besah es noch einmal gründlich und gab es King in der nächsten Spielpause zurück.

Chip sah noch eine kleine Weile beim Spielen zu und ging dann weg, zu den Museumsstücken hinüber. Er betrachtete sie und setzte sich dann zu Lilac. Sie blickte lächelnd zu ihm auf und legte ein Buch auf einen der verschiedenen Stapel neben sich. »Ich hoffe immer noch, eines in der Sprache zu finden«, sagte sie, »aber sie sind alle in den alten Sprachen geschrieben.«

Er bückte sich, um das Buch aufzuheben, das sie gerade abgelegt hatte. Auf dem Buchrücken stand in kleinen Lettern: *Bädda för död*. »Hm«, sagte er kopfschüttelnd. Er sah die alten braunen Seiten durch, las merkwürdige Wörter und Sätze: *allvarlig, lögnerska, dök ner på brickorna*. Die Doppelpunkte und kleinen Kreise standen über vielen Buchstaben. »Einige sind der Sprache so ähnlich, daß man ein Wort oder zwei verstehen kann«, sagte sie, »aber andere wieder sind – schau dir nur einmal dieses hier an.« Sie zeigte ihm ein Buch, in dem umgekehrte Ns und rechteckige, unten offene Buchstaben zwischen gewöhnlichen Ps und Es und Os gedruckt waren. »Was soll *das* denn bedeuten?« sagte sie, das Buch niederlegend.

»Es wäre interessant, eines zu finden, das wir lesen könnten«, sagte er, den Blick auf die rosigbraune Glätte ihrer Wange gerichtet.

»Ja«, sagte sie, »aber ich glaube, sie wurden alle aussortiert, bevor sie hierher gesandt wurden, und deshalb können wir sie nicht lesen.«

»Du meinst, sie wurden aussortiert?«

»Es müßte doch eine ganze Menge Bücher in der Sprache geben«, sagte sie, »denn wie könnte sie die Sprache *geworden* sein, wenn sie nicht vorher die am weitesten verbreitete war?«

»Ja, natürlich«, sagte er. »Du hast recht.«

»Ich hoffe trotzdem immer noch, daß eines übersehen wurde«, sagte sie. Sie nahm ein Buch zur Hand, runzelte die Stirn und legte es auf einen Stapel.

Ihre vollen Taschen bewegten sich mit ihrem Körper, und plötzlich wirkten sie auf Chip wie leere Taschen, die sich über runde Brüste spannten, Brüste, wie Karl sie gezeichnet hatte – fast die Brüste einer Frau aus der Zeit vor der Vereinigung. Möglich war es schon, wenn man bedachte, wie unnormal dunkel Lilac war und wie viele verschiedene körperliche Anomalien die anderen aufwiesen. Er sah ihr wieder ins Gesicht, um sie nicht in Verlegenheit zu bringen, falls sie wirklich Brüste hatte.

»Ich dachte, ich überprüfe diesen Karton zum zweiten Mal«, sagte sie, »aber ich werde das komische Gefühl nicht los, daß es schon das dritte Mal ist.«

»Aber *warum* sollte man die Bücher aussortiert haben?« fragte er sie. Sie schwieg eine Weile. Ihre Ellbogen lagen auf ihren Knien, und ihre dunklen Hände hingen in der Luft. Dann sah sie ihn ernst mit ihren großen, geraden Augen an. »Ich glaube, man hat uns so manches weisgemacht, was nicht stimmt«, sagte sie. »Über das Leben vor der Vereinigung, *kurz* vor der Vereinigung, meine ich, nicht früher.«

»Was zum Beispiel?«

»Die Gewalttätigkeit, die Brutalität, die Gier und Feindseligkeit. Ich nehme an, daß das alles existierte, aber ich kann nicht glauben, daß es gar nichts anderes gab; und das lehrt man uns doch. Und die ›Bosse‹, die die ›Arbeiter‹ bestraften, und lauter Krankheit und Alkohol, Trunksucht und Hungertod und Selbstzerstörung, glaubst *du* das?«

Er sah sie an. »Ich weiß nicht«, sagte er. »Ich habe nicht viel darüber nachgedacht.«

»Ich will euch mal sagen, was *ich* nicht glaube«, sagte Snowflake. Sie war von der Bank aufgestanden, denn das Spiel mit King war offensichtlich beendet. »Ich glaube nicht, daß sie den kleinen Jungen die Vorhaut abgeschnitten haben«, sagte sie. »In der frühen Zeit vor der Vereinigung vielleicht – in der *ganz* frühen Frühzeit – aber später nicht mehr. Das ist einfach zu unglaubhaft. Ich meine, sie besaßen doch *irgendeine* Art von Intelligenz, nicht wahr?«

»Es ist unglaubhaft, gewiß«, sagte King, der mit seiner Pfeife gegen die Hand klopfte, »aber ich habe Fotos gesehen. Angebliche Fotos auf jeden Fall.«

Chip drehte sich hastig um und setzte sich auf den Fußboden. »Wie meinst du das?« fragte er. »Gibt es Fotos, die nicht echt sind?«

»Natürlich«, sagte Lilac. »Schau dir ein paar von diesen hier genauer an. Manche Stellen sind eingezeichnet und andere überdeckt.« Sie begann, die Bücher in den Karton zurückzulegen.

»Ich hatte keine Ahnung, daß das möglich ist«, sagte Chip.

»Bei den zweidimensionalen schon«, sagte King.

»Was man uns vermittelt«, sagte Leopard – er saß in einem vergoldeten Stuhl und spielte mit der orangeroten Feder seines Hutes – »ist wahrscheinlich eine Mischung aus Wahrheit und Unwahrheit. Das Mischungsverhältnis zu ergründen, bleibt jedem einzelnen überlassen.«

»Könnten wir nicht diese Bücher studieren und die Sprache lernen?« fragte Chip. »Eine würde schon reichen.«

»Wozu?« fragte Snowflake.

»Um herauszufinden, was wahr ist und was nicht«, sagte er.

»Ich habe es versucht«, sagte Lilac.

»Und wie!« sagte King lächelnd zu Chip. »Vor einiger Zeit hat sie viele Nächte – für meinen Geschmack viel zu viele – darauf verschwendet, sich ihren hübschen Kopf über diesem unsinnigen Geschreibsel zu zerbrechen. Ich bitte dich, Chip, fang *du* nicht auch damit an.«

»Warum nicht?« fragte Chip. »Vielleicht habe ich mehr Glück.«

»Und selbst wenn?«, sagte King. »Nehmen wir an, du entzifferst eine Sprache und liest ein paar Bücher und findest heraus, daß man uns *wirk-*

lich etwas Unwahres lehrt. Vielleicht ist *nichts* wahr. Vielleicht war das Leben A.D. 2000 ein einziger endloser Orgasmus, und alle haben die richtige Klassifizierung gewählt und ihren Brüdern geholfen und gestrotzt von Liebe und Gesundheit und allem, was man zum Leben braucht. Na und? Du lebst trotzdem hier, im Jahre 162 nach der Vereinigung, mit einem Armband und einem Berater und einer monatlichen Behandlung. Du wärst nur unglücklicher. Wir *alle* wären unglücklicher.«

Chip runzelte die Stirn und blickte zu Lilac hinüber. Sie packte Bücher in den Karton, ohne aufzusehen. Er schaute wieder King an und suchte nach Worten. »Aber es würde sich dennoch lohnen, Bescheid zu wissen«, sagte er. »Ist es wirklich das Wichtigste, ob man glücklich oder unglücklich ist? Die Wahrheit zu kennen, wäre eine andere Art von Glück – eine befriedigendere, denke ich, selbst wenn sie sich als traurig erweisen sollte.«

»Eine traurige Art von Glück?« sagte King lächelnd. »Das kann ich mir nicht vorstellen.« Leopard blickte sinnend vor sich hin.

Snowflake gab Chip ein Zeichen, er solle aufstehen. »Komm, ich will dir noch etwas anderes zeigen«, sagte sie.

Er rappelte sich hoch. »Aber wir fänden vielleicht nur heraus, daß alles übertrieben wurde«, sagte er, »daß es Hunger gab, aber nicht so *viel* Hunger, und Brutalität, aber nicht so *viel* Brutalität. Vielleicht wurde manches erfunden, was weniger entscheidend ist, wie das Vorhaut-Abschneiden und der Fahnenkult.«

»Wenn du so darüber denkst, ist es *bestimmt* sinnlos, daß du dich damit abgibst«, sagte King. »Hast du denn überhaupt eine Ahnung, was für eine Arbeit es wäre? Du würdest zusammenbrechen!«

Chip zuckte die Achseln. »Es wäre gut, Gewißheit zu haben, das ist alles«, sagte er. Er sah zu Lilac hinüber; sie legte die letzten Bücher in den Karton.

»Komm schon«, sagte Snowflake und ergriff seinen Arm. »Hebt uns ein bißchen Tabak auf, ihr Mitgliederchen.«

Sie traten in das Dunkel der Ausstellungshalle hinaus. Snowflake knipste ihre Taschenlampe an, um den Weg zu finden. »Was willst du mir denn zeigen?« fragte Chip.

»Was meinst du wohl?« sagte sie. »Bestimmt nicht noch mehr Bücher
– ein Bett!«

Im allgemeinen trafen sie sich in zwei Nächten in der Woche, sonntags
und woodstags oder donnerstags. Sie rauchten und redeten und spielten
mit Relikten und Museumsstücken. Manchmal sang Sparrow selbstverfaßte Lieder und machte dazu mit den Fingern hübsche, altmodische
Musik auf einem Saiteninstrument, das sie auf dem Schoß hielt. Die Lieder waren kurz und traurig. Sie handelten von Kindern, die auf Sternenschiffen lebten und starben, von Liebenden, die versetzt wurden, und
vom ewigen Meer. Manchmal parodierte King das abendliche Fernsehprogramm und äffte einen Dozenten für Klimakontrolle nach oder
einen fünfzigköpfigen Chor, der *Mein Armband* sang. Chip und Snowflake benutzten das Bett aus dem siebzehnten Jahrhundert und das Sofa
aus dem neunzehnten, den Bauernwagen aus der frühen vV-Zeit und
den Kunststoffteppich aus der späten. In den Nächten zwischen den
Zusammenkünften besuchten sie sich manchmal auf ihren Zimmern.
Snowflakes NN an ihrer Tür lautete Anna PY24A9155. Chip konnte es
sich nicht verkneifen, nachzurechnen – Jahrgang 24, also war sie 38, älter als er gedacht hatte.
Jeden Tag schärften sich seine Sinne mehr, und sein Geist wurde regsamer und unsteter. Seine Behandlung warf ihn wieder zurück und
stumpfte ihn ab, aber nur für ungefähr eine Woche. Dann war er wieder
wach und lebendig. Er beschäftigte sich mit der Sprache, die Lilac versucht hatte zu entziffern. Sie zeigte ihm die Bücher, mit denen sie gearbeitet, und Listen, die sie erstellt hatte. *Momento* hieß Moment und *festa*
Fest. Sie besaß mehrere Seiten voll Vokabeln, die leicht zu übersetzen
waren, aber in jedem Satz kamen Wörter vor, die man nur erraten
konnte; doch das führte nicht sehr weit. Hieß *allora* »dann« oder
»schon«? Was bedeutete *quale* und *sporse* und *rimanesse*? Er beschäftigte sich bei jeder Zusammenkunft eine gute Stunde mit den Büchern.
Manchmal beugte sich Lilac über seine Schulter und sah ihm zu und
sagte »Ach, natürlich« oder »Könnte das nicht einer der Wochentage
sein?«, aber meistens blieb sie in Kings Nähe, stopfte ihm die Pfeife und
hörte ihm zu, wenn er sprach. King beobachtete Chip bei der Arbeit,

und Chip sah in den spiegelnden Glasscheiben der Möbel, wie er lächelte und die Augenbrauen hochzog.

Chip traf Mary KK Samstag abends und Sonntag nachmittags. Er benahm sich normal, wenn er mit ihr zusammen war, lächelte sich durch den Vergnügungsgarten und absolvierte einen simplen und leidenschaftslosen Geschlechtsverkehr. Auch an seiner Arbeitsstelle benahm er sich normal: Er verrichtete die vorgeschriebenen Tätigkeiten, wie es sich gehörte. Aber das normale Verhalten erschien ihm jede Woche sinnloser und lästiger.

Im Juli starb Hush. Sparrow schrieb ein Lied über sie, und als Chip nach der Zusammenkunft, bei der sie es gesungen hatte, in sein Zimmer zurückkam, mußte er plötzlich an sie und zugleich an Karl denken (warum war Karl ihm nicht früher eingefallen?). Sparrow war groß und plump, aber reizvoll, wenn sie sang, etwa fünfundzwanzig und einsam. Karl war vermutlich »geheilt« worden, als Chip ihm »geholfen« hatte, aber konnte es nicht sein, daß er die Kraft oder die angeborene Fähigkeit oder was auch immer besessen hatte, der Heilung wenigstens bis zu einem gewissen Grad zu widerstehen? Wie Chip war er in Klassifizierung 663, und es war nicht ausgeschlossen, daß er irgendwo direkt hier im Institut arbeitete. Eine bessere Gelegenheit, ihn in die Gruppe einzuführen und Sparrow an den Mann zu bringen, konnte es gar nicht geben. Ein Versuch lohnte sich auf jeden Fall. Was für ein Vergnügen müßte es sein, Karl *wirklich* zu helfen. Unterbehandelt würde er Bilder zeichnen, wie sie noch keiner je erdacht hatte. Sobald Chip am nächsten Morgen aufgestanden war, zog er das neueste NN-Verzeichnis aus seinem Tornister, berührte das Telefon und las Karls Nummer vor. Aber der Bildschirm blieb leer, und die Telefonstimme teilte ihm mit, das angerufene Mitglied sei nicht zu erreichen.

Bob RO fragte ihn ein paar Tage später danach, als er gerade wieder gehen wollte. »Oh, ich habe noch eine Frage: Wie kommt es, daß du diesen Karl WL anrufen wolltest?«

»Ach«, sagte Chip, neben dem Stuhl stehend, »weil ich mich jetzt so wohl fühle, wollte ich wissen, ob es ihm und allen anderen ebenso gutgeht.«

»Natürlich geht es ihm gut«, sagte Bob. »Eine komische Idee, nach so vielen Jahren anzurufen.« »Ich habe eben zufällig an ihn gedacht«, sagte Chip.

Er benahm sich normal vom ersten bis zum letzten Gong und ging zweimal in der Woche zu den Zusammenkünften der Gruppe. Er mühte sich weiterhin mit der Sprache ab – Italiano hieß sie –, obwohl er befürchtete, daß King recht hatte und das Ganze zu nichts führte. Aber es war wenigstens eine Beschäftigung, die ihm sinnvoller erschien, als mit mechanischem Spielzeug herumzualbern. Und von Zeit zu Zeit wurde Lilac davon angelockt. Sie beugte sich herab, um ihm zuzusehen, eine Hand auf dem lederbezogenen Tisch, an dem er arbeitete, die andere auf seiner Stuhllehne. Er konnte sie riechen – es war keine Einbildung; sie roch wirklich nach Blumen –, und ihre dunkle Haut und ihren Hals sehen, und das Oberteil ihres Overalls, das sich über zwei runden, beweglichen Hügeln spannte. Es waren Brüste! Wirklich und wahrhaftig, sie hatte Brüste!

4

In einer Nacht im August, als er nach weiteren Werken in Italiano suchte, fand er ein Buch in einer anderen Sprache, dessen Titel, *Vers l'avenir*, den Italiano-Wörtern *verso* und *avvenire* glich und offenbar *Der Zukunft entgegen* bedeutete. Er schlug das Buch auf und blätterte die Seiten durch, und plötzlich sprang ihm *Wei Li Chun* ins Auge. Der Name war zwanzig- oder dreißigmal als Seitenüberschrift gedruckt. Über anderen Abschnitten standen andere Namen: *Mario Sofik, A. F. Liebman*. Er begriff, daß das Buch eine Sammlung kurzer Schriften verschiedener Autoren war; und zwei stammten wirklich von Wei. Den Titel des einen, *Le pas prochain en avant*, erkannte er (*pas* hieß passo, *avant* avanti) als »Der nächste Schritt nach vorn« aus dem ersten Teil von *Weis lebendige Weisheit*.

Als ihm klar wurde, welchen Wert seine Entdeckung besaß, verschlug es ihm den Atem. Hier, in diesem kleinen braunen Buch, dessen Ein-

band nur noch an ein paar Fäden hing, waren zwölf oder fünfzehn Seiten in einer Sprache aus der Zeit vor der Vereinigung, zu denen er eine genaue Übersetzung in seiner Nachttisch-Schublade liegen hatte – Tausende von Wörtern, Verben in ihren verwirrend wechselnden Formen. Anstatt zu raten und zu kombinieren wie bei seinen fast nutzlosen Versuchen mit Italiano, konnte er innerhalb von Stunden eine solide Grundkenntnis dieser zweiten Sprache erwerben!
Den anderen sagte er nichts davon. Er steckte das Buch in die Tasche, setzte sich zu ihnen und stopfte seine Pfeife, als wäre nichts geschehen. Schließlich war der *pas*-undsoweiter-*avant* gar nicht unbedingt der »Nächste Schritt nach vorn«. Aber er war es *doch*, er mußte es sein. Und er war es, das erkannte Chip, sobald er die ersten paar Sätze verglichen hatte. Er blieb die ganze Nacht wach und las und verglich sorgfältig, einen Finger auf der Zeile im Original und einen auf der Übersetzung. Er ackerte sich zweimal durch die vierzehn Seiten des Aufsatzes, dann begann er die Vokabeln in alphabetische Listen zu ordnen.
In der nächsten Nacht war er müde udd schlief, aber in der übernächsten blieb er wieder auf, um zu arbeiten, nachdem Snowflake ihn besucht hatte.
Er fing an, auch in den Nächten zwischen den Zusammenkünften ins Museum zu gehen. Dort konnte er beim Arbeiten rauchen und nach anderen Français-Büchern suchen – Français hieß die Sprache; das Häkchen unter dem c blieb ihm ein Rätsel – und die Hallen im Schein der Taschenlampe durchstreifen. Im dritten Stock fand er eine Landkarte von 1951, die an mehreren Stellen kunstvoll überklebt war. Eur hieß hier »Europa«, und ein Teil davon, wo Français gesprochen wurde und die Städte merkwürdige und verlockende Namen wie »Paris« und »Nantes« und »Lyon« und »Marseille« trugen, hieß »Frankreich«.
Den anderen sagte er immer noch nichts. Er wollte King mit einer vollkommen beherrschten Sprache überraschen und Lilac damit entzücken. Bei den Zusammenkünften arbeitete er nicht mehr an Italiano. Eines Nachts fragte ihn Lilac danach, und er sagte wahrheitsgemäß, er habe seine Bemühungen aufgegeben. Sie wandte sich mit enttäuschter Miene ab, und er war glücklich, weil er die Überraschung kannte, die er ihr bereiten würde.

Die Nächte zum Sonntag waren verlorene Zeit – er schlief mit Mary KK – und die Nächte der Zusammenkünfte auch, obwohl Leopard nach Hushs Tod manchmal nicht kam und Chip dann im Museum zurückblieb, um aufzuräumen und später noch zu arbeiten.

In drei Wochen konnte er Français fließend lesen, nur hier und da stieß er auf ein Wort, das ihm rätselhaft blieb. Er fand mehrere Bücher in Français. Er las eines, dessen Titel in der Übersetzung *Die Morde der purpurnen Sichel* lautete, und ein anderes, *Die Pygmäen des Äquatorwalds*, und noch eines, *Vater Goriot*.

Er wartete, bis Leopard einmal nicht da war, und dann berichtete er ihnen die Neuigkeit. King sah aus, als habe er eine schlechte Nachricht vernommen. Er maß Chip mit den Augen, und sein Gesicht war ruhig und beherrscht, aber plötzlich älter und noch hagerer. Lilac freute sich wie über ein langersehntes Geschenk. »Du hast *Bücher* in der Sprache gelesen?« sagte sie. Ihre Augen waren groß und glänzten, und ihre Lippen blieben geöffnet. Aber Chip konnte die Reaktionen der beiden nicht so genießen, wie er es sich vorgestellt hatte. Zu schwer lastete sein neues Wissen auf ihm.

»Drei Stück«, sagte er zu Lilac. »Und ein viertes habe ich schon zur Hälfte gelesen.«

»Das ist herrlich, Chip!« sagte Snowflake. »Warum hast du ein Geheimnis daraus gemacht?« Und Sparrow sagte: »Ich hätte es nicht für möglich gehalten.«

»Gratuliere, Chip«, sagte King und nahm seine Pfeife aus dem Mund. »Das ist eine Leistung, auch wenn dir der Aufsatz zu Hilfe gekommen ist. Du hast mich richtig in den Schatten gestellt.« Er sah auf seine Pfeife und hantierte an ihrem Stiel, um ihn geradezurichten. »Was hast du bis jetzt herausgefunden?« fragte er. »Irgend etwas von Interesse?«

Chip sah ihn an. »Ja«, sagte er. »Eine Menge von dem, was man uns beigebracht hat, stimmt. Es gab Verbrechen und Brutalität und Dummheit und Hunger. An jeder Tür war ein Schloß. Fahnen und Staatsgrenzen spielten eine große Rolle. Kinder warteten darauf, daß ihre Eltern starben, damit sie ihr Geld erbten. Die Vergeudung von Arbeitskraft und Material war unvorstellbar.«

Er sah Lilac an und lächelte ihr tröstend zu – ihr ersehntes Geschenk

war am Zerbrechen. »Aber trotz allem«, sagte er, »haben sich die Mitglieder anscheinend stärker und glücklicher gefühlt. Sie konnten gehen, wohin sie wollten, tun, was sie wollten, etwas ›verdienen‹ und ›besitzen‹, wählen, immer wählen – und deshalb waren sie *lebendiger* als die Mitglieder von heute.«
King griff nach dem Tabak. »Nun, das entspricht doch ziemlich genau dem, was du erwartet hast, nicht wahr?«
»Ja, ziemlich«, sagte Chip. »Und da ist noch etwas.«
»Was denn?« fragte Snowflake.
Den Blick auf King gerichtet, sagte Chip: »Hush hätte nicht sterben müssen.«
King sah ihn an. Die anderen auch. »Wovon sprichst du?« fragte King und hörte auf, seine Pfeife zu stopfen.
»Weißt du es nicht?« fragte ihn Chip.
»Nein«, sagte King. »Ich verstehe nicht.«
»Was meinst du denn?« fragte Lilac.
»Weißt du es nicht, King?« fragte Chip.
»*Nein*«, sagte King. »Was soll – ich habe nicht die leiseste Ahnung, worauf du hinauswillst. Wie kannst du aus Büchern aus der Zeit vor der Vereinigung etwas über *Hush* erfahren? Und wenn es doch möglich ist, warum sollte ich dann wissen, um was es sich handelt?«
»Daß man zweiundsechzig wird«, sagte Chip, »ist keine wunderbare Errungenschaft von Chemie und Genetik und Vollnahrungskuchen. Die Pygmäen der Äquatorwälder, deren Leben sogar nach den Maßstäben der Zeit vor der Vereinigung schwer war, wurden fünfundfünfzig und sechzig. Ein Mitglied namens Goriot wurde dreiundsiebzig, und niemand fand das besonders außergewöhnlich, und das geschah im frühen neunzehnten Jahrhundert. Es gab Mitglieder, die über achtzig, sogar über neunzig Jahre alt wurden.«
»Das ist unmöglich«, sagte King. »Der Körper hätte nicht so lange durchgehalten; das Herz, die Lungen...«
»Das Buch, das ich gerade lese«, sagte Chip, »handelt von Mitgliedern, die 1991 lebten. Einer von ihnen hatte ein künstliches Herz. Er bezahlte die Ärzte dafür, daß sie es ihm anstelle seines eigenen Herzens einpflanzten.«

»Um alles...«, sagte King. »Bist du sicher, daß du dieses Frandäs wirklich verstehst?«
»*Français*«, sagte Chip. »Ja, absolut sicher. Zweiundsechzig Jahre sind keine lange Lebensdauer, sondern eine relativ kurze.«
»Aber in dem Alter *sterben* wir«, sagte Sparrow. »Und *warum*, wenn wir nicht müssen?«
»Wir *sterben* gar nicht...«, sagte Lilac und blickte von Chip zu King.
»So ist es«, sagte Chip. »Man – das heißt Uni – *läßt* uns sterben. Uni ist auf Zweckmäßigkeit programmiert, Zweckmäßigkeit über alles und für ewig und immerdar. Er hat alle Daten in seinen Gedächtnisspeichern gehortet – und zwar nicht in den süßen rosaroten Spielzeugattrappen, die ihr bei eurem Besuch gesehen habt, sondern in scheußlichen stählernen Ungeheuern – und er hat entschieden, daß zweiundsechzig die optimale Zeit zum Sterben ist; besser als einundsechzig oder dreiundsechzig und besser als Versuche mit künstlichen Herzen. Wenn zweiundsechzig Jahre keinen neuen Rekord an Langlebigkeit darstellen, den wir glücklich erreicht haben – und daß das *nicht* zutrifft, *weiß* ich genau –, dann ist das die einzige Möglichkeit. Unsere Ersatzleute sind ausgebildet und warten, und dann weg mit uns! – Vielleicht ein paar Monate früher oder später, damit es nicht zu auffällig geplant wirkt. Nur für den Fall, daß einer krank genug ist, um etwas zu *ahnen*.«
»Christus, Marx, Wood und Wei«, sagte Snowflake.
»Ja«, sagte Chip. »Besonders Wood und Wei.«
»King?« sagte Lilac.
»Ich bin erschüttert«, sagte King. »Jetzt verstehe ich, warum du dachtest, ich wüßte es, Chip.« Zu Snowflake und Sparrow sagte er: »Chip weiß, daß ich Chemotherapeut bin.«
»Und weißt du es nicht?« fragte Chip.
»Nein.«
»Enthalten die Behandlungsapparate Gift oder nicht?« fragte Chip.
»*Das mußt* du wissen.«
»Immer sachte, Bruder, ich bin ein altes Mitglied«, sagte King. »Ein eigentliches Gift nicht, nein, aber nahezu jeder Bestandteil der Behandlung könnte zum Tode führen, wenn die Dosis zu stark ist.«
»Und du weißt nicht, wieviel einem Mitglied verabreicht wird, wenn es

zweiundsechzig ist?« »Nein«, sagte King. »Behandlungen werden durch Impulse gesteuert, die direkt von Uni zu den Apparaturen gelangen, und es gibt keine Möglichkeit, sie zu kontrollieren.« Ich kann Uni natürlich *fragen*, woraus eine bestimmte Behandlung besteht, aber wenn es wahr ist, was du sagst« – er lächelte – »wird er mich belügen, nicht wahr?«

Chip holte tief Luft und atmete aus. »Ja«, sagte er.

»Und wenn ein Mitglied stirbt«, sagte Lilac, »dann sprechen die Symptome für Altersschwäche?«

»Es sind Symptome, die ich als typisch für Altersschwäche *gelernt* habe«, sagte King. »Sie könnten sehr wohl für etwas ganz anderes typisch sein.« Er sah Chip an. »Hast du medizinische Bücher in dieser Sprache gefunden?« fragte er.

»Nein«, sagte Chip.

King zog sein Feuerzeug hervor und schnippte es mit dem Daumen auf. »Es ist möglich«, sagte er. »Es ist durchaus möglich. Ich habe nie daran gedacht. Mitglieder werden zweiundsechzig Jahre alt, früher lebten sie kürzer, eines Tages werden sie länger leben, wir haben zwei Augen, zwei Ohren, eine Nase. Feststehende Tatsachen!« Er ließ das Feuerzeug aufflammen und zündete seine Pfeife an.

»Es *muß* wahr sein«, sagte Lilac. »Weil es die logische Schlußfolgerung vom Denken Woods und Weis ist. Bestimme das Leben jedes einzelnen, und schließlich wirst du auch den Tod jedes einzelnen bestimmen.«

»Schrecklich«, sagte Sparrow. »Ich bin froh, daß Leopard nicht hier ist. Könnt ihr euch vorstellen, wie ihm zumute wäre? Nicht nur, daß Hush tot ist – er selbst kann jeden Tag dran sein. Wir dürfen ihm nichts sagen. Laßt ihn in dem Glauben, daß es auf natürliche Weise geschieht.«

Snowflake sah Chip böse an. »Warum mußtest du es *uns* sagen?« fragte sie.

King sagte: »Damit wir eine glückliche Art von Trauer erleben können. Oder war es eine traurige Art von Glück, Chip?« Er schaute ihn fragend an.

»Ich dachte, ihr würdet es wissen wollen«, sagte er.

»Wozu?« sagte Snowflake. »Was können wir denn tun? Uns bei unseren Beratern beschweren?«

»Ich werde euch sagen, was wir tun können«, sagte Chip. »Der Gruppe mehr Mitglieder zuführen!«
»Ja«, sagte Lilac.
»Und wo finden wir sie?« fragte King. »Wir können doch nicht einfach irgendeinen Karl oder eine Mary von der Straße auflesen!«
Chip sagte: »Soll das heißen, daß du an deinem Arbeitsplatz nicht an eine Aufstellung aller Mitglieder mit anomalen Neigungen in unserer Stadt herankommen kannst?«
»Nicht ohne Uni einen guten Grund dafür anzugeben«, sagte King. »Ein verdächtiger Schritt – und die Ärzte werden *mich* untersuchen, Bruder, was bedeutete, daß sie *dich wieder* untersuchen.«
»Aber es gibt andere Anomale«, sagte Sparrow. »*Jemand* schreibt ›Kampf Uni‹ auf die Rückseiten der Gebäude.«
»Wir müssen überlegen, wie *sie uns* finden können«, sagte Chip. »Durch irgendein Kennzeichen.«
»Und was dann?« sagte King. »Was tun wir, wenn wir zwanzig oder dreißig sind? Einen Gruppenbesuch beantragen und Uni in die Luft jagen?«
»Daran habe ich schon gedacht«, sagte Chip.
»Chip!« sagte Snowflake. Lilac starrte ihn an.
»Erstens«, sagte King lächelnd, »ist Uni unbezwinglich, und zweitens waren die meisten von uns schon dort, so daß uns kein zweiter Besuch gestattet würde. Oder sollen wir von hier nach Eur *zu Fuß gehen*? Und was fingen wir mit der Welt an, wenn alles außer Rand und Band wäre – die Fabriken stillgelegt und die Wagen zusammengestoßen und die Gongs verstummt –, sollten wir wirklich vorvereinigungsmäßig werden und ein Gebet sprechen?«
»Wenn wir Mitglieder finden könnten, die etwas von Computern und Mikrowellen verstehen«, sagte Chip, »die *Uni* kennen, könnten wir vielleicht einen Weg finden, seine Programmierung zu verändern.«
»*Wenn* wir solche Mitglieder finden könnten«, sagte King, »*wenn* wir sie für uns gewinnen könnten, *wenn* wir nach EUR-Strich-eins kommen könnten! Siehst du nicht, was du verlangst? Das Unmögliche, weiter nichts. *Deshalb* habe ich dir gesagt, du solltest deine Zeit nicht an deine Bücher verschwenden. Wir können *nichts* ändern. Das ist *Unis* Welt,

geht dir das nicht in den Schädel? Die Welt wurde ihm vor fünfzig Jahren übergeben, und er wird seine Aufgabe erfüllen – die verfluchte Familie über das verfluchte Weltall zu verbreiten –, und *wir* werden *unsere* Aufgabe erfüllen. Und dazu gehört, mit zweiundsechzig zu sterben und keine Fernsehsendung zu versäumen. Alles, was wir an Freiheit erhoffen können, finden wir hier, Bruder: eine Pfeife und ein paar Witze und ein bißchen außerplanmäßigen Beischlaf. Wir wollen doch nicht verlieren, was wir erreicht haben, oder?«
»Aber wenn wir andere...«
»Sing ein Lied, Sparrow«, sagte King.
»Ich will nicht«, sagte sie.
»Sing ein Lied!«
»Also gut.«
Chip warf King einen Blick zu, stand auf und verließ den Raum. Er irrte durch die dunkle Ausstellungshalle, stieß mit der Hüfte gegen etwas Hartes und setzte schimpfend seinen Weg fort. Er ließ den Verbindungsgang und den Lagerraum weit hinter sich. Seine Stirn reibend, stand er auf schwankenden Beinen vor den juwelenglitzernden Königen und Königinnen, stummen Zuschauern, dunkler als das Dunkel. »King!« sagte er, »hält sich *tatsächlich* für einen König, der brudermörderische...«
Schwach vernahm er Sparrows Gesang und den Saitenklang ihres Instruments und Schritte, die näher kamen. »Chip?« Es war Snowflake. Er drehte sich nicht um. Sie berührte seinen Arm. »Komm doch zurück«, sagte sie.
»Laß mich in Ruhe, ja?« sagte er. »Laß mich nur ein paar Minuten allein!«
»Komm doch«, sagte sie. »Du bist kindisch.«
Er wandte sich zu ihr um. »Sei so gut und geh!« sagte er. »Höre Sparrow zu oder rauche deine Pfeife.«
Sie schwieg, dann sagte sie: »Ist gut«, und ging weg.
Tief atmend wandte er sich wieder den Königen und Königinnen zu. Seine Hüfte schmerzte, und er rieb sie. Es war zum Wahnsinnigwerden, wie King ihm jeden Gedanken abschnitt und alle Mitglieder nach seiner Pfeife...

Sie kam zurück. Er wollte schon sagen, sie solle sich wegscheren, aber dann beherrschte er sich doch. Er atmete mit zusammengebissenen Zähnen ein und drehte sich um.
Es war King, der auf ihn zukam. Sein graues Haar und sein grauer Overall waren in dem düsteren Licht aus dem Verbindungsgang zu erkennen. Dicht vor Chip blieb er stehen. Sie sahen einander an, und King sagte: »Es war nicht meine Absicht, mich so scharf auszudrücken.«
»Wieso hast du dir noch keine von diesen Kronen aufgesetzt?« fragte Chip. »Und ein Staatsgewand angelegt. Nur dieses Medaillon – Haß, das ist nicht genug für einen echten vorvereinigungsmäßigen König.«
King schwieg einen Augenblick und sagte dann: »Ich bitte dich um Verzeihung.«
Chip zog die Luft ein und stieß sie erst nach einer Weile wieder aus. »Jedes Mitglied, das wir für uns gewinnen könnten«, sagte er, »würde neue Gedanken und Informationen bedeuten und Möglichkeiten, an die wir vielleicht noch nicht gedacht haben.«
»Neue Gefahren auch«, sagte King. »Versuche doch, es von meinem Standpunkt aus zu sehen.«
»Das kann ich nicht«, sagte Chip. »Lieber lasse ich mich wieder voll behandeln, als mich mit diesem bißchen zufriedenzugeben.«
»Einem Mitglied in meinem Alter kommt dieses ›bißchen‹ ganz hübsch vor.«
»Du bist zwanzig oder dreißig Jahre näher an zweiundsechzig als ich; *dir* sollte daran gelegen sein, die Dinge zu ändern.«
»Wenn eine Veränderung möglich wäre«, sagte King, »würde ich mich vielleicht darum bemühen, aber gegen Chemotherapie plus Computer-Verwaltung ist nichts zu machen.«
»So sicher ist das gar nicht«, sagte Chip.
»Doch«, sagte King, »und ich möchte nicht erleben, daß dieses ›bißchen‹ in die Brüche geht. Daß du außerplanmäßig hierher kommst, bedeutet bereits ein zusätzliches Risiko. Aber nichts für ungut« – er hob eine Hand – »damit will ich nicht sagen, du sollst nicht mehr kommen.«
»Ich komme schon wieder«, sagte Chip, und dann: »Mach dir keine Sorgen, ich bin vorsichtig.«
»Gut«, sagte King. »Und wir werden weiterhin Ausschau nach Anoma-

len halten, aber vorsichtig, ohne Kennzeichen.« Er streckte die Hand aus.
Chip schüttelte sie nach kurzem Zögern.
»Komm jetzt mit zurück«, sagte King, »die Mädchen regen sich auf.«
Chip ging mit ihm auf den Verbindungsgang zu.
»Was hast du da vorhin gesagt: Die Gedächtnisspeicher seien stählerne Ungeheuer?« fragte King.
»Das sind sie auch«, sagte Chip. »Riesige gefrorene Blöcke. Viele tausend. Mein Großvater hat sie mir gezeigt, als ich ein Junge war. Er hat geholfen, Uni zu bauen.«
»Der Bruderhasser.«
»Nein, er hat es bereut. Er wünschte, er hätte es nicht getan. Christus und Wei, er würde ein prachtvolles Mitglied abgeben, wenn er noch lebte!«

In der Nacht darauf saß Chip in dem Lagerraum und las und rauchte, als plötzlich jemand »Grüß dich, Chip« sagte – Lilac stand mit einer Taschenlampe in der Tür.
Chip erhob sich und sah sie an.
»Bist du böse, weil ich dich unterbreche?« fragte sie.
»Natürlich nicht, ich freue mich, dich zu sehen«, sagte er. »Ist King hier?«
»Nein«, sagte sie.
»Komm herein«, sagte er.
Sie blieb unter der Tür stehen. »Ich möchte, daß du mich diese Sprache lehrst«, sagte sie.
»Mit Vergnügen. Ich wollte dich schon fragen, ob du die Listen haben willst. Komm herein.«
Er sah zu, wie sie hereinkam, erinnerte sich an die Pfeife in seiner Hand, legte sie weg und ging zu den Relikten hinüber. Er packte einen der Stühle, die sie benutzten, drehte ihn mit der Sitzfläche nach oben und trug ihn zum Tisch zurück. Sie hatte die Taschenlampe eingesteckt und blickte auf die aufgeschlagenen Seiten in dem Buch, das er gelesen hatte. Er stellte den Stuhl neben den seinen.
Sie drehte das Buch um und sah auf den Umschlag.

»Es heißt ›*Ein Grund zur Leidenschaft*‹«, sagte er. »Das ist ziemlich klar, aber der Rest ist nicht so leicht zu erraten.«

Sie sah wieder auf die aufgeschlagenen Seiten. »Sieht zum Teil aus wie Italiano«, sagte sie.

»So bin ich auch dahintergekommen«, sagte er. Er bot ihr den Stuhl an, den er für sie geholt hatte.

»Ich habe den ganzen Tag gesessen«, sagte sie. »Setz du dich. Fang an!«

Er setzte sich und zog seine zusammengefalteten Listen unter dem Stapel Français-Bücher hervor. »Die kannst du behalten, so lange du magst«, sagte er, während er sie entfaltete und auf dem Tisch ausbreitete. »Ich weiß jetzt schon ziemlich alles auswendig.«

Er erklärte ihr, wie die Verben innerhalb gewisser Gruppen nach dem gleichen Schema verändert wurden, um Tempus und Subjekt auszudrücken, und wie die Adjektive, entsprechend dem Substantiv, zu dem sie gehörten, verschiedene Formen annahmen. »Es ist kompliziert«, sagte er, »aber wenn du einmal den Bogen raushast, ist das Übersetzen ziemlich leicht.« Er übersetzte ihr eine Seite aus *Ein Grund zur Leidenschaft*. Victor, der mit Aktien verschiedener Industriegesellschaften handelte – er war das Mitglied mit dem eingepflanzten künstlichen Herzen –, machte seiner Frau Caroline Vorwürfe, weil sie ein einflußreiches Regierungsmitglied unfreundlich behandelt hatte.

»Faszinierend«, sagte Lilac.

Chip sagte: »Ich staune, wie viele unproduktive Mitglieder es damals gab: diese Börsenmakler und Juristen, Soldaten und Polizisten, Bankiers, Steuereinnehmer...«

»Sie waren nicht unproduktiv«, sagte sie. »Sie stellten keine *Gegenstände* her, aber sie machten es den Mitgliedern möglich, nach ihrer Façon zu leben. Sie produzierten die *Freiheit* oder erhielten sie zumindest.«

»Ja«, sagte er, »ich nehme an, du hast recht.«

»Bestimmt habe ich recht«, sagte sie, rastlos den Tisch umkreisend.

Er überlegte einen Augenblick. »Die Mitglieder, die vor der Vereinigung lebten, haben das Leistungsprinzip zugunsten der Freiheit aufgegeben. Und wir haben das Gegenteil getan.«

»*Wir* haben es nicht getan«, sagte Lilac. »Es wurde *für* uns getan.« Sie drehte sich um und fragte ihn ins Gesicht: »Hältst du es für möglich, daß die Unheilbaren noch am Leben sind? Daß ihre Nachkommen überlebt haben und irgendwo, auf einer Insel oder in einem Gebiet, das die Familie nicht benutzt, eine Gesellschaft bilden?«

»Au«, sagte er und rieb sich die Stirn. »Sicher ist es möglich. *Vor* der Vereinigung haben Mitglieder auf den Inseln überlebt, warum nicht auch danach?«

»Das meine ich eben«, sagte sie, zu ihm zurückkommend. »Seitdem gab es fünf Generationen –«

»Die von Krankheiten und Schicksalsschlägen heimgesucht wurden –«

»Sich aber nach Belieben fortpflanzten!«

»An eine *Gesellschaft* glaube ich nicht«, sagte er, »aber eine Siedlung könnte es geben –«

»Eine Stadt«, sagte sie. »Dort haben die Klugen, Starken gelebt.«

»Das ist eine Idee!« sagte er.

»Es ist möglich, nicht wahr?« Sie beugte sich zu ihm vor, die Hände auf dem Tisch, die großen Augen fragend aufgerissen; die Erregung färbte ihre rosigen Wangen dunkler.

Er sah sie an. »Was meint King?« fragte er. Er wich einen Schritt zurück und sagte: »Als ob ich mir das nicht denken könnte.«

Plötzlich war sie wütend, und ihre Augen blitzten wild. »Du hast ihn *schrecklich* behandelt gestern nacht!« sagte sie.

»Schrecklich? Ich *ihn*?«

»Ja!« Sie sprang vom Tisch auf. »Du hast ihn ins Verhör genommen, als wärst du ... Wie konntest du auch nur *denken,* er wüßte, daß Uni uns umbringt, und sagte uns nichts davon?

»Ich glaube immer noch, daß er es wußte.«

Sie sah ihm zornig ins Gesicht.

»Er wußte es nicht!« sagte sie. »Er hat keine Geheimnisse vor mir, das kannst du mir glauben!«

»Bist du vielleicht seine Beraterin?«

»Ja!« sagte sie. »*Genau* das bin ich, falls du es wissen willst.«

»Das gibt es nicht!« sagte er.

»Doch!«

»Christus und Wei!« sagte er. »Stimmt das wirklich? Du bist Beraterin?

Das ist die *letzte Klassifizierung*, an die ich gedacht hätte. Wie *alt* bist du denn?«

»Vierundzwanzig.«

»Und du bist *seine* Beraterin?« Sie nickte.

Er lachte. »Ich hätte auf Gartenarbeit getippt«, sagte er. »Du riechst nach Blumen, weißt du das? Richtig nach Blumen.«

»Ich trage ihren Duft«, sagte sie.

»Du trägst ihn?«

»Den Duft von Blumen, in einer Flüssigkeit, die King für mich gemacht hat. Er nennt sie Parfüm.«

Er starrte sie an. »Parfüm!« sagte er und schlug das Buch vor sich auf. »Ich dachte, es sei eine Art Desinfektionsmittel. Sie hat es in ihr Bad geschüttet. Natürlich!« Er wühlte in den Listen, ergriff seinen Bleistift, strich etwas aus und schrieb dafür ein neues Wort. »Wie dumm von mir!« sagte er. »*Parfüm* bedeutet *Parfüm*, Wohlgeruch, Blumen in einer Flüssigkeit. Wie hat er das fertiggebracht?«

»Du darfst nicht wieder behaupten, er führe uns hinters Licht.«

»Gut, ich werde es nicht sagen.« Er legte den Bleistift beiseite.

»Alles, was wir haben, verdanken wir ihm«, sagte sie.

»Aber was ist das schon?« sagte er. »Nichts – wenn wir es nicht dazu benutzen, mehr zu erstreben. Und das scheint er nicht zu wollen.«

»Er ist vernünftiger als wir.«

Er sah sie an, wie sie ein paar Meter von ihm entfernt vor den Relikten stand. »Was würdest du tun«, fragte er, »wenn wir herausfänden, daß es *tatsächlich* eine Stadt der Unheilbaren gibt?«

Sie wandte den Blick nicht von seinen Augen ab. »Hingehen«, sagte sie.

»Und von Pflanzen und Tieren leben?«

»Wenn es sein muß.« Sie machte eine Kopfbewegung zu dem Buch hin. »Victor und Caroline scheinen ihr Abendessen genossen zu haben.«

Er lächelte und sagte: »Du bist wirklich eine vV-Frau, nicht wahr?«

Sie sagte nichts.

»Würdest du mich deine Brüste sehen lassen?« fragte er.

»Wozu?« sagte sie.

»Nur so, aus Neugier.«

Sie öffnete das Oberteil ihres Overalls und klappte es auseinander. Ihre

Brüste waren rosigbraune, sanfte Wölbungen, die sich im Rhythmus ihres Atems bewegten, oben glatt und straff, weiter unten gerundet. Die stumpfen, rosigen Spitzen schienen sich unter seinem Blick zusammenzuziehen und dunkler zu werden. Er fühlte sich seltsam erregt, als ob er gestreichelt würde.

»Sie sind hübsch«, sagte er.

»Ich weiß, daß sie hübsch sind«, sagte sie. Dabei zog sie ihren Overall zu und drückte den Verschluß fest. »Das ist auch etwas, das ich King verdanke. Früher habe ich immer gedacht, ich sei das häßlichste Mitglied in der ganzen Familie.«

»Du?«

»Bis er mich überzeugt hat, daß es nicht stimmt.«

»Also gut«, sagte er, »du verdankst King sehr viel. Wir anderen auch. Weswegen bist du zu *mir* gekommen?«

»Ich habe es dir *gesagt* – um diese Sprache zu lernen.«

»Unsinn«, sagte er und stand auf. »Du willst, daß ich nach Orten suche, die die Familie nicht benutzt, nach Anzeichen für die Existenz deiner ›Stadt‹. Weil ich es tun werde und er nicht. Weil *ich* nicht ›vernünftig‹ oder alt bin oder mich damit begnüge, mich über das Fernsehen lustig zu machen.«

Sie schritt auf die Tür zu, aber er packte sie an der Schulter und riß sie herum. »Bleib hier!« sagte er. Sie sah ihn verängstigt an, und er ergriff ihr Kinn und küßte sie auf den Mund, preßte ihren Kopf zwischen seine Hände und stieß seine Zunge gegen ihre geschlossenen Zähne. Sie stemmte sich gegen seine Brust und verdrehte den Kopf. Er dachte, sie würde damit aufhören und nachgeben und seinen Kuß empfangen, aber sie tat es nicht, sondern wehrte sich immer heftiger, und endlich ließ er sie los, und sie stieß ihn von sich.

»Das ist – das ist *schrecklich*!« sagte sie. »Mich zu zwingen! Das ist – ich bin noch nie so festgehalten worden!«

»Ich liebe dich«, sagte er.

»Sieh mich an. Ich zittere«, sagte sie. »Wei Li Chun, ist *das* deine Art, zu lieben – indem du zum Tier wirst? Das ist *fürchterlich*!«

»Ich bin ein menschliches Wesen«, sagte er. »Wie du.«

»Nein«, sagte sie. »Ich würde keinem weh tun oder ihn so festhalten.«

Sie faßte sich ans Kinn und bewegte die Kiefer hin und her. »Was glaubst du, wie die Unheilbaren küssen?« fragte er.
»Wie Menschen, nicht wie Tiere.«
»Entschuldige«, sagte er. »Ich liebe dich.«
»Gut«, sagte sie. »Ich liebe dich auch – wie ich Leopard und Snowflake und Sparrow liebe.«
»So meine ich es nicht«, sagte er.
»Aber *ich* meine es so«, sagte sie. Sie sah ihn an, ging seitlich zum Ausgang und sagte: »Das darfst du nie wieder tun. Es ist schrecklich!«
»Willst du die Listen?« fragte er.
Sie sah ihn an, als wolle sie nein sagen, zögerte und sagte dann: »Ja. Deswegen bin ich gekommen.«
Er drehte sich um und sammelte die Listen auf dem Tisch ein, faltete sie und nahm *Père Goriot* von dem Bücherstapel. Sie kam herüber, und er gab ihr beides.
»Ich wollte dich nicht verletzen«, sagte er.
»Schon gut«, sagte sie. »Aber tu' es nicht wieder!«
»Ich werde nach Orten suchen, die die Familie nicht benutzt«, sagte er. »Ich werde die Landkarten im MEF durchgehen und sehen, ob –«
»Das habe ich schon getan«, sagte sie.
»Sorgfältig?«
»So sorgfältig, wie ich konnte.«
»Ich werde es noch einmal tun«, sagte er. »Millimeter für Millimeter. Anders können wir keinen Anfang finden.«
»Gut«, sagte sie.
»Warte eine Sekunde. Ich gehe jetzt auch.«
Sie wartete, während er seine Rauchsachen wegräumte und alles in dem Raum wieder so ordnete, wie es vorher gewesen war, dann gingen sie zusammen durch die Ausstellungshalle und die Rolltreppe hinunter.
»Eine Stadt der Unheilbaren«, sagte er.
»Es ist möglich«, sagte sie.
»Auf jeden Fall lohnt es sich, danach zu suchen«, sagte er.
Sie traten auf den Gehweg hinaus.
»In welche Richtung gehst du?« fragte er.
»Nach Westen.«

»Ich begleite dich ein Stück.« »Nein«, sagte sie. »Wirklich, je länger du ausbleibst, desto leichter könnte jemand sehen, daß du die Raster nicht berührst.«

»Ich berühre den Rand und verdecke den Raster mit meinem Körper. Ganz raffiniert.«

»Nein«, sagte sie. »Bitte, geh deinen eigenen Weg.«

»Also gut«, sagte er. »Gute Nacht.«

»Gute Nacht.«

Er legte ihr die Hand auf die Schulter und küßte ihre Wange.

Sie entzog sie ihm nicht; er fühlte, wie sich ihr Körper unter seiner Hand erwartungsvoll anspannte.

Er küßte ihren Mund, der warm war und weich und ganz leicht geöffnet.

Sie drehte sich um und ging fort.

»Lilac«, sagte er und ging ihr nach.

Sie wandte sich um und sagte: »Nein, bitte geh, Chip«, und drehte sich wieder um und ging weiter.

Er blieb unsicher stehen. Ein anderes Mitglied tauchte auf und kam auf sie zu.

Voll Haß und voll Liebe sah er sie davonschreiten.

5

Jeden Abend aß er schnell (aber nicht *zu* schnell) und fuhr dann zum Museum der Errungenschaften der Familie, um das Labyrinth der bis zur Decke reichenden beleuchteten Karten zu studieren, bis das Museum zehn Minuten vor der Fernsehzeit geschlossen wurde. Einmal ging er nach dem letzten Gong hin – eineinhalb Stunden zu Fuß – aber er stellte fest, daß die Karten im Schein der Taschenlampe nicht zu lesen waren, weil die Markierungen auf der glatten, glänzenden Oberfläche verschwanden. Das Licht hinter den Karten wagte er nicht einzuschalten, da es anscheinend mit dem Beleuchtungssystem für die ganze Halle gekoppelt war und der entstehende Mehrverbrauch an Energie Uni hätte alarmieren können. An einem Sonntag nahm er Mary KK mit und schickte sie zu der Ausstellung »Das Universum von morgen«, während er drei Stunden lang pausenlos die Landkarten studierte.

Er fand nichts: keine Insel ohne Stadt oder Industrieanlage, keinen Berggipfel ohne Weltraumbeobachtungs- oder Klimasteuerungs-Zentrum, keinen Quadratkilometer Land oder Meeresboden, der nicht für Bergbau oder für landwirtschaftliche Zwecke oder zur Errichtung von Häusern oder Flughäfen oder Parks für die Acht-Milliarden-Familie genutzt wurde. Der Sinnspruch, der in goldenen Lettern über dem Eingang zur Landkarten-Abteilung stand – *Die Erde ist unser Erbe, wir nutzen sie weise und ohne Verschwendung* –, schien wahr zu sein, so wahr, daß selbst für die kleinste Gemeinschaft außerhalb der Familie kein Platz blieb.

Leopard starb, und Sparrow sang. King hüllte sich in Schweigen und spielte an dem Getriebe einer vV-Erfindung herum, und Snowflake verlangte schon wieder Sex.

Chip sagte zu Lilac: »Nichts, gar nichts.«

»Zu Anfang müssen Hunderte kleiner Kolonien bestanden haben«, sagte sie. »Eine davon *muß* alles überdauert haben.«

»Dann besteht sie aus einem halben Dutzend Mitgliedern, die irgendwo in einer Höhle hausen«, sagte er.

»Bitte, schau weiter nach«, sagte sie. »Du kannst nicht jede Insel überprüft haben.«

Im Dunkel des Autos aus dem zwanzigsten Jahrhundert, das Lenkrad in der Hand haltend, ließ er sich das Problem durch den Kopf gehen, während er die verschiedenen Schalter und Hebel bewegte, und je mehr er darüber nachdachte, desto unmöglicher erschien ihm eine Stadt oder auch nur eine Siedlung von Unheilbaren. Selbst wenn er ein entlegenes Gebiet auf der Landkarte übersehen hatte – konnte eine Siedlung überhaupt existieren, ohne daß Uni davon erfuhr? Jeder Mensch hinterließ Spuren in seiner Umgebung; tausend, ja schon hundert Menschen würden die Temperatur eines Gebiets in die Höhe treiben, die Flüsse mit ihren Abfällen und vielleicht die Luft mit ihren primitiven Feuern verschmutzen. Das Land oder das Meer würde in mehreren Kilometern

Umkreis auf wahrnehmbare Weise durch ihre Gegenwart in Mitleidenschaft gezogen.

Also hätte Uni längst von der Existenz der theoretischen Stadt gewußt – und wie reagiert? Er hätte Ärzte und Berater und tragbare Behandlungsanlagen entsandt und die Unheilbaren »kuriert« und sie zu »gesunden« Mitgliedern gemacht.

Wenn sie sich nicht verteidigt hatten, natürlich ... Ihre Vorfahren waren bald nach der Vereinigung aus der Familie geflüchtet, als Behandlungen freiwillig waren; oder später, als sie Pflicht waren, aber noch nicht so wirkungsvoll wie heute. Sicher hatten einige *dieser* Unheilbaren ihre Zufluchtsorte mit tödlichen Waffen verteidigt. Würden sie diese Sitte und auch die Waffen nicht der folgenden Generation überliefert haben? Was würde Uni heute, im Jahre 162, tun, wenn eine bewaffnete, zur Verteidigung bereite Gemeinschaft einer waffenlosen, unkämpferischen Familie gegenüberstünde? Was hätte er getan, wären vor fünf oder fünfundzwanzig Jahren Anzeichen für die Existenz einer solchen Siedlung entdeckt worden? Sie geduldet und ihre Einwohner ihrer »Krankheit« überlassen und ihnen ein paar Quadratkilometer der Welt geschenkt? Die Stadt mit LPK besprüht? Was aber, wenn die Flugzeuge abgeschossen werden konnten? Würde Uni in seinen kalten Stahlblöcken entscheiden, daß die Kosten dieser »Heilung« im Verhältnis zu ihrem Nutzen zu hoch waren?

Er stand zwei Tage vor einer Behandlung, und sein Geist war so rege wie nie zuvor. Er wünschte, er würde noch aktiver. Er spürte, daß es unmittelbar hinter den Grenzen seiner Wahrnehmungsfähigkeit etwas gab, das ihm noch entging.

Wenn Uni die Stadt duldete, anstatt Mitglieder und Zeit und technische Mittel für ihre »Heilung« zu opfern – *was dann*? Da war noch eine *andere Möglichkeit,* ein nächster Gedanke, der von diesem ersten abzuleiten war und auf den er noch kommen mußte.

Am Donnerstag, dem Tag vor seiner Behandlung, rief er im Medizentrum an und klagte über Zahnschmerzen. Man schlug ihm einen Termin für Freitag morgen vor, aber er sagte, er komme am Samstag morgen ohnehin zu seiner Behandlung, und so könnte man vielleicht zwei Fliegen mit einer Klappe schlagen. Die Zahnschmerzen seien nicht schlimm

– nur ein leichtes Ziehen. Er wurde für Samstag morgen 8.15 Uhr bestellt.
Dann rief er Bob RO an und sagte ihm, er müsse am Samstag um 8.15 Uhr zum Zahnarzt, und fragte, ob es nicht eine gute Idee wäre, ihm dann auch seine Behandlung zu geben? Zwei Fliegen mit einer Klappe –
»Das ginge wahrscheinlich schon«, sagte Bob. »Bleib dran« – und er schaltete an seinem Telecomp herum. »Du bist Li RM –«
»Fünfunddreißig M4419.«
»Richtig«, sagte Bob, Tasten drückend.
Chip saß da und schaute unbeteiligt zu.
»Samstag morgen 8.05 Uhr«, sagte Bob.
»Fein«, sagte Chip. »Danke.«
»Danke Uni«, sagte Bob.
Nun war der Abstand zwischen zwei Behandlungen um einen Tag größer als bisher.
In dieser Nacht, der Nacht zum Freitag, regnete es, und er blieb in seinem Zimmer, an seinem Schreibtisch, die Stirn auf die Fäuste gestützt, und dachte nach und wünschte, er wäre im Museum und könnte rauchen.
Wenn eine Unheilbaren-Stadt existierte und Uni davon wußte und sie ihren bewaffneten Verteidigern überließ, dann – dann...
Dann würde Uni nicht zulassen, daß die Familie davon erfuhr – und sich ängstigte oder, in manchen Fällen, in Versuchung geführt wurde – und *er würde den Apparat für die Landkartenerstellung mit manipulierten Daten füttern.*
Natürlich! Wie konnte man in schöne Familien-Landkarten vermutlich ungenutzte Gebiete eintragen? »Schau nur einmal den Ort hier an, Papi!« ruft ein Kind bei einem Besuch im MEF. »Warum nutzen wir unser Erbe nicht weise und ohne Verschwendung?« Und Papi antwortet: »Ja, das *ist* komisch...« Also würde man die Stadt als IND 99 999 oder als Große Schreibtischlampen-Fabrik bezeichnen und niemanden näher als fünf Kilometer an sie herankommen lassen. Eine Insel würde gar nicht eingezeichnet, sondern durch blaues Meer ersetzt werden.
Und daher war es sinnlos, Landkarten anzusehen. Unheilbaren-Städte konnte es hier oder da oder überall geben – oder überhaupt nirgends.

Die Landkarten bewiesen nichts, weder im positiven noch im negativen Sinn. Hatte er sich den Kopf zerbrochen, nur um zu der Erkenntnis zu gelangen, daß es von Anfang an eine Dummheit gewesen war, die Landkarten abzusuchen, und daß es absolut keine Möglichkeit gab, die Stadt zu finden; außer vielleicht, wenn man die ganze Erde zu Fuß durchmaß? Nieder mit Lilac und ihren Wahnsinnsideen!
Nein – nieder mit *Uni*!
Eine halbe Stunde lang konzentrierte er seine ganzen Geisteskräfte auf das Problem, wie man eine theoretische Stadt in einer nicht zu bereisenden Welt finden kann; schließlich gab er es auf und legte sich schlafen. Im Bett dachte er an Lilac, an den Kuß, den sie abgewehrt, und den Kuß, den sie ihm gewährt hatte, und an seine merkwürdige sexuelle Erregung, als sie ihm ihre weich aussehenden, gewölbten Brüste gezeigt hatte ...
Am Freitag war er nervös und angespannt. Er hielt es kaum aus, sich normal zu benehmen, und konnte den ganzen Tag, im Zentrum, beim Abendessen, beim Fernsehen und im Foto-Klub, kaum atmen. Nach dem letzten Gong ging er zu Snowflakes Haus hinüber – »Au«, sagte sie, »morgen kann ich mich nicht mehr *rühren*!« – und dann ins vV. Er durchkreiste die Säle im Schein der Taschenlampe. Der Gedanke, die Stadt könnte existieren, vielleicht sogar irgendwo in der Nähe, ging ihm nicht aus dem Kopf. Er besah sich das ausgestellte Geld und den Gefangenen in seiner Zelle *(wir zwei, Bruder)* und die Türschlösser und die Kameras für die zweidimensionalen Fotos.
Eine Möglichkeit sah er, aber dazu müßte die Gruppe Dutzende von Mitgliedern umfassen. Dann könnte jeder anhand seiner eigenen begrenzten Kenntnisse die Landkarten prüfen. Er selbst zum Beispiel könnte die genetischen Laboratorien und Forschungszentren und die Städte kontrollieren, die er gesehen oder von denen er durch andere Mitglieder gehört hatte. Lilac könnte die Beratungsstellen und andere Städte prüfen ... Aber dafür wären unbegrenzte Zeit und ein ganzes Heer unterbehandelter Komplizen notwendig. Er hörte im Geiste schon, wie King tobte.
Er blickte auf die Landkarte von 1951 und staunte, wie immer, über die merkwürdigen Namen und das Gewirr der Grenzen. Und doch konnten die Mitglieder damals gehen, wohin sie wollten – mehr oder weni-

ger! In die Landkarte waren neue, saubere Stücke eingeklebt, die genau in das unterteilende Liniennetz eingepaßt waren und im Schein der Taschenlampe am Rand feine Schatten warfen. Hätte sich der Lichtstrahl nicht bewegt, dann wären die blauen Rechtecke vollkom -
Blaue Rechtecke!
Wenn die Stadt eine Insel wäre, würde sie nicht eingezeichnet, sondern durch blaues Meer ersetzt.
Und blaues Meer müßte auch auf den vV-Karten an ihre Stelle treten.
Er zwang sich, ruhig zu bleiben. Er ließ den Lichtkegel über die glasbedeckten Landkarten hin und her wandern und zählte die Kartenabschnitte, die Schatten warfen. Acht waren es – alle blau, alle im Meer und gleichmäßig verteilt. Fünf davon füllten ein einzelnes Rechteck des Liniennetzes aus, drei weitere je ein doppeltes. Eines der einzelnen Rechtecke war direkt vor der indischen Küste in die Karte eingefügt, im »Golf von Bengalen« – dem Golf der Beständigkeit.
Er legte die Taschenlampe auf einen der Schaukästen und ergriff die große Karte an beiden Seiten ihres Rahmens. Er nahm sie vom Haken und holte sie herunter, lehnte ihre verglaste Vorderseite gegen seine Knie und nahm die Taschenlampe wieder in die Hand.
Der Rahmen war alt, aber seine graue Papierrückseite wirkte verhältnismäßig neu. Am unteren Ende waren die Buchstaben EV aufgestempelt.
Er trug die Karte an ihrem Aufhänger durch die Halle, die Rolltreppe hinab und durch die Halle im zweiten Stock in den Lagerraum. Nachdem er das Licht eingeschaltet hatte, breitete er die Karte mit der Vorderseite nach unten vorsichtig über den Tisch.
Mit der Ecke eines Fingernagels schlitzte er das Papier, das sich straff über die Rückseite des Rahmens spannte, am unteren Ende und an den Seiten auf, schlug es zurück und drückte es fest, so daß der Rahmen freilag. Auf der Innenseite war der Rahmen mit weißem Pappdeckel ausgelegt, der mit zahlreichen kurzen Drahtstiften befestigt war.
Er wühlte in den Kartons mit den kleineren Relikten, bis er eine rostige Zange mit einem gelben Klebezettel am Griff fand. Mit der Zange zog er die Drahtstifte aus dem Rahmen, hob den Pappdeckel heraus und dann ein weiteres Stück Pappe, das darunter lag.
Auf der Rückseite der Karte waren braune Flecken, aber kein Riß und

keine Löcher, die das Überkleben gerechtfertigt hätten. Schwach zeichnete sich ein brauner Schriftzug ab: *Wyndham*, MUS-2161 – wohl eine Art früher NN.

Er zupfte am Rand der Karte und hob sie von dem Glas hoch, drehte sie um und hielt sie über seinen Kopf gegen das weiße Deckenlicht. Hinter jeder aufgeklebten Stelle tauchten Inseln auf: hier eine große, »Madagaskar«, dort eine Gruppe von kleinen, »Azoren«. Das blaue Rechteck über dem Golf der Beständigkeit verdeckte vier kleine, die »Andamanen«. Er konnte sich nicht erinnern, eine dieser überdeckten Inseln auf den Landkarten im MEF gesehen zu haben.

Er steckte die Karte wieder in den Rahmen zurück, mit der Vorderseite nach oben, stützte die Hände auf den Tisch und betrachtete die Karte. Er lächelte über ihre wunderliche Altertümlichkeit und die acht fast unsichtbaren Rechtecke. *Lilac!* dachte er, *warte bis du was hörst!*

Er legte die Karte mit dem Rahmen zurück, mit der Vorderseite Taschenlampe darunter, um die vier kleinen »Andamanen« und die Küstenlinie des »Golf von Bengalen« auf ein Blatt Papier durchzupausen. Dann notierte er sich die Namen und die Lage der anderen Inseln und den Maßstab der Karte, der in »Meilen« anstatt in Kilometern angegeben war.

Zwei mittelgroße Inseln, die »Falkland-Inseln«, lagen vor der Küste von Arg (»Argentinien«), gegenüber von »Santa Cruz«, das anscheinend mit ARG 20 400 identisch war. Er fühlte sich dadurch an irgend etwas erinnert, kam aber nicht dahinter, was es war.

Er maß die Andamanen ab: Die drei, die am dichtesten zusammenlagen, waren insgesamt über einhundertundzwanzig »Meilen« lang – rund zweihundert Kilometer, wenn er sich richtig erinnerte. Platz genug für mehrere Städte! Von der anderen Seite des Golfs der Beständigkeit, von SEA 77 122, wären sie am schnellsten zu erreichen, wenn er und Lilac (und King? Snowflake? Sparrow?) es wollten. Wenn sie wollten? Natürlich würden sie dorthin gehen, jetzt, nachdem er die Inseln gefunden hatte. Irgendwie würde es ihnen schon gelingen! Es *mußte* gelingen!

Er drehte die Karte in dem Rahmen wieder nach vorne um, legte die Pappdeckel darauf und schlug die Drahtstifte mit einem Griff der Zange wieder in die Löcher und überlegte, warum ARG 20 400 und die »Falk-

land-Inseln« ihm nicht mehr aus dem Kopf gingen. Er schob die Unterlage des Rahmens wieder unter den Aufhänger – Sonntag nacht würde er einen Klebestreifen mitbringen und es besser machen – und trug die Landkarte zurück in den dritten Stock. Er hängte sie an ihren Haken und vergewisserte sich, daß die lose Unterlage an der Seite nicht hervorschaute.
ARG 20 400... Kürzlich war im Fernsehen gezeigt worden, wie unter der Stadt eine neue Zinkmine erschlossen wurde. Schien sie ihm deshalb bemerkenswert? Dort gewesen war er bestimmt noch nie...
Er ging ins Erdgeschoß und holte die Tabakblätter hinter dem Warmwasser-Behälter hervor. Er trug sie in den Lagerraum, nahm seine Rauchsachen aus dem Karton, in denen er sie aufbewahrte, setzte sich an den Tisch und begann die Blätter zu schneiden.
Könnte es noch einen anderen Grund geben, warum die Inseln verdeckt und nicht in die Landkarte eingetragen wurden? Und wer war dafür verantwortlich?
Genug. Er hatte das Denken satt und ließ seinen Geist schweifen – zu der glänzenden Schneide des Messers, zu Hush und Sparrow, wie sie Tabak schnitten, als er sie zum ersten Mal gesehen hatte. Er hatte Hush gefragt, woher die Samen kämen, und sie hatte gesagt, von King.
Und da fiel ihm ein, wo er ARG 20 400 gesehen hatte – die NN, nicht die Stadt selbst.

Eine schreiende Frau in zerrissenem Overall wurde von zwei Mitgliedern in Rot-Kreuz-Overalls in das Haupt-Medizentrum geführt. Sie hielten sie, auf jeder Seite einer, an den Armen und schienen auf sie einzureden, aber sie schrie immer weiter in kurzen, schrillen Schreien – einer genau wie der andere –, die von den Mauern des Gebäudes widerhallten und sich draußen in der Nacht fortpflanzten. Die Frau schrie immer weiter, und die Mauern und die Nacht schrien mit ihr.
Er wartete, bis die Frau und die Mitglieder, die sie führten, in dem Gebäude verschwunden waren und die Schreie immer leiser wurden und schließlich verstummten, dann überquerte er langsam den Gehweg und ging hinein. Er taumelte, als hätte er Gleichgewichtsstörungen, auf den Raster am Eingang zu, ließ sein Armband unterhalb der Tafel auf

Metall klirren und ging langsam und normal zu einer nach oben führenden Rolltreppe. Er betrat sie und glitt aufwärts, die Hand auf dem Geländer. Irgendwo in dem Gebäude schrie immer noch die Frau, aber dann hörte sie auf.

Der zweite Stock war beleuchtet. Ein Mitglied, das mit einem Tablett voll Gläsern im Flur an ihm vorbeiging, nickte Chip zu. Er nickte zurück.

Der dritte und der vierte Stock waren ebenfalls beleuchtet, aber die Rolltreppe zum fünften war außer Betrieb, und droben war es dunkel. Er stieg die Stufen zum fünften und sechsten Stock hinauf.

Er schritt im Schein der Taschenlampe den Flur im sechsten Stock entlang – aber jetzt schnell, nicht langsam – an den Türen vorbei, durch die er mit den zwei Ärzten gegangen war; der Frau, die ihn »junger Bruder« genannt hatte, und dem Mann mit der Narbe auf der Backe, der ihn beobachtet hatte. Er ging auf das Ende des Korridors zu und richtete den Lichtkegel auf die Tür mit der Aufschrift 600A und *Leiter der Chemotherapeutischen Abteilung*.

Er ging durch den Vorraum und betrat Kings Büro. Der große Schreibtisch war nun besser aufgeräumt: das abgenutzte Telecomp, ein Stoß Broschüren, ein Bleistiftbehälter – und die zwei Briefbeschwerer, der ungewöhnliche viereckige und der normale runde. Er hob den runden hoch – ARG 20 400 stand darauf – und wog den kühlen, metallüberzogenen Gegenstand einen Augenblick in der Hand. Dann stellte er ihn wieder neben das Foto des jungen, lächelnden King vor Unis Dom.

Er ging um den Schreibtisch herum, öffnete die mittlere Schublade und durchsuchte sie, bis er eine in einer Plastikhülle steckende Personalliste der Abteilung fand. Er las die halbe Spalte voller Jesuse durch und stieß dann auf Jesus HL09E6290. Seine Klassifizierung war 080 A, und er wohnte in G 35, Zimmer 1744.

Vor der Tür blieb er eine kleine Weile stehen, denn plötzlich fiel ihm ein, daß Lilac auch dort sein könnte. Womöglich lag sie neben King und schlief unter seinem ausgestreckten, besitzergreifenden Arm. *Gut!* dachte er. *Soll sie es aus erster Hand erfahren!* Er öffnete die Tür, trat ein und schloß sie leise hinter sich. Er richtete seine Taschenlampe auf das Bett und knipste sie an.

King war allein. Sein grauer Kopf lag in seinen verschränkten Armen verborgen.

Chip war froh und enttäuscht; aber doch mehr froh. Er würde es Lilac später sagen, triumphierend zu ihr kommen und von all seinen Entdeckungen berichten.

Er machte das Licht an, schaltete die Taschenlampe aus und steckte sie in die Tasche. »King«, sagte er.

Der Kopf und die Arme in den Schlafanzugärmeln rührten sich nicht.

»King«, sagte er, trat vor und stellte sich neben das Bett. »Wach auf, Jesus HL«, sagte er.

King wälzte sich auf den Rücken und legt eine Hand über seine Augen. Er spreizte die Finger, und ein Auge blinzelte dazwischen hindurch.

»Ich möchte mit dir sprechen«, sagte Chip.

»Was machst du hier?« fragte King. »Wie spät ist es?«

Chip warf einen Blick auf die Uhr. »Vier Uhr fünfzig«, sagte er.

King setzte sich auf und rieb sich die Augen. »Was, zum Haß, geht hier vor?« fragte er. »Was machst du hier?«

Chip zog den Schreibtischstuhl neben das Fußende des Bettes und setzte sich. Der Raum war in Unordnung, aus dem Müllschlucker ragten stekkengebliebene Overalls hervor, und auf dem Fußboden waren Teeflecke.

King hustete in seine Faust, hustete noch einmal. Ohne die Faust vom Mund zu nehmen, sah er Chip aus roten Augen an; seine Haare klebten strähnig an seiner Kopfhaut.

Chip sagte: »Ich will wissen, wie es auf den Falkland-Inseln ist.«

King ließ die Hand sinken. »Auf welchen Inseln?« sagte er.

»Falkland«, sagte Chip. »Wo du die Tabaksamen her hast und das Parfüm für Lilac.«

»Das Parfüm habe ich selbst gemacht«, sagte King.

»Die Tabaksamen etwa auch?«

King sagte: »Die hat mir jemand geschenkt.«

»In ARG 20 400?«

Nach einem Augenblick nickte King.

»Woher hatte *er* sie?«

»Weiß ich nicht.«

»Du hast nicht gefragt?« – »Nein«, sagte King, »habe ich nicht. Warum gehst du nicht dahin zurück, wo du sein solltest? Wir können morgen nacht darüber sprechen.«

»Ich bleibe«, sagte Chip. »Ich bleibe hier, bis ich die Wahrheit höre. Ich bin um 8.05 Uhr zu einer Behandlung bestellt. Wenn ich nicht rechtzeitig komme, ist es mit allen zu Ende – mit mir und dir und der Gruppe. Dann ist es aus mit dem Königsein.«

»Raus mit dir, du Bruderfeind«, sagte King.

»Ich bleibe«, sagte Chip.

»Ich *habe* dir die Wahrheit gesagt.«

»Das glaube ich nicht.«

»Dann kann ich es auch nicht ändern«, sagte King, legte sich nieder und drehte sich auf den Bauch.

Chip blieb sitzen und sah auf King und wartete.

Nach einigen Minuten drehte King sich wieder um und richtete sich auf. Er schleuderte das Deckbett zur Seite, setzte sich auf die Bettkante und kratzte sich mit beiden Händen an den Schenkeln.

»Feuerland«, sagte er, »nicht ›Falkland‹. Sie kommen an Land, um Handel zu treiben. In Stoff und Leder gehüllte Kreaturen mit haarigem Gesicht.« Er sah Chip an. »Kranke, abstoßende Wilde«, sagte er, »deren Sprache kaum zu verstehen ist.«

»Sie existieren, sie haben überlebt.«

»Das ist aber auch *alles*. Ihre Hände sind von der Arbeit hart und rauh wie Holz geworden. Sie bestehlen einander und leiden Hunger.«

»Aber sie sind nicht zur Familie zurückgekommen.«

»Sie wären besser dran, wenn sie es getan hätten«, sagte King. »Sie glauben immer noch an Religion und trinken Alkohol.«

»Wie lange leben sie?« fragte Chip.

King sagte nichts.

»Länger als zweiundsechzig Jahre?« fragte Chip.

Kings Augen wurden schmal und kalt. »Was ist denn so herrlich am Leben«, sagte er, »daß man es unendlich verlängern muß? Was ist am Leben hier oder am Leben dort so atemberaubend schön, daß man es mit zweiundsechzig nicht ohne große Kämpfe aufgeben kann? Ja, sie werden älter als zweiundsechzig! Einer hat behauptet, achtzig zu sein, und so, wie er aussah, habe ich es ihm geglaubt. Aber sie sterben auch *jünger*, mit dreißig, sogar schon mit zwanzig – daran sind die viele Arbeit und der Schmutz schuld und ihr ›Geld‹, das sie verteidigen müssen.«

»Das ist nur eine Inselgruppe«, sagte Chip. »Es gibt noch sieben andere.«

»Sie werden alle gleich sein«, sagte King. »Sie werden alle gleich sein.«

»Woher weißt du das?«

»Wie könnten sie *anders* sein?« fragte King. »Christus und Wei, wenn ich ein halbwegs menschliches Leben auf diesen Inseln für möglich halten würde, dann hätte ich etwas gesagt!«

»Du hättest auf jeden Fall etwas sagen sollen«, sagte Chip. »Direkt hier im Golf der Beständigkeit sind Inseln. Leopard und Hush hätten sie vielleicht erreicht und könnten noch am Leben sein.«

»Sie wären tot.«

»Dann hättest du ihnen überlassen sollen, wo sie sterben wollen«, sagte Chip. »Du bist nicht Uni.«

Er stand auf und stellte den Stuhl an den Schreibtisch zurück. Er schaute auf den Bildschirm des Telefons, griff zum Schreibtisch hinüber und zog die Berater-NN-Karte unter dem Rand hervor: *Anna SG38P2823*.

»Soll das heißen, daß du ihre NN nicht kennst?« sagte King. »Wie macht ihr's denn? Trefft ihr euch im Dunkeln? Oder bist du noch nicht bis zu ihren Gliedmaßen vorgedrungen?«

Chip steckte die Karte in seine Tasche. »Wir treffen uns überhaupt nicht!« sagte er.

»Ach, komm«, sagte King, »ich weiß doch, was gespielt wird. Haltet ihr mich vielleicht für einen toten Mann?«

»Nichts wird gespielt«, sagte Chip. »Sie ist einmal ins Museum gekommen, und ich habe ihr die Listen der Français-Wörter gegeben, das war alles.«

»Kann ich mir lebhaft vorstellen«, sagte King. »Mach, daß du rauskommst, ja? Ich brauche meinen Schlaf!« Er legte sich auf das Bett zurück, schob seine Beine unter die Decke und zog die Decke über die Brust hoch.

»Es ist nichts passiert«, sagte Chip. »Sie glaubt, sie verdanke dir zuviel.«

Mit geschlossenen Augen sagte King: »Aber das werden wir ihr bald austreiben, nicht wahr?«
Chip schwieg einen Augenblick, dann sagte er: »Du hättest uns davon erzählen müssen. Von Falkland.«
»Feuerland!« sagte King, und dann sagte er nichts mehr. Er lag mit geschlossenen Augen da; seine Brust hob und senkte sich rasch unter der Bettdecke. Chip ging zur Tür und schaltete das Licht aus. »Wir sehen uns morgen nacht«, sagte er.
»Ich hoffe, ihr kommt hin«, sagte King. »Nach Feuerland! Alle beide! Ihr habt es verdient!«
Chip öffnete die Tür und ging.

Kings Bitterkeit bedrückte ihn, aber nachdem er etwa eine Viertelstunde gegangen war, fühlte er sich allmählich wieder beschwingt und optimistisch und war stolz auf die Ergebnisse dieser Nacht.
In seiner rechten Tasche knisterten eine Landkarte des Golfs der Beständigkeit und der Andamanen mit den Namen und Standorten der anderen Inseln der Unheilbaren und Lilacs rotgedruckte NN-Karte. Christus, Marx, Wood und Wei, wozu würde er ganz ohne Behandlungen imstande sein?
Er zog die Karte heraus und las sie im Gehen. *Anna SG38P2823.* Er würde sie nach dem ersten Gong anrufen und ein Treffen während der abendlichen Freistunde mit ihr vereinbaren. Anna SG. Nein, sie war keine »Anna« – sie war Lilac, duftend, zart und schön wie Flieder. (Wer hatte den Namen ausgewählt? Sie oder King? Unglaublich! Der Hasser dachte, sie hätten sich getroffen und miteinander geschlafen. Wenn es wenigstens stimmte!) Achtund*dreißig* P, *acht*undzwanzig, *drei*undzwanzig. Er ging eine Weile im Rhythmus der Zahlen, dann merkte er, daß er zu rasch ausschritt, und wurde langsamer. Die Karte steckte er in die Tasche.
Er würde vor dem ersten Gong wieder in seinem Gebäude sein, duschen, sich umziehen, Lilac anrufen, essen (er starb fast vor Hunger), dann um 8.05 Uhr zu seiner Behandlung und um 8.15 Uhr zur Zahnärztin gehen. (»Heute geht es mir viel besser, Schwester. Das Ziehen ist beinahe ganz verschwunden.«) Die Behandlung würde ihn betäuben –

Kampf der Behandlung! –, aber nicht so sehr, daß er nicht Lilac von den Andamanen erzählen und Pläne schmieden könnte, wie er mit ihr – und Snowflake und Sparrow, wenn ihnen daran gelegen war – versuchen würde, dorthin zu gelangen. Snowflake würde wahrscheinlich lieber hierbleiben. Er hoffte es, denn dadurch würde alles sehr viel einfacher. Ja, Snowflake würde bei King bleiben, lachen und rauchen und mit ihm schlafen und sich mit diesem mechanischen Ballspiel amüsieren. Und er und Lilac würden gehen.

Anna SG, achtund*dreißig* P, *acht*undzwanzig *drei*undzwanzig ...

Er erreichte das Gebäude um 6.22 Uhr. Zwei Frühaufsteherinnen, eine nackt, eine angezogen, kamen den Flur entlang. Er lächelte und sagte: »Guten Morgen, Schwestern.«

Er ging in sein Zimmer und schaltete das Licht ein, und auf seinem Bett lag Bob, der sich nun hastig aufrichtete und blinzelte. Sein Telecomp lag offen, mit blinkenden blauen und gelben Lichtern, auf dem Boden.

6

Er schloß die Tür hinter sich.

Bob schwang die Beine aus dem Bett und setzte sich auf. Er sah Chip ärgerlich an. Sein Overall war teilweise offen. »Wo bist du gewesen, Lil?« fragte er.

»Unten in der Halle«, sagte Li. »Ich bin nach dem Foto-Klub noch einmal zurückgegangen – ich hatte meinen Bleistift dort liegen lassen – und bin plötzlich sehr müde geworden. Weil ich meine Behandlung zu spät bekommen habe, nehme ich an. Ich habe mich zum Ausruhen hingesetzt« – er lächelte –, »und auf einmal ist es Morgen.«

Bob sah ihn immer noch ärgerlich an und schüttelte den Kopf. »Ich habe in der Halle nachgesehen«, sagte er, »und im Zimmer von Mary KK und in der Sporthalle und auf dem Grund des Schwimmbeckens.«

»Du mußt mich verfehlt haben«, sagte Chip. »Ich war in der Ecke hinter ...«

»*Ich habe die Halle abgesucht, Li*«, sagte Bob. Er drückte seinen Overall zu und schüttelte verzweifelt den Kopf.
Chip ging von der Tür aus zum Badezimmer, langsam und in einem Bogen, der ihn von Bob weg führte. »Ich muß mal«, sagte er.
Er betrat das Badezimmer und machte seinen Overall auf und urinierte. Er versuchte, die außergewöhnliche Geistesklarheit wiederzufinden, die er zuvor besessen hatte. Wollte ihm denn keine Erklärung einfallen, die Bob zufriedenstellte oder wenigstens davon überzeugte, daß er es mit einer einmaligen Verfehlung zu tun hatte? Wieso war Bob eigentlich gekommen, und wie lange war er schon hier?
»Ich habe um halb zwölf angerufen«, sagte Bob, »und keine Antwort bekommen. Wo bist du in der Zwischenzeit gewesen?«
Chip schloß seinen Overall. »Ich bin ein bißchen herumspaziert«, sagte er mit lauter Stimme, damit Bob ihn im Zimmer hören konnte.
»Ohne Raster zu berühren?« sagte Bob.
Christus und Wei.
»Das muß ich vergessen haben«, sagte er und drehte das Wasser auf und wusch sich die Finger. »Diese Zahnschmerzen sind schuld«, sagte er. »Sie sind schlimmer geworden. Mir tut schon der halbe Kopf weh.« Er trocknete sich die Finger ab und sah im Spiegel auf Bob, der auf dem Bett saß und seinen Blick erwiderte. »Ich konnte vor Schmerzen nicht einschlafen«, sagte er, »und da bin ich noch ein bißchen rausgegangen. Die Geschichte mit der Halle habe ich dir erzählt, weil ich weiß, daß ich direkt hinunter zum...«
»*Mich* haben deine ›Zahnschmerzen‹ auch am Einschlafen gehindert«, sagte Bob. »Ich habe dich beim Fernsehen beobachtet. Du hast nervös und unnormal ausgesehen. Schließlich habe ich die NN des Mitglieds herausgesucht, das die Termine für die Zahnbehandlungen vergibt. Man hat dir einen Termin für Freitag angeboten, aber du hast gesagt, du bekämst deine Behandlung am Samstag.«
Chip legte das Handtuch weg und drehte sich um. Bob stand direkt vor ihm unter der Tür.
Der erste Gong erklang, und »Eine mächtige Familie« wurde gespielt.
Bob sagte: »Es war alles eine Komödie, nicht wahr, Li – deine Erschöpfung im letzten Frühjahr, die Schläfrigkeit und die Überbehandlung.«

Nach kurzer Pause nickte Chip. »Bruder«, sagte Bob. »Was hast du getan?«
Chip schwieg.
»O Bruder«, sagte Bob und bückte sich, um sein Telecomp abzuschalten. Er klappte den Deckel zu und legte die Griffe um. »Wirst du mir verzeihen?« fragte er. Er stellte das Telecomp auf und versuchte, den Tragriemen zwischen beiden Händen so aufzurichten, daß er stehenblieb. »Ich will dir etwas Komisches sagen: Ich habe eine eitle Ader. Wirklich! Nein, stimmt nicht: Ich *hatte* sie. Ich dachte, ich sei einer der zwei oder drei besten Berater im Haus. Was heißt im Haus? – In der Stadt! Wachsam, ein scharfer Beobachter und *Menschenkenner*... Und nun kommt das rauhe Erwachen.« Endlich blieb der Tragriemen stehen, und Bob versetzte ihm einen Schlag, daß er wieder umfiel. »Du bist also nicht der einzige Kranke«, sagte er mit dünnem Lächeln zu Chip, »falls das ein Trost ist.«
»Ich bin nicht krank, Bob«, sagte Chip. »Ich bin gesünder als je zuvor in meinem ganzen Leben.«
Immer noch lächelnd sagte Bob: »Die Tatsachen sprechen aber nicht dafür.« Er nahm das Telecomp in die Hand und stand auf.
»Du kannst die Tatsachen nicht sehen«, sagte Chip. »Du bist durch deine Behandlungen betäubt.«
Bob winkte ihm mit dem Kopf und schritt auf die Tür zu. »Komm«, sagte er, »wir wollen zusehen, daß wir dich wieder in Ordnung bringen.«
Chip rührte sich nicht vom Fleck. Bob öffnete die Tür, blieb stehen und blickte zurück.
Chip sagte: »Ich bin völlig gesund.«
Bob streckte mitfühlend die Hand aus. »Komm mit, Li«, sagte er.
Nach kurzem Zögern ging Chip zu ihm. Bob nahm seinen Arm, und sie traten auf den Flur hinaus. Türen standen offen, und andere Mitglieder waren zu sehen, die ruhig miteinander sprachen oder hin und her gingen. Vier oder fünf hatten sich vor dem Anschlagbrett versammelt, um die Mitteilungen des Tages zu lesen.
»Bob«, sagte Chip. »Ich möchte dir etwas sagen. Bitte, hör mir gut zu.«
»Höre ich nicht immer zu?« sagte Bob.

»Ich möchte, daß du versuchst, deinen Geist etwas Neuem zu erschließen«, sagte Chip. »Weil du kein dummes Mitglied bist, weil du klug und gutherzig bist und mir helfen willst.«
Mary KK kam ihnen von der Rolltreppe her entgegen. In der Hand hielt sie ein Bündel Overalls und obenauf ein Stück Seife. Sie lächelte und sagte: »Hallo« und zu Chip: »Wo warst du?«
»Er war in der Halle«, sagte Bob.
»Mitten in der Nacht?« sagte Mary.
Chip nickte, und Bob sagte »Ja«, und sie gingen wieder auf die Rolltreppe zu. Bob ließ seine Hand leicht auf Chips Schulter liegen.
Sie fuhren nach unten.
»Ich weiß, du glaubst, dein Geist stünde schon allem offen, aber willst du versuchen, dir neue Dimensionen zu erschließen, mir zuzuhören und ein paar Minuten darüber nachzudenken – als wäre ich so gesund, wie ich sage?«
»Gut, Li, ich will es tun«, sagte Bob.
»Bob«, sagte Chip, »wir sind nicht frei. Keiner von uns. Kein einziges Mitglied der Familie.«
»Wie kann ich dir zuhören, als wärst du gesund«, sagte Bob, »wenn du so etwas sagst? Natürlich sind wir frei. Wir sind frei von Krieg und Begehrlichkeit und Hunger, frei von Verbrechen, Gewalt, Angriffslust, Ego –«
»Ja, ja, wir sind frei *von* allem möglichen«, sagte Chip, »aber wir haben nicht die Freiheit, etwas zu *tun*. Siehst du das nicht ein, Bob? Von etwas frei zu sein, hat mit Freiheit überhaupt nichts zu tun.«
Bob runzelte die Stirn. »Was sollte einem denn freistehen?« sagte er.
Sie verließen die Rolltreppe und gingen auf die nächste zu. »Sich seine eigene Klassifizierung auszusuchen, Kinder zu bekommen, wenn man will, zu gehen, wohin man will, und zu tun, was man will, Behandlungen abzulehnen, wenn man will ...«
Bob sagte nichts.
Sie traten auf die nächste Rolltreppe.
»Die Behandlungen betäuben uns wirklich, Bob«, sagte Chip. »Ich weiß es aus eigener Erfahrung. Sie enthalten Bestandteile, die uns ›bescheiden und gut‹ machen – wie in dem Abzählvers, weißt du. Ich bin jetzt seit

einem halben Jahr unterbehandelt« – der zweite Gong ertönte – »und ich bin wacher und lebendiger als *je* zuvor. Ich denke klarer und empfinde tiefer. Ich schlafe vier- oder fünfmal in der Woche mit einer Frau. Würdest du das für möglich halten?«
»Nein«, sagte Bob. Er sah auf sein Telecomp, das auf dem Handlauf neben ihm hochfuhr.
»Es ist wahr«, sagte Chip. »Jetzt bist du fester als je von meiner Krankheit überzeugt, nicht wahr? Bei der Liebe zur Familie, ich bin nicht krank. Und wie ich sind viele andere – Tausende, vielleicht Millionen. Es gibt Inseln auf der ganzen Welt, möglicherweise sogar Städte auf dem Festland« – sie befanden sich auf dem Weg zur nächsten Rolltreppe – »wo Menschen in echter Freiheit leben. Ich habe eine Liste der Inseln in der Tasche. Sie erscheinen nicht auf Landkarten, weil Uni nicht will, daß wir von ihnen wissen; weil sie gegen die Familie *verteidigt* werden und die Menschen dort sich keiner Behandlung *unterwerfen* lassen. Nun, du willst mir helfen, nicht wahr? *Wirklich* helfen?«
Sie traten auf die nächste Rolltreppe. Bob sah ihn besorgt an. »Christus und Wei«, sagte er, »kannst du daran zweifeln, Bruder?«
»Nun gut«, sagte Chip, »dann will ich dir sagen, was du für mich tun sollst: Wenn wir in den Behandlungsraum kommen, sag Uni, ich sei gesund; ich sei in der Halle eingeschlafen, wie ich es dir erzählt habe. Erwähne nichts davon, daß ich keine Raster berührt und Zahnschmerzen erfunden habe. Laß mir einfach die Behandlung geben, die ich gestern erhalten hätte, ja?«
»Und das würde dir helfen?« fragte Bob.
»Ja«, sagte Chip. »Ich weiß, du glaubst es nicht, aber ich bitte dich als meinen Freund und Bruder, zu – zu respektieren, was ich denke und fühle. Ich werde mich irgendwie auf eine dieser Inseln absetzen und der Familie in keiner Weise schaden. Was mir die Familie geschenkt hat, habe ich durch meine Arbeit wieder zurückerstattet; und überhaupt habe ich gar nicht darum gebeten. Ich hatte keine andere Wahl, als anzunehmen.«
Sie schritten auf die nächste Rolltreppe zu.
»Schön«, sagte Bob, als sie abwärts fuhren, »ich habe *dir* zugehört, Li, nun wirst *du mir* zuhören.« Seine Hand schloß sich ein klein wenig fe-

ster um Chips Ellbogen. »Du bist sehr, sehr krank«, sagte er, »und zwar ausschließlich durch meine Schuld, und das ist ein schreckliches Gefühl für mich. Es gibt keine Inseln, die nicht auf Landkarten verzeichnet sind, und Behandlungen stumpfen uns nicht ab, und wenn wir die Art von ›Freiheit‹ hätten, die dir vorschwebt, gäbe es Unruhe und Übervölkerung und Begierde und Verbrechen und Krieg. Ja, ich werde dir helfen, Bruder. Ich werde Uni alles erzählen, und du wirst geheilt werden und mir dankbar sein.«

Sie gingen zur nächsten Rolltreppe und stellten sich darauf. *Dritter Stock – Medizentrum* stand unten auf dem Schild. Ein Mitglied, das ihnen auf der Rolltreppe nach oben entgegenkam, lächelte und sagte: »Guten Morgen, Bob.«

Bob nickte ihm zu.

Chip sagte: »Ich *will* nicht geheilt werden.«

»Das beweist, daß du es nötig hast«, sagte Bob. »Entspanne dich und vertraue mir, Li. Nein, warum, zum Haß, solltest du? Dann vertraue Uni! Wirst du das tun? Vertraue den Mitgliedern, die Uni programmiert haben.«

Nach kurzem Zögern sagte Chip: »Ja, ich tue es.«

»Ich fühle mich ganz elend«, sagte Bob, und Chip drehte sich zu ihm und schlug seine Hand weg. Bob sah ihn bestürzt an, und Chip legte beide Hände auf Bobs Rücken und stieß ihn nach vorn. In der Bewegung drehte Chip sich, umklammerte den Handlauf – er hörte Bob fallen und sein Telecomp klappern – und stieg hinüber auf das Rollband, das zwischen den Treppen nach oben führte. Als er darauf stand, bewegte es sich nicht mehr. Nun kroch er zur Seite, hielt sich mit Fingern und Knien an metallenen Kanten fest, streckte die Hände aus, suchte den Handlauf der nach oben führenden Rolltreppe, erwischte ihn, schwang sich hinüber und ließ sich in die Schlucht der steilen Stufen aus summendem Metall fallen. Er kam schnell wieder auf die Füße – »Haltet ihn auf«, rief Bob unter ihm – und rannte nach oben, immer zwei Stufen auf einmal nehmend. Das Mitglied im Rot-Kreuz-Overall oben neben der Treppe drehte sich um. »Was machst –« und Chip packte ihn – ein älteres, großäugiges Mitglied – bei den Schultern, drückte ihn zur Seite und stieß ihn weg.

Er rannte den Flur entlang. Jemand rief: »Haltet ihn!« und andere Mitglieder schrien: »Fangt dieses Mitglied! Er ist krank, haltet ihn auf!« Vor ihm war der Speisesaal, und die Mitglieder drehten sich um, weil sie sehen wollten, was los war. Er schrie: »Haltet dieses Mitglied!«, rannte auf sie zu und zeigte mit dem Finger irgendwohin. »Haltet ihn!« und schon war er an ihnen vorüber. »Da drin ist ein krankes Mitglied!« sagte er, indem er sich durch die anderen auf dem Flur und an dem Raster vorbeidrängte. »Er braucht Hilfe! Da drin! Schnell!«

Im Speisesaal sah er sich um und lief seitlich durch eine Drehtür in den Raum hinter der Essenausgabe. Er verlangsamte sein Tempo, versuchte ruhiger zu atmen, ging schnell an Mitgliedern vorbei, die Berge von Kuchen auf Fließbänder legten, vorbei an anderen, die Teepulver in Stahltonnen kippten. Er entdeckte einen Teewagen voll Schachteln mit der Aufschrift *Servietten*, packte ihn am Griff, drehte den Wagen um und schob ihn vor sich her, an zwei Mitgliedern vorbei, die im Stehen aßen, und zwei anderen, die Kuchen aus einem beschädigten Karton nahmen.

Vor sich sah er eine Tür, auf der *Ausgang* stand und die zu einer der Ecktreppen führte. Er schob den Wagen darauf zu, hörte laute Stimmen hinter sich. Er rammte den Teewagen gegen die Tür, drückte sie auf und zog den Wagen auf den Treppenabsatz hinaus, schloß die Tür und stemmte den Handgriff des Teewagens dagegen. Rückwärts ging er zwei Stufen hinab, zog den Wagen seitlich neben sich und quetschte ihn zwischen die Tür und den Geländerpfosten. Ein schwarzes Rad drehte sich in der Luft.

Er eilte die Treppen hinunter.

Er mußte aus dem Gebäude hinauskommen, auf die Gehwege und Plätze. Er würde zum Museum gehen – es war noch nicht geöffnet – und sich in dem Lagerraum oder hinter dem Warmwasser-Behälter verstecken, bis morgen nacht Lilac und die anderen kämen. Er hätte ein paar Kuchen mitnehmen sollen. Warum hatte er nicht daran gedacht? Haß!

Er verließ die Treppe im Erdgeschoß und ging schnell den Korridor entlang, nickte einem näherkommenden Mitglied zu. Sie sah auf seine Beine und biß sich besorgt auf die Lippen. Er schaute an sich hinunter

und blieb stehen. Sein Overall war an den Knien zerrissen, und sein rechtes Knie aufgeschürft. Kleine Blutstropfen standen auf seiner Haut.
»Kann ich etwas für dich tun?« fragte das Mitglied.
»Ich bin gerade auf dem Weg zum Medizentrum«, sagte er. »Danke, Schwester.« Er ging weiter. Es gab nichts, was er tun konnte. Er mußte das Risiko auf sich nehmen. Draußen, wenn er von dem Gebäude entfernt war, würde er sich ein Stück Stoff um das Knie binden und den Overall in Ordnung bringen, so gut es ging. Jetzt, da er es wußte, begann das Knie zu stechen. Er ging schneller.
Hinten in der Eingangshalle blieb er stehen und sah auf die Rolltreppen, die links und rechts von ihm nach unten glitten, und auf die vier von Rastern bewachten Glastüren vor ihm, hinter denen der sonnige Gehweg aufleuchtete. Alles wirkte ganz normal, das Murmeln der Stimmen war leise und verriet keine Erregung.
Er schritt auf die Türen zu, in normalem Tempo, den Blick geradeaus gerichtet. Er würde seinen Raster-Trick anwenden – das Knie entschuldigte sein Stolpern, falls jemand aufmerksam wurde – und wenn er erst draußen war – Die Musik setzte aus, und eine Frauenstimme erklang aus dem Lautsprecher: »Entschuldigung, würde bitte jeder einen Moment genau da bleiben, wo er ist. Bitte rührt euch nicht von der Stelle!«
Er blieb in der Mitte der Empfangshalle stehen.
Alle blieben stehen, blickten sich fragend um und warteten. Nur die Mitglieder auf den Rolltreppen bewegten sich noch, und dann standen auch sie still und schauten auf ihre Füße. Ein Mitglied ging ein paar Stufen hinunter. »Nicht bewegen!« riefen ihr mehrere Mitglieder zu, und sie blieb stehen und wurde rot.
Er regte sich nicht und schaute auf die riesigen Gesichter aus buntem Glas über den Türen: Christus und Marx mit Bart, Wood ohne Haare, Wei lächelnd und schlitzäugig. Etwas rann sein Schienbein hinab: ein Tropfen Blut.
»Brüder, Schwestern«, sagte die Frauenstimme, »ein unerwarteter Notfall ist eingetreten. Ein krankes, ein schwerkrankes Mitglied befindet sich im Haus. Er hat sich aggressiv verhalten und ist seinem Berater davongelaufen« – die Mitglieder holten tief Luft – »und jeder von uns wird

gebraucht, damit er gefunden wird und so schnell wie möglich in den Behandlungsraum gebracht werden kann.«

»Ja«, sagte ein Mitglied hinter Chip, und ein anderes fragte: »Was sollen wir tun?«

»Vermutlich hält er sich irgendwo unterhalb des vierten Stocks auf«, sagte die Frau. »Ein siebenundzwanzigjähriger –« Eine Stimme sprach mit ihr, eine Männerstimme, schnell und undeutlich. Ein Mitglied, das gerade auf die nächstgelegene Rolltreppe zugegangen war, schaute auf Chips Knie. Chip sah auf das Bild von Wood. »Er wird vermutlich versuchen, das Gebäude zu verlassen«, sagte die Frau. »Deshalb stellen sich bitte jeweils die zwei Mitglieder, die einem Ausgang am nächsten sind, davor und versperren ihn. Sonst rührt sich niemand! Nur die zwei Mitglieder bei jedem Ausgang!«

Die Mitglieder in der Nähe der Türen sahen einander an, und je zwei traten vor und stellten sich verlegen Seite an Seite neben die Raster.

»Eine schreckliche Geschichte!« sagte jemand. Das Mitglied, das auf Chips Knie geschaut hatte, sah ihm nun ins Gesicht. Chip erwiderte den Blick des Mannes – er war ungefähr vierzig –, und dieser wandte sich ab.

»Das gesuchte Mitglied«, sagte eine Männerstimme im Lautsprecher, »ist ein siebenundzwanzigjähriger Mann mit der NN Li RM35M4419. Ich wiederhole: Li, RM, 35M, 4419. Wir wollen zunächst unsere Nachbarn überprüfen und dann die Stockwerke absuchen, auf denen wir uns befinden. Einen Augenblick bitte, einen Augenblick bitte, UniComp sagt, das Mitglied sei der einzige Li RM im Gebäude. Wir können also den Rest der NN vergessen. Wir brauchen nur nach einem Li RM zu suchen. Li RM. Schaut auf die Armbänder der Mitglieder in eurer Nähe. Wir suchen Li RM. Achtet darauf, daß jedes Mitglied in eurem Gesichtskreis von wenigstens einem anderen Mitglied kontrolliert wird. Mitglieder, die sich in ihren Zimmern befinden, kommen jetzt bitte auf die Flure! Li RM! Wir suchen Li RM!«

Chip wandte sich einem Mitglied in seiner Nähe zu, ergriff seine Hand und schaute auf sein Armband. »Zeig mir deines«, sagte das Mitglied. Chip hob das Handgelenk, drehte sich um und ging zu einem anderen Mitglied. »Ich habe es nicht gesehen«, sagte das Mitglied. Chip nahm

die Hand des anderen Mitglieds. Das erste Mitglied berührte ihn am Arm und sagte: »Bruder, ich habe nichts gesehen.«
Er lief auf die Türen zu. Er wurde am Arm gepackt und herumgerissen – von dem Mitglied, das ihn angestarrt hatte. Er ballte seine Hand zur Faust und schlug dem Mitglied ins Gesicht und riß sich los.
Mitglieder schrien. »Er ist es!« riefen sie. »Da ist er! Helft ihm!« »Haltet ihn auf!«
Er rannte zu einer Tür und versetzte einem der dort stehenden Mitglieder einen Faustschlag. Das zweite Mitglied ergriff seinen Arm und sagte ihm ins Ohr: »Bruder, Bruder.« Sein anderer Arm wurde von anderen Mitgliedern festgehalten, seine Brust von hinten umklammert.
»Wir suchen Li RM«, sagte der Mann in der Sprechanlage. »Es könnte sein, daß er aggressiv wird, wenn wir ihn finden, aber wir dürfen keine Angst haben. Er ist auf unsere Hilfe und unser Verständnis angewiesen.«
»Finger weg!« schrie er und versuchte sich von den Armen zu befreien, die ihn festhielten.
»Helft ihm!« riefen Mitglieder. »Bringt ihn zum Behandlungsraum!« »Helft ihm!«
»Laßt mich in Ruhe!« schrie er. »Ich *will* keine Hilfe!« Laßt mich *in Ruhe*, ihr Bruderhasser!«
Er wurde von keuchenden, zitternden Mitgliedern über Rolltreppenstufen nach oben geschleift. Ein Mitglied hatte Tränen in den Augen. »Schön ruhig«, sagten sie, »wir helfen dir. Es wird alles gut werden, wir helfen dir.« Er trat um sich, und seine Beine wurden gepackt und festgehalten.
»Ich will keine Hilfe!« schrie er. »Ich will in Ruhe gelassen werden! Ich bin gesund! Ich bin gesund! Ich bin nicht krank!«
Er wurde an Mitgliedern vorbeigezerrt, die sich die Ohren zuhielten und mit entsetztem Blick die Hände auf den Mund preßten.
»*Du* bist krank«, sagte Chip zu dem Mitglied, dem er ins Gesicht geschlagen hatte. Blut sickerte ihm aus den Nasenlöchern; Nase und Bakken waren geschwollen. Er hatte Chips Arm fest im Griff. »Du bist von Drogen betäubt«, sagte Chip zu ihm. »Du bist tot! Du bist ein toter Mann! Du bist *tot*!«

»Pst, wir lieben dich, wir helfen dir«, sagte das Mitglied. »*Christus und Wei, laßt mich los!*«
Er wurde weitere Stufen hinaufgezerrt.
»Man hat ihn gefunden«, sagte der Mann im Lautsprecher. »Li RM ist gefunden, Mitglieder. Er wird gerade zum Medizentrum gebracht. Laßt mich das noch einmal sagen: Li RM ist gefunden und wird soeben zum Medizentrum gebracht. Der Ausnahmezustand ist beendet, Brüder und Schwestern, und ihr könnt wieder in euren Beschäftigungen fortfahren. Danke! Dank für eure Hilfe und Mitarbeit. Ich danke euch im Namen der Familie und im Namen Li RMs.«
Er wurde den Flur des Medizentrums entlang geschleppt.
Musik setzte ein, mitten in einer Melodie.
»Ihr seid alle tot«, sagte er. »Die ganze Familie ist tot. Uni lebt, nur Uni. Aber es gibt Inseln, wo *Menschen* leben! Schaut euch die Landkarten an, die Landkarte im vV-Museum!«
Er wurde in den Behandlungsraum gezerrt. Bob war da, blaß und schwitzend, mit einer blutenden Schnittwunde über der Augenbraue. Er drückte hektisch die Tasten seines Telecomps, das ein Mädchen in einem blauen Kittel für ihn hielt.
»Bob«, sagte Chip, »tu mir einen Gefallen, ja? Schau dir die Landkarte im vV-Museum an. Die Landkarte von 1951!«
Er wurde zu einem blau beleuchteten Behandlungsapparat geschleift. Er krallte sich an dem Rand der Öffnung fest, aber sein Daumen wurde zurückgebogen und seine Hand mit Gewalt in die Öffnung gedrückt, sein Ärmel hochgeschoben und sein ganzer Arm bis zur Schulter hineingezwängt.
Jemand strich ihm beruhigend über die Wange – es war Bob, der zitternd sagte: »Es wird alles wieder *gut* werden, Li. Vertraue Uni.« Das Blut aus der Schnittwunde strömte in drei feinen Rinnsalen in die Haare seiner Augenbrauen.
Chips Armband wurde von dem Raster erfaßt, sein Arm von der Infusionsscheibe berührt. Er preßte die Augen zu. »*Ich lasse mich nicht töten!*« dachte er. »*Ich lasse mich nicht töten! Ich werde die Inseln vergessen! Ich werde Lilac nicht vergessen! Ich lasse mich nicht töten! Ich lasse mich nicht töten!*« Er öffnete die Augen, und Bob lächelte ihn an. Ein

hautfarbener Pflasterstreifen war über seine Augenbrauen geklebt. »Sie haben drei Uhr *gesagt*, und drei Uhr haben sie auch *gemeint*!« sagte er.
»Wovon sprichst du?« fragte Chip. Er lag in einem Bett, und Bob saß daneben.
»Die Ärzte haben gesagt, dann würdest du aufwachen«, sagte Bob. »Um drei Uhr. Und jetzt ist es genau drei, nicht zwei Uhr neunundfünfzig und nicht drei Uhr eins. Es ist zum Fürchten, wie schlau diese Mitglieder sind.«
»Wo bin ich?« fragte Chip. »Im Haupt-Medizentrum.«
Und dann fiel es ihm ein – alles, was er gedacht und gesagt und – das war das schlimmste! – getan hatte. »Oh, Christus«, sagte er. »Oh, Marx. Oh, Christus und Wei.«
»Nimm's nicht tragisch, Li«, sagte Bob und berührte seine Hand.
»Bob«, sagte er, »oh, Christus und Wei, Bob, ich – ich habe dich die Rolltreppe – «
»– hinuntergestoßen«, sagte Bob. »Das hast du wahrhaftig getan, Bruder. So überrascht war ich noch nie im Leben. Aber es geht mir trotzdem gut.« Er tippte auf das Pflaster über seiner Augenbraue. »Alles zugeheilt und so gut wie neu – bis in ein oder zwei Tagen auf jeden Fall.«
»Ich habe ein Mitglied *geschlagen*! Mit meiner Hand!«
»Er hat es auch gut überstanden«, sagte Bob. »Zwei sind von ihm.« Er zeigte auf eine Vase mit roten Rosen neben dem Bett. »Und zwei von Mary KK und zwei von den Mitgliedern in deiner Abteilung.«
Er sah die Rosen der Mitglieder an, die er geschlagen und betrogen und verraten hatte, und Tränen traten ihm in die Augen, und er begann zu zittern.
»Na na, komm, reg dich nicht auf«, sagte Bob.
Aber Christus und Wei, er dachte nur an sich selbst! »Hör zu, Bob«, sagte er, drehte sich zu ihm und stützte sich auf einem Ellbogen hoch. Mit den Händen wischte er sich die Augen.
»Nimm's nicht tragisch«, sagte Bob.
»Bob, es gibt noch *andere*«, sagte er, »die ebenso krank sind, wie ich es war! Wir müssen sie suchen und ihnen helfen!«
»Das wissen wir.« »Da ist ein Mitglied namens ›Lilac‹, Anna SG38P2823, und ein andres –«

»Wissen wir, wissen wir«, sagte Bob. »Ihnen allen ist schon geholfen worden.«
»Wirklich?«
Bob nickte. »Du wurdest verhört, während du bewußtlos warst«, sagte er. »Es ist Montag. Montag nachmittag. Sie sind bereits ausfindig gemacht und geheilt worden – Anna SG und Anna PY, die du ›Snowflake‹ genannt hast, und Yin GU, ›Sparrow‹.«
»Und King«, sagte Chip. »Jesus HL. Er ist direkt hier in diesem Gebäude, er ist – «
»Nein«, sagte Bob kopfschüttelnd. »Nein, bei ihm sind wir zu spät gekommen. Er – er ist tot!«
»Tot?«
Bob nickte. »Er hat sich erhängt«, sagte er.
Chip starrte ihn an.
»An der Dusche, mit einem Streifen von einem Bettlaken«, sagte Bob.
»Oh, Christus und Wei«, sagte Chip und sank auf die Kissen zurück. Krankheit, Krankheit, und er war ein Teil davon gewesen.
»Die anderen sind aber alle wohlauf«, sagte Bob, seine Hand tätschelnd. »Und du wirst auch wieder ganz gesund werden. Du kommst in ein Rehabilitierungs-Zentrum, Bruder. Du bekommst eine ganze Woche Erholungsurlaub, vielleicht sogar noch mehr ...«
»Bob, ich schäme mich so furchtbar ...«
»Ach, komm«, sagte Bob, »wenn du gefallen wärst und einen Knöchel gebrochen hättest, würdest du dich doch auch nicht schämen! Das ist dasselbe. Wenn sich jemand schämen müßte, dann wäre ich es.«
»Ich habe dich *belogen*!«
»Ich habe mich belügen lassen«, sagte Bob. »Schau, eigentlich trifft keinen eine Schuld. Das wirst du bald einsehen.« Er bückte sich, hob einen Reisetornister auf und öffnete ihn auf seinem Schoß. »Das ist deiner«, sagte er. »Wenn ich etwas vergessen habe, sag's mir. Mundstück, Schere, Fotos, NN-Bücher, ein Pferdebild, dein ...«
»Das ist krankhaft«, sagte er. »Ich will es nicht. Wirf es weg!«
»Das Bild?«
Bob zog es aus dem Tornister und betrachtete es. »Es ist gut gemacht«, sagte er. »Nicht naturgetreu, aber – irgendwie hübsch.«

»Es ist krankhaft«, sagte Chip. »Ein krankes Mitglied hat es gezeichnet. Wirf es weg!«

»Wie du meinst«, sagte Bob. Er stellte den Tornister auf das Bett und ging quer durch den Raum zum Müllschlucker und steckte das Bild hinein.

»Es gibt Inseln, die voll von kranken Mitgliedern sind«, sagte Chip. »Überall in der Welt.«

»Ich weiß«, sagte Bob. »Du hast es uns gesagt.«

»Warum können wir ihnen nicht helfen?«

»Das weiß *ich nicht*«, sagte Bob, »aber Uni weiß es. Ich habe es dir schon einmal gesagt, Li: vertraue Uni.«

»Das werde ich tun«, sagte er, »ganz bestimmt!«, und seine Augen füllten sich wieder mit Tränen.

Ein Mitglied im Rot-Kreuz-Overall kam herein. »Wie fühlen wir uns denn?« fragte er. Chip sah ihn an.

»Er ist ziemlich fertig«, sagte Bob.

»Das war zu erwarten«, sagte das Mitglied. »Aber keine Sorge, wir kriegen ihn schon wieder hoch.« Er kam herüber und nahm Chips Handgelenk.

»Li, ich muß jetzt gehen«, sagte Bob.

»Gut«, sagte Chip.

Bob kam zu ihm und küßte ihn auf die Wange. »Falls du nicht mehr hierher zurückgeschickt wirst – lebwohl, Bruder«, sagte er.

»Lebwohl, Bob«, sagte Chip. »Danke. Ich danke dir für alles.«

»Danke Uni«, sagte Bob, drückte ihm die Hand und lächelte. Er nickte dem Rot-Kreuz-Mitglied zu und ging.

Das Mitglied zog eine Spritze aus der Tasche und machte sie fertig zur Injektion. »Du wirst dich im Handumdrehen wieder völlig normal fühlen«, sagte er.

Chip blieb still liegen und schloß die Augen. Mit einer Hand wischte er sich die Tränen ab, während das Mitglied ihm den Ärmel hochschob. »Ich war so krank«, sagte er. »Ich war so krank.«

»Pst, nicht daran denken«, sagte das Mitglied und verabreichte ihm vorsichtig die Spritze. »Das lohnt sich nicht. Du wirst ganz bald wieder gesund sein.«

Dritter Teil: Flucht

I

Alte Städte wurden abgerissen, neue dafür erbaut. Die neuen Städte hatten höhere Gebäude, breitere Plätze, größere Parks und Einschienenbahnen, die schneller, aber weniger häufig fuhren.
Zwei weitere Astralschiffe wurden gestartet, zu Sirius B und 61 Cygni. Die Mars-Kolonien wuchsen täglich, nachdem sie neu besiedelt und gegen Katastrophen wie die von 152 gesichert worden waren; ebenso die Kolonien auf der Venus und dem Mond und die Vorposten auf Titanus und Merkur.
Die Freistunde wurde um fünf Minuten verlängert. An den Telecomps wurde der Tasten-Input durch Stimmen-Input ersetzt, und Vollnahrungskuchen waren in einer zweiten, angenehmen Geschmacksrichtung erhältlich. Die Lebenserwartung stieg auf 62,4 Jahre.
Die Mitglieder arbeiteten und aßen, verfolgten das Fernsehprogramm und schliefen. Sie sangen und besuchten die Museen und gingen in Vergnügungsgärten spazieren.
Zur Feier von Weis 200. Geburtstag wurde in einer neuen Stadt ein großer Umzug mit einer riesigen Fahne veranstaltet, die das Bild des lächelnden Wei zeigte. Einer der Fahnenträger war ein Mitglied von ungefähr dreißig Jahren, das in jeder Hinsicht normal wirkte, nur daß sein rechtes Auge grün war anstatt braun. Vor langer Zeit war dieses Mitglied einmal sehr krank gewesen, aber nun ging es ihm gut. Er hatte seine Arbeit und sein Zimmer, seine Freundin und seinen Berater. Er war gelöst und zufrieden.
Während des Umzugs geschah etwas Merkwürdiges: Als dieses Mitglied lächelnd die Fahne durch die Stadt trug, hörte er eine innere Stimme immer wieder eine NN sagen: Anna SG, achtund*dreißig* P, *acht*undzwanzig *drei*undzwanzig; Anna SG, achtund*dreißig* P, *achtundzwanzig dreiundzwanzig*. Die NN wiederholte sich ständig im Rhythmus seiner Schritte. Er überlegte sich, wem die NN gehörte und

warum sie ihm unaufhörlich im Kopf herumging. Plötzlich erinnerte er sich: Sie stammte aus der Zeit seiner Krankheit! Es war die NN von einer der anderen Kranken; »Lovely« hatte sie sich genannt – nein, »Lilac«. Warum war ihm ihre NN nach so langer Zeit wieder eingefallen? Er trat fester auf, versuchte sie nicht zu hören und war froh, als das Zeichen zum Singen gegeben wurde.
Er erzählte seiner Beraterin davon. »Darüber brauchst du dir keine Gedanken zu machen«, sagte sie. »Du hast wahrscheinlich etwas gesehen, das dich an sie erinnert hat. Vielleicht hast du sogar *sie* gesehen. Man braucht sich nicht vor Erinnerungen zu fürchten – solange sie nicht lästig werden, natürlich. Laß es mich wissen, wenn es wieder vorkommt.«
Aber es kam nicht wieder vor. Er war gesund, dank Uni.

Einmal, als er einen neuen Posten hatte und in einer anderen Stadt lebte, fuhr er an Weihnachten mit seiner Freundin und vier anderen Mitgliedern auf dem Rad in das Parkgelände vor der Stadt. Sie hatten Kuchen und Cola dabei und setzten sich zum Essen neben ein paar Bäumen auf den Boden.
Er hatte seine Cola auf einen flachen Stein abgestellt. Als er, mitten im Gespräch, nach dem Behälter griff, stieß er ihn um. Die anderen Mitglieder füllten seinen Behälter aus ihren eigenen wieder auf.
Einige Minuten später, als er seine Kuchenhülle zusammenfaltete, bemerkte er auf dem nassen Stein ein flaches Blatt. Auf seiner Rückseite glänzten Cola-Tropfen, sein Stiel war wie ein Henkel nach oben gebogen. Er nahm den Stiel in die Hand und hob das Blatt hoch, und dort, wo es gelegen hatte, war eine ovale Stelle auf dem Stein ganz trocken. Überall sonst war der Stein schwarz und naß, hier aber grau und trokken. Etwas an diesem Anblick erschien ihm bedeutungsvoll, und er blieb ruhig sitzen und sah auf das Blatt in seiner Hand, auf die gefaltete Kuchen-Schutzfolie in der anderen und das trockene Blattmuster auf dem Stein. Seine Freundin sagte etwas zu ihm, und er riß sich von dem Anblick los, legte das Blatt und die Folie zusammen und gab beides dem Mitglied, das die Abfalltüte hatte.
Das Bild des trockenen Blattmusters auf dem Stein kam ihm an diesem

und auch am nächsten Tag noch mehrmals in den Sinn. Dann erhielt er seine Behandlung und vergaß es. Nach ein paar Wochen jedoch fiel es ihm wieder ein. Er fragte sich, warum. Hatte er schon früher einmal auf dieselbe Weise ein trockenes Blatt von einem nassen Stein aufgehoben? Wenn ja, dann konnte er sich nicht daran erinnern...
Ab und zu, wenn er durch einen Park ging oder – das war wirklich merkwürdig! – wenn er in der Schlange auf seine Behandlung wartete, tauchte der Anblick des trockenen Blattmusters wieder vor ihm auf und ließ ihn ärgerlich die Stirn runzeln.

Ein Erdbeben kam. (Er wurde vom Stuhl geschleudert, im Mikroskop zerbrach das Glas, und der lauteste Krach, den er je gehört hatte, dröhnte aus den Tiefen des Labors.) Ein paar Abende später erklärte das Fernsehen, ein Seismoventil auf der anderen Seite des Kontinents sei ausgefallen, ohne daß es bemerkt wurde. Das sei noch nie geschehen und werde auch nicht wieder vorkommen. Die Mitglieder müßten natürlich trauern, brauchten sich aber keine Gedanken um die Zukunft zu machen.
Dutzende von Gebäuden waren eingestürzt, Hunderte von Mitgliedern ums Leben gekommen; alle Medizentren in der Stadt waren mit Verletzten überfüllt und mehr als die Hälfte der Behandlungsapparate beschädigt; die Wartezeiten für eine Behandlung betrugen bis zu zehn Tagen.
Wenige Tage nachdem er seine Behandlung erhalten hatte, dachte er an Lilac und wie er sie anders und stärker – *erregender* – geliebt hatte als irgendeine andere. Er hatte ihr etwas sagen wollen. Was war es nur gewesen? O ja, die Inseln! Die verborgenen Inseln, die er auf den vV-Landkarten entdeckt hatte. Die Inseln der Unheilbaren...
Sein Berater rief ihn an. »Bist du wohlauf?« fragte er.
»Ich glaube nicht, Karl«, sagte er. »Ich brauche meine Behandlung.«
»Warte eine Minute«, sagte sein Berater und wandte sich ab und sprach leise in sein Telecomp. Bald drehte er sich wieder um. »Du kannst sie heute abend um halb acht bekommen«, sagte er, »aber du mußt zu dem Medizentrum in T 24 gehen.«
Um halb acht stand er in einer langen Schlange. Seine Gedanken kreisten

um Lilac, und er versuchte sich zu erinnern, wie sie eigentlich genau ausgesehen hatte. Als er dicht vor dem Behandlungsapparat stand, trat ihm das Bild eines trockenen Blattmusters auf einem Stein vor Augen.

Lilac rief ihn an (sie war hier, im gleichen Gebäude), und er ging in ihr Zimmer. Sie wohnte in dem Lagerraum des Museums. Grüne Edelsteine hingen von ihren Ohrläppchen herab und funkelten an ihrem rosigbraunen Hals. Sie trug ein Gewand aus glänzendem, grünem Stoff, das ihre sanft gewölbten Brüste mit den Rosenspitzen freiließ. »Bon soir, Chip«, sagte sie lächelnd. »Comment vas-tu? Je m'ennuyais tellement sans toi.« Er trat auf sie zu und nahm sie in die Arme und küßte sie – ihre Lippen waren warm und weich, ihr Mund öffnete sich – und er erwachte in Dunkelheit und Enttäuschung. Es war nur ein Traum gewesen, nichts als ein Traum.
Aber auf seltsame, furchterregende Weise fühlte er alles in sich: den Duft ihres Parfüms und den Tabakgeschmack und den Klang von Sparrows Liedern und die Sehnsucht nach Lilac und den Zorn auf King und die Abscheu vor Uni und die Sorge um die Familie und das Glück, lebendig und wach zu sein und Gefühle zu haben.
Und am Morgen würde er eine Behandlung bekommen und nichts mehr davon wissen. Um acht Uhr. Er schaltete das Licht an, schielte auf die Uhr: 4.54. In kaum mehr als drei Stunden...
Er schaltete das Licht wieder aus und lag mit offenen Augen im Dunkeln. Er wollte es nicht verlieren. Krank oder nicht, er wollte seine Erinnerungen behalten und sie erforschen und genießen können. Er wollte nicht an die *Inseln* denken – nein, niemals, das war *wirklich* krankhaft –, aber an Lilac und die Zusammenkünfte der Gruppe in dem Lagerraum voll Museumsstücke wollte er denken und vielleicht ab und zu wieder etwas träumen.
Aber in drei Stunden würde die Behandlung kommen und alles auslöschen. Es gab nichts, was er tun konnte – nur vielleicht auf ein weiteres Erdbeben hoffen, und welche Aussicht bestand darauf schon? Die Seismoventile hatten in all den Jahren seitdem tadellos funktioniert und würden es auch in Zukunft tun. Und was außer einem Erdbeben konnte seine Behandlung aufschieben? Nichts. Gar nichts. Nicht wenn Uni

wußte, daß er schon einmal gelogen hatte, um einen Aufschub zu erreichen.
Ein trockenes Blattmuster auf einem Stein tauchte vor ihm auf, aber er verjagte das Bild, um an Lilac zu denken, sie vor sich zu sehen wie in seinem Traum. Er durfte die drei kurzen Stunden, da er wieder lebendig war, nicht vergeuden. Er hatte vergessen, wie groß ihre Augen waren, wie reizend ihr Lächeln und ihre rosigbraune Haut, wie rührend ihre Ernsthaftigkeit. Er hatte so verflucht viel vergessen: Das Vergnügen, zu rauchen, das erregende Gefühl beim Enträtseln von Français...
Das trockene Blattmuster tauchte wieder auf, und um es ein für allemal loszuwerden, überlegte er sich ärgerlich, warum es ihm nicht aus dem Kopf ging. Er dachte an den lächerlich bedeutungslosen Augenblick zurück und sah alles wieder vor sich: Die Cola-Tropfen glänzten auf dem Blatt, er hob es am Stiel auf, und in der anderen Hand hielt er die gefaltete Kuchenfolie, und wo das Blatt gelegen hatte, war ein trockenes, graues Oval auf dem schwarzen, colanassen Stein. Er hatte die Cola umgeschüttet, und das Blatt hatte dort gelegen, und der Stein darunter war –
Er richtete sich im Bett auf und umklammerte mit der Hand seinen rechten Arm. »Christus und Wei«, sagte er erschrocken.

Er stand vor dem ersten Gong auf und zog sich an und machte das Bett. Er kam als erster in den Speisesaal, aß und trank und ging, mit einer lose gefalteten Kuchenfolie in der Tasche, wieder auf sein Zimmer zurück.
Er entfaltete die Folie, legte sie auf den Schreibtisch und strich sie mit der Hand glatt. Er faltete die viereckige Folie säuberlich erst einmal in der Mitte zusammen und dann noch dreimal. Er drückte das Päckchen flach und nahm es in die Hand; obwohl es aus sechs Schichten bestand, war es dünn. Zu dünn? Er legte es wieder weg.
Er ging ins Badezimmer und holte Watte und eine Rolle Pflaster aus der Hausapotheke und trug beides zum Tisch.
Er legte eine Schicht Watte auf das Folie-Päckchen – die Watte bedeckte die Folie nicht ganz – und begann die Watte und das Päckchen mit langen, überhängenden Streifen von hautfarbenem Pflaster zu bedecken.

Die Enden der Streifen klebte er lose auf die Schreibtischplatte. Die Tür ging auf. Er drehte sich um und stellte sich rasch vor sein Werk und ließ die Pflasterrolle in der Tasche verschwinden. Es war Karl TK von nebenan. »Gehst du mit zum Essen?« fragte er.
»Ich habe schon gegessen«, sagte er.
»Ach so«, sagte Karl. »Bis nachher.«
»Gut«, sagte er und lächelte.
Karl schloß die Tür.
Er klebte weiter, bis er fertig war, und löste dann die Pflasterenden vom Schreibtisch. Den Verband, den er so hergestellt hatte, trug er ins Badezimmer. Er legte ihn mit der Folie nach oben auf den Rand des Waschbeckens und schob seinen Ärmel hoch.
Er nahm den Verband und legte die Folie vorsichtig auf die Innenseite seines Arms, wo ihn die Infusionsscheibe berühren würde. Er gab dem Verband einen Klaps und drückte die Pflasterränder auf der Haut fest. Ein Blatt. Ein Schild. Ob er wohl seinen Zweck erfüllte? Wenn ja, dann würde er nur an Lilac denken, nicht an die Inseln. Wenn er sich dabei ertappte, daß er an die Inseln dachte, würde er es seinem Berater sagen. Er zog seinen Ärmel herunter.
Um acht Uhr stellte er sich in die Reihe der Wartenden vor dem Behandlungsraum. Er hatte die Arme gekreuzt und die Hand über dem Ärmel auf den Verband gelegt – um ihn zu erwärmen, denn es konnte ja sein, daß die Infusionsscheibe temperaturempfindlich war.
Ich bin krank, dachte er. *Ich werde alle Krankheiten bekommen: Krebs, Pocken, Cholera, alles. Haare werden mir im Gesicht wachsen.*
Er würde es nur dies eine Mal tun. Sobald er merkte, daß etwas nicht stimmte, würde er zu seinem Berater gehen.
Vielleicht funktionierte es gar nicht.
Nun kam er an die Reihe. Er zog seinen Ärmel bis zum Ellbogen hoch und steckte seine Hand bis zum Gelenk in die gummiumrandete Öffnung des Apparats. Dann schob er den Ärmel bis zur Schulter hoch und ließ im gleichen Moment seinen ganzen Arm hineingleiten.
Er spürte, wie der Raster sein Armband berührte und die Infusionsscheibe sich ganz leicht gegen den wattierten Verband drückte...
Nichts geschah.

»Du bist fertig!« sagte ein Mitglied hinter ihm. Das blaue Licht des Apparats war eingeschaltet.
»Ach so«, sagte er und schob seinen Ärmel wieder bis zum Handgelenk vor, während er den Arm aus der Öffnung zog.
Er mußte direkt zu seinem Arbeitsplatz gehen.
Nach dem Mittagessen ging er wieder auf sein Zimmer zurück. Im Badezimmer zog er den Ärmel hoch und riß sich den Verband vom Arm. Die Folie war unversehrt, aber das war die Haut nach der Behandlung auch. Er löste die Folie von dem Pflaster.
Die Watte war verklumpt und grau. Er drückte den Verband über dem Waschbecken aus, und eine wasserähnliche Flüssigkeit tröpfelte daraus hervor.

Er lebte jeden Tag ein wenig bewußter. Immer deutlicher erinnerte er sich an beängstigende Einzelheiten aus der Vergangenheit.
Sein Gefühl erwachte wieder. Die Abneigung gegen Uni steigerte sich zu Haß, die Sehnsucht nach Lilac zu verzweifeltem Hunger.
Wieder begann er mit seinen alten Täuschungsmanövern und verhielt sich am Arbeitsplatz und seinem Berater und seiner Freundin gegenüber normal. Aber mit jedem Tag fiel es ihm schwerer, und es machte ihn rasend, daß er zu dieser List gezwungen war.
Am Tag seiner nächsten Behandlung machte er wieder einen Verband aus Kuchenfolie, Watte und Pflaster und quetschte wieder einen dünnen Strahl wäßriger Flüssigkeit daraus hervor.
Schwarze Punkte erschienen auf seinem Kinn, auf Wangen und Oberlippe – die ersten Anzeichen von Haaren. Er zerlegte seine Schere und befestigte die scharfe Schneide an einem Griff und stand jeden Morgen vor dem ersten Gong auf, um sich das Gesicht mit Seife einzureiben und die Stoppeln abzuschaben.
Er träumte jede Nacht. Manchmal führten die Träume zum Orgasmus. Allmählich machte es ihn fast verrückt, ständig Gelöstheit und Zufriedenheit, Demut und Güte zu heucheln. Das Marxfest verbrachte er an einem Badestrand. Er schlenderte an dem Ufer entlang, und plötzlich rannte er los, lief den Mitgliedern neben ihm davon, fort von der sonnenbadenden, kuchenessenden Familie. Er eilte weiter, bis der Strand

nur noch aus einem schmalen Streifen Geröll bestand, lief durch Gischt und über glitschige, altertümliche Uferbefestigungen. Dann blieb er stehen, und allein und nackt zwischen Meer und steilen Klippen ballte er die Hände zu Fäusten und schlug auf die Klippen ein, schrie »Kampf!« zum leeren, blauen Himmel hinauf und drehte und zerrte an der unzerreißbaren Kette seines Armbands.

Man schrieb den 5. Mai 169. Sechseinhalb Jahre hatte er verloren. *Sechseinhalb Jahre!* Er war vierunddreißig. Er war in USA 90058.

Und sie? Immer noch in IND oder woanders? War sie noch auf der Erde oder in einem Astralschiff?

Und war sie lebendig, wie er, oder tot, wie alle anderen in der Familie?

2

Nun, nachdem er geschrien und sich die Hände aufgeschürft hatte, fiel es ihm leichter, langsam zu gehen und zufrieden zu lächeln, auf den Fernsehschirm und in sein Mikroskop zu starren und mit seiner Freundin in den Konzerten im Amphitheater zu sitzen.

Und immer überlegte er, was er tun könnte ...

»Irgendeine Reibung?« fragte sein Berater.

»Ja, eine kleine«, sagte er.

»Man sieht es dir direkt an. Wo fehlt's denn?«

»Ach, du weißt ja, vor ein paar Jahren war ich einmal ziemlich krank.«

»Ich weiß.«

»Und jetzt ist eine von den anderen ehemaligen Kranken – genauer gesagt, das Mitglied, das mich *krank gemacht* hat, hier in diesem Gebäude. Könnte ich wohl an einen anderen Ort versetzt werden?«

Sein Berater sah ihn zweifelnd an.

»Ich bin ein wenig überrrascht«, sagte er, »daß Unicomp euch beide wieder zusammengebracht hat.«

»Ich auch«, sagte Chip. »Aber sie ist hier. Ich habe sie nämlich gestern

abend selbst im Speisesaal gesehen und heute morgen schon wieder.«
»Hast du mit ihr gesprochen?« »Nein.«
»Ich werde mich darum kümmern«, sagte sein Berater. »Wenn sie hier *ist* und dich das stört, werden wir dich natürlich versetzen lassen. Oder *sie*. Wie ist ihre NN?«
»Ich habe sie nicht mehr genau im Kopf«, sagte Chip. »Anna ST38P.«
Am nächsten Morgen rief sein Berater an. »Du hast dich getäuscht, Li«, sagte er. »Das Mitglied, das du gesehen hast, war nicht Anna. Übrigens heißt sie SG, nicht ST.«
»Bist du sicher, daß sie nicht hier ist?«
»Absolut. Sie ist in AFR.«
»Da bin ich aber erleichtert«, sagte Chip.
»Und Li, anstatt am Donnerstag wirst du deine Behandlung heute bekommen.«
»Heute?«
»Ja. Um halb zwei.«
»Gut«, sagte er. »Danke, Jesus.«
»Danke Uni.«
Er hatte drei gefaltete Kuchenfolien hinten in seiner Schreibtischschublade versteckt. Er nahm eine davon, ging ins Badezimmer und fing an, einen Schutzverband herzustellen.

Sie war in AFR. Das war nicht so weit weg wie IND, aber ein Weltmeer lag doch noch dazwischen, und USA in seiner ganzen Breite außerdem. Seine Eltern waren dort, in '71334. Er würde ein paar Wochen warten und dann einen Besuch beantragen. Es war fast zwei Jahre her, seit er sie zum letzten Mal gesehen hatte, und daher ziemlich wahrscheinlich, daß seinem Antrag stattgegeben wurde. Wenn er erst einmal in AFR war, würde er eine Armverletzung simulieren, damit ein Kind den Raster eines Telefons auf einem Gehweg für ihn berührte, und sie anrufen, um ihre genaue Adresse herauszufinden. »*Hallo, Anna* SG. *Ich hoffe, es geht dir ebenso gut wie mir. In welcher Stadt bist du?*«
Und was dann? Sollte er zu Fuß hingehen? Oder eine Fahrt in einen nahe gelegenen Ort beantragen, zu einer Einrichtung, die irgend etwas mit Genetik zu tun hatte? Würde Uni seinen Plan durchschauen?

Aber selbst wenn alles gelang und er zu Lilac kam, was würde er *dann* tun? Er konnte kaum hoffen, daß auch sie eines Tages ein Blatt von einem nassen Stein aufgehoben hatte. Nein, verflucht, sie war bestimmt ein normales Mitglied, so normal wie er selbst bis vor ein paar Monaten. Und beim ersten unnormalen Wort würde sie ihn in ein Medizentrum bringen lassen. Christus, Marx, Wood und Wei, was konnte er *tun*? Er konnte sie vergessen – das war eine Lösung! – und versuchen, allein die nächste freie Insel zu erreichen. Dort würde es auch Frauen geben, wahrscheinlich eine ganze Menge, und einige von ihnen hatten wahrscheinlich rosigbraune Haut und große, weniger als normal schräge Augen und sanft gewölbte Brüste. Die Aussicht, daß er Lilac zum wahren Leben erwecken konnte, war gering. Lohnte es, dafür sein eigenes zu riskieren?

Jedoch *sie* hatte *ihn* wachgerüttelt, damals, als sie vor ihm kauerte, die Hände auf seinen Knien...

Aber nicht unter Gefahr für ihr eigenes Leben. Oder zumindest war die Gefahr nicht so *groß* gewesen.

Er ging in das vV-Museum, wie früher, bei Nacht und ohne Raster zu berühren. Das Museum war dasselbe wie in IND 26110, nur einige Ausstellungsstücke sahen ein wenig anders aus oder standen an einem anderen Platz.

Er fand eine andere vV-Landkarte – aus dem Jahr 1937 –, auf die ebenfalls acht blaue Rechtecke geklebt waren. Die Rückseite des Rahmens war aufgeschnitten und ungeschickt wieder zusammengeheftet. Der Gedanke war erregend: Ein anderer hatte die Inseln entdeckt und war vielleicht in diesem Augenblick schon auf dem Weg zu ihnen.

In einem anderen Lagerraum – in dem nur ein Tisch und ein paar Kartons und eine kastenförmige Maschine mit Reihen kleiner Hebel und einem Vorhang standen – hielt er eine Landkarte gegen das Licht und sah wieder die verborgenen Inseln. Die nächstgelegene, »Kuba«, vor der Südspitze von USA, zeichnete er auf ein Stück Papier. Und für den Fall, daß er wagte, Lilac zu besuchen, zeichnete er den Umriß von AFR und zwei Inseln in der Nähe auf – »Madagaskar« im Osten und das kleine »Mallorca« im Norden.

Einer der Kartons enthielt Bücher. Er fand eines in Français, *Spinoza et ses contemporains.* Spinoza und seine Zeitgenossen. Er blätterte es durch und steckte es ein.

Er hängte die Karte mit dem beschädigten Rahmen wieder auf und durchstreifte das Museum. Er nahm einen Armband-Kompaß mit, der anscheinend noch funktionierte, und ein »Rasiermesser« mit Horngriff und den dazugehörenden Wetzstein.

»Wir werden bald versetzt«, sagte sein Abteilungsleiter eines Tages beim Mittagessen.« GL 4 übernimmt unsere Arbeit.«

»Hoffentlich komme ich nach AFR, sagte Chip. »Meine Eltern sind dort.«

Das zu sagen, war nicht ganz mitgliedhaft und daher ein wenig riskant, aber vielleicht hatte der Abteilungsleiter indirekt Einfluß auf den Versetzungsplan.

Seine Freundin wurde versetzt, und er brachte sie zum Flughafen, um sich von ihr zu verabschieden – und zu sehen, ob man ohne Erlaubnis von Uni ein Flugzeug besteigen konnte. Anscheinend war es nicht möglich; weil alle Mitglieder, die an Bord wollten, dicht hintereinander in einer einzigen Schlange standen, war es ausgeschlossen, den Raster nur zum Schein zu berühren, und wenn das letzte Mitglied berührte, stand schon ein anderes Mitglied in orangerotem Overall daneben, um die Rolltreppe anzuhalten und zu versenken. Das Flugzeug zu verlassen, war ebenso schwierig: Zwei Mitglieder in orangeroten Overalls sahen zu, wie das letzte Mitglied den Raster berührte, dann stellten sie die Rolltreppe um, so daß sie aufwärts fuhr, und gingen mit Stahlbehältern für die Kuchen- und Getränkeverteiler nach oben. Vielleicht könnte er, wenn er in den Hangars wartete, an Bord gehen und sich verstecken, obwohl er sich keinen geeigneten Platz vorstellen konnte – aber wie sollte er wissen, wohin der Flug ging?

Fliegen war unmöglich, solange Uni nicht seine Einwilligung gab. Er beantragte einen Besuch bei seinen Eltern. Der Antrag wurde abgelehnt. Die neuen Arbeitsplätze für seine Abteilung wurden bekanntgegeben. Zwei 66er kamen nach AFR, aber er nicht. Er wurde nach USA 36 104 geschickt. Unterwegs studierte er das Flugzeug. Es gab kein Versteck, nur den langen Rumpf voller Sitze, die Toilette an der Stirnseite, die Kuchen- und Getränkeausgabe am anderen Ende und die Fernseh-

schirme, die alle das gleiche zeigten: einen Schauspieler, der Marx verkörperte.
USA 36 104 war im Südosten, nicht weit vom äußersten Ende von USA, hinter dem Kuba lag. Er könnte eines Sonntags eine Radtour unternehmen und immer weiter, von Stadt zu Stadt, fahren, in den Parkgebieten schlafen und nachts in die Städte gehen, um sich Kuchen und Getränke zu holen. Der MEF-Karte nach betrug die Entfernung zwölfhundert Kilometer. In '33 037 würde er vielleicht ein Boot finden oder auf Händler stoßen, die an Land kamen, wie die in ARG 20 400, von denen King erzählt hatte.
Lilac, dachte er, *was kann ich anderes tun?*
Wieder beantragte er den Besuch in Afr, und wieder wurde er ihm verweigert.
Er fing an, sonntags und in der Freistunde mit dem Rad zu fahren, damit seine Beine trainiert wurden. Er ging in das vV-Museum von '36104 und fand einen besseren Kompaß und ein Messer mit gezackter Schneide, das er gebrauchen konnte, um in den Parkgebieten Zweige abzuschneiden. Er untersuchte die Rückseite der Landkarte: Sie war unberührt; niemand hatte sie aufgeschlitzt. Er schrieb darauf: *Ja, es gibt Inseln, wo Mitglieder frei sind. Kampf Uni!*
Frühmorgens an einem Sonntag machte er sich auf den Weg nach Kuba, mit einem Kompaß und einer selbstgezeichneten Landkarte in der Tasche. In der Satteltasche lag *Weis lebendige Weisheit* auf einer gefalteten Decke neben einem Behälter mit Cola und Kuchen; in der Decke befand sich sein Reisetornister und darin sein Rasiermesser und der Wetzstein, ein Stück Seife, seine Schere, zwei Kuchen, ein Messer, eine Taschenlampe, Watte, eine Rolle Pflaster, ein Foto von seinen Eltern und Papa Jan und ein Overall zum Wechseln. Unter seinem rechten Ärmel hatte er einen Verband auf der Haut, obwohl dieser bei einer möglichen Behandlung mit Sicherheit gefunden wurde. Er trug eine Sonnenbrille auf der Nase und lächelte, als er zwischen anderen Radfahrern südostwärts auf dem Weg nach '36081 fuhr. Wagen fegten in gleichmäßigen Abständen über die Straße, die parallel zu dem Weg verlief.
Ab und zu prallten Steinchen, die von den Luftdüsen der Wagen hoch-

gewirbelt wurden, gegen die Metallbarriere zwischen Straße und Radfahrweg.
Ungefähr jede Stunde hielt er an und ruhte sich ein paar Minuten aus. Er aß einen halben Kuchen und trank von der Cola. Er dachte an Kuba und überlegte sich, was er aus '33 037 zum Verkaufen mitnehmen sollte. Er dachte auch an die Frauen auf Kuba. Wahrscheinlich flogen sie auf einen Neuankömmling. Sie würden vollkommen unbehandelt sein, unvorstellbar leidenschaftlich und so schön wie Lilac oder schöner...
Er radelte fünf Stunden, dann kehrte er um.
Er zwang sich, an seine Arbeit zu denken. Er war Personalnummer 663 in der pädiatrischen Abteilung eines Medizentrums. Der Posten war langweilig – endlose genetische Untersuchungen ohne viel Abwechslung –, und er gehörte zu der Sorte, von der man selten weiterversetzt wurde. Er würde bis an sein Lebensende dort bleiben.
Alle vier oder fünf Wochen beantragte er einen Besuch bei seinen Eltern in AFR.
Im Februar 170 wurde er ihm gewährt.

Er stieg um vier Uhr morgens AFR-Zeit aus und ging in den Wartesaal. Er hielt sich den Ellbogen und machte eine klägliche Miene; sein Tornister hing über seiner linken Schulter. Das Mitglied, das hinter ihm aus dem Flugzeug gestiegen war und ihm geholfen hatte, als er stürzte, hielt für ihn ihr Armband gegen ein Telefon. »Ist dir auch wirklich nichts passiert?« fragte sie.
»Nein, nein, alles bestens«, sagte er lächelnd. »Ich danke dir. Viel Spaß bei deinem Besuch.« Zum Telefon sagte er: »Anna SG38P2823.« Das Mitglied ging weiter.
Seltsame Muster flackerten über den erleuchteten Bildschirm, während die Verbindung hergestellt wurde, dann verschwanden sie, und die Scheibe blieb finster. *Sie ist versetzt worden,* dachte er, *sie ist in einem anderen Erdteil.* Er wartete darauf, daß das Telefon seine Vermutung bestätigte, aber Lilac sagte: »Moment, ich kann jetzt nicht –« und war da, zum Greifen nahe. Sie setzte sich rückwärts wieder auf die Bettkante, im Schlafanzug, und rieb sich die Augen: »Wer bist du denn?« fragte sie. Hinter ihr drehte sich ein Mitglied im Bett um. Es war Sams-

tag abend. Oder war sie verheiratet? »Wer?« fragte sie. Sie sah ihn an und beugte sich blinzelnd vor. Sie war noch schöner. Konnte es solche Augen geben?
»Li RM«, sagte er und zwang sich zu einem höflichen und mitgliedhaften Ton. »Erinnerst du dich nicht? Aus IND 26 110 – damals, 162.«
Ein sekundenschnelles Zusammenziehen der Augenbrauen verriet ihr Unbehagen. »O ja, natürlich«, sagte sie und lächelte. »Natürlich erinnere ich mich. Wie geht es dir, Li?«
»Sehr gut«, sagte er. »Und dir?«
»Ausgezeichnet«, sagte sie und hörte auf zu lächeln.
»Verheiratet?«
»Nein«, sagte sie. »Ich freue mich, daß du angerufen hast, Li. Ich möchte mich bei dir bedanken. Du weißt schon – für deine Hilfe.«
»Danke Uni«, sagte er.
»Nein, nein«, sagte sie. »Ich danke dir. Nachträglich.« Sie lächelte wieder.
»Entschuldige, daß ich um diese Zeit anrufe«, sagte er. »Ich bin auf der Durchreise nach AFR.«
»Das macht nichts«, sagte sie. »Ich freue mich darüber.«
»Wo bist du?« fragte er.
»In '14 509.«
»Da lebt meine Schwester.«
»Wirklich?« sagte sie.
»Ja. In welchem Gebäude bist du?«
»P 51.«
»Sie ist in A irgendwas.«
Das Mitglied hinter ihr setzte sich auf, und sie drehte sich um und sagte etwas zu ihm. Er lächelte Chip zu. Sie drehte sich wieder um und sagte: »Das ist Li XE.«
»Grüß dich«, sagte Chip und dachte dabei '14 409, P51, '14 509, P51'.
»Grüß dich, Bruder«, sagten die Lippen von Li XE. Seine Stimme erreichte das Telefon nicht.
»Ist etwas mit deinem Arm?« fragte Lilac.
Er hielt ihn immer noch. Nun ließ er ihn los. »Nein«, sagte er. »Ich bin beim Aussteigen aus dem Flugzeug gefallen.«

»Oh, das tut mir leid«, sagte sie. Sie schaute kurz über ihn hinweg. »Da wartet ein Mitglied«, sagte sie. »Wir verabschieden uns jetzt wohl besser.«

»Ja«, sagte er. »Lebwohl. Es war nett, dich zu sehen. Du hast dich überhaupt nicht verändert.«

»Du auch nicht«, sagte sie. »Auf Wiedersehen, Chip.« Sie stand auf und langte nach vorne und war verschwunden.

Er drückte den Knopf zur Beendigung des Gesprächs und machte dem Mitglied hinter ihm Platz.

Sie war tot, ein normales, gesundes Mitglied, das sich nun wieder in '14 509, P51 neben seinen Freund legte. Wie konnte er wagen, mit ihr über Dinge zu sprechen, die weniger normal und gesund waren als sie selbst? Er sollte den Tag mit seinen Eltern verbringen und nach USA zurückfahren und am nächsten Sonntag mit dem Rad losfahren, aber diesmal nicht umkehren.

Er drehte eine Runde durch den Wartesaal. An einer Wand hing eine Karte von AFR. Die größeren Städte und die dünnen orangefarbenen Verbindungslinien zwischen ihnen waren beleuchtet. Im Norden sah er '14 510. Nicht weit davon lebte sie – einen halben Kontinent entfernt von '71 330, wo er war. Eine orangefarbene Linie verband die zwei Lichter.

Er beobachtete, wie auf der Anzeigetafel mit dem Flugplan Lichter aufleuchteten, die für *Sonntag, 18. Feb*, eine Änderung bekanntgaben. Eine Maschine nach '14 510 startete um 8.20 morgens, vierzig Minuten vor seinem eigenen Flug nach USA 33 100.

Er ging zu der Glasscheibe, durch die das Rollfeld zu überblicken war, und sah zu, wie Mitglieder sich in einer Einerreihe vor der Rolltreppe des Flugzeugs, mit dem er gekommen war, aufstellten. Ein Mitglied in orangerotem Overall erschien und wartete neben dem Raster.

Er drehte sich wieder zum Wartesaal, der fast leer war. Zwei Mitglieder, die mit ihm im Flugzeug gewesen waren, eine Frau mit einem schlafenden Kleinkind im Arm, und ein Mann, der zwei Tornister trug, hielten ihre Handgelenke und das des Babys gegen die Raster an der Tür der Wagenstation – dreimal leuchtete ein grünes Ja auf – und gingen hinaus. Ein Mitglied in orangerotem Overall kniete vor einem Springbrunnen,

um unten eine Metallplatte abzuschrauben, ein anderes Mitglied schob im Wartesaal eine Kehrmaschine auf die Seite, berührte einen Raster – *ja* – und schob die Maschine durch eine Drehtür hinaus.
Er überlegte einen Augenblick, beobachtete dabei das Mitglied, das an dem Springbrunnen hantierte, und durchquerte dann den Wartesaal, berührte den Raster an der Tür zur Wagenstation – *ja* – und ging hinaus. Ein Wagen nach '71 334 wartete. Chip berührte den Raster – *ja* – und stieg ein und entschuldigte sich bei den Mitgliedern, weil er sie hatte warten lassen. Die Tür schloß sich, und der Wagen fuhr an. Er hielt den Tornister auf seinem Schoß und dachte nach.

Als er zur Wohnung seiner Eltern kam, ging er leise hinein, rasierte sich und weckte sie dann. Sie waren erfreut, ja sogar glücklich, ihn zu sehen. Sie unterhielten sich und frühstückten zu dritt und setzten ihr Gespräch fort. Sie beantragten ein Gespräch mit Peace in EUR, und es wurde ihnen gewährt. Sie sprachen mit ihr und ihrem Karl, ihrem zehnjährigen Bob und ihrer achtjährigen Yin. Dann gingen sie, auf Chips Vorschlag hin, ins Museum der Errungenschaften der Familie.
Nach dem Mittagessen schlief er drei Stunden, und dann fuhren sie mit der Bahn zum Vergnügungsgarten. Sein Vater beteiligte sich an einem Volleyball-Spiel, und er und seine Mutter setzten sich auf eine Bank und sahen zu. »Bist du wieder krank?« fragte sie.
Er sah sie an. »Nein«, sagte er, »natürlich nicht. Mir geht es ausgezeichnet.«
Sie sah ihn genau an. Sie war jetzt siebenundfünfzig und hatte graue Haare, und ihre bräunliche Haut warf Falten. »Du hast über etwas nachgedacht«, sagte sie. »Den ganzen Tag lang.«
»Ich bin gesund«, sagte er. »Du bist meine Mutter, bitte glaube mir.«
Sie sah ihm besorgt in die Augen. »Ich bin gesund«, sagte er.
Nach kurzem Schweigen sagte sie: »Gut, Chip.«
Plötzlich war er von Liebe zu ihr erfüllt, von Liebe und Dankbarkeit und einem kindlichen Gefühl, mit ihr eins zu sein. Er umfaßte ihre Schulter und küßte sie auf die Wange. »Ich liebe dich, Suzu«, sagte er.
Sie lachte. »Christus und Wei«, sagte sie, »was für ein Gedächtnis du hast!«

»Weil ich gesund bin«, sagte er. »Vergiß das nicht, ja? Ich bin gesund und glücklich. Ich möchte, daß du das im Gedächtnis behältst.«
»Warum?«
»Darum.«
Er erzählte ihnen, daß sein Flugzeug um acht ging. »Wir sagen uns besser an der Wagenstation adieu«, sagte er. »Auf dem Flughafen wird zuviel Betrieb sein.«
Sein Vater wollte trotzdem mitkommen, aber seine Mutter sagte, nein, sie würden in '334 bleiben. Sie war müde.
Um halb acht küßte er sie zum Abschied – seinen Vater und dann seine Mutter. Ihr sagte er ins Ohr: »Denke daran«, und dann stellte er sich vor einem Wagen zum Flughafen von '71 330 an. Der Raster zeigte ein *Ja* an, als er ihn berührte.

Der Wartesaal war noch belebter, als er gehofft hatte. Mitglieder in Weiß und Gelb und Blaßblau, manche mit Tornistern und manche ohne, gingen und standen und saßen herum und warteten in einer Reihe. Ein paar Mitglieder in Orange bewegten sich zwischen ihnen.
Er sah auf die Anzeigetafel: Die Maschine um 8.20 Uhr nach 14 510 würde von Startbahn Zwei abfliegen. Dort bildeten Mitglieder eine Schlange, und ein Flugzeug senkte sich vor einer Rolltreppe, die aus dem Boden auftauchte, auf seinen Platz. Die Tür ging auf, und ein Mitglied kam heraus, hinter ihm noch eines.
Chip drängte sich durch die Menge zu der Flügeltür an der Seite des Saals, berührte zum Schein einen Raster und schob sich hindurch, in ein Depot, wo Kisten und Kartons wie Unis Gedächtnisspeicher unter weißem Licht aufgereiht standen. Er nahm seinen Tornister ab und stopfte ihn zwischen einen Karton und die Wand.
Er ging normal geradeaus. Ein Karren mit Stahlbehältern wurde von einem Mitglied in Orange, das ihn kurz ansah und nickte, vorübergeschoben.
Er nickte zurück, ging weiter und beobachtete, wie das Mitglied seinen Karren durch ein großes offenes Tor auf das von Scheinwerfern erleuchtete Rollfeld hinausschob.
Er ging in die Richtung, aus der das Mitglied gekommen war, auf ein

Gelände, wo Mitglieder in Orange Stahlbehälter auf das Rollband einer Waschanlage stellten und andere Behälter aus den Zapfhähnen riesiger Fässer mit Cola und dampfendem Tee füllten. Er ging weiter.

Er berührte zum Schein einen Raster und betrat einen Raum, in dem gewöhnliche Overalls an Kleiderhaken hingen und zwei Mitglieder orangerote Overalls auszogen. »Grüß euch«, sagte er.

»Grüß dich«, sagten die beiden.

Er ging zu einer Schranktür und schob sie auf. Eine Kehrmaschine und Flaschen mit einer grünen Flüssigkeit standen darin. »Wo sind die Ovis?« fragte er.

»Dort drin«, sagte eines der Mitglieder und deutete mit dem Kopf auf einen anderen Schrank.

Er ging hin und machte ihn auf. Orangerote Overalls lagen auf den Brettern, orangerote Zehenschützer und wuchtige, orangerote Handschuhe.

»Wo kommst du her?« fragte das Mitglied.

»RUS 50937«, sagte er, während er ein Paar Overalls und ein Paar Zehenschützer nahm. »Wir haben die Ovis dort drin aufbewahrt.«

»Sie sollten aber *hier* sein«, sagte das Mitglied, das gerade seinen weißen Overall schloß.

»Ich war in RUS«, sagte das andere Mitglied, eine Frau. »Ich hatte zwei Posten dort, erst vier Jahre und dann drei.«

Er ließ sich Zeit beim Anlegen der Zehenschützer, so daß er erst damit fertig war, als die zwei Mitglieder ihre orangeroten Overalls in den Abfallschlucker steckten und gingen.

Er streifte den orangeroten Overall über seinen weißen und schloß ihn bis zum Hals. Er war schwerer als ein gewöhnlicher Overall und hatte Extra-Taschen.

Er sah in andere Schränke und fand einen Schraubenschlüssel und ein Stück gelbes Paplon im richtigen Format.

Er ging dahin zurück, wo er seinen Tornister gelassen hatte, zog ihn hervor und wickelte ihn in das Paplon. Die Flügeltür knallte ihm ins Kreuz. »Entschuldige«, sagte ein hereinkommendes Mitglied. »Habe ich dir weh getan?«

»Nein«, sagte er und hielt seinen umwickelten Tornister fest.

Das Mitglied im orangeroten Overall ging weiter. Er wartete einen Augenblick und sah ihm nach, dann klemmte er den Tornister unter den linken Arm und zog den Schraubenschlüssel aus der Tasche. Er nahm ihn fest in die rechte Hand, so daß es, so hoffte er wenigstens, natürlich wirkte.

Er folgte dem Mitglied, bog dann ab und ging zu dem Tor, das auf das Rollfeld führte.

Die Rolltreppe an der Seite des Flugzeugs auf Bahn zwei war leer. Ein Karren, vermutlich der von vorhin, stand vor der ersten Stufe, neben dem Raster.

Eine weitere Rolltreppe versank gerade im Boden, und das Flugzeug, zu dem sie geführt hatte, war auf dem Weg zur Startbahn. Er erinnerte sich, daß um 8.10 Uhr ein Flug nach CHI abging.

Er kauerte sich auf ein Knie nieder, legte seinen Tornister und den Schraubenschlüssel auf den Beton und tat, als habe er Schwierigkeiten mit seinem Zehenschutz. Jedermann im Wartesaal würde auf das Flugzeug nach CHI schauen, wenn es abhob; in diesem Moment würde er auf die Rolltreppe treten. Orangerote Beine eilten raschelnd an ihm vorbei – ein Mitglied, das auf die Hangars zuging. Er nahm seinen Zehenschutz ab und legte ihn wieder an und beobachtete dabei, wie das Flugzeug sich drehte ...

Es schoß nach vorn. Er hob seinen Tornister und den Schraubenschlüssel auf und ging ganz normal. Die Helligkeit der Scheinwerfer machte ihn nervös, aber er sagte sich, daß niemand ihn beobachtete, weil alle auf das Flugzeug blickten. Er ging auf die Rolltreppe zu, berührte zum Schein den Raster – den Karren neben ihm kam gerade gelegen, da er seine Ungeschicklichkeit rechtfertigte – und trat auf die nach oben führende Treppe. Während er schnell der offenen Tür des Flugzeugs entgegenfuhr, umklammerte er seinen in Paplon gewickelten Tornister und den Schraubenschlüssel, der am Griff schon feucht geworden war. Er trat von der Rolltreppe herunter in das Flugzeug.

Zwei Mitglieder in Orange machten sich an der Kuchen- und Getränkeausgabe zu schaffen. Sie sahen ihn an, und er nickte. Sie nickten zurück. Er ging durch den Mittelgang zur Toilette.

Dort ließ er die Tür offen und stellte seinen Tornister auf den Boden.

Er wandte sich zu einem Waschbecken, drehte an den Hähnen und beklopfte sie mit dem Schraubenschlüssel. Dann ging er in die Knie und beklopfte das Abflußrohr. Er öffnete den Schraubenschlüssel und nahm das Rohr in die Zange.

Er hörte, wie die Rolltreppe angehalten und wieder in Bewegung gesetzt wurde. Er beugte sich vor und schaute zur Tür hinaus. Die Mitglieder waren weg.

Er legte den Schraubenschlüssel weg, stand auf, schloß die Tür und machte den orangeroten Overall auf. Er zog ihn aus, faltete ihn der Länge nach und rollte ihn, so fest er konnte, zu einem Bündel. Kniend wickelte er seinen Tornister aus und öffnete ihn. Er quetschte den Overall hinein und faltete das gelbe Paplon-Stück und stopfte es ebenfalls hinein. Er streifte die Zehenschützer von seinen Sandalen, steckte sie ineinander und drückte sie in eine Ecke des Tornisters. Dann legte er den Schraubenschlüssel hinein, zog die Klappe glatt und drückte den Tornister zu.

Den Tornister über die Schulter gehängt, wusch er sich die Hände und das Gesicht mit kaltem Wasser. Sein Herz schlug rasch, aber er fühlte sich frisch, erregt und lebendig. Er betrachtete sein Gesicht mit dem einen grünen Auge im Spiegel. *Kampf Uni!*

Er hörte die Stimmen der an Bord kommenden Mitglieder. Er blieb vor dem Waschbecken stehen, wischte sich die beinahe trockenen Hände ab.

Die Tür ging auf, und ein Junge von etwa zehn Jahren kam herein.

»Grüß dich«, sagte Chip, der sich immer noch die Hände abtrocknete. »Hast du einen schönen Tag erlebt?«

»Ja«, sagte der Junge.

Chip warf das Handtuch in den Müllschlucker. »Zum ersten Mal geflogen?«

»*Nein!*« sagte der Junge, der seinen Overall aufmachte. »Schon oft!« Er setzte sich auf eine der Toiletten.

»Na, wir sehen uns drinnen wieder«, sagte Chip und ging hinaus.

Das Flugzeug war ungefähr zu einem Drittel besetzt, und weitere Mitglieder kamen herein. Er setzte sich am Mittelgang auf den ersten leeren Platz, sah noch einmal nach, ob sein Tornister sicher verschlossen war, und verstaute ihn unter dem Sitz. Bei der Ankunft würde es genauso sein. Wenn alle aus dem Flugzeug stiegen, würde er auf die Toilette gehen und seinen orangeroten Overall anziehen. Er würde sich am Abfluß zu schaffen machen, wenn die Mitglieder mit den Auffüllbehältern an Bord kamen, und nach ihnen aussteigen. Auf dem Lagergelände würde er hinter einer Kiste oder in einem Schrank seinen Overall, die Zehenschützer und den Schraubenschlüssel verschwinden lassen und dann die Raster am Flughafen überlisten und zu Fuß nach '14 509 gehen. Es lag acht Kilometer östlich von '510; er hatte heute morgen auf der Karte im MEF nachgesehen. Mit einigem Glück konnte er um Mitternacht oder eine halbe Stunde später dort sein.

»Ist das nicht komisch«, sagte das Mitglied neben ihm.

Er drehte sich zu ihr um.

Sie sah zum Heck des Flugzeugs. »Dieses Mitglied hat keinen Platz«, sagte sie.

Ein Mitglied kam langsam den Mittelgang herauf, immer erst nach links und dann nach rechts blickend. Alle Plätze waren besetzt. Mitglieder sahen sich um und versuchten, ihm behilflich zu sein.

»Es *muß* einer da sein«, sagte Chip, indem er aufstand und sich umblickte. »Uni kann doch keinen Fehler gemacht haben.«

»Es ist aber kein Platz frei«, sagte das Mitglied neben ihm. »Es ist alles besetzt.«

Die Gespräche im Flugzeug wurden lauter. Es gab tatsächlich keinen Platz für das Mitglied. Eine Frau nahm ein Kind auf den Schoß und rief den Mann zu sich.

Das Flugzeug begann sich zu bewegen, und eine Sendung über AFR's Geographie und Bodenschätze erschien auf den Fernsehschirmen.

Er versuchte sich darauf zu konzentrieren, weil sie vielleicht nützliche Informationen enthielt, aber er konnte es nicht. Wenn man ihn jetzt entdeckte und behandelte, würde er nie mehr lebendig werden. Diesmal würde Uni dafür sorgen, daß er nicht einmal in tausend Blättern auf tausend nassen Steinen eine Bedeutung sah.

Er kam zwanzig Minuten nach Mitternacht in '14 509 an. Er war hellwach, immer noch auf USA-Zeit eingestellt und voller Energie.

Zuerst ging er zum vV und dann zu der Fahrradstation auf dem Platz, der am nächsten bei Gebäude P 51 lag. Er unternahm zwei Fahrten zur Fahrradstation und eine zum Speisesaal und dem Versorgungszentrum von P 51.

Um drei Uhr betrat er Lilacs Zimmer. Er betrachtete sie im Schein der Taschenlampe, während sie schlief – blickte auf ihre Wangen, ihren Hals, ihr dunkles Haar auf dem Kissen –, und dann ging er zum Schreibtisch und knipste die Lampe an. »Anna«, sagte er, am Fußende des Bettes stehend. »Anna, du mußt jetzt aufstehen.«

Sie murmelte etwas.

»Du mußt jetzt aufstehen, Anna«, sagte er. »Komm, steh auf!«

Mit kleinen Klagelauten richtete sie sich auf, eine Hand über die Augen gelegt. Als sie saß, nahm sie die Hand weg und starrte ihn an, erkannte ihn und erschrak.

»Ich möchte, daß du mit mir wegfährst«, sagte er. »Auf dem Fahrrad. Du darfst nicht laut sprechen und nicht um Hilfe rufen.« Er faßte in seine Tasche und zog eine Pistole hervor. Er hielt sie, wie es seiner Vermutung nach richtig war – den Zeigefinger am Abzug, die anderen Finger um den Griff gelegt, die Mündung auf ihr Gesicht gerichtet. »Ich bringe dich um, wenn du nicht tust, was ich dir sage. Schrei jetzt nicht, Anna!«

3

Sie starrte auf die Pistole und starrte ihn an.

»Der Generator ist schwach«, sagte er, »aber er hat ein zentimetertiefes Loch in die Wand des Museums geschossen, und das Loch in deinem Kopf wird noch tiefer sein. Also ist es am besten, wenn du mir gehorchst. Es tut mir leid, daß ich dich erschrecken muß, aber zum Schluß wirst du verstehen, warum ich es tue.«

»Das ist ja Wahnsinn!« sagte sie. »Du bist immer noch krank!«

»Ja«, sagte er, »und die Krankheit ist schlimmer geworden. Also tu, was ich sage, oder die Familie verliert zwei wertvolle Mitglieder: erst dich und dann mich.«

»Wie kannst du so etwas *tun*, Li?« sagte sie. »Mich *bedrohen* – mit einer *Waffe* in der Hand!«

»Steh auf und zieh dich an«, sagte er.

»Bitte, laß mich tele –«

»Zieh dich an!« sagte er. »Schnell!«

»Also gut«, sagte sie und schlug die Decke zur Seite. »Gut, ich tue alles, was du sagst.« Sie stand auf und öffnete ihren Schlafanzug.

Er trat einen Schritt zurück, ohne sie aus den Augen zu lassen. Die Pistole war immer noch auf sie gerichtet.

Sie zog den Schlafanzug aus, ließ ihn fallen und ging zum Regal, um sich einen Overall zu holen. Er betrachtete ihre Brüste und ihren ganzen Körper, an dem er ebenfalls feine Abweichungen von der Norm entdeckte – die Pobacken waren voller, die Schenkel runder. Wie schön sie war!

Sie stieg in den Overall und steckte die Arme in die Ärmel. »Li, ich bitte dich«, sagte sie und sah ihn an, »laß uns ins Medizentrum hinuntergehen und –«

»Du sollst nicht sprechen«, sagte er.

Sie schloß den Overall und streifte die Sandalen über die Füße. »Warum willst du *radfahren*?« sagte sie. »Es ist doch mitten in der Nacht.«

»Pack deinen Tornister«, sagte er.

»Den für die Reise?«

»Ja. Tu noch ein paar Ovis hinein und dein Verbandskästchen und deine Schere und alles, was dir wichtig ist und was du behalten willst. Hast du eine Taschenlampe?«

»Was hast du *vor*?« fragte sie.

»Pack deinen Tornister«, sagte er.

Sie packte den Tornister, und als sie ihn geschlossen hatte, nahm er ihn und hängte ihn über die Schulter. »Wir gehen hinten um das Gebäude herum«, sagte er. »Ich habe zwei Fahrräder dabei. Wir gehen nebeneinander, und ich habe die Pistole in der Tasche. Wenn wir an einem Mitglied vorbeikommen und du irgendein Zeichen gibst, daß etwas nicht in Ordnung ist, bringe ich dich *und* das Mitglied um verstehst du?«

»Ja«, sagte sie.
»Du mußt mir unbedingt gehorchen. Wenn ich sage, bleib stehen und rücke deine Sandale zurecht, dann tust du es. Wir werden Raster passieren, ohne sie zu berühren. Das hast du schon früher getan; jetzt tust du es wieder.«
»Kommen wir nicht mehr hierher zurück?« sagte sie.
»Nein. Wir gehen weit weg.«
»Dann möchte ich noch ein Foto mitnehmen.«
»Hol' es«, sagte er. »Ich habe dir gesagt, du sollst alles mitnehmen, was du behalten willst.«
Sie ging zum Schreibtisch, zog die Schublade auf und stöberte darin herum. *Ein Foto von King?* fragte er sich. Nein, King gehörte zu ihrer »Krankheit«. Vermutlich suchte sie eine Aufnahme von ihrer Familie.
»Es ist irgendwo hier drin«, sagte sie nervös, in einem falschen Ton.
Er stürzte zu ihr und stieß sie zur Seite. *Li RM Pistole 2 Fahrräder* stand auf dem Boden der Schublade. Ein Bleistift war in ihrer Hand. »Ich versuche dir zu helfen«, sagte sie.
Er hätte sie am liebsten geschlagen, beherrschte sich jedoch. Aber sich zu beherrschen, wäre ein Fehler, denn dann wüßte sie, daß er ihr nicht weh tun würde. Er holte mit der flachen Hand aus und schlug ihr mit voller Kraft ins Gesicht. »Versuch nicht, mich reinzulegen!« sagte er. »Begreifst du nicht, wie krank ich bin? Wenn du so etwas noch einmal machst, bist *du* eine Leiche, und ein Dutzend *andere* Mitglieder vielleicht auch!«
Sie starrte ihn zitternd und mit weitaufgerissenen Augen an und hielt sich die Backe.
Auch er zitterte, weil er wußte, daß er ihr weh getan hatte. Er entriß ihr den Bleistift, strich das Geschriebene kreuz und quer durch und legte Papier und ein NN-Verzeichnis darauf. Er warf den Bleistift in die Schublade und schloß sie, packte Lilac am Ellbogen und schob sie auf die Tür zu.
Sie verließen ihr Zimmer und gingen nebeneinander den Flur hinunter. Er nahm die Hand nicht aus der Tasche und hielt die Pistole fest. »Hör auf zu zittern«, sagte er. »Ich tue dir nichts, wenn du mir gehorchst.«
Sie fuhren mit der Rolltreppe nach unten. Zwei Mitglieder, die nach

oben wollten, kamen ihnen entgegen. »Du und die zwei«, sagte er. »Und alle anderen, die aufkreuzen.«
Sie sagte nichts.
Er lächelte den Mitgliedern zu.
Sie lächelten zurück. Er nickte.
»Das ist meine zweite Versetzung in diesem Jahr«, sagte er zu ihr.
Sie fuhren weitere Rolltreppen hinunter und betraten die letzte, die zur Eingangshalle führte. Drei Mitglieder, zwei davon mit Telecomps, unterhielten sich neben dem Raster an einer der Türen. »Jetzt keine Mätzchen«, sagte er.
Sie glitten abwärts. Dunkles Glas spiegelte in der Entfernung ihre Umrisse wider. Die Mitglieder sprachen immer noch miteinander. Eines von ihnen stellte sein Telecomp auf den Boden.
Sie traten von der Rolltreppe. »Warte eine Minute, Anna«, sagte er. Sie blieb stehen und sah ihm ins Gesicht. »Mir ist eine Wimper ins Auge gefallen«, sagte er. »Hast du ein Papiertaschentuch?«
Sie griff in ihre Tasche und schüttelte den Kopf.
Er fand eines unter der Pistole und zog es hervor und gab es ihr. Er stand direkt gegenüber von den Mitgliedern und hielt sein Auge weit auf. Die andere Hand hatte er wieder in die Tasche gesteckt. Lilac führte das Tuch an sein Auge. Sie zitterte immer noch. »Es ist nur eine Wimper«, sagte er. »Kein Grund zur Aufregung.« Hinter ihr hatte das Mitglied sein Telecomp aufgehoben, und die drei schüttelten sich die Hände und küßten sich. Die zwei mit den Telecomps berührten den Raster. *Ja*, blinkte er, *ja*. Sie gingen hinaus. Das dritte Mitglied, ein Mann zwischen zwanzig und dreißig, kam auf sie zu.
Chip schob Lilacs Hand weg. »Schon geschehen«, sagte er blinzelnd. »Danke, Schwester.«
»Kann ich behilflich sein?« fragte das Mitglied. »Ich bin ein 101er.«
»Nein, danke, es war nur eine Wimper«, sagte Chip. Lilac bewegte sich. Chip sah sie an. Sie steckte das Tuch in die Tasche.
Mit einem Blick auf den Tornister sagte das Mitglied: »Gute Reise wünsche ich.«
»Danke«, sagte Chip. »Gute Nacht.«
»Gute Nacht«, sagte Lilac.

Sie gingen auf die Tür zu und sahen im Glas das Spiegelbild des Mitglieds, das auf eine nach oben führende Rolltreppe trat. »Ich werde mich neben den Raster lehnen«, sagte Chip. »Berühre ihn an der Seite, nicht vorne.«

Sie gingen hinaus. »Bitte, Li«, sagte Lilac, »um der Familie willen, laß uns umkehren und ins Medizentrum gehen.«

»Sei still«, sagte er.

Sie bogen in den Verbindungsgang zwischen dem Gebäude und dem nächsten ein. Hier wurde es noch dunkler, und er zog seine Taschenlampe hervor.

»Was hast du mit mir vor?« fragte sie.

»Nichts, wenn du nicht wieder versuchst, mich hereinzulegen.«

»Wozu brauchst du mich dann?« fragte sie.

Er gab keine Antwort.

Wo sich die Wege hinter den Gebäuden kreuzten, war ein Raster. Lilacs Hand zuckte hoch, aber Chip sagte »Nein!« Sie gingen vorbei, ohne zu berühren, und Lilac gab einen verzweifelten Laut von sich und flüsterte tonlos: »Schrecklich.«

Die Fahrräder lehnten an der Mauer, wo er sie zurückgelassen hatte. Sein in eine Decke gewickelter Tornister voll Kuchen und Getränkebehältern steckte in einer Satteltasche; über die des anderen Fahrrads war eine Decke gelegt. Er steckte Lilacs Tornister in die Tasche und verknotete die Decke sorgfältig.

Er hielt das Fahrrad für sie gerade und sagte: »Steig auf!«

Sie stieg auf und hielt sich an der Lenkstange fest.

»Wir fahren zwischen den Gebäuden hindurch geradeaus zur East Road«, sagte er. »Du darfst nicht umkehren oder anhalten oder schneller fahren, wenn ich es nicht sage.«

Er setzte sich auf das andere Fahrrad. Er steckte die Taschenlampe in die Satteltasche, so daß das Licht durch die Löcher auf das Pflaster vor ihnen fiel. »So, jetzt geht's los«, sagte er.

Sie radelten nebeneinander durch die gerade, stockdunkle Gasse; nur zwischen den Gebäuden war es etwas weniger finster; hoch oben leuchtete ein schmaler Streifen von Sternen, und weit in der Ferne eine vereinzelte Gehweglampe.

»Leg ein bißchen Tempo zu«, sagte er.
Sie fuhren schneller.
»Wann ist deine nächste Behandlung fällig?« fragte er.
Sie schwieg, dann sagte sie: »Am 8. Marx.«
In zwei Wochen, dachte er. Christus und Wei, warum nicht morgen oder übermorgen? Immerhin, besser als *vier* Wochen. Es hätte schlimmer kommen können.
»Werde ich sie denn erhalten?« fragte sie.
Es hatte keinen Sinn, sie noch mehr zu erschrecken.
»Vielleicht«, sagte er. »Wir werden sehen.«

Er hatte vorgehabt, jeden Tag während der Freistunde, wenn Radfahrer nicht auffielen, eine kurze Strecke zurückzulegen. Sie würden durch eine oder zwei Städte von Park zu Park fahren und den Weg nach '12082, wo die Entfernung zwischen der Nordküste von AFR und Mallorca am geringsten war, in kurzen Etappen hinter sich bringen.
Am ersten Tag, im Parkgelände nördlich von '14509, änderte er jedoch seinen Plan. Ein Versteck zu finden war schwieriger, als er geglaubt hatte. Erst lange nach Sonnenuntergang – um acht Uhr etwa, nahm er an – lagen sie unter einem Felsvorsprung, verborgen hinter einem Dickicht junger Bäume; die Lücken hatte er mit abgeschnittenen Zweigen verstopft. Bald darauf hörten sie das Brummen eines Hubschraubers, der über sie hinwegflog und wieder zurückkam, während Chip die Pistole auf Lilac gerichtet hielt, die regungslos, mit einem halb aufgegessenen Kuchen in der Hand, dasaß und ihn anstarrte. Um mittag hörten sie Zweige krachen und Blätter rascheln und dann, kaum zwanzig Meter von ihnen entfernt, eine Stimme; was sie sagte, war nicht zu verstehen, denn sie sprach langsam und leise, wie am Telefon oder vor einem Telecomp mit Stimmen-Input.
Entweder war Lilacs Botschaft unter der Schreibtischschublade entdeckt worden oder – und das war wahrscheinlicher – Uni hatte ihr Verschwinden mit den zwei fehlenden Fahrrädern in Verbindung gebracht. Also änderte Chip seinen Plan und beschloß, da man sie gesucht und nicht gefunden hatte, die ganze Woche hierzubleiben und am Sonntag zu fahren. Sie würden eine Etappe von sechzig oder siebzig Kilometer

zurücklegen – nicht direkt nach Norden, sondern nach Nordosten – und sich dann wieder eine Woche verstecken. An vier oder fünf Sonntagen würden sie in einem Bogen nach '12 082 gelangen und jeden Sonntag wäre Lilac mehr sie selbst und weniger Anna SG und damit hilfsbereiter oder doch wenigstens nicht mehr so erpicht, ihm »Hilfe« zukommen zu lassen.

Jetzt jedoch war sie Anna SG. Er fesselte und knebelte sie mit Leintuch-Streifen und schlief bis Sonnenuntergang, die Pistole immer griffbereit. Mitten in der Nacht fesselte und knebelte er sie von neuem und trug sein Fahrrad davon. Ein paar Stunden später kam er zurück und brachte Kuchen und Getränke mit und zwei weitere Bettlaken, Handtücher und Toilettenpapier, eine »Armbanduhr«, die schon nicht mehr tickte, und zwei Français-Bücher. Sie lag, wo er sie verlassen hatte, und wachte; ihre Augen waren von Angst und Mitleid erfüllt. Als Gefangene eines kranken Mitglieds erduldete sie seine Missetaten mit Nachsicht.

Aber im Tageslicht sah sie ihn voll Abscheu an. Er faßte sich an die Backe und spürte zwei Tage alte Bartstoppeln. Lächelnd und leicht verlegen sagte er: »Ich habe seit fast einem Jahr keine Behandlung mehr bekommen.«

Sie senkte den Kopf und bedeckte die Augen. »Du hast dich in ein Tier verwandelt«, sagte sie. »Das sind wir in Wirklichkeit auch«, sagte er. »Christus, Marx, Wood und Wei haben etwas Totes, Unnatürliches aus uns gemacht.«

Sie wandte sich ab, als er mit dem Rasieren anfing, aber sie warf einen Blick über die Schulter, dann noch einmal, drehte sich um und sah ihm angewidert zu. »Schneidest du dich nicht in die Haut?« fragte sie.

»Im Anfang ist es mir schon passiert«, sagte er, indem er seine Haut straff anspannte und das Rasiermesser sanft darübergleiten ließ; er verfolgte seine Bewegungen in der spiegelnden Seitenfläche der Taschenlampe, die er auf einen Stein gestellt hatte. »Ich mußte mir tagelang die Hand vors Gesicht halten.«

»Nimmst du immer Tee dazu?« fragte sie.

Er lachte. »Nein. Das ist nur Ersatz für Wasser. Heute nacht werde ich einen Teich oder einen Bach suchen.«

»Wie oft machst du – das?«, fragte sie.

»Jeden Tag. Gestern bin ich nicht dazu gekommen. Es ist lästig, aber in ein paar Wochen ist ja Schluß damit. Das hoffe ich wenigstens.«
»Wie meinst du das?« sagte sie.
Er gab keine Antwort und rasierte sich weiter.
Sie wandte sich ab.
Er las eines der Français-Bücher, über die Gründe eines Kriegs, der dreißig Jahre gedauert hatte. Lilac schlief, und nachher setzte sie sich auf eine Decke und schaute auf ihn und die Bäume und den Himmel.
»Möchtest du, daß ich dir diese Sprache beibringe?« fragte er.
»Wozu?«
»Du wolltest sie einmal lernen«, sagte er. »Erinnerst du dich? Ich habe dir Listen mit Vokabeln gegeben.«
»Ja«, sagte sie. »Ich erinnere mich. Ich habe sie gelernt, aber wieder vergessen. Jetzt bin ich gesund. Wozu sollte ich sie also lernen wollen?«
Er machte Freiübungen und hielt Lilac auch dazu an. Schließlich mußten sie für die lange Fahrt am Samstag in Form sein. Sie befolgte seine Anweisungen ohne Widerspruch.
In der Nacht fand er zwar keinen Bach, aber einen etwa zwei Meter breiten, ausbetonierten Bewässerungskanal. Er nahm ein Bad in dem langsamfließenden Wasser, dann trug er zwei gefüllte Trinkgefäße in das Versteck und weckte Lilac und band sie los. Er führte sie durch die Bäume und sah ihr beim Baden zu. Ihr nasser Körper schimmerte im schwachen Licht des Viertelmondes.
Er half ihr die Böschung hinauf, reichte ihr ein Handtuch und blieb dicht bei ihr stehen, während sie sich abtrocknete. »Weißt du, warum ich das tue?« fragte er sie.
Sie sah ihn an.
»Weil ich dich liebe«, sagte er.
»Dann laß mich gehen.«
Er schüttelte den Kopf.
»Wie kannst du dann sagen, du liebst mich?«
»Es ist so«, sagte er.
Sie bückte sich, um ihre Beine abzutrocknen. »Willst du, daß ich wieder krank werde?« fragte sie.
»Ja«, sagte er.

»Dann *haßt* du mich«, sagte sie, »und liebst mich nicht.«
Sie richtete sich ganz gerade auf.
Er nahm ihren kühlen, feuchten, weichen Arm. »Lilac«, sagte er. »Anna!«
Er versuchte ihre Lippen zu küssen, aber sie wandte den Kopf ab und entzog sich ihm. Er küßte ihre Wange.
»Jetzt richte deine Pistole auf mich und ›vergewaltige‹ mich«, sagte sie.
»Das werde ich nicht tun«, sagte er. Er ließ ihren Arm los.
»Ich weiß nicht, warum du darauf verzichtest«, sagte sie. Sie stieg in ihren Overall und schloß ihn mit ungeschickten Fingern. »Bitte, Li«, sagte sie, »laß uns zurück in die Stadt gehen. Ich bin *sicher*, daß du geheilt werden kannst, denn wenn du wirklich krank, *unheilbar* krank wärst, *würdest* du mich ›vergewaltigen‹ und wärst längst nicht so nett.«
»Komm«, sagte er, »gehen wir zurück zu dem Platz.«
»Bitte Li –«
»*Chip*«, sagte er. »*Mein* Name ist *Chip*. Komm jetzt.« Er machte eine heftige Kopfbewegung, und sie schritten zwischen den Bäumen hindurch.
Gegen Ende der Woche nahm sie seinen Bleistift und das Buch, das er nicht las, und zeichnete Bilder auf die Innenseite des Deckels – fast ähnliche Porträts von Christus und Wei, verschiedene Gebäude, ihre linke Hand und eine Reihe schraffierter Kreuze und Sicheln. Er paßte auf, daß sie keine Botschaften schrieb, die sie vielleicht am Sonntag jemandem geben könnte. Später zeichnete er ein Gebäude und zeigte es ihr.
»Was ist das?« fragte sie.
»Ein Gebäude.«
»Nein, das ist keines.«
»Doch«, sagte er. »Sie müssen nicht alle kahl und rechteckig sein.«
»Was sind das für Ovale?«
»Fenster.«
»Ich habe noch nie so ein Gebäude gesehen«, sagte sie. »Nicht einmal im vV-Museum. Wo steht es?«
»Nirgends«, sagte er. »Ich habe es mir ausgedacht.«
»Ach so«, sagte sie. »Dann *ist* es kein Gebäude. Wie kannst du Dinge zeichnen, die nicht wirklich sind?«

»Ich bin krank, vergißt du das etwa?« sagte er.
Sie gab ihm das Buch zurück, ohne ihm in die Augen zu sehen. »Mach keine Witze darüber«, sagte sie.
Er hoffte – nun, er *hoffte* es nicht, hielt es aber auch nicht für ganz ausgeschlossen –, daß sie sich am Samstag abend, aus Gewohnheit oder zum Vergnügen oder auch nur aus mitgliedhafter Freundlichkeit, bereit zeigen würde, zu ihm zu kommen. Es geschah jedoch nicht. Sie verhielt sich wie an jedem anderen Abend, saß, die Arme um die Knie geschlungen, schweigend in der Dämmerung und beobachtete, wie der Streifen Himmel zwischen den schwankenden Wipfeln der Bäume und dem schwarzen Felsvorsprung sich allmählich rötete.
»Es ist Samstag nacht«, sagte er.
»Ich weiß«, sagte sie.
Sie schwiegen eine Weile, dann sagte sie: »Ich werde meine Behandlung nicht bekommen können, nicht wahr?«
»Nein«, sagte er.
»Dann könnte ich schwanger werden«, sagte sie. »Ich darf keine Kinder bekommen und du auch nicht.«
Er wünschte, er könnte ihr sagen, daß sie auf dem Weg zu einem Ort waren, wo Unis Beschlüsse keine Bedeutung besaßen; aber es war noch zu früh – vielleicht hätte sie Angst bekommen und wäre nicht mehr zu bändigen gewesen. »Ja, vermutlich hast du recht«, sagte er.
Als er sie fesselte und zudeckte, küßte er sie auf die Wange. Sie lag schweigend in der Dunkelheit, und er erhob sich von seinen Knien und ging zu seiner eigenen Decke hinüber.

Die Fahrt am Sonntag verlief gut. Morgens waren sie von einer Gruppe junger Mitglieder angehalten worden, die sie aber nur baten, ihnen beim Reparieren einer gerissenen Fahrradkette zu helfen. Lilac setzte sich ins Gras, während Chip den Schaden behob. Bei Sonnenuntergang befanden sie sich in dem Parkgelände nördlich von '14265, hatten also ungefähr fünfundsiebzig Kilometer zurückgelegt.
Wieder war es schwierig, ein Versteck zu finden, aber endlich entdeckte Chip doch eines, das sogar geräumiger und bequemer war als das erste – die Ruine eines Hauses aus der Zeit kurz vor oder nach der Vereini-

gung, mit einem schwankenden Dach aus wildem Wein und Kletterrosen.
Trotz der Strapazen des Tages ging Chip noch in derselben Nacht nach '266 und holte Kuchen und Getränke für drei Tage.
In dieser Woche wurde Lilac gereizt. »Ich will mir die *Zähne putzen*«, *sagte sie*, »und unter die Dusche gehen. Wie lange sollen wir so weiterleben? Für immer? *Dir* gefällt es vielleicht, wie ein Tier zu leben, aber mir nicht. Ich bin ein menschliches Wesen, und ich kann nicht schlafen, wenn ich an Händen und Füßen gefesselt bin.«
»Letzte Woche hast du gut geschlafen«, sagte er.
»Jetzt kann ich aber nicht!«
»Dann lieg still und laß *mich* schlafen!« sagte er.
Der Blick, den sie ihm zuwarf, verriet nicht mehr Mitleid, sondern Ärger. Sie stieß mißbilligende Laute aus, wenn er las und sich rasierte, und antwortete ihm schnippisch oder überhaupt nicht, wenn er mit ihr sprach. Sie sträubte sich gegen die Freiübungen, und er mußte die Pistole ziehen und ihr drohen.
Er sagte sich, daß der achte Marx, ihr Behandlungstag, näherrückte und diese Reizbarkeit als Folge einer natürlichen Abneigung gegen Gefangenschaft und widrige Lebensbedingungen die gesunde Lilac erkennen ließ, die in Anna SG schlummerte. Dieser Wandel hätte ihn freuen müssen, und wenn er darüber nachdachte, war er auch froh, aber Lilacs neue Haltung machte ihm das Leben doch viel schwerer als ihr Mitgefühl und ihre mitgliedhafte Sanftmut in der Woche zuvor.
Sie klagte über Insekten und Langeweile. Eine Regennacht kam, und sie beklagte sich über den Regen.
Eines Nachts wachte Chip auf und hörte, daß sie sich bewegte. Er strahlte sie mit der Taschenlampe an und sah, daß sie ihre Handgelenke befreit hatte und gerade ihre Fußfesseln löste. Er fesselte sie von neuem und schlug sie.
Diesen Samstag sprachen sie nachts nicht miteinander.
Am Sonntag fuhren sie weiter. Chip blieb dicht an ihrer Seite und ließ sie nicht aus den Augen, wenn ihnen Mitglieder entgegenkamen. Er erinnerte sie daran, daß sie lächeln, nicken, Grüße erwidern und sich benehmen mußte, als wäre alles in Ordnung. Sie saß in grimmigem

Schweigen auf ihrem Fahrrad, und er fürchtete jeden Augenblick, sie würde, trotz der drohenden Pistole, um Hilfe rufen oder anhalten und nicht mehr weiterfahren. »Nicht nur dich«, sagte er, »sondern alle, die zu sehen sind. Ich bringe sie alle um, das schwöre ich dir.« Sie fuhr weiter, lächelte und nickte böse. Chips Gangschaltung verklemmte sich, und sie schafften nur vierzig Kilometer.

Gegen Ende der dritten Woche ließ Lilacs Reizbarkeit nach. Sie saß da, runzelte die Stirn, zupfte an Grashalmen, betrachtete ihre Fingerspitzen und drehte unaufhörlich ihr Armband ums Handgelenk. Sie sah Chip neugierig an, als wäre er ein Fremder, den sie noch nie gesehen hatte, und befolgte seine Anweisungen langsam und mechanisch.

Er kümmerte sich um sein Fahrrad. Sie sollte von selbst erwachen, wenn die Zeit dafür gekommen war.

Eines Abends in der vierten Woche sagte sie: »Wohin gehen wir?«

Er sah sie kurz an – sie aßen gerade den letzten Kuchen für diesen Tag – und sagte: »Auf eine Insel, die Mallorca heißt. Im Meer des Ewigen Friedens.«

Mallorca?« sagte sie.

»Eine Insel der Unheilbaren«, sagte er. »Es gibt noch sieben andere, über die ganze Welt verteilt. Eigentlich mehr als sieben, denn einige davon sind Inselgruppen. Ich habe sie auf der Landkarte im Museum in IND gefunden. Sie waren überklebt und sind auf den MEF-Karten nicht verzeichnet. Ich wollte dir am Tag meiner ›Heilung‹ davon erzählen.«

Sie schwieg. Dann frage sie: »Hast du es King erzählt?«

Es war das erste Mal, daß sie ihn erwähnte. Sollte er ihr sagen, daß es gar nicht nötig gewesen war, King etwas zu erzählen, weil er es immer gewußt und ihnen verschwiegen hatte? Wozu? King war tot. Warum sollte er ihre Erinnerung an ihn schmälern? »Ja«, sagte er. »Er war sehr erstaunt und aufgebracht. Ich verstehe nicht, warum er – es getan hat. Du weißt davon, nicht wahr?«

»Ja, ich weiß es«, sagte sie. Sie biß ein Stückchen von dem Kuchen ab und aß es langsam, ohne Chip anzusehen. »Wie leben die Leute auf dieser Insel?« fragte sie.

»Ich habe keine Ahnung«, sagte er. »Vielleicht ist es ein sehr hartes, primitives Leben. Aber trotzdem besser als hier.« Er lächelte. »Wie es auch

sein mag«, sagte er, »es ist ein freies Leben. Es könnte auch hochzivilisiert zugehen. Die ersten Unheilbaren müssen die unabhängigsten und findigsten Mitglieder gewesen sein.«
»Ich weiß nicht recht, ob ich dorthin gehen will«, sagte sie.
»Überlege es dir ruhig«, sagte er. »In ein paar Tagen wirst du sicher sein. Die Idee, daß Unheilbaren-Kolonien existieren könnten, stammte von dir, weißt du noch? Du hast mich gebeten, nach ihnen zu suchen.«
Sie nickte. »Ich erinnere mich.«
Später in der Woche nahm sie ein neues Français-Buch, das er gefunden hatte, und versuchte es zu lesen. Er setzte sich neben sie und übersetzte es für sie.
An diesem Sonntag tauchte links neben Chip ein Mitglied auf und blieb auf ihrer Höhe, als sie dahinfuhren. »Grüß euch«, sagte er.
»Grüß dich«, sage Chip.
»Ich dachte, die alten Fahrräder seien alle ausrangiert worden«, sagte er.
»Dachte ich auch«, sagte Chip, »aber andere waren nicht da.«
Das Fahrrad des Mitglieds hatte ein schmäleres Gestell und eine Gangschaltung, die mit dem Daumen zu bedienen war. »In '935?«, fragte er.
»Nein, '939«, sagte Chip.
»Ach so«, sagte das Mitglied. Er schaute auf ihre Satteltaschen mit den eingewickelten Tornistern.
»Wir halten uns besser ein bißchen ran«, sagte Lilac. »Die anderen sind schon nicht mehr zu sehen.«
»Die warten auf uns«, sagte Chip. »Sie müssen ja, weil wir die Kuchen und die Decken haben.«
Das Mitglied lächelte.
»Nein, komm, wir fahren schneller«, sagte Lilac. »Es ist nicht fair, daß wir sie warten lassen.«
»Na gut«, sagte Chip, und zu dem Mitglied: »Schönen Tag noch!«
»Euch auch«, sagte er.
Sie traten kräftiger in die Pedale und schossen davon.
»Gute Idee von dir«, sagte Chip. »Er hätte gleich gefragt, warum wir soviel Gepäck haben.«
Lilac sagte nichts.
An diesem Tag schafften sie etwa achtzig Kilometer und erreichten das

Parkgebiet nördlich von '12 471, eine Tagesfahrt von '082 entfernt. Sie fanden ein recht gutes Versteck, eine dreieckige Grotte unter überhängenden Bäumen zwischen hohen Felszacken. Chip schnitt Zweige ab, um die offene Vorderseite zu verdecken.

»Du brauchst mich nicht mehr zu fesseln«, sagte Lilac. »Ich werde nicht weglaufen und nicht versuchen, jemand auf uns aufmerksam zu machen. Du kannst die Pistole in deinen Tornister stecken.«

»Du willst mitgehen?« fragte Chip. »Nach Mallorca?«

»Natürlich«, sagte sie. »Ich kann es kaum erwarten. Das habe ich mir immer gewünscht – als ich ich selbst war, meine ich.«

»Gut«, sagte er. Er steckte die Pistole in seinen Tornister und fesselte sie an diesem Abend nicht.

Ihre beiläufige Sachlichkeit erschien ihm nicht geheuer. Hätte sie nicht mehr Begeisterung zeigen müssen? Ja, und auch Dankbarkeit. Er gestand sich ein, daß er das erwartet hatte: Dankbarkeit und Liebesbezeugungen. Er lag wach und lauschte ihren langsamen, sachten Atemzügen. Schlief sie wirklich, oder tat sie nur so? War es möglich, daß sie ihn auf unvorstellbare Weise täuschte? Er richtete den Strahl der Taschenlampe auf sie. Ihre Augen waren geschlossen, ihre Lippen geöffnet, ihre Arme unter der Decke verschränkt, als wäre sie immer noch gefesselt.

Es war erst der zwanzigste Marx, sagte er sich. In ein oder zwei Wochen würde sie mehr Gefühl zeigen. Er machte die Augen zu. Als er aufwachte, hob sie Steine und Zweige vom Boden auf. »Guten Morgen«, sagte sie vergnügt.

Sie fanden einen spärlichen Wasserlauf in der Nähe und einen Baum mit grünen Früchten, den er für einen »olivier« hielt. Die Früchte waren bitter und schmeckten merkwürdig. Kuchen mochten sie beide lieber. Sie fragte ihn, wie er die Behandlungen umgangen habe, und er erzählte ihr von dem Blatt und dem nassen Stein und den Verbänden, die er gemacht hatte. Sie zeigte sich beeindruckt. Er sei sehr schlau gewesen, sagte sie.

Einmal gingen sie nachts nach '12 471, um Kuchen und Getränke, Handtücher, Toilettenpapier, Overalls und neue Sandalen zu holen und die Landkarte im MEF zu studieren, so gut es bei Taschenlampenlicht möglich war.

»Was tun wir, wenn wir in '082 sind?« fragte sie am nächsten Morgen.
»Uns an der Küste verstecken«, sagte er, »und jede Nacht nach Händlern Ausschau halten.«
»Werden sie denn wagen, an Land zu kommen?« fragte sie.
»Ja«, sagte er, »außerhalb der Stadt schon, glaube ich.«
»Aber ist es nicht wahrscheinlicher, daß sie nach EUR fahren? Das ist näher.«
»Wir müssen eben hoffen, daß sie auch nach AFR kommen«, sagte er. »Und ich will ein paar Sachen aus der Stadt holen, mit denen *wir* handeln können, wenn wir dorthin kommen; Dinge, die ihnen voraussichtlich wertvoll erscheinen. Darüber werden wir nachdenken müssen.«
»Besteht keine Aussicht, daß wir ein Boot finden?« fragte sie.
»Das glaube ich nicht«, sagte er. »Vor der Küste liegen keine Inseln, deshalb wird es wohl keine Motorboote geben. Ruderboote wie im Vergnügungsgarten werden natürlich da sein, aber daß wir zweihundertachtzig Kilometer rudern, kann ich mir nicht vorstellen, du etwa?«
»Es ist nicht unmöglich«, sagte sie.
»Nein«, sagte er, »wenn es gar nicht anders geht. Aber ich verlasse mich auf die Händler, oder vielleicht gibt es sogar eine Art organisierten Rettungsdienst. Weißt du, Mallorca muß sich verteidigen, weil Uni weiß, daß es existiert. Er weiß von allen Inseln. Also halten die Mitglieder dort vielleicht Ausschau nach Mitgliedern, die ihre Zahl und ihre Kampfkraft steigern.«
»Das könnte sein«, sagte sie.
Eine weitere Regennacht kam, und sie saßen, in eine Decke gehüllt, zusammen im hintersten, schmalen Winkel ihres Verstecks, zwischen den hohen Felszacken. Er küßte sie und versuchte, ihren Overall zu öffnen, aber sie hielt seine Hand fest. »Ich weiß, es ist dumm«, sagte sie, »aber ein kleiner Rest von diesem Nur-Samstag-nachts-Gefühl steckt immer noch in mir. Bitte, können wir so lange warten?«
»Es ist *wirklich* dumm«, sagte er.
»Ich weiß«, sagte sie, »aber könnten wir bitte warten?«
Nach einer kurzen Pause sagte er: »Sicher, wenn du willst.«
»Ich will, Chip«, sagte sie.
Sie lasen und legten fest, was sie am besten aus '082 mitnähmen, um da-

mit zu handeln. Er prüfte die Fahrräder, und sie machte Freiübungen, ausdauernder und zielbewußter als er.

Samstag nacht kam er vom Wasser zurück, und sie hielt die Pistole in der Hand, auf ihn gerichtet. Ihre Augen waren schmal und haßerfüllt.

»Er hat mich angerufen, bevor er es getan hat«, sagte sie.

Er sagte »Von wem –«, und sie schrie: »King! Er hat mich angerufen! Du verlogener, gehässiger –«. Sie drückte den Abzug der Pistole, drückte noch einmal, stärker. Sie sah auf die Pistole, sah Chip an.

»Der Generator fehlt«, sagte er.

Sie sah wieder auf die Pistole und auf ihn und holte tief Luft, mit bebenden Nasenflügeln.

»Warum, zum Haß, willst du –«, sagte er, und sie holte mit der Pistole aus und warf sie nach ihm. Er hob die Hände, und sie traf ihn auf die Brust. Es tat weh, und er bekam keine Luft mehr.

»Mit dir *gehen*?« sagte sie. »Mit dir *schlafen*?« Nachdem du ihn umgebracht hast? Bist du – bist du *fou*, du grünäugiges cochon, chien, bâtard!«

Er hielt sich die Brust, kam wieder zu Atem: »Hab' ihn nicht umgebracht, er hat sich *selbst* umgebracht, Lilac! Christus und –«

»Weil du ihn belogen hast! Über uns! Ihm erzählt, wir hätten – «

»Das war *seine* Idee. Ich habe ihm *gesagt*, daß es nicht stimmt! Ich habe es ihm gesagt, und er hat es nicht geglaubt!«

»Du hast es *zugegeben*!« sagte sie. »Er hat gesagt, es mache ihm nichts aus, wir paßten gut zusammen; und dann hat er abgeschaltet – «

»Lilac«, sagte er, »ich schwöre bei meiner Liebe zur Familie, *ich habe ihm gesagt, daß es nicht wahr ist!*«

»Warum hat er sich dann umgebracht?«

»Weil er es wußte!«

»Weil du es ihm erzählt hast!« sagte sie und ergriff ihr Fahrrad – die Tasche war vollgepackt – und rammte es gegen die Äste, die vor dem Versteck aufgeschichtet waren.

Er lief ihr nach und hielt das Hinterrad mit beiden Händen fest. »Du bleibst hier!« sagte er.

»Laß los!«

Er packte das Fahrrad beim Sattel, entriß es ihr, schleuderte es zur Seite

und ergriff ihren Arm. Sie schlug nach ihm, aber er hielt sie fest. »Er wußte von den *Inseln*!« sagte er. »Er ist in der Nähe einer *Insel* gewesen und hat mit den Mitgliedern gehandelt. Daher weiß ich, daß sie an Land kommen!«
Sie starrte ihn an. »Wovon sprichst du?« sagte sie.
»Er hat einen Posten nicht weit von einer der Inseln gehabt«, sagte er. »Den Falkland-Inseln, vor ARG. Und er ist mit den Mitgliedern zusammengekommen und hat mit ihnen gehandelt. Er hat uns nichts davon gesagt, weil er wußte, wir hätten Lust, dorthin zu gehen, und er *wollte nicht*! Darum hat er sich umgebracht! Er wußte, du würdest es erfahren, von mir, und er schämte sich und war müde und hätte seinen Rang als ›König‹ verloren.«
»Du belügst mich genauso, wie du ihn belogen hast«, sagte sie und riß ihren Arm los; dabei zerriß ihr Overall an der Schulter.
»So hat er das Parfüm und die Tabaksamen bekommen«, sagte er.
»Ich will nichts mehr von dir hören oder sehen«, sagte sie. »Ich fahre allein weiter.« Sie ging zu dem Fahrrad, hob ihren Tornister auf und die Decke, die heruntergerutscht war.
»Sei nicht dumm«, sagte er.
Sie rückte das Fahrrad gerade, warf den Tornister in die Satteltasche und stopfte die Decke darüber. Er ging zu ihr und hielt das Fahrrad an Sattel und Lenkstange fest. »Du gehst nicht allein«, sagte er.
»O doch, das tue ich«, sagte sie mit bebender Stimme. Sie hielten das Fahrrad zwischen sich. Ihr Gesicht verschwamm in der hereinbrechenden Dunkelheit.
»Das lasse ich nicht zu«, sagte er.
»Bevor ich mit *dir* gehe, mache ich es wie *er*.«
»Du hörst mir zu, du –«, sagte er. »Ich könnte seit einem halben Jahr auf einer der Inseln leben! Ich war schon unterwegs und bin umgekehrt, weil ich dich nicht tot und hirnlos zurücklassen wollte!« Er legte ihr die Hand auf die Brust und warf sie mit aller Kraft gegen die Felswand und gab dem Fahrrad einen Stoß, so daß es davonholperte. Er ging zu ihr und drückte ihre Arme gegen den Stein. »Ich habe den ganzen Weg von USA bis hierher zurückgelegt«, sagte er, »und dieses tierische Leben hat mir ebensowenig Spaß gemacht wie dir. Es ist mir vollkommen gleich-

gültig, ob du mich liebst oder haßt« – »Ich hasse dich!« sagte sie – , »aber du bleibst bei mir. Die Pistole funktioniert nicht, aber ich kann Steine und meine Hände als Waffen benutzen. Du brauchst dich nicht umzubringen, weil –« Stechender Schmerz durchzuckte seinen Unterleib – ihr Knie! – und sie war weg, vorne bei den Zweigen, eine gelbe, schattenhafte Gestalt, die sich durch das Gestrüpp kämpfte.

Er rannte hinüber und packte sie beim Arm, riß sie herum und warf sie zu Boden. Sie kreischte: »*Bâtard! Du kranker, brutaler* –« und er ließ sich auf sie fallen und legte ihr die Hand auf den Mund, drückte zu, so fest er konnte. Mit den Zähnen erwischte sie die Haut seiner Hand und biß hinein, verbiß sich immer heftiger. Sie trat nach ihm, und ihre Fäuste hämmerten gegen seinen Kopf. Er stemmte ein Knie auf ihren Schenkel und einen Fuß auf den Knöchel des anderen Beins und umklammerte ihr Handgelenk. Daß sie ihn weiter biß und mit der freien Hand schlug, konnte er nicht verhindern. »Es könnte jemand hier sein!« sagte er. »Es ist Samstag nacht! Willst du, daß wir *beide* behandelt werden, du dumme *garce*?« Sie hörte nicht auf, ihn zu schlagen und in die Hand zu beißen.

Ihre Schläge wurden langsamer und hörten auf, sie öffnete die Zähne und ließ seine Hand los. Keuchend lag sie unter ihm und sah ihn an. »Garce!« sagte er. Sie versuchte das Bein unter seinem Fuß zu bewegen, aber er drückte es noch kräftiger nieder. Er umklammerte immer noch ihr Handgelenk und hielt ihr den Mund zu. Seine Hand schmerzte, als ob Lilac Fleisch herausgebissen hätte.

Als sie so mit gespreizten Beinen, von ihm besiegt, unter ihm lag, fühlte er plötzlich Erregung in sich aufsteigen. Er dachte dran, ihr den Overall abzureißen und sie zu »vergewaltigen«. Hatte sie nicht gesagt, sie sollten bis Samstag nacht warten? Und vielleicht würde dadurch alles aus der Welt geschafft: das ganze unsinnige Gerede über King, ihr Haß und der Kampf zwischen ihnen – ja, sie hatten wirklich *gekämpft*! – und die Schimpfwörter in francais. Ihre Augen sahen ihn an.

Er ließ ihr Handgelenk los und packte ihren Overall an der Stelle, wo er über der Schulter zerrissen war. Er riß ihn weiter auf, über ihre Brust hinab, und sie fing wieder an, nach ihm zu schlagen und die Beine steif zu machen und ihn in die Hand zu beißen.

Er zerfetzte den Overall, bis ihre Vorderseite bloßlag, und dann spürte er sie, spürte ihre weichen, schmiegsamen Brüste und die Glätte ihres Bauchs, ihren Schamhügel mit den wenigen, glatten Haaren und die feuchten Lippen darunter. Mit der Hand schlug sie auf seinen Kopf ein und zerrte ihn an den Haaren; ihre Zähne verbissen sich in seinen Handballen. Seine andere Hand glitt weiter über sie hin – Brüste, Leib, Schamhügel, Lippen, er streichelte und rieb und tastete immer erregter – und dann öffnete er seinen Overall. Sie wand ihr Bein unter seinem Fuß hervor und trat nach ihm. Sie wälzte sich hin und her, um ihn abzuwerfen, aber er drückte sie nieder, hielt ihre Schenkel fest und schlang seine Beine um die ihren. Mit den Füßen ihre Knöchel festhaltend, spreizte er ihre Beine auseinander, die um seine Knie geschlungen waren, und setzte sich vierschrötig in Positur. Er senkte den Unterleib und warf sich auf sie, erwischte ihre linke Hand und einige Finger der rechten. »Hör auf«, sagte er, »hör auf.« Sie wand und sträubte sich, biß ihn tiefer in die Hand. Er fühlte sich in sie gleiten, stieß zu und war ganz in ihr. »Hör auf«, sagte er, »hör auf.« Langsam nahm er sie ganz in Besitz, gab ihre Hände frei und tastete nach ihren Brüsten, er streichelte die zarte, glatte Haut, und ihre Spitzen richteten sich auf. Sie biß ihn in die Hand und warf sich hin und her. »Hör auf«, sagte er, »gib es auf, Lilac.« Er bewegte sich langsam in ihr, dann schneller und heftiger.

Er richtete sich halb auf, kniete über ihr und sah sie an. Sie hatte einen Arm über die Augen gelegt, den anderen zurückgeworfen. Ihre Brüste hoben und senkten sich.
Er stand auf und fand eine von seinen Decken, schüttelte sie aus und breitete sie bis zu den Schultern über Lilacs Körper. »Es ist dir doch nichts passiert?« fragte er neben ihr kauernd.
Sie sagte kein Wort.
Er fand seine Taschenlampe und besah seine Hand. Blut strömte aus einem Oval frischer Wunden. »Christus und Wei«, sagte er. Er schüttete Wasser über die Hand, wusch sie mit Seife und trocknete sie. Er suchte nach dem Verbandskästchen und konnte es nicht finden. »Hast du das Verbandskästchen genommen?« fragte er.
Sie sagte kein Wort.

Die Hand hochhaltend, fand er den Tornister auf dem Boden und nahm das Verbandskästchen heraus. Er setzte sich auf einen Stein und stellte das Kästchen auf seinen Schoß und die Taschenlampe auf einen Stein daneben.

»Du Vieh«, sagte sie.

»Ich beiße nicht«, sagte er. »Und ich versuche auch nicht, dich umzubringen. Christus und Wei, du hast gedacht, die Pistole funktioniert.« Er sprühte Heilmittel auf seine Hand, erst eine dünne Schicht und dann eine dickere.

»Cochon«, sagte sie.

»Ach, komm«, sagte er, »fang nicht wieder damit an.«

Er nahm einen Verband aus der Hülle und hörte sie aufstehen, hörte ihren Overall rascheln, als sie ihn auszog. Sie kam nackt herüber und nahm die Taschenlampe und ging zu ihrem Tornister, nahm Seife, ein Handtuch und einen Overall heraus und ging nach hinten, wo er zwischen den Felszacken Steine aufgeschichtet hatte, die eine Art Treppe zum Wasser bildeten.

Er legte den Verband im Dunkeln an, und dann fand er ihre Taschenlampe neben dem Fahrrad auf dem Boden. Er stellte das Fahrrad zu seinem, hob die Decke auf und ordnete sie zu ihren zwei üblichen Schlafstellen, legte seinen Tornister zu ihrem und hob die Pistole und die Fetzen ihres Overalls auf. Er steckte die Pistole in seinen Beutel.

Der Mond glitt hinter schwarzen, reglosen Blättern über eine der Felszinnen.

Sie kam nicht zurück, und er fürchtete allmählich, sie sei davongelaufen. Endlich kam sie aber doch. Sie legte die Seife und das Handtuch in ihren Tornister und knipste die Taschenlampe aus und legte sich zwischen ihre Decken.

»Die Erregung hat mich einfach übermannt, wie du so unter mir lagst«, sagte er. »Ich habe dich immer begehrt, und diese letzten Wochen waren nahezu unerträglich für mich. Nicht wahr, du weißt, daß ich dich liebe?« »Ich gehe allein«, sagte sie.

»Wenn wir nach Mallorca kommen«, sagte er, »*falls* wir hinkommen, kannst du tun, was du willst, aber *bis* wir dort sind, bleiben wir zusammen, Lilac. Und damit basta.«

Sie sagte nichts.

Merkwürdige Geräusche – dünne Klagelaute und schmerzliches Wimmern – weckten ihn auf. Er setzte sich hoch und richtete das Licht auf Lilac. Ihre Hand war auf den Mund gepreßt, und Tränen rannen ihr aus den geschlossenen Augen über die Schläfen.
Er eilte zu ihr, kauerte sich neben sie und strich ihr über den Kopf. »O Lilac, bitte nicht«, sagte er. »Weine nicht, Lilac, bitte.« Er dachte, sie weinte, weil er sie, vielleicht innerlich, verletzt hätte.
Sie hörte nicht auf zu schluchzen.
»O Lilac, es tut mir so leid«, sagte er. »Entschuldige, Geliebte! O Christus und Wei, ich wünschte, die Pistole *wäre* losgegangen!«
Sie schüttelte den Kopf, die Hand immer noch auf den Mund gepreßt.
»Weinst du nicht deswegen?« fragte er. »Weil ich dir weh getan habe? Warum dann? Du mußt wirklich nicht mit mir kommen, wenn du nicht willst.«
Sie schüttelte den Kopf und hörte nicht auf zu weinen.
Er wußte nicht, was er tun sollte. Er blieb an ihrer Seite, streichelte ihren Kopf und fragte sie, warum sie weinte, und bat sie aufzuhören, und dann holte er seine Decken, breitete sie neben Lilac aus, legte sich nieder und nahm sie in die Arme. Ihre Tränen flossen immer weiter, und er wachte auf, und sie lag auf der Seite, den Kopf in die Hand gestützt, und sah ihn an. »Es ist sinnlos, daß wir getrennt gehen«, sagte sie, »also bleiben wir zusammen.«
Er versuchte sich zu erinnern, was sie vor dem Einschlafen gesagt hatten, aber soviel er wußte, hatte sie nur geweint. »Schon gut«, sagte er verwirrt.
»Ich habe ein furchtbar schlechtes Gewissen wegen der Pistole«, sagte sie. »Wie habe ich das nur tun können? Ich war sicher, daß du King belogen hast.«
»Und mir macht schwer zu schaffen, was *ich* getan habe«, sagte er.
»Laß nur«, sagte sie, »ich nehme es dir nicht übel. Es war ganz natürlich. Wie geht es deiner Hand?«
Er zog sie unter der Decke hervor und streckte sie. Er hatte starke Schmerzen. »Nicht schlecht«, sagte er.

Sie nahm sie in ihre Hand und besah den Verband. »Hast du Heilspray aufgetragen?« fragte sie.

»Ja«, sagte er.

Sie sah ihn an, ohne seine Hand loszulassen. Ihre Augen waren groß und braun und strahlten morgenfrisch. »Bist du wirklich unterwegs zu einer Insel gewesen und wieder umgekehrt?« fragte sie.

Er nickte.

Sie lächelte. »Du bist très fou«, sagte sie.

»Nein, das bin ich nicht«, sagte er.

»Doch«, sagte sie und schaute wieder auf seine Hand. Sie führte sie an die Lippen und küßte seine Fingerspitzen, eine nach der anderen.

4

Sie brachen erst auf, als der Morgen schon halb vorüber war, und dann fuhren sie lange Zeit sehr schnell, um das Versäumte wieder aufzuholen. Es war ein seltsamer, dunstiger Tag, die Luft war schwer, der Himmel grünlichgrau und die Sonne eine weiße Scheibe, in die man mit weit offenen Augen blicken konnte. Anscheinend war der Klimakontrolle ein Fehler unterlaufen.

Lilac konnte sich an einen ähnlichen Tag in CHI erinnern, als sie zwölf oder dreizehn war. (»Bist du da geboren?« »Nein, in MEX.« »Wirklich? Ich auch!«). Es fielen keine Schatten, und die Fahrräder, die ihnen entgegenkamen, schienen wie Wagen über der Erde zu fahren. Mitglieder schauten furchtsam zum Himmel empor und lächelten nicht, wenn sie beim Näherkommen nickten.

Als sie im Gras saßen und gemeinsam einen Behälter voll Cola leerten, sagte Chip: »Es ist besser, wenn wir von jetzt an langsam fahren. Auf dem Weg muß es Raster geben, und wir müssen den richtigen Moment aussuchen können, um ihn zu passieren.«

»Raster unseretwegen?« sagte sie.

»Nicht unbedingt«, sagte er. »Einfach weil das die Stadt ist, die am

nächsten bei den Inseln liegt. Würdest du nicht auch zusätzlich Sicherheitsvorkehrungen treffen, wenn du Uni wärst?«
Aber die Raster waren nicht seine größte Sorge. Schlimmer wäre es, wenn eine Abordnung des Medizentrums wartete.
»Was ist, wenn Mitglieder nach uns Ausschau halten?« fragte sie. »Berater oder Ärzte, die Bilder von uns haben?«
»Nach so langer Zeit ist das nicht sehr wahrscheinlich«, sagte er. »Wir müssen es darauf ankommen lassen. Ich habe die Pistole und das Messer auch.« Er faßte an seine Tasche.
Nach kurzem Schweigen fragte sie: »Würdest du es benutzen?«
»Ja«, sagte er. »Ich glaube.«
»Ich hoffe, es ist nicht nötig«, sagte sie.
MvuMeuMzuMdu»Ich auch.«
»Setz lieber deine Sonnenbrille auf«, sagte sie.
»An einem Tag wie heute?« Er sah zum Himmel auf.
»Wegen deines Auges.«
»Ach so«, sagte er. »Natürlich.« Er zog seine Brille hervor und setzte sie auf, sah Lilac an und lächelte. »Du kannst nicht viel tun«, sagte er, »außer ausatmen.«
»Was meinst du?« fragte sie. Dann wurde sie rot und sagte: »Sie fallen nicht auf, wenn ich angezogen bin.«
»Sie sind mir als erstes an dir aufgefallen«, sagte er. »Direkt *ins Auge gesprungen.*«
»Das glaube ich dir nicht«, sagte sie. »Du lügst. Habe ich recht?«
Er lachte und tätschelte ihr das Kinn.
Sie fuhren langsam. Es waren keine Raster am Weg. Kein Ärzteteam hielt sie auf. Alle Fahrräder in dieser Gegend waren neu, aber keiner sagte etwas über ihre alten.
Am späten Nachmittag waren sie in '12 082. Den Geruch des Meeres in der Nase, fuhren sie zum Westen der Stadt. Sie wandten den Blick nicht von dem Weg, der vor ihnen lag.
Sie ließen ihre Räder im Parkgelände stehen und gingen zu Fuß zurück zu einer Kantine, von der Stufen zum Ufer hinabführten. Die See lag tief unter ihnen, glatt und blau und unendlich, bis sie sich in grünlichgrauem Dunst verlor.

»Diese Mitglieder haben nicht berührt«, sagte ein Kind.
Lilac umklammerte Chips Hand fester. »Geh weiter«, sagte er. Sie schritten Betonstufen hinab, die aus rauhen Klippen ragten.
»He, ihr da!« rief ein Mitglied, ein Mann. »Ihr beiden Mitglieder!«
Chip drückte Lilacs Hand mit voller Kraft, und sie drehten sich um. Der Mann stand hinter dem Raster am oberen Ende der Stufen. An der Hand hielt er ein nacktes Mädchen von fünf oder sechs Jahren, das sie anschaute und sich mit einem roten Schäufelchen den Kopf kratzte.
»Habt ihr gerade eben berührt?« fragte das Mitglied.
Sie sahen einander an und blickten auf das Mitglied. »Natürlich«, sagte Chip. »Ja, natürlich«, sagte Lilac.
»Es war aber kein ›Ja‹ zu sehen«, sagte das Mädchen.
»Doch, Schwester«, sagte Chip ernsthaft. »Sonst wären wir nicht weitergegangen, oder?« Er sah das Mitglied an und zeigte ein Lächeln. Das Mitglied bückte sich und sagte etwas zu dem Mädchen.
»Nein, *habe ich nicht*«, sagte es.
»Komm weiter«, sagte Chip zu Lilac, und sie wandten sich um und stiegen die Stufen hinab.
»Kleines Biest«, sagte Lilac, und Chip sagte: »Geh einfach weiter.«
Sie gingen ganz hinunter und blieben stehen, um ihre Sandalen auszuziehen. Chip sah beim Bücken nach oben: Das Mitglied und das Mädchen waren verschwunden, andere Mitglieder kamen herunter.
Der Strand unter dem merkwürdig dunstigen Himmel war halb leer. Mitglieder saßen und lagen auf Decken. Viele hatten ihren Overall nicht abgelegt. Sie schwiegen oder sprachen ganz leise, und die Musik aus den Lautsprechern – »Sonntag, Wonnetag« – klang laut und unnatürlich.
Eine Schar Kinder spielten am Rand des Wassers Seilhüpfen und sangen dazu: »Christus, Marx und Wood und Wei, machten uns von Sorgen frei. Marx und Wood und Wei und Christ –«
Sie gingen nach Westen, Hand in Hand, in den freien Händen die Sandalen tragend. Der schmale Strand wurde noch schmaler und leerer. Vor ihnen, zwischen Klippen und Meer, stand ein Raster. Chip sagte: »Ich habe noch nie einen Raster an einem Strand gesehen.«
»Ich auch nicht«, sagte Lilac.
Sie sahen einander an.

»Das ist der Weg, den wir einschlagen werden«, sagte er. »Später.«
Sie nickte, und sie gingen näher auf den Raster zu.
»Es drängt mich follement, ihn zu berühren«, sagte er. »Kampf dir, Uni; hier bin ich!«
»Beherrsch dich!« sagte sie.
»Keine Sorgen«, sagte er. »Ich tue es nicht.«
Sie kehrten um und gingen zum Hauptstrand zurück. Sie zogen ihre Overalls aus, gingen ins Wasser und schwammen weit hinaus. Auf dem Rücken dahintreibend, studierten sie das Ufer hinter dem Raster, die grauen Klippen, die im grünlichgrauen Dunst langsam verschwanden. Ein Vogel stieg von den Klippen auf, kreiste und flog zurück. Er verschwand in einer winzig schmalen Spalte.
»Da gibt es wahrscheinlich Höhlen, in denen wir bleiben können«, sagte Chip. Ein Rettungsschwimmer pfiff und winkte ihnen. Sie schwammen zum Ufer zurück.
»Es ist fünf vor fünf, Mitglieder«, sagten die Lautsprecher. »Abfälle und Handtücher in die Körbe, bitte. Nehmt beim Ausschütteln der Decken Rücksicht auf andere Mitglieder.«
Sie zogen sich an, stiegen die Stufen wieder hoch und gingen zu dem Gehölz zurück, wo sie ihre Fahrräder gelassen hatten. Sie trugen sie weiter hinein und setzten sich, um abzuwarten. Chip säuberte den Kompaß und die Taschenlampe und das Messer, und Lilac packte alles, was sie sonst noch hatten, zu einem einzigen Bündel.

Etwa eine Stunde nach Einbruch der Dunkelheit gingen sie in die Kantine und holten einen Karton mit Kuchen und Getränken und wanderten wieder zum Strand. Sie schritten auf den Raster zu und an ihm vorbei. Die Nacht war mondlos und sternlos, und der Dunst des Tages hing immer noch in der Luft. Wo die Wellen gegen den Strand schlugen, leuchteten ab und zu phosphoreszierende Funken auf; sonst herrschte tiefste Dunkelheit. Chip hielt den Karton unter dem Arm und beleuchtete alle paar Sekunden den Weg vor ihnen mit der Taschenlampe. Lilac trug das Deckenbündel.
»In einer Nacht wie heute werden keine Händler an Land kommen«, sagte sie.

»Aber auch sonst wird niemand am Strand sein«, sagte Chip. »Keine sexbesessenen Zwölfjährigen. Und das ist gut so.«

Aber es war nicht gut, dachte er, sondern schlecht. Was war, wenn der Dunst tagelang und nächtelang nicht verschwand und sie direkt an der Schwelle zur Freiheit aufhielt? War es möglich, daß Uni den Dunst absichtlich *gemacht* hatte, nur zu diesem Zweck? Er lächelte über sich selbst. Er war très fou, genau wie Lilac gesagt hatte.

Sie gingen weiter, bis sie glaubten, auf halbem Weg zwischen '082 und der nächsten Stadt im Westen zu sein, und dann stellten sie den Karton und das Bündel nieder und suchten die Klippen nach einer passenden Höhle ab. Sie hatten in wenigen Minuten eine gefunden, ein niedriges Gelaß, auf dessen Sandboden Kuchenfolien und, seltsamerweise, zwei aus einer vV-Landkarte gerissene Stücke – ein grünes »Ägypten« und ein rosarotes »Äthiopien« – herumlagen. Sie trugen den Karton und das Bündel in die Höhle, breiteten die Decken aus, aßen und legten sich zusammen nieder.

»Kannst du?« fragte Lilac. »Nach diesem Morgen und der gestrigen Nacht?«

»Ohne Behandlungen ist alles möglich«, sagte Chip.

»Es ist phantastisch«, sagte Lilac.

Später sagte Chip: »Selbst wenn wir nicht weiter als bis hierher kämen, wenn wir in fünf Minuten gefaßt und behandelt würden, hätte es sich gelohnt. Wir waren wenigstens für ein paar Wochen wir selbst und lebendig.«

»Ich will mein ganzes Leben, nicht nur einen kleinen Teil«, sagte Lilac.

»Du wirst es haben«, sagte Chip. »Ich verspreche es dir.« Er küßte ihre Lippen und streichelte ihre Wangen in der Dunkelheit. »Wirst du bei mir bleiben?« fragte er. »Auf Mallorca?«

»Natürlich«, sagte sie. »Warum sollte ich nicht?«

»Du wolltest nicht«, sagte er. »Weißt du noch? Du wolltest nicht einmal so weit mit mir gehen.«

»Christus und Wei, das war *gestern nacht*«, sagte sie und küßte ihn. »Natürlich bleibe ich. Du hast mich erweckt, und nun gehörst du zu mir.«

Sie umarmten und küßten einander.

»Chip!« schrie sie – in Wirklichkeit, nicht in seinem Traum.
Sie war neben ihm. Er setzte sich auf und stieß mit dem Kopf gegen Stein, griff nach dem Messer, das er in den Sand gesteckt hatte. »Chip! Schau!« rief sie, als er das Messer gefunden hatte und sich auf die Knie und seine Hand stützte. Sie kauerte als dunkler Umriß vor der blendend hellen, blauen Öffnung der Höhle. Er hob das Messer, bereit, jeden, der kam, zu erdolchen.
»Nein, nein«, sagte sie lachend. »Komm, sieh dir das an, komm! Du wirst es nicht glauben!«
Blinzelnd, weil die Helligkeit von Himmel und Meer ihn blendete, kroch er zu ihr hinüber. »Schau«, sagte sie glücklich, auf den Strand zeigend.
Etwa fünfzig Meter von ihnen entfernt stand ein Boot auf dem Sand, eine alte, kleine, zweirotorige Barkasse mit weißem Rumpf und rotem Rand. Sie stand gerade außerhalb des Wassers, ganz leicht nach vorne geneigt. Auf dem Rand und der Windschutzscheibe, von der ein Teil zu fehlen schien, waren weiße Flecke zu sehen.
»Laß uns nachsehen, ob es seetüchtig ist«, sagte Lilac. Eine Hand auf Chips Schulter gestützt, wollte sie aus der Höhle herauskriechen. Er ließ das Messer fallen, ergriff ihren Arm und zog sie zurück. »Warte eine Minute«, sagte er. »Wozu?« Sie sah ihn an.
Er rieb sich den Kopf, wo er ihn angeschlagen hatte, und blickte stirnrunzelnd auf das Boot, das so weiß und rot und leer und wie bestellt unter der kahlen, dunstlosen Morgensonne lag. »Das ist irgendein Trick«, sagte er. »Eine Falle. Es ist zu einfach. Wir gehen schlafen und wachen auf, und ein Boot ist für uns bereitgestellt worden. Du hast recht: *Ich glaube es nicht.*«
»Es wurde nicht für uns ›bereitgestellt‹«, sagte sie. »Es ist seit Wochen hier. Sieh dir doch an, wieviel Vogeldreck darauf liegt und wie tief das Heck im Sand steckt.«
»Woher ist es gekommen?« fragte er. »Es gibt keine Inseln in der Nähe.«
»Vielleicht haben Händler es von Mallorca gebracht und sind an Land gefaßt worden«, sagte sie. »Oder sie haben es absichtlich zurückgelassen, für Mitglieder wie wir. Du hast gesagt, es könnte einen Rettungsdienst geben.«

»Und niemand hat es gesehen und Meldung erstattet, seitdem es hier liegt?«
»Uni hat keinen bis zu diesem Teil des Strandes vordringen lassen.«
»Laß uns warten«, sagte er. »Laß uns einfach die Augen offenhalten und eine Weile warten.«
Widerstrebend sagte sie: »Na gut.«
»Es ist zu einfach«, sagte er.
»Warum muß alles kompliziert sein?«
Sie blieben in der Höhle. Sie aßen und wickelten die Decken wieder zu einem Bündel zusammen, ohne das Boot aus den Augen zu lassen. Sie krochen abwechslungsweise zum hinteren Teil der Höhle und vergruben ihre Abfälle in Sand.
Wellenkämme brachen sich unter der Rückseite der Außenfläche des Boots. Als die Ebbe kam, blieben sie aus. Vögel – vier Möwen und zwei kleinere braune – kreisten darüber und ließen sich auf der Windschutzscheibe und der Reling nieder.
»Es wird mit jeder Minute schmutziger«, sagte Lilac. »Und was ist, wenn es gemeldet *wurde* und heute der Tag ist, an dem es abgeholt wird?«
»Bitte flüstere, ja!« sagte Chip. »Christus und Wei, ich wollte, ich hätte das Fernglas mitgebracht.«
Er versuchte, aus der Kompaßlinse, einer Taschenlampenlinse und dem zusammengerollten Deckel des Kuchenkartons eines zu konstruieren, aber es klappte nicht.
»Wie lange warten wir noch?« fragte sie.
»Bis es dunkel ist«, sagte er.
Niemand ging über den Strand, und außer dem Plätschern der Wellen und dem Flügelschlagen und den Schreien der Vögel war kein Laut zu hören.

Er ging allein zu dem Boot, langsam und vorsichtig. Es war älter, als es von der Höhe aus geschienen hatte. Unter der abblätternden weißen Farbe war zu erkennen, daß der Rumpf schon repariert worden war, und der Rand war verbeult und rissig. Er ging um das Boot herum, ohne es anzurühren, und suchte mit der Taschenlampe nach Anzeichen drohender Tücken und Gefahren – welcher Art sie sein könnten, wußte er auch nicht. Er entdeckte jedoch nichts. Er sah nur ein altes, auf unerklärliche Weise verlassenes Boot, das keine Mittelsitze mehr hatte, dem ein Drittel der Windschutzscheibe fehlte und das vollständig von getrocknetem weißem Vogelmist bedeckt war. Er knipste sein Licht aus und sah zu den Klippen empor – berührte die Reling des Bootes und wartete auf einen Alarm. Die Klippe blieb dunkel und verlassen im fahlen Licht des Mondes.

Er stieg auf den Rand, kletterte in das Boot und richtete den Lichtstrahl auf das Armaturenbrett. Es war leicht zu überblicken: Ein- und Aus-Schalter für die Antriebsrotoren und den Auftriebsrotor, ein Geschwindigkeitsregulator, der auf 100 km/h begrenzt war, ein Steuerknüppel, einige Pegel und Zähler, und ein Schalter, auf dem *Kontrolliert* und *Automatisch* stand und der auf *Automatisch* gestellt war. Er fand den Batteriekasten auf Deck zwischen den Vordersitzen und klappte ihn auf. Laut Aufschrift würde die Batterie im April 171, in einem Jahr also, verbraucht sein.

Er richtete den Lichtstrahl auf die Rotorengehäuse. Eines war mit Zweigen vollgestopft. Er fegte sie heraus, entfernte die restlichen einzeln mit den Fingern und beleuchtete den Rotor; er war neu und glänzte. Der andere Rotor war alt und seine Flügel, von denen einer ganz fehlte, vom Rost zerfressen.

Er setzte sich vor das Armaturenbrett und fand den Schalter für die Beleuchtung. Eine Miniaturuhr stand auf 5.11 Fr 27. Aug. 169. Er ließ einen Antriebsrotor an und dann den anderen. Sie knatterten, aber dann surrten sie leise und gleichmäßig. Er schaltete sie an, besah die Pegel und Zähler und schaltete das Licht des Armaturenbretts aus.

Auf der Klippe hatte sich nichts verändert. Keine Mitglieder waren aus Verstecken hervorgesprungen. Er blickte auf das Meer hinter ihm. Es war unbewegt und leer, und ein Silberstreifen erstreckte sich, immer schmaler werdend, bis zum Horizont, wo er unter dem Vollmond endete. Kein Boot kam Chip entgegen.

Er saß ein paar Minuten in dem Boot, dann stieg er aus und ging zu der Höhle zurück.

Lilac stand vor dem Eingang. »Ist es in Ordnung?« fragte sie.

»Nein«, sagte er. »Es ist keine Botschaft oder etwas Derartiges darin zu finden; also wurde es nicht von Händlern zurückgelassen. Die Uhr ist letztes Jahr stehengeblieben, aber der Rotor ist neu. Den Auftriebsrotor wollte ich im Sand nicht ausprobieren, aber selbst wenn er funktioniert, ist der Bootsrand an zwei Stellen beschädigt und könnte auseinanderbrechen. Andererseits könnte uns das Boot direkt nach '082 – zu einem kleinen Medizentrum an der Küste – befördern, obwohl es scheinbar der Telekontrolle entzogen ist.«

Lilac stand vor ihm und sah ihn an.

»Wir könnten es aber trotzdem versuchen«, sagte er. »Wenn das Boot nicht von Händlern zurückgelassen wurde, werden sie nicht an Land kommen, solange es hier ist. Vielleicht sind wir einfach zwei Mitglieder, die sehr viel Glück haben.« Er gab ihr die Taschenlampe.

Er holte den Karton und das Deckenbündel aus der Höhle und klemmte beides unter den Arm. Sie machten sich auf den Weg zum Boot. »Und was ist mit den Sachen zum Handeln?« sagte sie.

»Wir werden *es* haben«, sagte er. »Ein Boot ist hundertmal wertvoller als Kameras und Verbandskästen.« Er schaute zu der Klippe hinauf. »So, ihr Ärzte!« rief er. »Jetzt könnt ihr hervorkommen!«

»Pst, *laß das*!« sagte sie.

»Wir haben die Sandalen vergessen«, sagte er.

»Sie sind im Karton.«

Er legte den Karton und das Bündel in das Boot, und sie schabten den Vogelmist mit Muschelstücken von der Windschutzscheibe. Sie hoben den Bug des Bootes hoch und schoben ihn vorwärts, auf das Meer zu. Dann machten sie dasselbe mit dem Heck.

Immer wieder hoben sie das Boot an beiden Enden hoch und zerrten es nach vorne, bis es endlich, unsicher schlingernd und schaukelnd, in der Brandung lag. Chip hielt es fest, während Lilac hineinkletterte, dann schob er es weiter hinaus und stieg selbst an Bord.

Er setzte sich vor das Armaturenbrett und schaltete die Beleuchtung an. Lilac saß auf dem Sitz neben ihm und schaute zu. Er konnte sehen, daß sie ihn ängstlich beobachtete. Nach kurzem Zögern schaltete er den Antriebsrotor und den Auftriebsrotor ein. Das Boot schwankte so heftig, daß sie von einer Seite zu anderen geschleudert wurden, und dann

fing es an laut zu knattern. Er packte den Steuerknüppel, hielt ihn fest und drehte am Geschwindigkeitsregulator des Bootes. Das Boot schoß vorwärts, und das Schwanken und Rattern ließ nach. Er beschleunigte das Tempo auf zwanzig, auf fünfundzwanzig Stundenkilometer. Das Rattern hörte auf, und das Schwanken ging in ein gleichmäßiges Vibrieren über. Das Boot bewegte sich schwerfällig auf der Wasseroberfläche dahin.
»Es hebt sich nicht«, sagte er.
»Aber es fährt«, sagte sie.
»Und wie lange noch? Es ist nicht dafür gebaut, so tief im Wasser zu liegen, und die Außenfläche ist schon beschädigt.« Er beschleunigte das Tempo, und das Boot brauste durch die Schaumkronen der Wellen. Er betätigte versuchsweise den Steuerknüppel. Das Boot reagierte darauf. Er steuerte nach Norden, holte seinen Kompaß hervor und verglich ihn mit dem Kursweiser. »Es bringt uns nicht nach '082«, sagte er. »Bis jetzt wenigstens nicht.«
Sie schauten nach hinten und blickten zum Himmel auf. »Es kommt niemand«, sagte sie.
Er legte noch mehr Tempo zu, und das Boot hob sich ein bißchen höher aus dem Wasser heraus, aber das hatte den Nachteil, daß das Fahrzeug vom Anprall gegen die Wellen noch heftiger erschüttert wurde. Er drosselte die Geschwindigkeit wieder. Der Tachometer stand auf sechsundfünfzig. »Ich glaube, wir machen nicht mehr als vierzig«, sagte er. »Es wird hell sein, wenn wir ankommen – *falls* wir ankommen. Aber es wird schon klappen, nehme ich an. Ich werde schon nicht auf der falschen Insel landen. Ich weiß nicht, wie weit uns das vom Kurs abbringt.«
Zwei andere Inseln lagen bei Mallorca: Vierzig Kilometer nordöstlich EUR91 766, wo Kupfer gefördert wurde, und fünfundachtzig Kilometer südwestlich EUR91 603, wo sich ein Algenverarbeitungs-Werk und ein Klimasteuerungs-Unterzentrum befanden.
Lilac schmiegte sich an Chip, um dem Wind und dem Gischt, die durch das Loch in der Windschutzscheibe drangen, auszuweichen. Chip hielt den Steuerknüppel. Er beobachtete den Kursweiser und die mondhelle See und die Sterne über dem Horizont.

Die Sterne erloschen, der Himmel wurde hell, und kein Mallorca war zu sehen. Rings umher war nur Meer, ruhig, glatt und endlos.
»Mit vierzig Stundenkilometer hätten wir sieben Stunden gebraucht«, sagte Lilac. »Wir sind aber schon länger unterwegs, nicht wahr?«
»Vielleicht sind wir nicht mit vierzig gefahren«, sagte Chip.
Oder vielleicht hatte er nicht stark genug oder zu stark gegen die Ostströmung des Meeres angekämpft. Vielleicht lag Mallorca schon hinter ihnen, und sie fuhren auf EUR zu. Oder vielleicht existierte Mallorca nicht mehr und war aus den vV-Landkarten getilgt worden, weil vV-Mitglieder es durch »Bomben« völlig zerstört hatten und die Familie nicht an Wahnsinn und Barbarei erinnert werden sollte?
Er steuerte das Boot weiterhin fast direkt – mit einer winzigen Abweichung nach Westen – nordwärts, senkte aber die Geschwindigkeit ein wenig.
Der Himmel wurde heller, und noch war keine Insel, kein Mallorca zu sehen. Schweigend suchten sie den Himmel ab, wobei einer dem Blick des anderen auswich.
Ein letzter Stern funkelte im Nordosten über dem Wasser – nein, *auf* dem Wasser. Nein – »Da drüben ist ein Licht«, sagte er.
Sie sah in die Richtung seines ausgestreckten Zeigefingers und umklammerte seinen Arm.
Das Licht bewegte sich in einem Bogen hin und her, dann auf und ab, als ob es ihnen zuwinkte. Es war etwa einen Kilometer entfernt.
»Christus und Wei«, sagte Chip leise und steuerte darauf zu.
»Sei vorsichtig«, sagte Lilac. »Vielleicht ist es –«
Er nahm den Steuerknüppel in die andere Hand, zog das Messer aus der Tasche und legte es in seinen Schoß.
Das Licht ging aus, und sie sahen ein kleines Boot, in dem jemand saß und winkte, einen hellen Gegenstand schwenkte – einen Hut! Dann winkte er mit dem Arm und mit der leeren Hand.
»Ein Mitglied!« sagte Lilac.
»Ein *Mensch*!« sagte Chip. Mit einer Hand am Steuer und der anderen am Geschwindigkeitsregulator, fuhr er weiter dem Boot entgegen, das wie ein Ruderboot aussah.
»Schau ihn an!« sagte Lilac.

Der winkende Mann war klein und hatte einen weißen Bart. Sein Gesicht unter dem breitrandigen gelben Hut war rot und frisch. Er trug ein Kleidungsstück aus einem blauen Oberteil und weißen Hosenbeinen. Chip fuhr langsam auf das Ruderboot zu und stellte alle drei Rotoren ab.

Der Mann – er war über zweiundsechzig und hatte blaue Augen, phantastisch blaue Augen – lächelte, wobei braune, lückenhafte Zähne sichtbar wurden – und sagte: »Ihr seid wohl den Blödianen davongelaufen, was? Sucht ihr die Freiheit?« Sein Boot schwankte in ihren Bugwellen auf und ab. Er hatte Angeln und Netze dabei – Fischfang-Geräte.

»Ja«, sagte Chip. »Ja, so ist es. Wir sind auf der Suche nach Mallorca.«

»Mallorca?« sagte der Mann. Er lachte und kratzte seinen Bart. *My*orca!« sagte er. »Nicht Mallorca – Myorca! Aber jetzt heißt es Freiheits-Insel. Myorca heißt es schon lange nicht mehr – Gott weiß wie lange, hundert Jahre nehme ich an. *Freiheits-Insel* sagt man jetzt.«

»Sind wir bald dort?« fragte Lilac, und Chip sagte: »Wir sind Freunde. Wir sind nicht gekommen, um irgendwie zu stören, um euch ›heilen‹ zu wollen oder so etwas.«

»Wir sind selbst Unheilbare«, sagte Lilac.

»Wenn ihr es nicht wärt, würdet ihr nicht auf diesem Weg kommen«, sagte der Mann. »Dazu bin ich ja da: Um nach Leuten wie euch Ausschau zu halten und sie in den Hafen zu lotsen. Ja, ihr kommt bald zu der Insel. Das da drüben ist sie.« Er zeigte nach Norden.

Und nun war am Horizont ganz klar ein flacher, dunkelgrüner Streifen zu erkennen. Über seiner westlichen Hälfte leuchteten rosarote Punkte – Berge im Glanz der ersten Sonnenstrahlen.

Chip und Lilac schauten hinüber, sahen einander an und wandten den Blick wieder nach Mallorca-Myorca, zur Freiheits-Insel.

»Haltet mal an«, sagte der Mann, »dann mache ich achtern fest und komme an Bord.«

Sie drehten sich auf ihren Sitzen um, so daß sie sich das Gesicht zuwandten. Chip nahm das Messer vom Schoß, lächelte und warf es auf den Boden. Er ergriff Lilacs Hände.

Sie lächelten sich an.

»Ich dachte, wir seien daran vorbeigefahren«, sagte sie.

»Das habe ich auch angenommen«, sagte er, »oder daß es überhaupt nicht mehr existiert.«

Sie lächelten sich zu, beugten sich vor und gaben sich einen Kuß.

»He, helft mir mal, ja?« sagte der Mann, der sich mit seinen schmutzigen Fingern am Heck des Bootes festklammerte und zu ihnen hochsah.

Sie sprangen auf und gingen zu ihm hinüber. Chip kniete sich auf den Rücksitz und half ihm herein.

Seine Kleider waren aus Stoff, sein Hut bestand aus flachen Streifen einer gelben Faser. Er war einen halben Kopf kleiner als sie und strömte einen merkwürdigen, starken Geruch aus. Chip erfaßte seine harte Hand und schüttelte sie. »Ich heiße Chip«, sagte er, »und das ist Lilac.«

»Freut mich, eure Bekanntschaft zu machen«, sagte der bärtige, blauäugige alte Mann und lächelte mit seinen häßlichen Zähnen. »Ich bin Darren Costanza.« Er schüttelte Lilac die Hand.

»Darren Costanza?« sagte Chip.

»Das ist mein Name.«

»Ein wunderschöner Name!« sagte Lilac.

»Gutes Boot habt ihr da«, sagte Darren Costanza und sah sich um.

»Es hebt sich nicht«, sagte Chip, und Lilac sagte: »Aber es hat uns hierher gebracht. Ein Glück, daß wir es gefunden haben.«

Darren Costanza lächelte ihnen zu. »Und eure Taschen sind voll von Kameras und allem möglichen?« sagte er.

»Nein«, sagte Chip, »wir haben beschlossen, nichts mitzunehmen. Es war gerade Flut und –«

»Oh, das war ein Fehler«, sagte Darren Costanza. »Habt ihr *gar nichts* mitgenommen?«

»Eine Pistole ohne Generator«, sagte Chip und zog sie aus der Tasche. »Und ein paar Bücher und ein Rasiermesser in dem Bündel hier.«

»Nun, das ist schon etwas wert«, sagte Darren Costanza. Er nahm die Pistole, sah sie an und befingerte ihren Griff.

»Wir haben das Boot zum Handeln«, sagte Lilac.

»Ihr hättet mehr mitnehmen sollen«, sagte Darren Costanza. Er drehte sich um und trat einen Schritt zurück. Sie warfen sich einen kurzen Blick zu und schauten auf ihn und wollten ihm folgen, aber er drehte sich um, die Pistole in der Hand. Er hielt sie auf die beiden gerichtet und steckte

Chips Pistole in die Tasche. »Das alte Ding schießt mit Kugeln«, sagte er, während er weiter rückwärts auf die Vordersitze zuging. »Peng, peng. Ins Wasser mit euch, aber ganz schnell. Los! Ins Wasser!«
Sie sahen ihn an.
»Springt ins Wasser, ihr blöden Stahlinge!« schrie er. »Wollt ihr eine Kugel in den Kopf?« Er bewegte etwas am hinteren Ende der Pistole und richtete sie auf Lilac.
Chip schubste sie zum Bootsrand hinüber. Sie kletterte über die Reling auf den Rand und fragte »Warum tat er das?«, und glitt ins Wasser. Chip sprang hinter ihr her.
»Weg von dem Boot!« schrie Darren Costanza. »Haut ab! Schwimmt!«
Sie schwammen ein paar Meter, wobei sich ihre Overalls im Wasser aufblähten wie Ballons; dann drehten sie sich, im Wasser tretend, um.
»Warum *tust* du das?« fragte Lilac.
»Vielleicht kommst du von selbst darauf, Stahling!« sagte Darren Costanza, der jetzt vor dem Armaturenbrett des Bootes saß.
»Wir ertrinken, wenn du uns im Stich läßt!« schrie Chip. »Wir können doch nicht so weit schwimmen.«
»Wer hat euch geheißen, hierher zu kommen?« sagte Darren Costanza, und das Boot schoß durch die Wellen davon, und das am Heck vertäute Ruderboot wirbelte Gischt auf.
»Du verfluchter Bruderhasser!« brüllte Chip. Das Boot fuhr auf die Ostspitze der in weiter Ferne liegenden Insel zu.
»Er behält es für sich selbst!« sagte Lilac. »*Er* wird es eintauschen!«
»Der kranke, selbstsüchtige –«, sagte Chip. »Christus, Marx, Wood und Wei, ich hatte das Messer in der Hand und ließ es zu Boden fallen! – ›Ich habe euch erwartet, um euch zum Hafen zu begleiten‹ – Er ist ein *Pirat*, nichts anderes, der verfluchte –«
»Nicht! Sei still!« sagte Lilac und sah ihn verzweifelt an.
»Christus und Wei!« sagte er.
Sie öffneten die Verschlüsse ihrer Overalls und wanden sich heraus.
»Halt sie fest!« sagte Chip. »Wenn wir sie verknoten, wirken sie wie Luftkissen.« »Ein anderes Boot!« sagte Lilac.
Ein weißer Fleck zog rasch von Westen nach Osten vorüber, auf halbem Weg zwischen ihnen und der Insel.

Sie schwenkten die Overalls.

»Zu weit!« sagte Chip. »Wir müssen schwimmen!«

Sie knüpften sich die Ärmel ihrer Overalls um den Hals und schwammen gegen das eiskalte Wasser an. Die Insel war unerreichbar fern – zwanzig Kilometer oder noch mehr.

Wenn wir auf unseren aufgeblähten Overalls Ruhepausen einlegen, könnten wir so weit vorankommen, daß wir vielleicht von einem anderen Boot entdeckt werden, dachte Chip. Aber wer würde darinsitzen? Mitglieder wie Darren Costanza? Übelriechende *Piraten und Mörder*? Hatte King recht gehabt? »*Ich hoffe, ihr kommt dorthin*«, sagte King, *mit geschlossenen Augen auf dem Bett liegend.* »*Alle beide. Ihr habt es verdient.*« Kampf dem Bruderhasser!

Das zweite Boot war dem entführten nahe gekommen, das nun weiter nach Osten fuhr, wie um dem anderen auszuweichen.

Chip schwamm mit regelmäßigen Zügen und warf immer wieder einen Blick auf Lilac, die neben ihm schwamm. Würden sie oft genug eine Verschnaufpause einlegen können, um durchzuhalten und ihr Ziel zu erreichen? Oder würden sie ertrinken, ersticken, leblos durch das dunkle Wasser in die Tiefe gleiten... Er verscheuchte das Bild und schwamm weiter, immer weiter. Das zweite Boot hatte angehalten; ihr eigenes war weiter von ihm entfernt als zuvor. Aber das zweite Boot schien jetzt größer, immer größer zu werden.

Chip hörte auf zu schwimmen und packte Lilac am Bein. Sie drehte sich keuchend um, und er zeigte mit dem Finger auf das Boot. Es hatte gar nicht angehalten, sondern gewendet, und kam jetzt auf sie zu.

Sie zupften an den Overall-Ärmeln, lösten sie von ihren Hälsen und schwenkten die beiden Kleidungsstücke, das hellblaue und das leuchtend gelbe.

»Hier!« riefen sie, »Hilfe! Hier! Hilfe!« – und winkten, sich so hoch wie möglich aus dem Wasser reckend, mit den Overalls.

Das Boot wendete in die andere Richtung, dann wieder scharf zurück. Es hielt auf sie zu, wurde größer, und eine Hupe ertönte – laut, laut, laut, laut, laut.

Lilac sank Chip entgegen. Sie hustete und spuckte Wasser. Er schob seine Schulter unter ihren Arm und stützte sie.

Das Boot zischte auf sie zu und hielt so abrupt, daß sie von einer Welle überspült werden. Nun lag es dicht vor ihnen – schneeweiß und in voller Größe. Es hatte nur einen Rotor, und auf seinem Rumpf stand in großen, grünen Buchstaben E. H.

»Festhalten!« rief ein Mitglied, und etwas flog durch die Luft und klatschte neben ihnen ins Wasser: ein weißer Rettungsring an einem Tau. Chip griff danach, und das Tau straffte sich, weil ein junges Mitglied mit gelben Haaren daran zerrte. Er zog sie durch das Wasser. »Ich habe es gut überstanden«, sagte Lilac in Chips Armen. »Es ist nichts passiert.«

An der Seite des Bootes führten Sprossen nach oben. Chip nahm Lilac den Overall aus der Hand, bog ihre Finger um eine Sprosse und legte ihre andere Hand auf die nächsthöhere Sprosse. Sie kletterte hinauf. Das Mitglied beugte sich herunter, streckte den Arm aus und ergriff ihre Hand, um ihr behilflich zu sein. Chip stützte sie an den Füßen und stieg hinter ihr empor.

Hand in Hand und keuchend lagen sie auf warmen, festen Planken unter kratzigen Decken. Ihre Köpfe wurden, einer nach dem anderen, hochgehoben und ein kleiner Metallbehälter an ihre Lippen gedrückt. Die Flüssigkeit darin roch wie Darren Costanza. Sie brannte in der Kehle, aber nachdem sie sie geschluckt hatten, wurde ihnen überraschend warm im Magen.

»Alkohol?« sagte Chip.

»Keine Angst«, sagte der gelbhaarige junge Mann, der auf sie herablächelte, während er den kleinen Behälter auf eine Feldflasche schraubte, »ein Schlückchen wird euch nicht um den Verstand bringen.« Er war etwa fünfundzwanzig, hatte einen kurzen, gleichfalls gelben Bart, normale Zähne und normale Haut und Augen. An einem braunen Gürtel um seine Hüften hing eine braune Tasche mit einer Pistole; er trug ein weißes, ärmelloses Stoffhemd und beige, kniefreie Hosen mit blauen Flicken. Als er die Flasche zur Seite legte, hakte er den Gürtel auf. »Ich hole eure Overalls«, sagte er. »Seht zu, daß ihr wieder zu Atem kommt.« Er legte den Pistolengurt neben die Flasche und stieg über den Rand des Bootes. Ein Platschen war zu hören, und das Boot schwankte.

»Wenigstens sind nicht alle so wie der andere«, sagte Chip.
»Er hat eine Pistole«, sagte Lilac.
»Aber er hat sie hiergelassen«, sagte Chip. »Wenn er – krank wäre, hätte er das nicht gewagt.«
Sie lagen schweigend, Hand in Hand, unter den kratzigen Decken, holten tief Luft und schauten zu dem klaren, blauen Himmel hinauf.
Das Boot neigte sich, und der junge Mann stieg mit ihren tropfenden Overalls wieder an Bord. Seine Haare, die seit langem nicht mehr geschnitten waren, klebten in nassen Kringeln um den Kopf. »Geht's schon besser?« fragte er sie lächelnd.
»Ja«, sagten sie beide.
Er schüttelte die Overalls über dem Bootsrand aus. »Es tut mir leid, daß ich nicht rechtzeitig hier war, um euch vor diesem Lunki zu schützen«, sagte er. »Die meisten Einwanderer kommen aus Eur, deshalb halte ich mich gewöhnlich im Norden auf. Wir brauchen eben *zwei* Boote, nicht nur eines. Oder einen Sucher mit größerer Reichweite.«
»Bist du ein – Polizist?« fragte Chip.
»*Ich?*« Der junge Mann lächelte. »Nein, ich bin von der Einwanderer-Hilfe. Die Gründung dieser Einrichtung, die neuen Einwanderern hilft, sich zurechtzufinden und an Land zu kommen, ohne zu ertrinken, wurde uns großzügigerweise gestattet.« Er hängte die Overalls über die Reling und zog die klatschnassen Falten auseinander.
Chip stemmte sich auf die Ellbogen hoch. »Kommt das oft vor?«
»›Einwanderer-Boote-Stehlen‹ ist hier ein beliebter Zeitvertreib«, sagte der junge Mann. »Aber es gibt andere, die sogar noch mehr Spaß machen.«
Chip setzte sich auf und Lilac neben ihm auch. Der junge Mann stand direkt vor ihnen, von rosigem Sonnenschein übergossen.
»Tut mir leid, daß ich euch enttäuschen muß«, sagte er, »aber ihr seid in kein Paradies gekommen. Vier Fünftel der Inselbevölkerung stammen von den Familien ab, die vor der Vereinigung hier lebten oder kurz danach gekommen sind. Sie sind beschränkt, unwissend, dumm, selbstgerecht – und sie verachten Einwanderer. ›Stahlinge‹ nennen sie uns. Wegen der Armbänder. Sogar nachdem wir sie abgenommen haben.«
Er hob den Pistolengürtel von dem Sitz auf und legte ihn um die Hüften.

»Wir nennen *sie* ›Lunkis‹«, sagte er, indem er die Gürtelschnalle schloß. »Aber sprecht das nie laut aus, sonst treten euch gleich ein paar von ihnen die Rippen ein. Das ist auch eine von ihren Lieblingsbeschäftigungen.«
Er sah sie wieder an. »Die Insel wird von einem General Costanza beherrscht«, sagte er, »mit der –«
»Der hat uns das Boot weggenommen«, sagten sie. »Darren Costanza!«
»Wohl kaum«, sagte der junge Mann. »Der General steht so früh nicht auf. Euer Lunki muß euch einen Bären aufgebunden haben.«
Chip sagte: »Der *Bruder*hasser!«
»General Costanza«, sagte der junge Mann, »hat die Armee und die Kirche hinter sich. Freiheit gibt es selbst für Lunkis kaum, und für uns überhaupt nicht. Wir müssen in vorgeschriebenen Bezirken, den Stahling-Städten leben, die wir ohne triftigen Grund nicht verlassen dürfen. Wir müssen jedem Lunki-Polizisten Kennkarten vorweisen und können nur an die untergeordnetsten und anstrengendsten Posten herankommen.« Er hob die Flasche auf. »Wollt ihr noch ein bißchen?« fragte er. »Es heißt Schnaps.«
Chip und Lilac schüttelten den Kopf.
Der junge Mann schraubte den Verschluß ab und goß bernsteinfarbene Flüssigkeit hinein. »Na, was habe ich noch vergessen?« sagte er. »Wir dürfen kein Land und keine Waffen besitzen. Ich gebe meine Pistole ab, sobald ich einen Fuß an Land setze.« Er hob das Trinkgefäß und sah sie an. »Willkommen auf der Freiheits-Insel«, sagte er und trank.
Sie sahen einander entmutigt an, dann blickten sie zu dem jungen Mann auf.
»So nennen sie sie«, sagte er. »Freiheits-Insel.«
»Wir dachten, sie würden Neuankömmlinge freudig begrüßen«, sagte Chip, »weil sie helfen, die Familie fernzuhalten.«
Der junge Mann schraubte den Verschluß wieder auf die Flasche und sagte: »Hierher kommt keiner, von zwei oder drei Einwanderern im Monat abgesehen. Die Familie hat zum letzten Mal versucht, die Lunkis zu behandeln, als es noch fünf Computer gab. Seit Uni in Betrieb ist, wurde nicht ein einziger Versuch mehr unternommen.«
»Warum nicht?« fragte Lilac.

Der junge Mann sah sie an. »Das weiß niemand«, sagte er. »Es gibt verschiedene Theorien. Die Lunkis glauben, daß entweder ›Gott‹ sie beschützt oder die Familie vor der Armee, einem Haufen versoffener, unfähiger Halunken, Angst hat. Die Einwanderer glauben – nun, einige von ihnen glauben, die Insel sei so verkommen und entvölkert, daß es sich für Uni einfach nicht lohnt, jeden hier zu behandeln.«
»Und andere denken –«, sagte Chip.
Der junge Mann wandte sich ab und stellte die Flasche auf ein Bord unter dem Armaturenbrett des Bootes. Er ließ sich auf dem Sitz nieder und drehte sich um, so daß er ihnen ins Gesicht blickte. »Andere«, sagte er, »und zu diesen gehöre ich, nehmen an, daß Uni die Insel *und* die Lunkis *und* alle verborgenen Inseln auf der ganzen Welt *benutzt*.«
»*Sie benutzt?*« sagte Chip, und Lilac fragte: »Wie denn?«
»Als Gefängnisse für *uns*«, sagte der junge Mann.
»Warum liegt immer ein Boot am Strand?« fragte er. »*Immer*, in Eur und in Afr – ein altes Boot, das noch die Überfahrt hierher schafft? Und warum hängen diese überklebten Landkarten so offen in den Museen? Wäre es nicht einfacher, Fälschungen herzustellen, auf denen die Inseln *wirklich* weggelassen sind?«
Sie starrten ihn an.
»Was tut man«, sagte er, indem er sie eindringlich ansah, »wenn man einen Computer für die Erhaltung einer vollkommen leistungsfähigen, vollkommen beständigen, vollkommen auf gegenseitige Zusammenarbeit ausgerichteten Gesellschaft programmiert? Welche Vorsorgen trifft man gegen biologische Mißbildungen, ›Unheilbare‹, mögliche Störenfriede?«
Sie starrten ihn wortlos an.
Er beugte sich näher zu ihnen vor. »Man läßt, über die ganze Welt verteilt, ein paar ›nicht-vereinigte‹ Inseln übrig«, sagte er. »Man läßt Landkarten in Museen hängen und Boote an Stränden stehen. Der Computer braucht die Mißratenen nicht aus dem Weg zu räumen, *weil sie das selbst besorgen.* Sie schweben glücklich in die nächste Isolierstation, wo *Lunkis* mit einem General Costanza an der Spitze warten, um ihre Boote zu stehlen, sie in Stahling-Städte zu pferchen und dafür zu sorgen, daß sie hilflos und harmlos bleiben – und zwar durch Mittel und Wege, auf

die geistig hochstehende Jünger von Christus, Marx, Wood und Wei nicht *im Traum* verfallen würden.«

»Es kann nicht *sein*«, sagte Lilac.

»Viele von uns glauben, daß es sein kann«, sagte der junge Mann.

Chip sagte: »Uni hat uns hierher *kommen lassen*?«

»Nein«, sagte Lilac. »Es ist – zu sehr um drei Ecken herum gedacht.«

Der junge Mann sah Chip an.

Chip sagte: »Ich hielt mich für so verflucht schlau!«

»Mir ging es ebenso«, sagte der junge Mann und lehnte sich zurück. »Ich weiß genau, wie du dich fühlst.«

»Nein, es kann nicht sein«, sagte Lilac.

Einen Augenblick lang herrschte Schweigen, und dann sagte der junge Mann: »Ich führe euch jetzt ins Innere der Insel. Die E. H. wird eure Armbänder entfernen und euch registrieren lassen und für den Anfang fünfundzwanzig Dollar leihen.« Er lächelte. »So schlimm es auch ist«, sagte er, »besser als bei der Familie ist es doch. Stoff ist bequemer als Paplon – wirklich –, und selbst eine verdorbene Feige schmeckt besser als Vollnahrungskuchen. Ihr könnt Kinder haben, etwas zu trinken, eine Zigarette – ein paar Zimmer, wenn ihr hart arbeitet. Manche Stahlinge – Unterhaltungskünstler zumeist – werden sogar reich. Wenn ihr die Lunkis mit ›Herr‹ anredet und in der Stahling-Stadt bleibt, ist alles in Ordnung. Keine Raster, keine Berater und nicht ein einziges Mal im Jahr ›Marx' Leben‹ im Fernsehen.«

Lilac lächelte. Chip lächelte ebenfalls.

»Zieht die Overalls an«, sagte der junge Mann. »Die Lunkis haben einen Horror vor Nacktheit. Sie ist ›gottlos‹.« Er wandte sich dem Armaturenbrett des Bootes zu.

Sie legten die Decken zur Seite und schlüpften in ihre feuchten Overalls. Dann standen sie hinter dem jungen Mann, während er das Boot auf die Insel zusteuerte, die grün und golden, von Bergen gekrönt und mit weißen, gelben, rosaroten und hellblauen Tupfen übersät, im Schein der gerade aufgegangenen Sonne vor ihnen lag.

»Wunderschön!« sagte Lilac mit Entschiedenheit.

Chip, der den Arm um ihre Schultern gelegt hielt, blickte mit zusammengekniffenen Augen nach vorn und sagte kein Wort.

5

Sie lebten in einer Stadt, die Pollensa hieß, und bewohnten die Hälfte eines Zimmers in einem rissigen, abbröckelnden Haus in der Stahling-Stadt Der Strom fiel öfters aus, und das Wasser war braun. Sie hatten eine Matratze und einen Tisch und einen Stuhl und für ihre Kleider eine Kiste, die sie als zweiten Stuhl benutzten. Die Leute in der anderen Hälfte des Zimmers, die Newmans – ein Mann und eine Frau in den Vierzigern mit einer neunjährigen Tochter –, ließen sie ihren Herd und ihren »Fernseher« und ein Fach im Kühlschrank benutzen, wo sie ihre Nahrungsmittel aufbewahrten. Das Zimmer gehörte den Newmans; Chip und Lilac bezahlten pro Woche vier Dollar für ihre Hälfte.

Sie verdienten zusammen neun Dollar und zwanzig Cents in der Woche. Chip arbeitete in einem Eisenbergwerk. Dort lud er, zusammen mit anderen Einwanderern, neben einem stillstehenden, verstaubten, nicht zu reparierenden Auflader, Erz in Karren.

Lilac arbeitete in einer Kleiderfabrik, wo sie Aufhänger in Hemden nähte. Auch dort stand, von Fusseln verstopft, eine Maschine, die außer Betrieb war.

Ihre neun Dollar und zwanzig Cents reichten jede Woche für Miete und Essen und Fahrgeld, für ein paar Zigaretten und eine Zeitung, die *Der Einwanderer auf der Freiheits-Insel* hieß. Sie sparten fünfzig Cents für Kleidung und für eventuelle Notfälle, und fünfzig Cents gaben sie der Einwanderer-Hilfe, um nach und nach das Fünfundzwanzig-Dollar-Darlehen, das sie bei ihrer Ankunft erhalten hatten, abzuzahlen. Sie aßen Brot und Fisch und Kartoffeln und Feigen. Zuerst bekamen sie davon Magenkrämpfe und Verstopfung, aber bald waren sie soweit, daß sie diese Nahrungsmittel mochten und die Vielfalt ihres Geschmacks und ihrer Beschaffenheit genossen. Sie freuten sich auf die Mahlzeiten, obgleich ihre Zubereitung und das Abwaschen hinterher lästig waren.

Ihre Körper veränderten sich. Lilac blutete an ein paar Tagen, was, wie die Newmans ihnen versicherten, bei einer unbehandelten Frau natürlich war, und ihre Formen wurden runder und geschmeidiger, während ihr Haar länger wuchs. Chip wurde durch die Arbeit im Bergwerk stär-

ker und muskulöser. Ein schwarzer, glatter Bart, den er einmal in der Woche mit der Schere der Newmans schnitt, wuchs ihm.
Ein Beamter im Amt für Einwanderer hatte ihnen Namen gegeben. Chip hieß nun Eiko Newmark und Lilac Grace Newbridge. Später, als sie heirateten – ohne Gesuch an Uni, aber mit Formularen und einer Gebühr und Gelübden zu »Gott« – wurde Lilacs Name in Grace Newmark geändert. Dennoch nannten sie einander immer noch Chip und Lilac.
Sie gewöhnten sich an den Umgang mit Geld und Ladenbesitzern und an die Fahrten mit der heruntergekommenen, überfüllten Einschienenbahn von Pollensa. Sie lernten, vor den Einheimischen zur Seite zu treten und sie nicht zu beleidigen; sie lernten den Treueschwur und grüßten die rot-gelbe Flagge der Freiheits-Insel. Sie klopften an Türen, bevor sie sie aufmachten, sagten *Mittwoch* statt Woodstag und *März* statt Marx.
Hassan Newman trank sehr viel Schnaps. Bald nachdem er von der Arbeit – in der größten Möbelfabrik der Insel – heimkam, spielte er lärmend mit Gigi, seiner Tochter, und tapste durch den Vorhang, der den Raum aufteilte. Dann stand er vor ihnen, umklammerte mit den drei Fingern, die ihm die Sägemaschine noch übriggelassen hatte, die Flasche und rief: »Na kommt, ihr traurigen Stahlinge, wo, zum Haß, sind eure Gläser? Los, nehmt einen zur Brust.« Chip und Lilac tranken ein paarmal mit ihm, aber sie stellten fest, daß der Schnaps sie benommen und schwerfällig machte, und lehnten seine Einladung meistens ab. »Na, was ist«, sagte er eines Abends, »ich weiß, ich bin der Vermieter, aber ich bin doch nicht gerade ein Lunki, oder? Also, wo fehlt's? Meint ihr, ich erwarte, daß ihr euch rewann – re*van*chiert? Ich weiß doch, daß ihr eure Groschen zusammenhaltet.«
»Darum geht es nicht«, sagte Chip. »Um was dann?« fragte Hassan. Er schwankte und richtete sich wieder gerade auf.
Chip schwieg einen Augenblick und sagte dann: »Was hat es denn für einen Sinn, vor den Behandlungen davonzulaufen, wenn man sich mit Schnaps betäubt? Dann könnte man gleich wieder bei der Familie sein.«
»Aha«, sagte Hassan, »aha, ich verstehe.« Er sah sie wütend an, ein wuchtiger, krausbärtiger Mann mit blutunterlaufenen Augen. »Wartet

nur ab«, sagte er. »Wartet, bis ihr ein bißchen länger hier seid, mehr braucht's nicht.« Er drehte sich um und bahnte sich seinen Weg durch den Vorhang, und sie hörten, wie er brummelte und Ria, seine Frau, beruhigend auf ihn einredete.

Anscheinend tranken fast alle im Haus ebensoviel Schnaps wie Hassan. Laute Stimmen, glückliche oder wütende, drangen zu jeder Stunde der Nacht durch die Wände. Der Aufzug und die Flure rochen nach Schnaps und Fisch und nach süßem Parfüm, das die Leute gegen den Schnaps- und Fischgeruch benutzten.

Abends gingen Chip und Lilac, wenn sie die nötigen Putzarbeiten verrichtet hatten, meistens auf das Dach, um frische Luft zu schnappen, oder sie saßen am Tisch und lasen den *Einwanderer* oder Bücher, die sie in der Einschienenbahn gefunden oder aus einer kleinen Bibliothek in der Einwanderer-Hilfe entliehen hatten. Manchmal gingen sie zum Fernsehen zu den Newmans und sahen Stücke, die von läppischen Mißverständnissen in Einheimischen-Familien handelten und häufig durch Werbesprüche für verschiedene Sorten Zigaretten und Desinfektionsmittel unterbrochen wurden. Gelegentlich wurden Reden von General Costanza oder Papst Clemens, dem Oberhaupt der Kirche, übertragen – beunruhigende Reden über den Mangel an Nahrung und Raum und Naturschätzen, an dem nicht allein die Einwanderer schuldig waren. Hassan, durch den Schnaps in Angriffsstimmung versetzt, schaltete meist ab, bevor die Reden zu Ende waren, denn das Freiheits-Fernsehen konnte, im Gegensatz zum Fernsehen der Familie, nach Belieben ein- und ausgeschaltet werden.

Eines Tages ging Chip gegen Ende der fünfzehn Minuten Mittagspause zu dem automatischen Auflader und begann ihn zu untersuchen. Er wollte herausfinden, ob die Maschine wirklich nicht zu reparieren war oder ob man nicht ein Teil, für das es keinen Ersatz gab, weglassen oder auswechseln konnte. Der Einheimische, der die Kolonne beaufsichtigte, kam herüber und fragte ihn, was er tue. Chip sagte es ihm; er bemühte sich dabei um einen besonders respektvollen Ton, aber der Einheimische wurde wütend. »Ihr Hurenböcke von Stahlingen denkt alle, ihr wärt so gottverdammt schlau!« sagte er und legte die Hand auf den Kolben seines Gewehrs. »Geh auf deinen Platz und bleib, wo du hingehörst! Wenn du dir unbedingt den Kopf zerbrechen mußt, dann überleg dir, wie du mit weniger Fressen auskommst!«

Nicht alle Einheimischen waren ganz so schlimm. Ihr Hausbesitzer faßte eine Zuneigung zu Chip und Lilac und versprach ihnen ein Zimmer für fünf Dollar pro Woche, sobald eines frei würde. »Ihr seid nicht wie manche von den anderen«, sagte er. »Die saufen und laufen splitternackt im Flur herum – da nehme ich lieber jemand wie euch und habe ein paar Cents weniger.«

Chip sah ihn an und sagte: »Daß Einwanderer trinken, hat seine Gründe, wissen Sie.«

»Ich weiß, ich weiß«, sagte der Besitzer. »Ich bin der erste, der es zugibt. Es ist schrecklich, wie sie euch behandeln. Aber trotz allem – sauft *ihr*? Lauft *ihr* splitternackt herum?«

Lilac sagte: »Danke, Mr. Corsham. Wir wären Ihnen dankbar, wenn sie uns ein Zimmer geben könnten.«

Sie bekamen »Erkältungen« und »die Grippe«. Lilac verlor ihre Stellung in der Kleiderfabrik, aber sie fand eine bessere in der Küche eines Einheimischen-Restaurants, nur ein paar Gehminuten entfernt. Eines Abends kamen zwei Polizisten in das Zimmer, kontrollierten die Kennkarten und suchten nach Waffen. Hassan brummte etwas, als er seine Karte vorzeigte, und sie knüppelten ihn zu Boden. Sie stachen mit Messern in die Matratzen und zerschlugen Geschirr.

Lilacs »Periode« – die Tage, an denen sie jeden Monat aus der Scheide blutete – blieb aus, und das bedeutete, daß sie schwanger war.

Eines Nachts stand Chip rauchend auf dem Dach und schaute zum Himmel, wo im Nordosten ein fahles, orangerotes Licht über der Kupferproduktions-Anlage auf EUR91 766 zu sehen war. Lilac, die gewaschene Kleidungstücke von einer Leine nahm, auf die sie sie zum Trocknen aufgehängt hatte, kam zu ihm herüber und legte den Arm um ihn. Sie küßte ihn auf die Wange und schmiegte sich an ihn. »Es ist gar nicht so schlimm«, sagte sie. »Wir haben zwölf Dollar gespart, wir bekommen demnächst ein eigenes Zimmer, und ehe du dich's versiehst, werden wir ein Baby haben.«

»Einen Stahling«, sagte Chip.

»Nein«, sagte Lilac, »ein Baby.«

»Hier stinkt alles«, sagte Chip. »Alles ist verdorben und unmenschlich.«
»Etwas anderes gibt es nicht«, sagte Lilac. »Es ist besser, wir gewöhnen uns daran.«
Chip sagte nichts. Er blickte immer noch auf das orangerote Leuchten am Himmel.

Der *Einwanderer* brachte jede Woche Artikel über eingewanderte Sänger und Sportler, gelegentlich auch Wissenschaftler, die vierzig oder fünfzig Dollar in der Woche verdienten, in schönen Wohnungen lebten, mit einflußreichen, vorurteilslosen Einheimischen verkehrten und die Aussichten auf die Entwicklung von ausgeglicheneren Beziehungen zwischen den beiden Gruppen optimistisch beurteilten. Chip las diese Artikel grollend – er dachte, durch sie wollten die einheimischen Zeitungsbesitzer die Einwanderer beschwichtigen und versöhnen –, aber Lilac nahm sie für bare Münze und als Zeichen dafür, daß auch ihr Los sich eines Tages bessern werde.
In einer Woche im Oktober, als sie etwas über sechs Monate auf der Freiheits-Insel lebten, erschien ein Artikel über einen Künstler namens Morgan Newgate, der vor acht Jahren aus EUR gekommen war und in einer Vier-Zimmer-Wohnung in Neu-Madrid lebte. Jedes seiner Gemälde, von denen eines, eine Kreuzigungs-Szene, gerade Papst Clemens als Geschenk überreicht worden war, brachte ihm hundert Dollar ein. Er signierte sie mit einem A, wie in dem Artikel erklärt wurde, weil sein Spitzname Ashi war.
»Christus und Wei«, sagte Chip.
»Was hast du denn?« fragte Lilac.
»Ich war mit diesem ›Morgan Newgate‹ auf der Akademie«, sagte Chip und zeigte ihr den Artikel. »Wir waren gute Freunde. Sein Name war Karl. Du erinnerst dich doch an das Pferdebild, das ich damals in Ind hatte?«
»Nein«, sagte sie und las weiter.
»Also, das hat er gezeichnet«, sagte Chip. »Er pflegte alles mit einem A in einem Kreis zu signieren.« Und »Ashi« klang wie der Name, den Karl erwähnt hatte, dachte er. Christus und Wei – auch er war zur Freiheits-Insel, in Unis Isolierstation entkommen, wenn man es entkom-

men nennen konnte. Wenigstens tat er, was er sich immer gewünscht hatte. Für ihn *war* die Freiheits-Insel die Freiheit.

»Du solltest ihn anrufen«, sagte Lilac, immer noch in den Artikel vertieft.

»Das werde ich tun«, sagte Chip.

Aber vielleicht würde er es auch nicht tun. Hätte es einen Sinn, »Morgan Newgate« anzurufen, der Kreuzigungen für den Papst malte und seinen Miteinwanderern versicherte, daß sich die Verhältnisse täglich besserten? Aber vielleicht hatte Karl das gar nicht gesagt, vielleicht hatte der *Einwanderer* gelogen.

»Sag es nicht nur so dahin«, sagte Lilac. »Wahrscheinlich könnte er dir zu einer besseren Stellung verhelfen.«

»Ja«, sagte Chip, »wahrscheinlich.«

Sie sah ihn an. »Was ist los?« fragte sie. »Willst du keine bessere Stellung?«

»Ich werde ihn morgen anrufen, auf dem Weg zur Arbeit«, sagte er.

Aber er rief nicht an. Er holte mit der Schaufel aus, hob Erz hoch und keuchte, holte aus, hob, keuchte. *Nieder mit allen*, dachte er, *mit den Stahlingen, die saufen, den Stahlingen, die glauben, daß alles besser wird, den Lunkis, den Blödianen und Uni.*

Am Sonntag danach ging Lilac mit ihm zwei Blocks weiter zu einem Haus, wo ein funktionierendes Telefon in der Eingangshalle stand, und sie wartete, während er in dem abgegriffenen Telefonbuch blätterte. *Morgan* und *Newgate* waren Namen, die Einwanderer häufig bekamen, aber nur wenige Einwanderer hatten Telefon. Nur ein *Newgate, Morgan* war aufgeführt, und der wohnte in Neu-Madrid.

Chip steckte drei Marken in das Telefon und sagte die Nummer. Der Bildschirm war zerbrochen, aber das spielte keine Rolle, denn die Telefone auf der Freiheits-Insel übermittelten ohnehin keine Bilder mehr. Eine Frau meldete sich, und als Chip fragte, ob Morgan Newgate da sei, sagte sie ja und dann nichts mehr. Die Stille hielt an, und Lilac, die ein paar Meter weiter neben einem Sani-Spray-Plakat wartete, kam näher. »Ist er nicht zu Hause?« flüsterte sie. »Hallo?« sagte eine Männerstimme.

»Spreche ich mit Morgan Newgate?« fragte Chip.

»Ja. Wer ist da?«

»Chip«, sagte Chip. »Li RM, von der Akademie für Genetische Wissenschaft.«

Schweigen herrschte, und dann sagte die Stimme: »Mein Gott! Li! Du hast mir Skizzenblöcke und Kohlestifte besorgt!«

»Ja«, sagte Chip, »und ich habe meinem Berater erzählt, du seist krank und brauchtest Hilfe.«

Karl lachte. »Stimmt, das hast du getan, du Hund!« sagte er. »Das ist toll! Wann bist du herübergekommen?«

»Vor ungefähr sechs Monaten«, sagte Chip.

»Bist du in Neu-Madrid?«

»Pollensa.«

»Was machst du?«

»Ich arbeite in einem Bergwerk«, sagte Chip.

»Christus, das ist ja Wahnsinn!« sagte Karl, und nach kurzer Pause: »Es ist die Hölle, nicht wahr?«

»Ja«, sagte Chip und dachte: »*Er benutzt sogar ihre Ausdrücke. Hölle! Mein Gott, ich wette, er betet auch.*«

»Wenn nur diese Telefone richtig funktionierten, daß ich dich sehen könnte«, sagte Karl.

Plötzlich schämte Chip sich seiner Feindseligkeit. Er erzählte Karl von Lilac und ihrer Schwangerschaft, und Karl erzählte ihm, daß er in der Familie geheiratet hatte, aber allein herübergekommen war. Er ließ nicht zu, daß Chip ihm zu seinem Erfolg gratulierte. »Das Zeug, das ich verkaufe, ist fürchterlich«, sagte er. »Süße kleine Lunki-Kinder. Aber ich schaffe es, drei Tage in der Woche für mich selbst zu arbeiten, also kann ich mich nicht beklagen. Hör zu, Li, nein, wie war es gleich – Chip? Chip, hör zu, wir müssen uns treffen. Ich habe ein Motorrad. Ich werde einmal abends hinüberfahren. Nein, warte«, sagte er, »habt ihr für nächsten Sonntag etwas vor, du und deine Frau?«

Lilac sah Chip ängstlich an. Er sagte: »Ich glaube nicht. Ich bin nicht sicher.« »Ich habe ein paar Freunde bei mir«, sagte Karl. »Ihr kommt, ja? Um sechs etwa.«

Lilac nickte, und Chip sagte: »Wir werden's versuchen. Wahrscheinlich schaffen wir's.«

»Seht zu, daß ihr kommen könnt«, sagte Karl. Er gab Chip seine Adresse. »Ich freue mich, daß du herübergekommen bist«, sagte er. »Es ist trotz allem besser als *dort,* nicht wahr?«
»Ein bißchen«, sagte Chip.
»Ich erwarte euch nächsten Sonntag«, sagte Karl. »Bis dann, Bruder.«
»Bis dann«, sagte Chip und drückte die Taste, um das Gespräch zu beenden.
Lilac sagte: »Wir gehen hin, nicht wahr?«
»Hast du eine Ahnung, was die Bahnfahrt kostet?« fragte Chip.
»Oh, Chip ...«
»Also gut«, sagte er. »Also gut, wir gehen. Aber ich nehme keine Hilfe von ihm an. Und du wirst nicht darum bitten. Merk dir das!«
In dieser Woche arbeitete Lilac jeden Abend an den besten Stücken ihrer Garderobe, schnitt die ausgefransten Ärmel eines grünen Kleides ab und stopfte ein Hosenbein noch einmal, so daß die Flickstelle weniger auffiel.

Das Haus direkt am Rand der Stahling-Stadt von Neu-Madrid war in keinem schlechteren Zustand als viele der Einheimischen-Häuser. Die Eingangshalle war gebohnert und roch nur leicht nach Schnaps und Fisch und Parfüm, und der Aufzug funktionierte einwandfrei.
Ein Druckknopf war auf neuem Verputz neben Karls Tür angebracht: eine Klingel. Chip drückte sie. Er stand steif, und Lilac hielt seinen Arm.
»Wer ist da?« fragte eine Männerstimme.
»Chip Newmark«, sagte Chip.
Die Tür wurde aufgeschlossen und geöffnet, und Karl – ein fünfunddreißigjähriger, bärtiger Karl mit den scharfen Augen des Karl von einst – grinste und ergriff Chips Hand und sagte: »Li! Ich habe schon gedacht, ihr würdet nicht kommen!«
»Wir sind ein paar lieben Lunkis in die Hände gelaufen«, sagte Chip.
»Oh, Christus«, sagte Karl und ließ sie eintreten.
Er verriegelte die Tür, und Chip stellte Lilac vor. Sie sagte: »Guten Tag, Mr. Newgate«, und Karl, der ihre ausgestreckte Hand nahm und Lilac ins Gesicht sah, sagte: »Ashi heiße ich. Grüß dich, Lilac.«
»Grüß dich, Ashi«, sagte sie.

Zu Chip sagte Karl: »Haben sie euch verletzt?«
»Nein«, sagte Chip. »Nur ›sprecht den Schwur‹ und solchen Käse.«
»Gemeine Hunde«, sagte Karl. »Kommt herein, ich gebe euch etwas zu trinken, und ihr vergeßt es.« Er nahm sie beim Ellbogen und führte sie in einen schmalen Durchgang, dessen Wände ganz mit Gemälden bedeckt waren, Rahmen an Rahmen. »Du siehst fabelhaft aus, Chip«, sagte er.
»Du auch, Ashi«, sagte Chip.
Sie lächelten sich an.
»Siebzehn Jahre, Bruder«, sagte Karl-Ashi.
Zehn oder zwölf Männer und Frauen saßen in einem verräucherten Raum mit braunen Wänden, redeten und hielten Zigaretten und Gläser in der Hand. Sie unterbrachen ihre Gespräche und drehten sich erwartungsvoll um.
»Das ist Chip und das ist Lilac«, sagte Karl. »Chip und ich waren zusammen auf der Akademie; die zwei schlechtesten Genetik-Studenten der ganzen Familie.«
Die Männer und Frauen lächelten, und Karl begann der Reihe nach auf sie zu zeigen und ihre Namen zu nennen. »Vito, Sunny, Ria, Lars...«
Die meisten von ihnen waren Einwanderer, bärtige Männer und langhaarige Frauen mit den Augen und der Hautfarbe der Familie. Zwei waren Einheimische: eine blasse, aufrechte, etwa fünfzigjährige Frau mit Schnabelnase und einem goldenen Kreuz auf ihrem schwarzen, leer wirkenden Kleid (»Julia«, sagte Karl, und sie lächelte mit geschlossenen Lippen), und eine rothaarige, übergewichtige, jüngere Frau in einem engen Kleid mit silbernen Biesen. Ein paar von den Leuten hätten Einwanderer oder Einheimische sein können: ein grauäugiger, bartloser Mann namens Bob, eine blonde Frau, ein junger, blauäugiger Mann.
»Whisky oder Wein?« fragte Karl.
»Wein, bitte«, sagte Lilac.
Sie folgtem ihm zu einem kleinen Tisch, auf dem Flaschen und Gläser standen, Teller mit einer oder zwei Scheiben Käse oder Fleisch und Zigarettenpackungen und Streichhölzer. Ein Souvenir-Briefbeschwerer stand auf einem Stapel Servietten. Chip hob ihn auf und schaute ihn an. Er stammte aus AUS21 989.

»Bekommst du Heimweh?« fragte Karl, während er Wein einschenkte. Chip zeigte Lilac den Briefbeschwerer, und sie lächelte. »Kaum«, sagte er und legte den Gegenstand weg.
»Chip?«
»Whisky.«
Die rothaarige Einheimische in dem silbrigen Kleid kam lächelnd und mit einem leeren Glas in der beringten Hand zu ihnen herüber. Zu Lilac sagte sie: »Sie sind sehr schön, wirklich«, und zu Chip: »Ich finde, ihr Leute seid *alle* schön. Die Familie mag vielleicht keine Freiheit haben, aber was die äußere Erscheinung angeht, ist sie uns weit voraus. Ich würde alles darum geben, schlank zu sein und bräunliche Haut und Schlitzaugen zu haben.« Sie sprach weiter – über die vernünftige Einstellung der Familie zu Sex –, und plötzlich stand Chip mit einem Glas in der Hand da, und Karl und Lilac sprachen mit anderen Leuten und die Frau mit ihm. Ihre braunen Augen waren mit schwarzen Strichen umrandet und verlängert. »Ihr Leute seid so viel *offener* als wir«, sagte sie. »In sexuellen Dingen, meine ich. Ihr *genießt* sie mehr.«
Eine Einwanderer-Frau kam herüber und sagte: »Kommt Heinz nicht, Marge?«
»Er ist in Palama«, sagte die Frau, indem sie sich umdrehte. »Ein Flügel des Hotels ist eingestürzt.«
»Würden Sie mich bitte entschuldigen«, sagte Chip und schlich sich davon. Er ging zum anderen Ende des Raumes, nickte den Leuten zu, die dort saßen, und trank etwas von seinem Whisky, betrachtete ein Bild an der Wand – braune und rote Flächen auf weißem Hintergrund. Der Whisky schmeckte besser als Hassans Schnaps. Er war nicht so bitter und scharf und trank sich angenehmer. Das Bild mit seinen braunen und roten Flächen war eine einfache Zeichnung, im Moment interessant anzusehen, aber ohne Bezug auf das Leben. Karls (nein, *Ashis*) A-in-einem-Kreis stand in einer der unteren Ecken. Chip überlegte, ob dies eines der schlechten Bilder war, die Ashi verkaufte, oder ob es, da es hier in seinem Wohnzimmer hing, zu seinen »eigenen Arbeiten« zählte, von denen er mit Befriedigung gesprochen hatte. Schuf er nicht mehr die herrlichen Männer und Frauen ohne Armband, die er einst auf der Akademie gezeichnet hatte?

Er trank ein wenig mehr von dem Whisky und wandte sich den Leuten zu, die neben ihm saßen: drei Männer und eine Frau, lauter Einwanderer. Sie sprachen über Möbel. Er hörte ein paar Minuten zu, während er trank, und ging weiter.
Lilac saß neben der Einheimischen mit der Schnabelnase – Julia. Sie rauchten und redeten, oder vielmehr Julia redete, und Lilac hörte zu. Er ging zu dem Tisch und goß Whisky in sein Glas. Er zündete eine Zigarette an.
Ein Mann namens Lars stellte sich vor. Er leitete eine Schule für Einwanderer-Kinder hier in Neu-Madrid. Er war als Kind auf die Freiheits-Insel gebracht worden und lebte seit zweiundvierzig Jahren hier.
Ashi kam, Lilac an der Hand haltend. »Komm, Chip, sieh dir mein Atelier an«, sagte er.
Er führte sie aus dem Raum in den Korridor mit den Gemälden. »Weißt du, mit wem du gesprochen hast?« fragte er Lilac.
»Julia?«
»Julia *Costanza*«, sagte er. »Sie ist die Kusine des Generals. Kann ihn nicht ausstehen. Sie hat die Einwanderer-Hilfe mitgegründet.«
Sein Atelier war geräumig und strahlend hell erleuchtet. Ein halbfertiges Gemälde einer Einheimischen mit einem Kätzchen im Arm stand auf einer Staffelei, auf einer anderen eine Leinwand mit blauen und grünen Flächen. An den Wänden lehnten weitere Bilder: Flächen in Braun und Orange, Blau und Purpur, Purpur und Schwarz, Orange und Rot.
Er erklärte, was er zu erreichen versuchte, wies auf Gleichgewichte hin, erläuterte die Flächenaufteilung und wog feine Farbabstufungen gegeneinander ab.
Chip sah weg und trank seinen Whisky.

»Hört zu, ihr Stahlinge«, sagte er, laut genug, daß alle ihn hören konnten. »Redet einmal eine Minute nicht über *Möbel* und hört zu! Wißt ihr, was wir tun müssen? Uni bekämpfen! Ich bin nicht *verrückt*, ich meine es ernst! Weil Uni – an allem schuld ist! An dem Zustand, in dem sich die Lunkis befinden, weil sie nicht genug Nahrung und Lebensraum und *keine Verbindung zu einer Welt außerhalb ihrer eigenen* haben; an der Art, wie die Blödiane leben, weil sie mit LPK und Beruhigungsmitteln betäubt werden; und an unserem Elend, weil Uni uns hierher gebracht hat, um uns loszuwerden! *Uni* ist schuld, er hat die Welt eingefroren, so daß keine Veränderung mehr möglich ist – und wir müssen ihn bekämpfen! Wir müssen uns von unseren blöden, verprügelten Hinterteilen erheben und IHN BEKÄMPFEN!«

Ashi tätschelte ihm lächelnd die Wange. »He, Bruder«, sagte er, »du hast ein bißchen über den Durst getrunken, weißt du das? He, Chip, hörst du mich?«

Natürlich hatte er zuviel getrunken, natürlich, natürlich, natürlich. Aber der Alkohol hatte ihn nicht betäubt, sondern befreit. Er hatte alles, was seit vielen Monaten in ihm verschlossen gewesen war, an die Oberfläche gebracht. Whisky war *gut!* Whisky war *herrlich!*

Er griff nach Ashis tätschelnder Hand und hielt sie fest. »Ich bin ganz klar, Ashi«, sagte er. »Ich weiß, wovon ich spreche.« Zu den anderen, die lächelnd und schwatzend herumsaßen, sagte er: »Wir können nicht einfach aufgeben und alles hinnehmen und uns *in dieses Gefängnis einfügen!* Ashi, du hast Mitglieder ohne Armbänder gezeichnet, und sie waren so wunderschön! Und jetzt malst du Farbe auf die Leinwand, Farbflächen!«

Ashi auf der einen Seite und Lilac auf der anderen versuchten, ihn zum Hinsitzen zu bewegen. Lilac sah ängstlich und verlegen aus.

»Du auch, Geliebte«, sagte er. »Du nimmst alles hin und fügst dich ein.« Er ließ sich von ihnen auf einen Stuhl setzen, weil das Stehen nicht leicht gewesen war und er sich im Sitzen besser und bequemer fühlte. »Wir dürfen uns nicht fügen, wir müssen kämpfen«, sagte er. »Kämpfen, kämpfen, kämpfen«, sagte er zu dem grauäugigen, bartlosen Mann, der neben ihm saß.

»Du hast, bei Gott, recht!« sagte der Mann. »Ich bin ganz deiner Ansicht! Kampf Uni! Was sollen wir tun? In Booten hinüberfahren und zur Sicherheit die Armee mitnehmen? Aber vielleicht wird das Meer durch Satelliten überwacht, und Ärzte erwarten uns seit Wochen mit LPK. Ich habe eine bessere Idee: Wir nehmen ein Flugzeug – ich habe gehört, es gibt auf der Insel eines, das tatsächlich fliegt – und wir –«

»Du darfst ihn nicht aufziehen, Bob«, sagte jemand. »Er ist gerade erst herübergekommen.«

»Das merkt man«, sagte der Mann und stand auf.

»Es gibt einen Weg«, sagte Chip. »Es muß einen geben. Es gibt einen Weg.« Er dachte über das Meer und die Insel in seiner Mitte nach, aber er konnte nicht so klar denken, wie er gewollt hätte. Lilac saß auf dem Stuhl des Mannes und nahm seine Hand. »Wir müssen *kämpfen*!« sagte er zu ihr.

»Ich weiß, ich weiß«, sagte sie und blickte ihn traurig an.

Ashi kam und hielt eine warme Tasse an seine Lippe. »Es ist Kaffee«, sagte er. »Trink ihn.« Der Kaffee war sehr heiß und stark. Chip nahm einen Schluck, dann schob er die Tasse weg. »Das Kupferwerk«, sagte er. »Auf '91 766. Das Kupfer muß an Land gebracht werden. Es muß Schiffe oder Lastkähne geben. Wir könnten –«

»Das ist schon geschehen«, sagte Ashi.

Chip sah ihn an. Er dachte, Ashi wolle ihn beschwindeln oder irgendwie lächerlich machen, wie der grauäugige, bartlose Mann.

»Alles was du sagst«, sagte Ashi, »und was du denkst – ›Kampf Uni‹! – wurde bereits gesagt und gedacht. Und ausprobiert. Ein dutzendmal.« Er hielt Chip die Tasse an den Mund. »Trink noch ein wenig«, sagte er.

Chip schob die Tasse weg, starrte Ashi an und schüttelte den Kopf. »Das ist nicht wahr«, sagte er.

»Doch, Bruder. Komm, nimm einen –«

»Nein, es ist nicht wahr«, sagte er.

»Doch!« sagte eine Frau in einer anderen Ecke des Raums. »Es ist wahr!«

Julia. Es war Julia. Generals-Kusine Julia, aufrecht und allein in ihrem schwarzen Kleid mit ihrem kleinen goldenen Kreuz.

»Alle fünf oder sechs Jahre«, sagte sie, »zieht eine Gruppe von Leuten wie Sie – manchmal nur zwei oder drei, manchmal bis zu zehn – aus, um UniComp zu zerstören. Sie fahren in Schiffen, in Unterseebooten, die sie in jahrelanger Arbeit bauen; sie entern die Lastkähne, die Sie eben erwähnten. Sie nehmen Pistolen, Sprengstoff, Gasmasken und selbsterfundene Waffen mit und haben Pläne, von deren Gelingen sie fest überzeugt sind. Sie kommen nie zurück. Ich habe die beiden letzten Expeditionen finanziert, und ich unterstütze die Familien der Männer, die mitgefahren sind, also spreche ich aus Erfahrung. Ich hoffe, Sie sind nüchtern genug, um mich zu verstehen und sich unnötige Qualen zu ersparen. Anpassung und Einordnung sind das einzig Mögliche. Seien Sie dankbar für das, was Sie haben: eine reizende Frau, bald ein Kind und ein gewisses Maß an Freiheit, das hoffentlich mit der Zeit größer wird. Ich könnte vielleicht noch hinzufügen, daß ich unter gar keinen Umständen eine weitere derartige Expedition finanzieren werde. Ich bin nicht so reich, wie gewisse Leute glauben.«

Chip sah sie an. Sie erwiderte seinen Blick aus ihren kleinen, schwarzen Augen über der bleichen Schnabelnase.

»Sie kehren nie zurück, Chip«, sagte Ashi. »Vielleicht kommen sie an Land, nach '001. Vielleicht gelangen sie sogar in den Dom, aber nicht *weiter*, denn sie sind verschwunden, alle miteinander. Und Uni ist immer noch in Betrieb.«

Chip sah Julia an. Sie sagte: »Männer und Frauen genau wie Sie. Soweit ich zurückdenken kann.«

Er sah Lilac an, die seine Hand hielt. Sie blickte ihn voll Mitgefühl an und drückte seine Hand fester.

Er sah Ashi an, der ihm die Kaffeetasse entgegen hielt.

Er schob die Tasse zurück und schüttelte den Kopf. »Nein, ich will keinen Kaffee«, sagte er.

Er blieb reglos sitzen, spürte plötzlich Schweiß auf der Stirn, und dann beugte er sich vor und begann sich zu erbrechen.

Er war im Bett, und Lilac lag schlafend neben ihm. Hassan schnarchte hinter dem Vorhang. Chip spürte einen säuerlichen Geschmack im Mund, und es fiel ihm ein, daß er sich übergeben hatte. Christus und Wei! Auf einen Teppich – den ersten, den er seit einem halben Jahr gesehen hatte.

Dann erinnerte er sich, was diese Frau, Julia, und Karl Ashi zu ihm gesagt hatten.

Er lag eine Weile still, dann stand er auf und ging auf Zehenspitzen um den Vorhang herum und an den schlafenden Newmans vorbei zum Waschbecken. Er trank Wasser, und weil er nicht ganz bis in die Eingangshalle hinuntergehen wollte, urinierte er in das Waschbecken und spülte es sorgfältig aus.

Er legte sich wieder neben Lilac und zog die Decke über sich. Er fühlte sich wieder leicht betrunken, und sein Kopf schmerzte, aber er legte sich mit geschlossenen Augen auf den Rücken und atmete schwach und langsam, und nach einer Weile fühlte er sich besser.
Er hielt die Augen geschlossen und dachte nach.
Nach einer halben Stunde etwa klingelte Hassans Wecker. Lilac drehte sich um. Er streichelte ihren Kopf, und sie setzte sich auf. »Geht es dir wieder gut?« fragte sie.
»Ja, so einigermaßen«, sagte er.
Das Licht ging an, und sie zuckten zusammen. Sie hörten, wie Hassan grunzte und beim Aufstehen gähnte und furzte. »Steh auf, Ria«, sagte er. »Gigi? Es ist Zeit zum Aufstehen.«
Chip blieb auf dem Rücken liegen, die Hand auf Lilacs Wange. »Es tut mit leid, Liebling«, sagte er. »Ich werde ihn heute anrufen und mich entschuldigen.«
Sie nahm seine Hand und berührte sie mit den Lippen. »Du konntest nichts dafür«, sagte sie. »Er hat es verstanden.«
»Ich werde ihn bitten, mir zu einer besseren Stellung zu verhelfen«, sagte Chip.
Lilac sah ihn fragend an.
»Es ist alles aus mir heraus«, sagte er, »wie der Whisky. Alles weg! Ich werde ein arbeitsamer, optimistischer Stahling sein. Ich werde mich einfügen und anpassen, und eines Tages werden wir eine größere Wohnung haben als Ashi.«
»Das will ich nicht«, sagte sie. »Aber zwei Zimmer hätte ich liebend gern.«
»Wir werden sie haben«, sagte er. »In zwei Jahren. Zwei Zimmer in zwei Jahren, das ist ein Versprechen.«
Sie lächelte ihm zu.
Er sagte: »Ich finde, es wäre eine gute Idee, nach Neu-Madrid zu ziehen, wo unsere reichen Freunde sind. Dieser Lars leitet eine Schule, wußtest du das? Vielleicht könntest du dort unterrrichten, und das Baby könnte sie besuchen, wenn es alt genug ist.«
»Was könnte ich lehren?« fragte sie.
»Irgend etwas«, sagte er. »Ich weiß nicht.« Er ließ die Hand nach unten

gleiten und streichelte ihre Brüste. »Vielleicht, wie man schöne Brüste bekommt«, sagte er.
Lächelnd sagte sie: »Wir müssen uns anziehen.«
»Lassen wir doch das Frühstück ausfallen«, sagte er und zog sie nieder. Er wälzte sich auf sie, und sie umarmten und küßten sich.
»Lilac«, rief Ria. »Wie war's?«
Lilac befreite ihren Mund. »Erzähl ich dir später!« rief sie.

Während er durch den Tunnel in das Bergwerk hinunterschritt, fiel ihm der Tunnel im Inneren von Uni ein, Papa Jans Tunnel, durch den die Gedächtnisspeicher befördert worden waren.
Er blieb stehen.
Durch den die *echten* Gedächtnisspeicher nach unten befördert worden waren. Und darüber befanden sich die falschen, die rosaroten und orangeroten Attrappen, die man durch den Dom und über die Aufzüge erreichte und die jeder für Uni selbst hielt, jeder einschließlich der Männer und Frauen, die in der Vergangenheit ausgezogen waren, gegen Uni zu kämpfen – so mußte es sein! Aber Uni, der wirkliche Uni, befand sich in den tiefer gelegenen Stockwerken und war durch einen Tunnel zu erreichen, durch Papa Jans Tunnel auf der Rückseite des Bergs der Liebe.
Wahrscheinlich war sein Eingang inzwischen verschlossen, vielleicht sogar mit einer meterdicken Betonschicht zugemauert – aber er mußte immer noch existieren, denn niemand, vor allem nicht ein tüchtiger Computer, füllte einen langen Tunnel ganz auf. Und Papa Jan hatte gesagt, daß noch Platz für weitere Gedächtnisspeicher ausgespart war – also würde der Tunnel eines Tages wieder gebraucht werden.
Er war da, hinter dem Berg der Liebe. Ein Tunnel in das Innere von Uni. Mit den richtigen Landkarten und Plänen konnte jemand, der ein Ziel vor Augen hatte, vielleicht genau oder wenigstens annähernd genau herausfinden, wo der Tunnel gelegen war.
»Du da! Mach, daß du vorwärts kommst!« schrie jemand.
Als er rasch weiterging, dachte er darüber nach, dachte immerzu darüber nach.
Es gab ihn – den Tunnel!

6

»Wenn es um Geld geht, heißt meine Antwort nein«, sagte Julia Costanza, während sie eilig an Einwanderer-Frauen, die sich nach ihr umblickten, und an ratternden Webstühlen vorbeischritt. »Wenn es sich um eine Stellung dreht, könnte ich Ihnen vielleicht helfen.«
Chip, der neben ihr ging, sagte: »Ashi hat mir schon eine Stellung besorgt.«
»Dann handelt es sich um Geld«, sagte sie.
»Zuerst um eine Information«, sagte Chip, »dann vielleicht um Geld.« Er stieß eine Tür auf.
»Nein«, sagte Julia auf der Schwelle. »Warum gehen Sie nicht zur E. H.? Dafür ist sie da. Was für eine Information? Worüber?« Sie warf ihm einen Blick zu, während sie eine Wendeltreppe hinaufstiegen, die unter ihrem Gewicht schwankte.
Chip sagte: »Können wir uns irgendwo fünf Minuten hinsetzen?«
»Wenn ich mich setze«, sagte Julia, »ist morgen die halbe Insel nackt. Das stört Sie wahrscheinlich nicht, aber mich. Was für eine Information?«
Er beherrschte seinen Groll. Zu ihrem schnabelnasigen Profil gewandt, sagte er: »Die zwei Angriffe auf Uni, die Sie –«
»Nein«, sagte sie. Sie blieb vor ihm stehen und hielt sich mit einer Hand an dem Mittelpfeiler der Wendeltreppe fest und blieb direkt vor ihm stehen. »Wenn es *darum* geht, höre ich wirklich nicht zu«, sagte sie. »Ich habe es gleich gewußt, als Sie mit dieser vorwurfsvollen Miene in das Wohnzimmer kamen. Nein. Ich bin an keinen weiteren Plänen und Projekten interessiert. Sprechen Sie mit jemand anderem darüber.« Sie stieg die Treppe empor.
Er beeilte sich und holte sie ein. »Wollten Sie einen Tunnel benutzen?« fragte er. »Sagen Sie mir nur das: Gingen sie durch einen Tunnel auf der Rückseite des Bergs der Liebe?«
Sie öffnete mit einer heftigen Bewegung die Tür am Ende der Treppe. Er hielt die Tür auf und betrat hinter Julia einen großen Speicher, in dem ein paar Maschinenteile lagen. Vögel flatterten auf und verschwanden durch Luken in dem Giebeldach.

»Sie gingen mit den anderen hinein«, sagte sie, während sie zielstrebig auf eine Tür am Ende des Speichers zueilte. »Mit den Touristen. So war es wenigstens geplant. Sie wollten im Aufzug nach unten fahren.«
»Und dann?«
»Es hat keinen *Sinn*, darüber –«
»Geben Sie mir doch nur diese eine Antwort, bitte!« sagte er.
Sie warf ihm einen ärgerlichen Blick zu und sah geradeaus. »Angeblich gibt es ein großes Fenster, durch das man Uni besichtigen kann«, sagte sie. »Sie wollten es einschlagen und Sprengkörper hineinwerfen.«
»Beide Gruppen?«
»Ja.«
»Es könnte ihnen gelungen sein«, sagte er.
Mit der Hand auf der Türklinke blieb sie stehen und sah ihn entgeistert an.
»Das ist nicht wirklich Uni«, sagte er, »sondern nur ein Schaustück für die Touristen. Vielleicht hat es auch den Zweck, Angreifer irrezuführen. Sie hätten es in die Luft sprengen können, und nichts wäre geschehen – außer daß man sie gefaßt und behandelt hätte.«
Sie sah ihn immer noch an.
»Der echte Uni ist weiter unten«, sagte er. »Auf drei Geschosse verteilt. Ich war einmal dort, als ich zehn oder elf Jahre alt war.«
Sie sagte: »Einen Tunnel graben! Das ist das Lächer –«
»Er existiert schon«, sagte er. »Er muß nicht erst ausgehoben werden.«
Sie machte den Mund zu, sah ihn an, drehte sich um und stieß die Tür auf. Diese führte zu einem anderen, hell erleuchteten Speicher, wo Bügelmaschinen in einer Reihe standen. Sie waren außer Betrieb, aber in jeder von ihnen lag eine Schicht Stoff. Der Fußboden stand unter Wasser, und zwei Männer versuchten, das Ende eines langen Rohrs aufzuheben, das offenbar aus der Wand gebrochen war und quer über einem stillstehenden, mit Stoffabschnitten bedecktem Fließband lag. Das eine Ende des Rohrs steckte immer noch fest in der Wand, und die Männer versuchten, das andere vom Fließband hochzuheben, um es wieder in der Öffnung in der Wand zu verankern. Ein anderer Mann, ein Einwanderer, wartete auf einer Leiter, um es in Empfang zu nehmen.
»Helfen Sie ihnen«, sagte Julia und begann Stoffstücke von dem nassen

Fußboden aufzusammeln. »Wenn ich dafür meine Zeit vergeude, wird sich nichts ändern«, sagte Chip. »Das stört Sie nicht, aber mich.«
»Helfen Sie ihnen!« sagte Julia. »Los! Wir unterhalten uns später. Durch Unverschämtheiten erreichen Sie gar nichts!«

Chip half den Männern, das Rohr wieder an der Wand zu befestigen, und dann ging er mit Julia auf einen Balkon an der Seite des Hauses. Im hellen Licht der Morgensonne lag ganz Neu-Madrid unter ihnen. Dahinter glänzte blaugrün ein Streifen Meer, auf dem die bunten Tupfen der Fischerboote tanzten.
»Jeden Tag ist es etwas anderes«, sagte Julia, während sie in die Tasche ihrer grauen Schürze griff. Sie zog Zigaretten hervor, bot Chip eine an und zündete sie mit gewöhnlichen, billigen Streichhölzern an.
Sie rauchten, und Chip sagte: »Der Tunnel existiert. Durch ihn wurden die Gedächtnisspeicher ins Innere gebracht.«
»Einige der Gruppen, mit denen ich nichts zu schaffen hatte, haben vielleicht davon gewußt«, sagte Julia.
»Können Sie das feststellen?«
Sie zog an ihrer Zigarette. Im Sonnenschein sah Julia älter aus. Gesicht und Hals waren von einem Netz von Falten überzogen. »Ich nehme es an. Woher wissen *Sie* davon?«
Er erzählte es ihr. »Ich bin sicher, daß der Tunnel nicht aufgefüllt ist«, sagte er. »Er muß fünfzehn Kilometer lang sein, und außerdem wird er wieder benutzt werden. Denn es ist noch Platz für weitere Speicher frei, die durch das Anwachsen der Familie notwendig werden.«
Sie sah ihn fragend an. »Ich dachte, die Kolonien hätten ihre eigenen Computer«, sagte sie.
»Haben sie auch«, sagte er. Erst verstand er nicht, was sie meinte, aber dann begriff er.
Nur in den Kolonien wuchs die Familie, auf der Erde dagegen, wo die Ehepaare – und nicht einmal alle – höchstens zwei Kinder zeugen durften, nahm sie nicht zu, sondern ab. Das hatte er außer acht gelassen, wenn er darüber nachdachte, was Papa Jan über den Platz für zusätzliche Gedächtnisspeicher gesagt hatte. »Vielleicht werden sie für den Ausbau der Telekontrolle benötigt«, sagte er.

»Oder vielleicht war Ihr Großvater keine zuverlässige Informationsquelle«, sagte Julia.

»Er war es, der die Idee mit dem Tunnel hatte«, sagte Chip. »Ich weiß, daß der Tunnel existiert. Und er könnte eine Möglichkeit, die *einzige* Möglichkeit bieten, an Uni heranzukommen. Ich werde es versuchen, und ich möchte, daß Sie mir helfen, so gut Sie können.«

»Sie wollen mein *Geld,* meinen Sie.«

»Ja, und Ihre Hilfe. Um die richtigen Leute mit den richtigen Fähigkeiten zu finden und die notwendigen Informationen und die erforderliche Ausrüstung zu bekommen und Leute zu finden, die uns Kniffe beibringen, die wir nicht kennen. Ich will sehr langsam und vorsichtig vorgehen. Ich möchte nämlich zurückkommen.«

Aus schmalen Augen blickte sie ihm durch den Rauch ihrer Zigarette ins Gesicht. »Nun, Sie sind kein vollkommener Idiot«, sagte sie. »Was für eine Stellung hat Ashi Ihnen besorgt?«

»Als Geschirrspüler im Kasino.«

»Gott im Himmel!« sagte sie. »Kommen Sie morgen um dreiviertel acht hierher.«

»Im Kasino habe ich morgens frei«, sagte er.

»Kommen Sie hierher!« sagte sie. »Sie werden die Zeit bekommen, die Sie brauchen.«

»Also gut«, sagte er und lächelte ihr zu. »Danke.«

Sie wandte sich ab, sah auf ihre Zigarette und drückte sie auf der Brüstung des Balkons aus. »Ich werde es nicht bezahlen«, sagte sie. »Nicht alles. Ich kann nicht. Sie haben keine Ahnung, wie kostspielig die Sache wird. Die Sprengkörper zum Beispiel: Das letzte Mal haben sie über zweitausend Dollar gekostet, und das war vor fünf Jahren. Gott weiß, wie teuer sie heute sind.« Sie blickte finster auf den Zigarettenstummel und warf ihn über die Brüstung. »Ich werde zahlen, soviel ich kann«, sagte sie, »und Sie mit Leuten zusammenbringen, die für den Rest aufkommen, wenn Sie Ihnen ordentlich um den Bart gehen.«

»Ich danke Ihnen«, sagte Chip. »Mehr könnte ich nicht verlangen. Vielen Dank.«

»Gott im Himmel, nun fange ich wieder damit an«, sagte Julia. Sie wandte sich Chip zu. »Warten Sie ab, Sie werden auch noch dahinter-

kommen: Je älter man wird, desto mehr bleibt man sich gleich. Ich bin ein Einzelkind, das gewöhnt ist, seinen Willen zu bekommen. Das ist mein Problem. Kommen Sie, die Arbeit wartet auf mich.«
Sie stiegen von dem Balkon über die Treppe nach unten. »Wirklich, ich habe alle möglichen edlen Motive dafür, daß ich meine Zeit und mein Geld an Leute wie Sie verschwende – ein christliches Bedürfnis, der Familie zu helfen; Liebe zu Gerechtigkeit, Freiheit und Demokratie –, aber die Wahrheit sieht ganz anders aus: Ich bin ein Einzelkind, das gewöhnt ist, seinen Willen zu bekommen. Es macht mich *wahnsinnig*, vollkommen *wahnsinnig*, daß ich nicht auf diesem Planeten gehen kann, wohin ich will, oder ihn verlassen, wenn ich Lust habe. Sie können sich nicht vorstellen, wie ich diesen verdammten Computer *hasse*!«
Chip lachte. »*O doch!*« sagte er. »Mir geht es ebenso.«
»Er ist ein Ungeheuer, das geradewegs aus der Hölle entsprungen ist«, sagte Julia.
Sie gingen um das Haus herum. »Er ist ein Ungeheuer, ja«, sagte Chip und warf seine Zigarette weg. »Zumindest in seinem jetzigen Zustand. Ich möchte unter anderem herausfinden, ob wir nicht, falls wir dazu Gelegenheit haben, seine Programmierung ändern könnten, anstatt ihn zu zerstören. Wenn die *Familie ihn* beherrschte und nicht umgekehrt, wäre er gar nicht so übel. Glauben Sie wirklich an Himmel und Hölle?«
»Über Religion wollen wir nicht sprechen«, sagte Julia, »sonst landen Sie wieder im Kasino und spülen Geschirr. Wieviel bezahlen sie Ihnen?«
»Sechsfünfzig die Woche.«
»Wirklich?«
»Ja.«
»Ich gebe Ihnen dasselbe«, sagte Julia, »aber wenn Sie hier einer fragt, sagen Sie, Sie bekommen fünf.«

Er wartete, bis Julia eine Reihe von Leuten befragt hatte und zu dem Ergebnis gekommen war, daß keiner, der zur Vernichtung Unis ausgezogen war, etwas von dem Tunnel gewußt hatte; und dann, in seinem Entschluß bestärkt, weihte er Lilac in seine Pläne ein.
»Das *kannst* du nicht tun!« sagte sie. »Nicht nachdem alle die anderen gegangen sind!«

»Sie haben das falsche Ziel in Angriff genommen«, sagte er. Sie schüttelte den Kopf, griff sich an die Schläfen und sah ihn an. »Es ist – ich weiß nicht, was ich *sagen* soll. Ich dachte, du – hättest alles überwunden. Ich dachte, wir seien *zur Ruhe gekommen*.« Verzweifelt streckte sie die Hände aus und wies auf das Zimmer, ihr Zimmer in Neu-Madrid, mit den Wänden, die sie gestrichen hatten, dem Bücherregal, das er gebastelt hatte, dem Bett, dem Kühlschrank, Ashis Skizze eines lachenden Kindes.

Chip sagte: »Schatz, ich bin vielleicht auf allen Inseln der einzige Mensch, der von dem Tunnel weiß und den echten Uni kennt. Ich *muß* dieses Wissen nutzen. Wie könnte ich es *nicht* tun?«

»Also gut, nutze es«, sagte sie. »Plane, hilf eine Expedition *organisieren* – schön! Ich werde dir dabei helfen! Aber warum mußt du *gehen?* Das sollten *andere* tun, die keine Familie haben.«

»Ich werde hier sein, wenn das Baby geboren wird«, sagte er. »Bis dahin bin ich mit den Vorbereitungen noch nicht fertig. Und dann werde ich vielleicht – nur eine Woche weg sein.«

Sie starrte ihn an. »Wie kannst du das *sagen?*« fragte sie. »Wie kannst du sagen, du – du könntest für immer gehen: Du könntest gefaßt und behandelt werden!«

»Wir werden kämpfen lernen«, sagte er. »Wir werden Pistolen haben und –«

»Andere sollen gehen!« sagte sie.

»Wie kann ich das von ihnen verlangen, wenn ich selbst nicht gehe?«

»Verlange es einfach von ihnen, verlange es!«

»Nein«, sagte er. »*Ich muß* auch gehen.«

»Du *willst* gehen, das ist es«, sagte sie. »Du *mußt* nicht, du *willst!*«

Er schwieg einen Augenblick. Dann sagte er: »Na schön, ich will es. Ja! Ich kann mir nicht vorstellen, nicht dabei zu sein, wenn Uni besiegt wird. Ich will die Sprengkörper selbst werfen oder den Zünder ziehen oder was auch immer – ich will den letzten Schritt *selbst* unternehmen.«

»Du bist krank«, sagte sie. Sie hob die Näharbeit in ihrem Schoß auf und griff nach der Nadel und begann zu nähen. »Ich meine es ernst«, sagte sie. »Deine Einstellung zu Uni ist krankhaft. Er hat uns nicht hierher *gebracht*. Wir haben Glück gehabt, daß wir nach hier *entkommen*

sind. Ashi hat recht: Uni hätte uns auf die gleiche Weise wie die Leute mit zweiundsechzig getötet, er hätte nicht Menschen, Boote und Inseln dafür vergeudet. Wir sind ihm entkommen, er *ist schon* besiegt, und es ist krankhaft, daß du zurückgehen und ihn noch einmal besiegen willst.«
»Er hat uns hierher gebracht«, sagte Chip, »weil die Programmierer die Tötung junger Menschen nicht rechtfertigen konnten.«
»Unsinn!« sagte Lilac. »Sie haben ja auch einen plausiblen Grund dafür gefunden, daß alte Menschen umgebracht werden; ihnen wäre sogar etwas eingefallen, um den Mord an *Säuglingen* zu rechtfertigen. Wir sind davongekommen. Und nun gehst du zurück.«
»Was ist mit unseren Eltern?« sagte er. »*Sie* werden in ein paar Jahren umgebracht. Was ist mit Snowflake und Sparrow – ja, mit der ganzen Familie?«
Sie nickte und stieß grimmig die Nadel in grünen Stoff – die Ärmel ihres grünen Kleides, aus denen sie ein Hemdchen für das Baby machte.
»Andere sollten gehen«, sagte sie. »Männer ohne Familie.«
Später, im Bett, sagte er: »Wenn etwas schiefgehen *sollte*, wird Julia für dich und das Baby sorgen.«
»Das tröstet mich ungemein«, sagte sie. »Danke. Vielen herzlichen Dank, auch an Julia.«
Von dieser Nacht an stand eine unsichtbare Mauer zwischen ihnen: Sie grollte, und er lehnte es ab, sich davon rühren zu lassen.

Vierter Teil: Kampf

I

Er war so beschäftigt wie noch nie im ganzen Leben: Er plante, suchte nach Menschen und Material, reiste, studierte, erklärte, redete, überlegte, traf Entscheidungen. Und in der Fabrik mußte er ebenfalls arbeiten, denn wenn Julia ihm auch ziemlich viel Freiheit zugestand, so achtete sie doch streng darauf, daß sie von ihren Sechsfünfzig in der Woche nichts verschenkte, und ließ ihn Maschinen reparieren und Pläne zur Produktionssteigerung ausarbeiten. Und von der Hausarbeit fiel ihm, je weiter Lilacs Schwangerschaft fortschritt, auch ein immer größerer Teil zu. Er war so erschöpft und gleichzeitig so hellwach wie nie zuvor. An manchen Tagen hatte er alles unendlich satt, und am nächsten Tag war er wieder vollkommen lebendig und seiner Sache sicher.

Er, der Plan, das Projekt, glich einer Maschine, die zu montieren war, und zwar aus Teilen, die erst gefunden oder hergestellt werden und in Form und Größe haargenau zueinander passen mußten.

Bevor er sich über die Zahl der Teilnehmer an der Expedition schlüssig werden konnte, mußte er eine klarere Vorstellung von ihrem Endziel haben, und dazu wiederum mußte er genauer wissen, wie Uni funktionierte und wo man ihn am besten angreifen konnte.

Er sprach mit Lars Newman, Ashis Freund, der eine Schule leitete. Lars schickte ihn zu einem Mann in Andrait, und der schickte ihn zu einem Mann in Manacor.

»Für die Menge von Informationen, die sie scheinbar ausstießen, waren die Speicher zu klein, das weiß ich«, sagte der Mann in Manacor. Er hieß Newbrook und war beinahe siebzig. Bevor er die Familie verließ, hatte er an einer Technologischen Akademie gelehrt. Er versorgte gerade eine Enkeltochter im Säuglingsalter und wechselte voll Ingrimm ihre Windeln. »Halt *still,* ja?« sagte er. »Angenommen, du kommst hinein«, sagte er zu Chip, »dann mußt du dich natürlich an die Energiequelle halten. Den Reaktor also oder, was wahrscheinlicher ist, die Reakt*oren.*«

»Aber die könnten ziemlich schnell ersetzt werden, nicht wahr?« sagte Chip. »Ich will Uni so lange außer Gefecht setzen, daß die Familie Zeit hat, zu erwachen und zu entscheiden, was sie mit ihm tun will.«
»Verdammt noch mal, halt *still*!« sagte Newbrook. »Dann die Gefrieranlage.«
»Die Gefrieranlage?« sagte Chip.
»Jawohl«, sagte Newbrook. »Die Innentemperatur der Speicher muß nahe beim absoluten Gefrierpunkt liegen. Laß sie um ein paar Grad steigen, und das Röhrennetz – ach, *siehst du*, was du angerichtet hast? –, das Röhrennetz verliert sein überstarkes Leitungsvermögen. Du löschst Unis Gedächtnis.« Er hob das schreiende Baby hoch, legte es an die Schulter und tätschelte ihm den Rücken. »Pst, pst«, sagte er.
»Für immer?« fragte Chip.
Newbrook nickte, das schreiende Baby tätschelnd. »Selbst wenn die Gefrieranlage repariert wird«, sagte er, »müssen alle Daten wieder neu eingefüttert werden, und das dauert Jahre.«
»Das ist genau das, was mir vorschwebt«, sagte Chip.
Die Gefrieranlage.
Und die Aushilfsgefrieranlage.
Und die zweite Aushilfsanlage, falls es eine gab.
Drei stillzulegende Gefrieranlagen. Zwei Mann für jede, schätzte er: Einer, der die Sprengladungen legte, und einer, der Mitglieder fernhielt. Sechs Mann, um Unis Gefriersystem auszuschalten und seine Eingänge zu verteidigen, denn Unis tauendes, zerrieselndes Gehirn würde natürlich Hilfen herbeizitieren. Konnten sechs Mann die Aufzüge und den Tunnel halten? (Und hatte Papa Jan weitere Schächte in dem zusätzlich ausgehobenen Hohlraum erwähnt?). Aber sechs waren das Minimum, und mit dem Minimum wollte er auskommen. Denn wenn unterwegs ein Mann gefaßt wurde, berichtete er den Ärzten alles, und Uni erwartete sie an dem Tunnel. Je weniger Beteiligte, desto geringer die Gefahr. Er und fünf andere.
Der gelbhaarige junge Mann, der das Patrouillenboot der E. H. fuhr – er hieß Vito Newcome, nannte sich aber Dover –, strich die Reling, während er Chip zuhörte, aber dann, als die Rede auf den Tunnel und die echten Gedächtnisspeicher kam, unterbrach er seine Arbeit. Er kau-

erte auf den Fersen, und der Pinsel baumelte in seiner Hand. Sein kurzer Bart und seine Brust waren weiß gefleckt. Er blickte zu Chip auf und fragte: »Bist du sicher?«

»Absolut«, sagte Chip.

»Es wird auch Zeit, daß man diesem Brudermörder wieder einmal auf die Pelle rückt.« Dover Newcome blickte auf seinen weißverschmierten Daumen und wischte ihn am Hosenbein ab.

Chip kauerte sich neben ihn. »Willst du mitmachen?« fragte er.

Dover sah ihn an, überlegte einen Moment und nickte. »Ja«, sagte er. »Und ob ich will!«

Ashi lehnte ab. Chip hatte nichts anderes erwartet und ihn auch nur gefragt, weil er es unhöflich gefunden hätte, ihn zu übergehen. »Ich finde, das Risiko lohnt sich einfach nicht«, sagte Ashi. »Aber ich werde dir helfen, wo ich kann. Julia hat mich schon wegen einer Spende angehauen, und ich habe hundert Dollar versprochen. Ich gebe auch mehr, wenn du es brauchst.«

»Fein«, sagte Chip. »Danke, Ashi. Du *kannst* helfen. Du hast doch Zutritt zur Bibliothek, nicht wahr? Schau nach Landkarten des Gebiets um EUR-Strich-eins. Ob sie aus der Zeit vor oder nach der Vereinigung stammen, ist gleich, aber je größer, desto besser. Karten mit topographischen Einzelheiten.«

Als Julia erfuhr, daß Dover Newcome der Gruppe angehörte, erhob sie Einspruch. »Wir brauchen ihn hier, auf dem Boot«, sagte sie.

»Wenn wir erst fertig sind, ist er überflüssig«, sagte Chip.

»Gott im Himmel«, sagte Julia. »Wie kommen Sie mit so wenig Zuversicht durchs Leben?«

»Ganz einfach: Ich habe einen Freund, der für mich betet«, sagte Chip.

Julia sah ihn kalt an. »Nehmen Sie keinen mehr von der E. H.«, sagte sie, »und keinen aus der Fabrik. Und nehmen Sie keinen mit einer Familie, für die *ich* vielleicht zum Schluß sorgen muß!«

»Wie kommen Sie nur mit so wenig Gottvertrauen durchs Leben?« fragte Chip.

Er und Dover sprachen mit dreißig oder vierzig Einwanderern, ohne einen zu finden, der sich an dem Angriff beteiligen wollte. Sie schrieben aus den E. H.-Akten Namen und Adressen von Männern und Frauen über Zwanzig und unter Vierzig ab, die innerhalb der letzten paar Jahre auf die Freiheits-Insel gekommen waren, und suchten jede Woche sieben oder acht davon auf. Der Sohn von Lars Newman wollte mitkommen, aber er war auf der Insel geboren, und Chip wollte nur Leute, die in der Familie aufgewachsen und an Raster und Gehwege, langsames Schreiten und zufriedenes Lächeln gewöhnt waren.

Er fand eine Firma in Pollensa, die bereit war, Dynamitbomben mit langsamer oder rascher mechanischer Zündung zu liefern, allerdings nur unter der Voraussetzung, daß sie von einem Einheimischen mit einer Genehmigung bestellt wurden. In Calvia machte er eine andere Firma ausfindig, die sechs Gasmasken anfertigen wollte. Eine Garantie, daß sie vor LPK schützten, konnten ihm die Verantwortlichen allerdings nur versprechen, wenn er ihnen eine Probe zum Testen mitbrachte. Lilac, die in einem Einwanderer-Krankenhaus arbeitete, fand einen Arzt, der die Formel für LPK kannte, aber keines der chemischen Werke auf der Insel konnte es herstellen, weil eines seiner Hauptbestandteile Lithium war, und Lithium gab es seit mehr als dreißig Jahren nicht mehr.

Er gab jede Woche eine zweizeilige Anzeige im *Einwanderer* auf, daß er Overalls, Sandalen und Reise-Tornister zu kaufen suchte. Eines Tages erhielt er eine Antwort von einer Frau in Andrait, und ein paar Abende später suchte er sie auf, um zwei Tornister und ein Paar Sandalen zu besichtigen. Die Tornister waren schäbig und altmodisch, aber die Sandalen waren gut. Die Frau und ihr Mann fragten, wozu er sie wolle. Das Ehepaar hieß Newbridge, sie waren Anfang Dreißig und lebten in einem winzigen, kümmerlichen, rattenverseuchten Kellerloch. Chip sagte ihnen, was er vorhatte, und sie baten, in die Gruppe aufgenommen zu werden, ja, sie bestanden geradezu darauf. Sie sahen vollkommen normal aus, was ein Pluspunkt für sie war, aber die Hektik und übersteigerte Spannung, die von ihnen ausging, störte Chip ein wenig. Eine Woche später besuchte er sie wieder, mit Dover, und diesmal wirkten sie natürlicher und schienen eher in Frage zu kommen. Sie hießen Jack und Ria und hatten zwei Kinder gehabt, die beide während der ersten Monate ihres Lebens gestorben waren. Jack war Kanalarbeiter, und Ria arbeitete in einer Spielwarenfabrik. Sie sagten, sie seien gesund, und waren es anscheinend auch.

Chip beschloß, sie – vorläufig wenigstens – zu nehmen, und weihte sie in die Einzelheiten des Plans ein, der allmählich Gestalt annahm.
»Wir sollten das ganze Hurending in die Luft sprengen, nicht nur die Gefrieranlage«, sagte Jack.
»Eines muß euch ganz klar sein«, sagte Chip. »Die Leitung habe ich. Wenn ihr nicht bereit seid, immer genau das zu tun, was ich sage, vergeßt ihr am besten die ganze Sache wieder.«
»Nein, du hast vollkommen recht«, sagte Jack. »Bei einem solchen Unternehmen *muß* ein Mann die Befehlsgewalt haben. Anders geht es nicht.«
»Aber Vorschläge können wir doch machen?« fragte Ria.
»Jede Menge«, sagte Chip. »Aber die Entscheidungen treffe ich, und ihr müßt bereit sein, euch danach zu richten.«
Jack sagte: »Ich bin bereit«, und Ria sagte: »Ich auch.«
Es stellte sich heraus, daß der Eingang des Tunnels schwieriger ausfindig zu machen war, als Chip erwartet hatte. Er trug drei großmaßstäbige Landkarten von Mitteleuropa und eine ganz genaue topographische von der Schweiz, die noch aus der vV-Zeit stammte, zusammen und übertrug sorgfältig Unis Standort auf sie. Dann fragte er frühere Ingenieure und Geologen und einheimische Bergbau-Ingenieure um Rat, aber alle sagten, es seien noch weitere Angaben erforderlich, bevor man den Verlauf des Tunnels mit einiger Aussicht auf Genauigkeit bestimmen könnte. Ashis Interesse an dem Problem erwachte, und er saß manchmal stundenlang in der Bibliothek, um Informationen über »Genf« und das »Jura-Gebirge« aus alten Nachschlagewerken und geologischen Fachbüchern abzuschreiben.
In zwei aufeinanderfolgenden mondhellen Nächten fuhren Chip und Dover in dem E. H.-Boot zu einer Stelle westlich von EUR 91 766 und beobachteten die Kupfer-Lastkähne. Diese fuhren, wie sie feststellten, in Abständen von genau vier Stunden und fünfundzwanzig Minuten. Jedes der niedrigen, flachen, dunklen Fahrzeuge bewegte sich gleichmäßig mit dreißig Stundenkilometer nach Nordwesten, und Wellen, die hinter dem Heck aufschlugen, ließen die Kähne ohne Unterlaß auf und ab schwanken. Später kam eines der Fahrzeuge aus der anderen Richtung, diesmal, weil es leer war, weniger tief im Wasser liegend.

Dover berechnete, daß die Lastkähne in Richtung EUR, wenn sie ihre Geschwindigkeit und ihren Kurs beibehielten, nach etwas über sechs Stunden in EUR 91 772 ankamen.
In der zweiten Nacht steuerte er das Boot auf einen Lastkahn zu und fuhr in gleichem Tempo neben ihm her, während Chip an Bord kletterte. Chip fuhr mehrere Minuten auf dem Kahn. Er saß gemütlich auf der Ladung flacher Kupferbarren in hölzernen Verschlägen und stieg dann wieder auf das Boot hinüber.
Lilac fand einen weiteren Mann für die Gruppe, einen Pfleger aus dem Krankenhaus. Er hieß Lars Newstone und nannte sich Buzz, war sechsunddreißig – so alt wie Chip – und größer als normal; ein ruhiger Mensch, der einen tüchtigen Eindruck machte. Er war seit neun Jahren auf der Insel und seit drei Jahren in dem Krankenhaus, wo er sich gewisse medizinische Kenntnisse angeeignet hatte. Er war verheiratet, lebte aber von seiner Frau getrennt. Wie er sagte, wollte er sich der Gruppe anschließen, weil er immer gedacht hatte, »jemand müsse etwas tun oder wenigstens einen Versuch unternehmen«. »Es ist falsch«, sagte er, »Uni die Welt zu *überlassen*, ohne zu versuchen, sie zurückzuerobern.«
»Er ist in Ordnung. Genau der Mann, der uns fehlt«, sagte Chip zu Lilac, nachdem Buzz ihr Zimmer verlassen hatte. »Wenn ich nur anstelle der Newmarks noch zwei wie ihn hätte. Ich danke dir.«
Lilac stand am Ausguß und spülte Tassen, ohne ein Wort zu sagen. Chip ging zu ihr, faßte sie um die Schultern und küßte sie aufs Haar. Sie war im siebten Monat, dick und schwerfällig.
Ende März gab Julia eine Dinner-Party, bei der Chip seinen Plan, mit dem er sich nun seit vier Monaten beschäftigte, den Gästen vortrug – lauter Einheimische mit Geld, die alle für eine Spende von mindestens fünfhundert Dollar gut waren, wie Julia sagte. Er überreichte ihnen Durchschläge einer Liste aller anfallenden Kosten und führte seine Landkarte von der »Schweiz« vor, auf der die ungefähre Lage des Tunnels eingetragen war.
Julias Gäste zeigten sich weniger aufgeschlossen, als Chip erwartet hatte.
»Dreitausendsechshundert für Sprengstoff?« fragte einer.

»Jawohl, Sir«, sagte Chip. »Wenn jemand weiß, wo wir ihn billiger bekommen können, lasse ich mich gern belehren.«
»Was ist das – Tornister-Verstärkung?«
»Die Tornister, die wir tragen werden, sind nicht für schwere Lasten gemacht. Sie müssen zerlegt und über einem Metallrahmen neu zusammengenäht werden.«
»Ihr Leute könnt doch keine Pistolen und Bomben kaufen, oder?«
»Den Einkauf übernehme ich«, sagte Julia, »und bis zum Aufbruch der Expedition bleibt alles auf meinem Grund und Boden. Ich habe die Genehmigung dazu.«
»Wann glaubt ihr, daß ihr losziehen könnt?«
»Ich weiß nicht«, sagte Chip. »Auf die Gasmasken müssen wir noch drei Monate warten, wenn sie bestellt sind. Und wir müssen noch einen Mann finden und ausbilden. Ich hoffe, im Juli oder August sind wir soweit.«
»Sind Sie sicher, daß der Tunnel wirklich hier ist?«
»Nein, damit beschäftigen wir uns noch. Das ist nur eine Schätzung.«
Fünf der Gäste brachten Ausreden vor, und sieben überreichten Schecks über insgesamt zweitausendsechshundert Dollar – weniger als ein Viertel der erforderlichen elftausend.
»Diese Lunki-Hunde«, sagte Julia.
»Immerhin ist es ein Anfang«, sagte Chip. »Wir können beginnen, Bestellungen aufzugeben. Und Hauptmann Gold anheuern.«
»Wir werden es in ein paar Wochen noch einmal versuchen«, sagte Julia. »Warum waren Sie so nervös? Sie müssen überzeugender sprechen!«
Das Baby kam zur Welt. Es war ein Junge, und sie nannten ihn Jan. Seine Augen waren beide braun.
Sonntags und mittwochs übten Chip, Dover, Buzz, Jack und Ria abends auf einem unbenutzten Speicher in Julias Fabrik verschiedene Kampfmethoden. Ihr Lehrer, Hauptmann Gold, war ein kleiner, immer lächelnder Armee-Offizier, der sie offensichtlich nicht leiden konnte und es genoß, wenn sie sich auf seinen Befehl hin schlugen und einander auf dünne Matten auf dem Fußboden warfen. »Schlagen! Schlagen! Schlagen!« schrie er, während er im Unterhemd und in Armeehosen vor ihnen auf- und niederhüpfte. »Schlagen! So! *Das* ist ein Schlag, nicht *das*!

So versetzt man einem einen Schwinger! Allmächtiger Gott, ihr seid hoffnungslose Fälle, ihr Stahlinge! Komm, los, Grünauge, *schlag ihn*!«
Chip zielte mit der Faust auf Jack und flog durch die Luft und lag mit dem Rücken auf der Matte.
»Du hast es raus!« sagte Hauptmann Gold. »Das hat direkt ein bißchen menschlich ausgesehen! Steh auf, Grünauge, du bist nicht tot! Was hab ich dir übers Abducken gesagt?«
Jack und Ria lernten am raschesten, Buzz am langsamsten.
Julia gab wieder ein Abendessen, bei dem Chip überzeugender sprach, und sie nahmen dreitausendzweihundert Dollar ein.
Das Baby war krank – es hatte Fieber und eine Magenentzündung, aber es erholte sich wieder und sah gesund und glücklich aus, wenn es hungrig an Lilacs Brust saugte. Lilac war herzlicher als früher. Sie freute sich über das Baby und hörte Chip interessiert zu, wenn er erzählte, wie sie Geld auftrieben und der Plan allmählich Wirklichkeit wurde.
Chip fand einen sechsten Mann, einen Arbeiter auf einem Bauernhof bei Santany. Er war kurz vor Chip und Lilac aus Afr gekommen. Zwar war er ein wenig älter, als Chip lieb war – dreiundvierzig –, aber stark und beweglich und fest überzeugt, daß Uni zu besiegen sei. Er war in der Familie in der Chromotomikrographie tätig gewesen und hieß Morgan Newmark, nannte sich aber immer noch Karl, wie in der Familie.
Ashi sagte: »Ich glaube, jetzt könnte ich den verdammten Tunnel selbst finden«, und übergab Chip zwanzig Seiten voll Notizen, die er sich aus den Büchern in der Bibliothek gemacht hatte. Chip ging mit den Notizen und den Landkarten zu den Leuten, die er schon früher um Rat gefragt hatte, und drei von ihnen erklärten sich nun bereit, einen Plan anzufertigen, wie der Tunnel wahrscheinlich verlief. Jeder von ihnen verlegte – was nicht überraschend war – den Eingang des Tunnels an eine andere Stelle. Zwei lagen nur einen Kilometer auseinander, der dritte sechs Kilometer davon entfernt. »Das reicht, wenn wir keine bessere Information auftreiben können«, sagte Chip zu Dover.
Die Firma, die die Gasmasken anfertigte, stellte den Betrieb ein, ohne die achthundert Dollar Vorschuß zurückzuzahlen, und ein anderer Hersteller mußte gefunden werden.
Chip ging wieder zu Newbrook, dem ehemaligen Lehrer an der Tech-

nologischen Akademie, und sprach mit ihm über die Art von Gefrieranlagen, die Uni vermutlich hatte. Julia gab wieder ein Abendessen und Ashi eine Party. Weitere dreitausend Dollar kamen zusammen. Buzz hatte einen Zusammenstoß mit einer Bande Einheimischer, und obwohl er sich, zu ihrer Überraschung, kräftig wehrte, trug er zwei zersplitterte Rippen und ein gebrochenes Schienbein davon. Jeder begann nach einem Ersatzmann zu suchen, für den Fall, daß er nicht mitkommen konnte.

Eines Nachts weckte Lilac Chip auf.

»Was ist denn?« fragte er.

»Chip«, sagte sie.

»Ja?« Er hörte den schlafenden Jan in seiner Wiege atmen.

»Wenn du recht hast«, sagte sie, »und diese Insel ein Gefängnis ist, in das Uni uns gesteckt hat –«

»Ja?«

»Und früher schon Angriffe von dieser Insel aus geführt wurden –«

»Ja?« sagte er.

Sie verstummte – er sah, wie sie mit offenen Augen auf dem Rücken lag –, und dann sagte sie: »Würde Uni nicht *andere* Leute hierher bringen, ›gesunde‹ Mitglieder, die ihn vor weiteren Angriffen warnen?«

Er sah sie wortlos an.

»Die sich vielleicht – daran beteiligen«, sagte sie, »und dafür sorgen, daß in Eur allen ›geholfen‹ wird?«

»Nein«, sagte er und schüttelte den Kopf. »Nein. Sie müßten Behandlungen bekommen, um ›gesund‹ zu *bleiben*, nicht wahr?«

»Ja«, sagte sie.

»Glaubst du, daß hier irgendwo ein geheimes Medizentrum steht?« fragte er lächelnd.

»Nein.«

»Nein«, sagte er, »ich bin sicher, daß es hier keine – ›Spione‹ gibt. Bevor Uni solche Umstände machte, *würde* er die Unheilbaren einfach so umbringen, wie Ashi und du meinen.«

»Woher *weißt* du das?« sagte sie.

»Lilac, es *gibt* keine Spione«, sagte er. »Du suchst nur nach etwas, worüber du dir Sorgen machen kannst. Schlaf jetzt, komm. komm. wird

bald aufwachen, schlaf ein.« Er küßte sie, und sie drehte sich um. Nach einer Weile war sie anscheinend eingeschlafen.
Er blieb wach.
Es konnte nicht sein. Sie würden Behandlungen brauchen...
Wie vielen Leuten hatte er von dem Plan, dem Tunnel und den echten Gedächtnisspeichern erzählt?
Er hatte keine Ahnung. Hunderten! Und jeder mußte anderen etwas davon gesagt haben...
Er hatte sogar die Anzeige im *Einwanderer* aufgegeben: *Kaufe Tornister, Ovis, Sandalen*...
Jemand *in der Gruppe*? Nein. Dover? – unmöglich! Buzz? – nein, niemals. Jack oder Ria? – nein. Karl? Ihn kannte er noch nicht so gut – er war nett, redete viel, trank ein wenig mehr, als ihm guttat, aber nicht so viel, daß es besorgniserregend war – nein, Karl *konnte* nichts anderes sein, als was er zu sein schien: ein Arbeiter auf einem einsamen Bauernhof.
Julia? Er hatte den Verstand verloren. Christus und Wei! Gott im Himmel!
Lilac machte sich zu viele Sorgen, das war alles.
Es konnte keine Spione geben, Leute, die heimlich auf Unis Seite standen, denn sie würden Behandlungen brauchen, damit sie sich nicht änderten.
Er machte weiter, ganz gleich, was geschah.
Er schlief ein.
Die Bomben kamen. Eine schwarze Walze, um die kreisförmig ein Bündel dünner, brauner Stifte befestigt war. Sie wurden in einem Schuppen hinter der Fabrik aufbewahrt. Jede Bombe hatte an der Seite einen schmalen Metallauswuchs, entweder blau oder gelb. Die blauen waren Dreißig-Sekunden-Zünder, die gelben Vier-Minuten-Zünder.
Nachts in einem Marmorbruch probierten sie eine Bombe aus. Sie steckten sie in eine Spalte und zogen, hinter einem Stoß behauener Steinblöcke versteckt, mit einem fünfzig Meter langen Draht den blauen Zünder. Die Explosion glich einem Erdbeben, und wo die Spalte gewesen war, klaffte ihnen hinter einer Staubwolke ein Loch in Türgröße entgegen, aus dem Schutt rieselte.

Sie schnallten mit Steinen gefüllte Tornister um und fuhren – alle außer Buzz – mit dem Rad in die Berge. Hauptmann Gold zeigte ihnen, wie man Pistolen mit Kugeln lädt und einen L-Strahl einstellt, wie man spannt, zielt und schießt – auf Bretter, an der Wand hinter der Fabrik.
»Geben Sie noch ein Abendessen?« fragte Chip Julia.
»In ein oder zwei Wochen«, sagte sie.
Aber sie tat es nicht. Sie sprach nicht mehr von Geld, und er auch nicht. Er verbrachte einige Zeit mit Karl und gewann die Überzeugung, daß er kein »Spion« war.
Das Bein von Buzz verheilte fast vollständig, und er behauptete hartnäckig, er könne mitkommen.
Die Gasmasken und die restlichen Pistolen trafen ein und die Werkzeuge und Schuhe und Rasiermesser, die Plastikdecken, die umgearbeiteten Tornister, die Uhren und die Spulen dicken Drahts, das aufblasbare Floß, die Schaufel, die Kompasse und die Feldstecher.
»Versuch mich zu treffen«, sagte Hauptmann Gold, und Chip schlug zu und spaltete ihm die Lippe.
Es dauerte bis November, fast ein Jahr, bis alles erledigt war, und Chip beschloß, zu warten und an Weihnachten aufzubrechen, die Reise nach '001 am Feiertag anzutreten, wenn auf Radfahr- und Gehwegen, Wagenstationen und Flughäfen viel Betrieb war, die Mitglieder sich ein bißchen weniger langsam als sonst bewegten und selbst ein gesundes Mitglied vielleicht an einem Raster danebengriff.
Am Sonntag vor ihrem Aufbruch trugen sie alles vom Schuppen auf den Speicher und packten die Tornister und die Zweit-Tornister, die sie bei der Landung auspacken würden. Julia war da und Lars Newmans Sohn John, der das E.H.-Boot zurückbrachte, und Dovers Freundin Nella; sie war zweiundzwanzig und gelbhaarig wie er und sehr aufgeregt. Ashi schaute vorbei und Hauptmann Gold. »Ihr seid verrückt, ihr seid alle verrückt«, sagte er, und Buzz sagte: »Hau ab, du Lunki!« Als sie fertig waren und jeden Tornister in Plastikdecken gehüllt und verschnürt hatten, bat Chip alle, die nicht zur Gruppe gehörten, hinauszugehen. Er versammelte die Gruppe auf den Matten im Kreis um sich.
»Ich habe viel darüber nachgedacht, was passiert, wenn einer von uns gefaßt wird«, sagte er, »und folgendes beschlossen: Wenn einer, auch

nur *einer*, gefaßt wird – kehren alle anderen um.« Sie sahen ihn an. Buzz sagte: »Nach all dem?«

»Ja«, sagte Chip. »Wir haben keine Chance, wenn einer behandelt wird und dem Arzt erzählt, daß wir durch den Tunnel einsteigen. Also gehen wir schnell und leise zurück und suchen ein Boot. Ich möchte sogar versuchen, bei der Landung, bevor wir uns auf den Weg machen, eines für diesen Zweck ausfindig zu machen.«

»Christus und Wei!« sagte Jack. »Klar, wenn drei oder vier gefaßt werden, aber *einer*?«

»So habe ich es beschlossen«, sagte Chip. »Und so ist es richtig.«

Ria sagte: »Was ist, wenn *du* gefaßt wirst?«

»Dann übernimmt Buzz das Kommando«, sagte Chip. »Aber vorläufig gilt mein Wort: Wenn einer gefaßt wird, kehren wir alle um.«

Karl sagte: »Also aufpassen, daß keiner geschnappt wird.«

»Richtig«, sagte Chip. Er stand auf.

»Das ist alles«, sagte er. »Schlaft euch gut aus. Mittwoch um sieben.«

»Woodstag«, sagte Dover.

»Woodstag, Woodstag, Woodstag«, sagte Chip. »Woodstag um sieben.«

Er küßte Lilac, als ob er nur zu einem Besuch wegginge und in ein paar Stunden zurückkäme. »Wiedersehen, Schatz«, sagte er.

Sie umarmte ihn und legte ihre Wange an seine und sagte kein Wort. Er küßte sie noch einmal, befreite sich aus ihren Armen und ging zu der Wiege. Jan grabschte eifrig nach einer leeren Zigarettenschachtel, die an einem Faden hing. Chip küßte ihn auf die Wange und sagte ihm Lebewohl.

Lilac kam zu ihm, und er küßte sie. Sie hielten sich umschlungen und küßten einander, und dann ging er hinaus, ohne sich nach ihr umzudrehen.

Ashi wartete unten auf seinem Motorrad. Er fuhr Chip nach Pollensa, zum Landeplatz.

Um Viertel vor sieben waren sie alle im E. H.-Büro, und während sie einander die Haare schnitten, kam der Lastwagen. John Newman und ein Mann aus der Fabrik luden die Tornister und das Floß ins Boot, und

Julia packte belegte Brote und Kaffee aus. Die Männer schnitten sich die Haare und rasierten sich das Gesicht glatt.
Sie legten Armbänder an und schlossen die Glieder, die wie normale aussahen. Auf Chips Armband stand Jesus AY31G6912.
Er sagte Ashi Lebewohl und küßte Julia. »Packt eure Tornister und bereitet euch auf die weite Welt vor«, sagte er.
»Seid vorsichtig«, sagte Julia. »Und versucht zu beten.«
Er sprang ins Boot und setzte sich vor die Tornister neben John Newman und die anderen – Buzz und Karl, Jack und Ria. Mit ihren kurzgeschnittenen Haaren und ihren bartlosen Gesichtern sahen sie einander merkwürdig ähnlich, wie Familienmitglieder.
Dover ließ das Boot an und steuerte es aus dem Hafen, dann hielt er auf den schwachen orangeroten Lichtschein zu, der von '91 766 kam.

2

In trübem Licht, noch vor der Dämmerung, glitten sie von dem Lastkahn und stießen das Floß mit den Tornistern ab. Drei von ihnen schoben es, und drei schwammen neben ihm her und behielten die dunklen, hohen Klippen der Küste im Auge. Sie bewegten sich langsam vorwärts, in etwa fünfzig Meter Abstand vom Ufer. Alle zehn Minuten ungefähr tauschten sie die Plätze: Wer geschoben hatte, schwamm, und wer geschwommen war, schob.
Als sie weit hinter '91 772 angelangt waren, schoben sie das Floß an Land. Sie versteckten es in einer kleinen, sandigen Bucht zwischen hohen Felswällen, luden die Tornister ab, zogen Overalls an und steckten Pistolen, Uhren, Kompasse und Landkarten in die Tasche. Dann gruben sie ein Loch und legten die zwei leeren Tornister und die Plastikhüllen hinein, das Floß, aus dem sie die Luft abgelassen hatten, ihre Kleider von der Freiheits-Insel und die Schaufel, mit der sie gegraben hatten. Sie füllten das Loch wieder auf und stampften es eben, und gingen einzeln, hintereinander, die Tornister über der Schulter und die Sandalen

in der Hand, den schmalen Uferstreifen entlang. Der Himmel wurde hell, ihre Schatten tauchten vor ihnen auf, verschwanden zwischen den Klippen und erschienen wieder. Am Ende der Reihe begann Karl, »Eine mächtige Familie« zu pfeifen. Die anderen lächelten, und Chip, an der Spitze, stimmte mit ein. Ein paar von den anderen fingen ebenfalls an zu pfeifen.

Bald kamen sie zu einem Boot, einem alten, blauen Boot, das umgekippt auf der Seite lag, auf Unheilbare wartend, die sich glücklich schätzen würden. Chip drehte sich um und ging zurück. »Hier ist es, wenn wir es brauchen«, sagte er, und Dover sagte: »Wir brauchen es nicht.« Als Chip sich wieder umgewandt hatte und das Boot hinter ihnen lag, hob Jack einen Stein auf, versuchte es zu treffen und warf daneben.

Im Gehen hängten sie die Tornister von einer Schulter auf die andere. Nach knapp einer Stunde stießen sie auf den ersten Raster. Zunächst sahen sie ihn nur von hinten. »Wieder zu Hause!« sagte Dover. Ria schnaubte, und Buzz sagte: »Servus, Uni, wie geht's?« – und klopfte dem Raster im Vorübergehen »auf den Kopf«. Buzz hinkte nicht; Chip hatte sich ein paarmal umgedreht, um sich zu vergewissern.

Der Uferstreifen wurde breiter, und sie kamen zu einem Abfallkorb und ein paar weiteren, und dann zu Sprungbrettern für die Rettungsschwimmer; sie sahen Lautsprecher und eine Uhr – 6.54 *Do 25. Dez. 171 J. V.* Dann standen sie vor einer Treppe, die im Zickzack den Abhang hinaufführte. Einige der Geländerverstrebungen waren mit roten und grünen Girlanden umwunden.

Sie stellten ihre Tornister und ihre Sandalen auf den Boden, schlüpften aus ihren Overalls und breiteten sie aus. Sie legten sich darauf und ruhten sich in der zunehmenden Wärme der Sonne aus. Chip schärfte ihnen ein, was sie sagen sollten, wenn sie – nachher – mit der Familie sprachen, und sie unterhielten sich darüber und rätselten, wie stark das Fernsehen durch Unis Ausfall in Mitleidenschaft gezogen würde und wie lange es wohl dauerte, bis der Schaden behoben war.

Karl und Dover schliefen ein.

Chip lag mit geschlossenen Augen auf dem Rücken und dachte über einige der Probleme nach, die die Familie bei ihrem Erwachen erwartete, und überlegte sich, wie sie zu lösen wären.

»Christus, der du uns gelehrt«, ertönte es um acht Uhr aus den Lautsprechern, und zwei Rettungsschwimmer mit roten Badekappen und Sonnenbrillen kamen die Zick-Zack-Stufen herunter. Einer von ihnen ging zu einem Sprungbrett in der Nähe der Gruppe. »Fröhliche Weihnachten«, sagte er.

»Fröhliche Weihnachten«, sagten sie zu ihm.

»Ihr könnt jetzt hineingehen, wenn ihr wollt«, sagte er und stieg auf das Sprungbrett.

Chip und Jack und Dover standen auf und gingen ins Wasser. Sie schwammen eine Weile, sahen Mitglieder die Treppe herunterkommen und legten sich dann wieder hin.

Als fünfunddreißig oder vierzig Mitglieder am Strand waren, um 8.22 Uhr, standen die sechs auf, zogen ihre Overalls an und schulterten ihre Tornister.

Chip und Dover stiegen als erste die Stufen empor. Sie lächelten und sagten »Fröhliche Weihnachten«, wenn ihnen Mitglieder entgegenkamen. Es war ganz einfach, den Raster am oberen Ende der Treppe nur zum Schein zu berühren, denn die einzigen Mitglieder in der Nähe saßen in der Kantine und kehrten ihnen den Rücken.

Sie warteten bei einem Springbrunnen, bis Jack und Ria und dann auch noch Buzz und Karl die Treppe heraufkamen.

Sie gingen zu den Fahrradständern, wo zwanzig oder fünfundzwanzig Räder aufgereiht waren. Sie nahmen die sechs letzten, steckten ihre Tornister in die Satteltaschen, stiegen auf und fuhren bis zum Anfang des Radfahrerwegs. Dort warteten sie lächelnd und schwatzend, bis kein Radfahrer und keine Wagen vorbeikamen, und passierten den Raster in einer Gruppe. Für den Fall, daß jemand sie aus der Ferne sah, hielten sie ihre Armbänder an die Seite des Rasters.

Sie fuhren, einzeln oder zu zweit und in großen Abständen, auf EUR91770 zu. Chip war an der Spitze, hinter ihm kam Dover. Er achtete auf die Radfahrer, die näher kamen, und auf die gelegentlich vorüberrasenden Wagen. *Wir werden es tun*, dachte er. *Wir sind schon dabei.*

Sie betraten den Flughafen getrennt und trafen sich in der Nähe der Anzeigetafel mit dem Flugplan. Sie wurden von Mitgliedern dicht aufeinandergedrängt. In dem rot und grün beflaggten Wartesaal ging es so lebhaft und laut zu, daß die Weihnachtsmusik nur bruchstückweise zu hören war. Hinter der Glasscheibe wendeten große Flugzeuge schwerfällig und nahmen Mitglieder von drei Rolltreppen gleichzeitig auf, ließen Schlangen von Mitgliedern aussteigen, rollten auf die Landebahnen oder von ihnen herunter.

Es war 9.35 Uhr. Der nächste Flug nach EUR00001 ging 11.48 Uhr. Chip sagte: »Es gefällt mir nicht, daß wir so lange hier bleiben. Der Lastkahn hat entweder zusätzliche Energie verbraucht oder Verspätung gehabt, und wenn der Unterschied auffällig war, könnte Uni den Grund herausbekommen haben.«

»Gehen wir jetzt«, sagte Ria. »Fliegen wir so weit wie möglich in Richtung '001. Dann können wir mit dem Rad weiterfahren.«

»Wir kommen viel früher an, wenn wir warten«, sagte Karl. »Das ist gar kein so schlechtes Versteck hier.«

Chip sah auf den Flugplan und sagte: »Nein, wir brechen auf – 10.06 nach '00020. Das ist der nächste Flug, den wir erreichen können, und '00020 ist nur etwa fünfzig Kilometer von '001 entfernt. Los, kommt, die Tür ist dort drüben.«

Mitten durch die Menge bahnten sie sich ihren Weg zu der Flügeltür an der Seite des Raums und scharten sich um den Raster. Die Tür ging auf, und ein Mitglied in Orange kam herein. Unter Entschuldigungen streckte er die Hand zwischen Chip und Dover hindurch, um den Raster zu berühren – *ja*, blinkte er – und ging weiter.

Chip zog seine Armbanduhr aus der Tasche und verglich sie mit der Flughafenuhr. »Startbahn 6«, sagte er. »Wenn es mehr als eine Rolltreppe gibt, stellt euch vor der hinteren auf und achtet darauf, daß ihr ziemlich am Ende der Schlange steht. Es müssen aber noch mindestens sechs Mitglieder hinter euch warten. Dover?« Er ergriff Dovers Ellbogen, und sie gingen zusammen durch die Tür auf das Lagergelände. Ein Mitglied in Orange, das dort stand, sagte: »Ihr dürft nicht hier drin sein.«

»Uni hat es erlaubt«, sagte Chip. »Wir sind von der Flughafenplanung.«

»Dreiunddreißig-sieben A«, sagte Dover.

Chip sagte: »Dieser Flügel wird nächstes Jahr vergrößert.«

»Ich verstehe, was du wegen der Decke gemeint hast«, sagte Dover, den Blick nach oben gerichtet.
»Ja«, sagte Chip. »Man könnte sie leicht einen Meter höher legen.«
»Eineinhalb Meter«, sagte Dover.
»Wenn wir keine Schwierigkeiten mit den Leitungen kriegen«, sagte Chip.
Das Mitglied ließ sie allein und ging durch die Tür hinaus.
»Ja, die ganzen Leitungen«, sagte Dover. »Großes Problem!«
»Ich will dir mal zeigen, wo sie hinführen«, sagte Chip.
»Ist ganz interessant.«
»Bestimmt«, sagte Dover.
Sie gingen dorthin, wo Mitglieder in Orange Kuchen- und Getränkebehälter fertig machten. Sie arbeiteten schneller, als es bei Mitgliedern üblich war.
»Dreiunddreißig-sieben A?« sagte Chip.
»Warum nicht?« sagte Dover und zeigte zur Decke, als sie einem Mitglied, das einen Karren schob, auswichen. »Siehst du, wie die Leitungen verlaufen?« sagte er.
»Wir werden die ganze Anlage ändern müssen«, sagte Chip. »Hier drin auch.«
Sie berührten zum Schein den Raster und betraten einen Raum, in dem Overalls an Haken hingen. Niemand war zu sehen. Chip schloß die Tür und deutete auf den Schrank, in dem die orangeroten Overalls aufbewahrt wurden.
Sie streiften orangefarbene Overalls über ihre eigenen gelben und Zehenschützer über die Sandalen. Sie rissen Löcher in das Taschenfutter der orangefarbenen Overalls, so daß sie in die Taschen ihrer eigenen Overalls greifen konnten.
Ein Mitglied in Weiß kam herein. »Grüß euch«, sagte er. »Fröhliche Weihnachten!«
»Fröhliche Weihnachten«, sagten sie.
»Ich bin zur Aushilfe von '765 geschickt worden«, sagte er. Er war ungefähr dreißig.
»Gut, wir können's gebrauchen«, sagte Chip.
Das Mitglied, das seinen Overall öffnete, schaute auf Dover, der seinen

gerade zumachte. »Wozu tragt ihr denn die anderen darunter?« fragte er.

»Es ist wärmer so«, sagte Chip und ging auf ihn zu.

Er drehte sich verwundert zu Chip um. »Wärmer?« sagte er. »Wozu wollt ihr's denn wärmer haben?«

»Entschuldige, Bruder«, sagte Chip und versetzte ihm einen Schlag in den Magen. Das Mitglied beugte sich ächzend nach vorn, und Chip knallte ihm die Faust unter das Kinn. Das Mitglied kam wieder hoch und fiel nach hinten. Dover fing ihn unter den Armen auf und ließ ihn auf den Fußboden gleiten. Er lag mit geschlossenen Augen da, wie im Schlaf.

Chip sah auf ihn hinab und sagte: »Christus und Wei, es funktioniert.«

Sie zerrissen ein paar Overalls, fesselten das Mitglied an Händen und Füßen und steckten ihm einen zusammengeknoteten Ärmel zwischen die Zähne. Dann hoben sie ihn auf und steckten ihn in den Schrank mit der Kehrmaschine.

Der Zeiger der Uhr rutschte von 9.51 auf 9.52.

Sie wickelten ihre Tornister in orangefarbene Overalls, verließen den Raum und gingen an den Mitgliedern vorbei, die mit den Kuchen- und Getränkebehältern beschäftigt waren. Auf dem Lagergelände fanden sie einen halbleeren Karton mit Handtüchern und legten die eingewickelten Tornister hinein. Den Karton zwischen sich tragend, schritten sie durch das Tor auf das Flugfeld hinaus.

Vor Startbahn 6 stand ein Flugzeug, ein großes, aus dem Mitglieder über zwei Rolltreppen ausstiegen. Vor jeder Rolltreppe warteten Mitglieder in Orange mit einer Karre für die Behälter.

Sie gingen nicht auf das Flugzeug zu, sondern schräg nach links über das Flugfeld. Den Karton trugen sie immer noch zwischen sich. Sie wichen einem Wagen der Flugplatz-Inspektion aus und kamen zu den Hangars, die in einem Trakt mit Flachdach untergebracht waren, der sich in Richtung Startbahn erstreckte.

Sie betraten einen Hangar. Ein kleines Flugzeug stand darin. An seiner Unterseite zogen Mitglieder in Orange ein rechteckiges Gestell heraus. Chip und Dover trugen den Karton nach hinten, wo sich eine Tür in der seitlichen Wand des Hangars befand. Dover machte die Tür auf,

blickte hinein und nickte Chip zu. Sie traten ein und schlossen die Tür.
Sie standen in einem Materiallager: ringsum Regale voll Werkzeug, Reihen von Holzkisten und schwarze Fässer mit der Aufschrift *Schmieröl* SG. »Könnte gar nicht besser sein«, sagte Chip, als sie den Karton auf den Boden stellten.
Dover ging zur Tür und stellte sich so, daß er hinter ihr stand, wenn sie aufging. Er zog seine Pistole und hielt sie am Lauf.
Chip kniete nieder, wickelte einen Tornister aus, öffnete ihn und entnahm ihm eine Bombe mit einem gelben Vier-Minuten-Zünder.
Er rückte zwei der Ölfässer auseinander und legte dazwischen die Bombe, mit dem festgeklebten Zünder nach oben, auf den Fußboden.
Er zog seine Armbanduhr und blickte darauf. Dover sagte: »Wie lange?« und Chip sagte: »Drei Minuten.«
Er ging zu dem Karton zurück und schloß den Tornister und wickelte ihn wieder ein und klappte den Deckel des Kartons zu, ohne die Uhr aus der Hand zu legen.
»Ist hier etwas, das wir gebrauchen können?« fragte Dover und zeigte auf die Regale mit den Werkzeugen.
Als Chip zu den Regalen ging, öffnete sich die Tür, und ein Mitglied in Orange kam herein. »Grüß dich«, sagte Chip, nahm ein Werkzeug aus dem Regal und steckte die Uhr in die Tasche. »Grüß dich«, sagte das Mitglied. Sie kam auf die andere Seite des Regals und warf einen Blick auf Chip. »Wer bist du?« fragte sie.
»LiRP«, sagte er. »Ich wurde zur Aushilfe aus '765 geschickt.« Er nahm ein weiteres Werkzeug aus dem Regal, einen Rechenschieber.
»Es ist nicht so schlimm wie an Weis Geburtstag«, sagte das Mitglied.
Ein anderes Mitglied kam zur Tür. »Wir haben es gefunden, Peace«, sagte er. »Li hat es gehabt.«
»Ich habe ihn gefragt, und er hat nein gesagt«, sagte das erste Mitglied.
»Er hat es aber gehabt«, sagte das zweite Mitglied und verschwand.
Das erste Mitglied folgte ihm. »Er war der erste, den ich gefragt habe«, sagte sie.
Chip blieb stehen und sah zu, wie sich die Tür langsam schloß. Dover, der dahinter stand, machte die Tür behutsam zu. Chip schaute auf seine Hand, in der er die Werkzeuge hielt. Sie zitterte. Er legte die Werkzeuge

nieder, atmete tief aus und zeigte Dover seine Hand. Dieser lächelte und sagte: »Gar nicht mitgliedhaft.«

Chip holte Luft und zog die Uhr aus der Tasche. »Weniger als eine Minute«, sagte er, ging zu den Fässern und kauerte sich nieder. Er zog den Klebestreifen vom Griff der Bombe.

Dover steckte seine Pistole umständlich in die Tasche seines unteren Overalls und blieb an der Tür stehen, die Klinke in der Hand.

Chip, der auf die Uhr schaute und den Zündergriff hielt, sagte: »Zehn Sekunden.« Er wartete, wartete, wartete – dann zog er den Griff hoch und stand auf, als Dover die Tür öffnete. Er nahm den Karton, trug ihn aus dem Raum und zog die Tür zu.

Sie gingen mit dem Karton durch den Hangar – »Immer mit der Ruhe«, sagte Chip – und über das Rollfeld auf das Flugzeug vor Startbahn sechs zu. Mitglieder reihten sich vor den Rolltreppen ein und fuhren nach oben.

»Was ist das?« fragte ein neben ihnen gehendes Mitglied in Orange mit einem Aktendeckel.

»Man hat uns gesagt, wir sollten es nach hier bringen«, sagte Chip.

»Karl?« sagte ein anderes Mitglied neben dem mit dem Aktendeckel. Er blieb stehen, drehte sich um, sagte »Ja?«, und Chip und Dover gingen weiter.

Sie trugen den Karton zur hinteren Rolltreppe des Flugzeugs und stellten ihn ab. Chip blieb vor dem Raster stehen und schaute auf den Kontrollmechanismus der Rolltreppe, Dover schlüpfte durch die Schlange der Wartenden und stellte sich hinter den Raster. Mitglieder gingen zwischen ihnen hindurch, hielten ihre Armbänder an die grünblinkenden Raster und traten auf die Rolltreppe.

Ein Mitglied in Orange kam zu Chip und sagte: »An dieser Rolltreppe bin ich!«

»Karl hat mir gerade gesagt, ich soll sie übernehmen«, sagte Chip. »Ich bin zur Aushilfe von '765 geschickt worden.«

»Was ist denn los?« fragte das Mitglied mit dem Aktendeckel und kam herüber. »Warum seid ihr hier zu dritt?«

»Ich dachte, ich sei an dieser Rolltreppe«, sagte das andere Mitglied. Die Luft erzitterte, lautes Dröhnen drang aus den Hangars.

Eine schwarze Säule, riesig groß und immer höher ansteigend, stand über den Hangars, und grellrote Flammen loderten in der Schwärze. Schwarzroter Regen fiel auf das Dach und das Rollfeld, Mitglieder in Orange stürzten aus den Hangars, liefen weiter, erst schnell, dann langsamer, und blickten auf die Feuersäule auf dem Dach zurück.

Das Mitglied mit dem Aktendeckel riß die Augen auf und stürzte davon. Das andere Mitglied rannte ihm nach.

Die Mitglieder in der Schlange sahen zu den Hangars hoch, ohne sich zu rühren. Chip und Dover ergriffen sie am Arm und schoben sie vorwärts. »Nicht stehenbleiben«, sagten sie. »Bitte weitergehen! Es besteht keine Gefahr. Das Flugzeug wartet. Bitte Raster berühren und weitergehen!« Sie trieben die Mitglieder an dem Raster vorüber auf die Rolltreppe. Jack war dabei – »Herrlich«, sagte er, als er, über Chip hinwegblickend, den Raster berührte; und Ria, die so aufgeregt wirkte wie damals, als Chip sie zum ersten Male gesehen hatte; und Karl, mit verängstigter und finsterer Miene; und Buzz – er lächelte. Dover trat hinter Buzz auf die Rolltreppe. Chip warf ihm einen eingewickelten Tornister zu und wandte sich wieder an die letzten sieben oder acht Mitglieder in der Schlange, die unverwandt auf die Hangars blickten. »Bitte geht weiter«, sagte er. »Das Flugzeug wartet auf euch, Schwester!«

»Es besteht kein Grund zur Aufregung«, sagte eine Frauenstimme über die Lautsprecher. »In den Hangars hat sich ein Unfall ereignet, aber es steht alles unter Kontrolle.«

Chip drängte die Mitglieder zur Rolltreppe. »Berührt den Raster und geht weiter«, sagte er. »Das Flugzeug wartet.«

»Mitglieder, die auf den Abflug warten, wollen bitte ihre Plätze in der Schlange wieder einnehmen«, sagte die Stimme. »An Bord gehende Mitglieder können die Maschine besteigen. Der Flugdienst wird nicht unterbrochen.«

Chip tat, als berührte er den Raster, und trat hinter dem letzten Mitglied auf die Rolltreppe. Während er mit dem umwickelten Tornister unter dem Arm nach oben glitt, blickte er auf die Hangars zurück. Die Säule war schwarz und rußig, aber das Feuer brannte nicht mehr. Er sah wieder nach vorne, auf hellblaue Overalls. »An alle Beschäftigten, ausgenommen Siebenundvierziger und Neunundvierziger: Nehmt eure

Arbeit wieder auf«, sagte die Frauenstimme. »An alle Beschäftigten, ausgenommen Siebenundvierziger und Neunundvierziger: Nehmt eure Arbeit wieder auf. Alles ist unter Kontrolle.« Chip betrat das Flugzeug, und die Tür glitt hinter ihm zu. »Es gibt keine Unterbrechung im –«
Verdutzt standen Mitglieder vor belegten Plätzen.
»Wegen des Feiertags sind zusätzliche Passagiere an Bord«, sagte Chip. »Geht nach vorne und bittet andere Mitglieder, ihre Kinder auf den Schoß zu nehmen. Es geht nicht anders.«
Die Mitglieder schlenderten durch den Mittelgang und schauten von einer Seite zur anderen.
Die fünf saßen in der letzten Reihe, in der Nähe der Getränke- und Kuchenausgabe. Dover nahm seinen umwickelten Tornister von dem Sitz im Mittelgang, und Chip setzte sich. Dover sagte: »Nicht schlecht.«
»Wir sind noch nicht oben«, sagte Chip.
Stimmen erfüllten das Flugzeug: Mitglieder berichteten anderen von der Explosion; die Neuigkeit pflanzte sich von Reihe zu Reihe fort. Die Uhr stand auf 10.06, aber das Flugzeug rührte sich nicht.
Aus 10.06 wurde 10.07.
Die sechs schauten einander an und sahen wieder geradeaus, ganz normal.
Das Flugzeug bewegte sich. Es neigte sich sanft zur Seite und machte einen Ruck nach vorne. Es bewegte sich schneller. Das Licht erlosch, und die Fernsehschirme flackerten auf.
Sie sahen *Das Leben Christi* und einen alten Film, *Die Familie bei der Arbeit*. Sie tranken Tee und Cola, aber essen konnten sie nichts. Zu dieser Tageszeit gab es keine Kuchen im Flugzeug, und die in Folie gewickelten Käselaibe in ihren Tornistern konnten sie nicht verzehren, weil die Mitglieder, die zur Getränkeausgabe gingen, sie dabei ertappt hätten. Chip und Dover schwitzten in ihren doppelten Overalls. Karl döste vor sich hin, und Ria und Buzz knufften ihn von beiden Seiten, damit er wach blieb und aufpaßte.
Der Flug dauerte vierzig Minuten.
Als EUR 00 020 auf dem Standort-Anzeiger erschien, standen Chip und Dover auf, stellten sich vor die Getränkeausgabe, drückten die Knöpfe und ließen Tee und Cola in den Ausguß rinnen. Das Flugzeug landete,

rollte aus und kam zum Stehen. Die Mitglieder begannen in geordneten Reihen auszusteigen. Nachdem ein paar Dutzend durch den Ausstieg verschwunden waren, hoben Chip und Dover die leeren Behälter aus der Getränkeausgabe, stellten sie auf den Boden, klappten die Deckel hoch, und Buzz steckte in jeden einen umwickelten Tornister. Dann standen Buzz, Karl, Ria und Jack auf, und die sechs schritten zum Ausstieg. Chip, der in Brusthöhe einen Behälter vor sich her trug, sagte zu einem älteren Mitglied: »Entschuldige, würdest du uns bitte durchlassen?« und ging hinaus. Die anderen folgten dicht hinter ihm. Dover, der den anderen Behälter trug, sagte zu dem Mitglied: »Am besten wartest du, bis ich die Rolltreppe verlassen habe«, und das Mitglied nickte verdutzt.

Am Fuß der Rolltreppe lehnte Chip das Handgelenk gegen den Raster und stellte sich dann davor, so daß der Raster den Blicken der Mitglieder im Wartesaal entzogen war. Buzz, Karl, Ria und Jack gingen an Chip vorbei, berührten den Raster zum Schein, und Dover lehnte sich dagegen und nickte dem oben wartenden Mitglied zu.

Die vier gingen auf den Wartesaal zu, und Chip und Dover überquerten das Rollfeld und betraten das Lagergelände durch das Tor. Dort stellten sie die Behälter ab, nahmen die Tornister heraus und schlüpften zwischen zwei Reihen von Holzverschlägen. Sie fanden eine freie Stelle an der Wand, zogen ihre orangeroten Overalls aus und streiften die Zehenschützer von den Sandalen.

Die Tornister über die Schulter gehängt, verließen sie das Lagergelände durch die Flügeltür. Die anderen warteten bei dem Raster. Sie gingen paarweise zum Flughafen hinaus – er war beinahe so überfüllt wie der in '91 770 – und trafen sich wieder bei den Fahrradständern.

Mittags waren sie nördlich von '00018. Sie verzehrten ihre Käselaibe zwischen dem Radfahrerweg und dem Fluß der Freiheit, in einem Tal zwischen erschreckend hohen Bergen mit schneebedeckten Gipfeln. Während des Essens schauten sie auf ihre Landkarten. Sie schätzten, daß sie bei Einbruch der Dunkelheit in dem Parkgelände wenige Kilometer vor dem Tunneleingang sein könnten.

Kurz nach drei Uhr, als sie sich '00013 näherten, fiel Chip eine Radfah-

rerin auf, ein ganz junges Mädchen. Sie blickte allen nach Norden Fahrenden – auch ihm – besorgt und mit typisch mitgliedhaftem Ich-will-dir-helfen-Ausdruck ins Gesicht. Einen Augenblick später kam ihm eine andere Radfahrerin entgegen, eine ältere Frau mit Blumen in der Satteltasche, und sie sah sich die Gesichter auf dieselbe, leicht bekümmerte Weise an. Chip lächelte ihr zu, als sie auf gleicher Höhe waren, dann sah er geradeaus. Auf dem Weg und der Straße daneben war nichts Ungewöhnliches zu sehen; ein paar hundert Meter weiter vorne bogen Weg und Straße nach rechts ab und verschwanden hinter einem Kraftwerk.
Er fuhr aufs Gras, hielt an und gab den anderen hinter ihm ein Zeichen, als sie auftauchten.
Sie schoben ihre Räder vom Weg aufs Gras. Sie befanden sich im letzten Ausläufer des Parkgebiets vor der Stadt; hinter einem Grasstreifen kamen die Picknick-Tische und ein steiler, von Bäumen bestandener Hang.
»Wenn wir jede halbe Stunde eine Pause machen, schaffen wir es nie«, sagte Ria.
Sie setzten sich ins Gras.
»Ich glaube, da vorne werden Armbänder kontrolliert«, sagte Chip. »Telecomps und Rot-Kreuz-Overalls. Mir sind auf diesem Weg zwei Mitglieder aufgefallen, die aussahen, als ob sie den Kranken suchten. Sie machten diese Wie-kann-ich-helfen-Miene.«
»Haß«, sagte Buzz.
Jack sagte: »Christus und Wei, Chip, wenn wir anfangen wollen, uns über anderer Leute *Gesichtsausdruck* den Kopf zu zerbrechen, dann können wir gleich wieder umkehren und nach Hause gehen.«
Chip sah ihn an und sagte: »Eine Armband-Kontrolle ist gar nicht so unwahrscheinlich, oder? Jetzt muß Uni schon wissen, daß die Explosion in '91 770 kein Unfall war, und vielleicht hat er schon genau kombiniert, warum sie stattgefunden hat. Das ist der kürzeste Weg von '020 zu Uni – und nach ungefähr zwölf Kilometern kommen wir zur ersten scharfen Kurve.« »Also gut, dann kontrollieren sie eben die Armbänder«, sagte Jack. »Warum, zum Haß, schleppen wir Pistolen mit uns herum?« »Ja!« sagte Ria.

Dover sagte: »Wenn wir uns den Weg freischießen, haben wir sämtliche Radfahrer der Umgebung auf den Fersen.«

»Dann werfen wir eine Bombe hinter uns«, sagte Jack. »Wir müssen uns beeilen und dürfen nicht auf dem Arsch hocken, als ob das hier ein Schachspiel wäre. Diese Blödiane sind ohnehin halbtot, was macht es da für einen Unterschied, wenn wir ein paar von ihnen umbringen? Wir helfen dadurch allen anderen, stimmt's?«

»Die Pistolen und Bomben werden nur benutzt, wenn es sich gar nicht vermeiden läßt«, sagte Chip.

Er wandte sich an Dover. »Mach einen Spaziergang durch den Wald«, sagte er, »und sieh zu, daß du herausfindest, was hinter der Kurve los ist.«

»Richtig«, sagte Dover. Er stand auf und schritt durch das Gras, hob etwas auf und trug es zu einem Abfallkorb und machte sich auf den Weg durch die Bäume. Sein gelber Overall war nur noch als immer kleinerer Farbfleck zu erkennen, bis er auf dem Hang verschwand.

Als Dover nicht mehr zu sehen war, wandten sie sich ab. Chip zog seine Landkarte hervor.

»Scheiße«, sagte Jack.

Chip schwieg. Er sah auf die Karte.

Buzz rieb sein Bein und zog abrupt die Hand weg.

Jack riß Gras aus der Erde. Ria saß neben ihm und sah zu.

»Was willst du tun, wenn sie die Armbänder tatsächlich kontrollieren?« fragte Jack.

Chip sah von der Landkarte auf und sagte nach kurzer Pause: »Wir gehen ein kleines Stück zurück, halten nach Osten und schneiden ihnen den Weg ab.«

Jack riß noch mehr Gras aus und warf es dann weg. »Komm«, sagte er zu Ria und stand auf. Sie sprang mit blitzenden Augen neben ihm auf.

»Wohin geht ihr?« fragte Chip.

»Wohin wir vorhatten zu gehen«, sagte Jack, auf ihn herabsehend. »In das Parkgelände bei dem Tunnel. Wir warten auf euch, bis es hell wird.«

»Setzt euch hin, ihr zwei«, sagte Karl.

Chip sagte: »Ihr werdet mit uns allen gehen, wenn ich es sage. Damit wart ihr von Anfang an einverstanden.«

»Ich habe es mir anders überlegt«, sagte Jack. »Ich lasse mir nun einmal nicht gern befehlen, von dir so wenig wie von Uni.«

»Ihr werdet alles verderben«, sagte Buzz.

Ria sagte: »Nein, *ihr*! Anhalten, zurückgehen, Weg abschneiden – wenn ihr etwas tun wollt, dann *tut* es!«

»Setzt euch und wartet, bis Dover zurückkommt«, sagte Chip.

Jack lächelte. »Willst du mich fertigmachen?« sagte er. »Hier, direkt vor der Familie?« Er nickte Ria zu, und sie hoben ihre Fahrräder auf und rückten die Tornister in den Satteltaschen zurecht.

Chip stand auf und steckte die Landkarte in die Tasche. »Wir können die Gruppe nicht so entzweireißen«, sagte er. »Wartet und überlegt eine Minute, ja, Jack? Wie wollt ihr wissen, ob –«

»Warten und überlegen ist *deine* Stärke«, sagte Jack. »Ich für mein Teil werde durch diesen Tunnel gehen.« Er drehte sich um und schob sein Fahrrad weg. Ria folgte ihm. Sie gingen auf den Weg zu.

Chip machte einen Schritt in ihre Richtung und blieb mit zusammengebissenen Zähnen und geballten Fäusten stehen. Er hätte sie gern angeschrien, seine Pistole gezogen und sie zum Umkehren gezwungen – aber auf dem Weg kamen Radfahrer vorbei, und in der Nähe saßen Mitglieder im Gras.

»Da kannst du gar nichts machen, Chip«, sagte Karl, und Buzz sagte: »Die Bruderfeinde.«

Am Rand des Weges stiegen Jack und Ria auf ihre Räder. Jack winkte. »Bis nachher!« rief er. »Wir treffen uns in der Halle beim Fernsehen!« Ria winkte ebenfalls, und sie strampelten davon.

Buzz und Karl winkten ihnen nach.

Chip riß seinen Tornister vom Fahrrad und hängte ihn über die Schulter. Er nahm einen anderen Tornister und warf ihn Buzz in den Schoß. »Karl, du bleibst hier«, sagte er. »Buzz, komm mit!«

Er ging in den Wald hinein. Es fiel ihm ein, daß er sich hastig, wütend und unnormal bewegt hatte, aber er dachte *Zum Teufel damit!* Er erklomm die Böschung in der Richtung, die Dover eingeschlagen hatte. *Gott* STRAFE *sie!*

Buzz holte ihn ein. »Christus und Wei«, sagte er, »du darfst die Tornister nicht *werfen*!«

»Gott strafe sie!« sagte Chip. »Als ich sie zum ersten Male sah, wußte ich, daß sie nichts taugen! Aber ich habe die Augen zugemacht, denn ich war so verflucht – Gott strafe *mich*!« sagte er. »Es ist *meine* Schuld, nur meine.«

»Vielleicht gibt es keine Armband-Kontrolle, und sie warten in dem Parkgelände«, sagte Buzz.

Zwischen den Bäumen vor ihnen leuchtete etwas Gelbes auf: Dover kam ihnen entgegen. Er blieb stehen, dann sah er sie und kam näher. »Du hast recht«, sagte er. »Ärzte auf der Erde, Ärzte in der Luft –«

»Jack und Ria sind weitergefahren«, sagte Chip.

Dover sah ihn mit großen Augen an und sagte: »Hast du sie nicht aufgehalten?«

»Wie denn?« fragte Chip. Er packte Dover am Arm und drehte ihn herum. »Zeig uns den Weg«, sagte er.

Dover führte sie rasch durch die Bäume den Hang hinauf.

»Sie kommen niemals durch«, sagte er. »Da ist ein ganzes Medizentrum aufgebaut, und Straßensperren, damit die Fahrräder nicht umkehren können.«

Sie kamen – Buzz als letzter, obwohl er sich beeilte – aus dem Wald heraus und zu einer steilen, felsigen Anhöhe. »Legt euch hin, oder wir werden gesehen.«

Sie warfen sich auf den Bauch und krochen die Anhöhe bis zum Rand empor. Dahinter lag die Stadt, '0013. Die weißen Quader ihrer Gebäude standen strahlend sauber in der Sonne, das Schienennetz, das sie durchzog, blitzte, und Wagen brausten über die Straßen, die sie umsäumten. Der Fluß machte vor der Stadt eine Biegung nach Norden; Aussichts-Schiffe glitten langsam über den schmalen blauen Wasserlauf, und eine lange Reihe von Lastkähnen zog unter Brücken hindurch.

Unter sich sahen sie steile Felswände, die im Halbrund über einen Platz ragten, auf dem sich der Radfahrerweg gabelte. Dieser führte von Norden um das Kraftwerk herum auf den halbkreisförmigen Grund der Schlucht; dort bog eine Hälfte des Weges nach rechts, über die Wagen-Schnellstraße und eine Brücke, in Richtung Stadt ab, während die andere sich, hinter dem Platz, dem Flußufer entlang schlängelte, bis sie in die Straße mündete. Vor der Gabelung wurden die eintreffenden Radfahrer durch Schlagbäume aufgehalten und in drei Reihen geordnet, die alle an einer Gruppe von Mitgliedern in Rot-Kreuz-Overalls vorbeiziehen mußten. Neben dieser Gruppe stand ein niedriger, ungewöhnlich aussehender Raster. Drei Mitglieder, über jeder Gruppe eines, kreisten in Antischwerkraft-Anzügen, mit dem Gesicht nach unten, durch die Luft. Zwei Wagen und ein Hubschrauber warteten im Hintergrund des Platzes, und weitere Mitglieder in Rot-Kreuz-Overalls standen bei der Schlange der Radfahrer, die die Stadt verließen, und trieben sie weiter, wenn sie langsamer fuhren, um einen Blick auf die anderen vor den Rastern zu werfen.

»Christus, Marx, Wood und Wei«, sagte Buzz.

Während er hinunterschaute, öffnete Chip den Tornister an seiner Seite. »Sie müssen irgendwo in der Schlange sein«, sagte er. Er fand seinen Feldstecher, hielt ihn an die Augen und stellte ihn scharf ein.

»Ja, dort«, sagte Dover. »Siehst du die Tornister in den Satteltaschen?« Chip überflog die Reihe und entdeckte Jack und Ria. Sie radelten langsam, Seite an Seite, durch hölzerne Absperrungen von einander getrennt. Jack sah nach vorn; seine Lippen bewegten sich. Ria nickte. Sie hielten die Lenkstange nur mit der linken Hand, die rechte hatten sie in der Tasche.

Chip reichte Dover das Fernglas und machte sich an seinem Tornister zu schaffen. »Wir müssen ihnen helfen, durchzukommen«, sagte er. »Wenn sie es über die Brücke schaffen, können sie in der Stadt vielleicht untertauchen.«

»Sie werden schießen, wenn sie zu den Rastern kommen«, sagte Dover. Chip reichte Buzz eine Bombe mit blauem Zünder und sagte: »Mach den Klebestreifen ab und zieh den Zünder, wenn ich es sage. Versuche, in die Nähe des Hubschraubers zu werfen, dann schlagen wir zwei Fliegen mit einer Klappe.«

»Wirf, bevor sie anfangen zu schießen«, sagte Dover.

Chip nahm ihm das Fernglas wieder ab und sah hindurch und entdeckte Jack und Ria wieder. Ungefähr fünfzehn Fahrräder trennten die beiden von der Gruppe an den Rastern.

»Haben sie Kugeln oder L-Strahlen?« fragte Dover.

»Kugeln«, sagte Dover. »Keine Sorge, ich werde den richtigen Zeit-

punkt erwischen.« Er beobachtete die Reihen langsam fahrender Räder und schätzte ihr Tempo ab.
»Sie werden wahrscheinlich ohnehin schießen«, sagte Buzz. »Einfach zum Vergnügen. Hast du den Blick in Rias Augen gesehen?«
»Mach dich bereit«, sagte Chip.
Er paßte auf, bis nur noch fünf Fahrräder zwischen den Rastern und Jack und Ria waren. »Zieh ab«, sagte er.
Buzz zog den Zündergriff und warf die Bombe aus dem Handgelenk zur Seite. Sie fiel auf Stein, kullerte nach unten, prallte von einem Vorsprung ab und landete seitlich neben dem Hubschrauber. »Zurück«, sagte Chip.
Er warf noch einmal einen Blick durch das Fernglas auf Jack und Ria. Sie waren noch durch zwei Fahrräder von den Rastern getrennt und machten einen angespannten, aber zuversichtlichen Eindruck. Chip kroch zwischen Buzz und Dover zurück und sagte: »Sie sehen aus, als gingen sie zu einer Party.«
Die Wangen auf Stein gepreßt, warteten sie, und die Explosion donnerte und ließ den Hang erbeben. In der Tiefe knirschte und krachte Metall. Dann herrschte Stille, und der bittere Geruch der Bombe erfüllte die Luft. Stimmen waren zu hören, erst nur leises Gemurmel, dann immer lauter. »Die zwei da!« schrie jemand.
Sie robbten zum Rand der Schlucht vor.
Zwei Fahrräder rasten auf die Brücke zu. Alle anderen Mitglieder hatten angehalten und einen Fuß vom Pedal auf die Erde gesetzt. Sie blickten auf den umgekippten, rauchenden Hubschrauber und drehten sich um nach den zwei davonjagenden Fahrrädern und den Mitgliedern im Rot-Kreuz-Overall, die sie verfolgten. Die drei Mitglieder in der Luft wendeten und flogen auf die Brücke zu.
Chip richtete das Fernglas höher – auf Ria und Jack, die mit gebeugtem Rücken hintereinander fuhren. Sie traten seltsam energielos in die Pedale und schienen nicht mehr von der Stelle zu kommen. Eine gleißende Nebelwolke tauchte auf und hüllte die beiden teilweise ein.
Ein in der Luft schwebendes Mitglied zielte mit einem walzenförmigen Gerät, dem trübes, weißes Gas entströmte, nach unten.
»Er hat sie erwischt!« sagte Dover.

Ria saß noch auf ihrem Fahrrad, hatte aber beide Füße auf der Erde. Jack sah sich über die Schulter nach ihr um.

»Nur Ria, Jack nicht«, sagte Chip.

Jack hielt an, wendete und zielte mit der Pistole nach oben.

Sie krachte einmal, dann noch einmal.

Das Mitglied in der Luft sackte zusammen (*krach, krach*, ertönten die Schüsse), und die Trommel, die das Weiß versprühte, fiel ihm aus der Hand.

Nach beiden Richtungen flohen Mitglieder von der Brücke, rasten auf Fahrrädern davon und stürzten auf die benachbarten Gehwege.

Ria saß neben ihrem Fahrrad. Sie drehte den Kopf; ihr Gesicht war naß und glänzte, und sie wirkte verstört. Mitglieder in Rot-Kreuz-Overalls scharten sich um sie.

Jack hielt mit starrem Blick seine Pistole, sein Mund öffnete sich weit und klappte wieder zu und öffnete sich wieder in gleißendem Nebel. (»Ria!« hörte Chip, schwach und in weiter Ferne). Jack hob die Pistole (»Ria!«) und schoß, schoß, schoß.

Ein weiteres Mitglied in der Luft (*krach, krach, krach*) sackte zusammen und ließ seine Trommel fallen. Rotes spritzte auf den Gehweg unter ihm und noch mehr Rotes.

Chip ließ sein Fernglas sinken.

»Deine *Gasmaske*!« sagte Buzz. Er hatte ebenfalls ein Fernglas.

Dover hielt sein Gesicht zwischen den Armen verborgen.

Chip setzte sich auf und sah mit bloßem Auge auf die schmale, leergefegte Brücke, über die ein einsamer Radfahrer in Hellblau zockelte, während ihm in einiger Entfernung ein Mitglied in der Luft folgte; auf die zwei toten oder sterbenden Mitglieder, die sich langsam in der Luft drehten und nach unten sanken; und auf die Mitglieder in Rot-Kreuz-Overalls, die nun in einer Reihe so breit wie die Brücke marschierten. Einer von ihnen half einem Mitglied in Gelb neben einem umgestürzten Fahrrad, umfaßte ihre Schultern und führte sie zu dem Platz zurück.

Der Radfahrer hielt an und blickte auf die Mitglieder in Rot-Kreuz-Overalls zurück, dann drehte er sich wieder um und beugte sich tief über die Lenkstange. Das Mitglied in der Luft kam rasch geflogen und

streckte den Arm. Eine dicke weiße Feder wuchs daraus hervor und streifte den Radfahrer. Chip hob das Fernglas an die Augen.
Mit dem grauen Gasmasken-Rüssel im Gesicht beugte sich Jack in der glitzernden Nebelwolke nach links und legte eine Bombe auf die Brücke. Dann trat er in die Pedale, kam ins Schleudern, rutschte zur Seite und fiel zu Boden, so daß das Fahrrad zwischen seinen Beinen lag. Auf einem Arm stützte er sich hoch. Sein Tornister, der aus der Satteltasche gefallen war, lag bei der Bombe.
»O Christus und Wei«, sagte Buzz.
Chip ließ das Fernglas sinken, sah auf die Brücke und schlang dann den Umhängeriemen fest um das Fernglas.
»Wie viele?« fragte Dover. Chip sagte: »Drei.«
Die Explosion war grell und laut und hielt lange an. Chip beobachtete, wie Ria von den Mitgliedern in Rot-Kreuz-Overalls von der Brücke geführt wurde. Sie drehte sich nicht um.
Dover, der kniend nach unten blickte, wandte sich zu Chip um.
»Sein ganzer Tornister«, sagte Chip. »Er hat daneben gesessen.« Er steckte das Fernglas in seinen Tornister und schloß ihn. »Wir müssen hier raus«, sagte er. »Leg das Ding weg, Buzz. Kommt.«
Er wollte nicht zurückblicken, aber bevor sie das Plateau verließen, tat er es doch.
Die Brücke war in der Mitte schwarz und von Schutt bedeckt und am Rande schwer beschädigt. Die Hälfte eines Fahrrads lag außerhalb der schwarzen Fläche, und die Mitglieder in Rot-Kreuz-Overalls gingen langsam auf andere kleine Gegenstände zu, die auf dem Boden verstreut lagen. Hellblaue Fetzen flatterten von der Brücke und trieben auf dem Fluß.

Sie gingen zu Karl zurück und erzählten ihm, was geschehen war, und stiegen alle vier auf die Räder, fuhren ein paar Kilometer nach Süden und gingen in einen Park. Sie kamen zu einem Bach und tranken daraus und wuschen sich.
»Und jetzt kehren wir um?« fragte Dover.
»Nein«, sagte Chip, »nicht alle.«
Sie sahen ihn an.

»Daß wir alle umkehren, habe ich nur gesagt, damit einer, der gefaßt wird, im Verhör eine entsprechende Aussage macht – so wie jetzt wahrscheinlich Ria.« Er griff nach der Zigarette, die sie – trotz der Gefahr, daß der Rauchgeruch sich ausbreitete – kreisen ließen, machte einen Zug und reichte sie an Buzz weiter.

»*Einer* von uns – ich hoffe zumindest, daß nur einer geht – kehrt um«, sagte er, »läßt auf dem Weg zur Küste eine oder zwei Bomben fallen und nimmt ein Boot, damit es aussieht, als hielten wir uns an unseren Plan. Wir anderen verstecken uns zuerst im Parkgelände, arbeiten uns dann näher an '001 heran und nehmen in etwa zwei Wochen den Tunnel in Angriff.«

»Gut«, sagte Dover, und Buzz sagte: »Ich habe es immer sinnlos gefunden, so leicht aufzugeben.«

»Werden drei genug sein?« fragte Karl.

»Das wissen wir erst, wenn wir es versucht haben«, sagte Chip. »Wären sechs genug gewesen? Vielleicht kann einer es schaffen, vielleicht sind zwölf zu wenig. Aber nachdem wir so weit gekommen sind, will ich es um jeden Preis wagen.«

»Ich halte zu dir, ich habe ja nur gefragt«, sagte Karl. Buzz sagte: »Ich halte auch zu dir«, und Dover sagte: »Ich auch.«

»Gut«, sagte Chip. »Drei haben größere Chancen als einer, *das* weiß ich. Karl, du wirst zurückgehen.«

Karl sah ihn an. »Warum ich?« fragte er.

»Weil du dreiundvierzig bist«, sagte Chip. »Tut mir leid, Bruder, aber ich wüßte nicht, nach welchem anderen Gesichtspunkt ich entscheiden könnte.«

»Chip«, sagte Buzz, »ich glaube, es ist besser, ich sage es dir: Mein Bein tut seit ein paar Stunden weh. Ich kann umkehren oder weitergehen, aber – nun, ich dachte, du solltest es wissen.«

Karl reichte Chip die Zigarette. Der Stummel war nur noch ein paar Zentimeter lang, und Chip zerdrückte ihn am Boden. »Gut, Buzz, dann gehst lieber du«, sagte er. »Rasier dich zuerst. Am besten rasieren wir uns alle, für den Fall, daß uns jemand begegnet.«

Sie rasierten sich, und dann suchten Chip und Buzz auf der Landkarte einen Weg zum nächstgelegenen Teil der Küste, der etwa dreihundert

Kilometer entfernt war. Buzz würde eine Bombe auf dem Flughafen in '00015 werfen und eine weitere in der Nähe der Küste. Zwei behielt er für den Notfall, und seine anderen gab er Chip zurück. »Wenn du Glück hast, sitzt du morgen nacht in einem Boot«, sagte Chip. »Paß auf, daß keiner herumschnüffelt, wenn du es nimmst. Sag Julia, und Lilac auch, daß wir uns mindestens zwei Wochen verstecken, vielleicht auch länger.«

Buzz schüttelte ihnen allen die Hand, wünschte ihnen Glück und nahm sein Fahrrad und verschwand.

»Wir bleiben eine Weile hier und schlafen abwechselnd ein wenig«, sagte Chip. »Heute nacht gehen wir in die Stadt, um Kuchen und Ovis zu holen.«

»Kuchen!« sagte Karl, und Dover sagte: »Das werden zwei lange Wochen werden.«

»Nein«, sagte Chip. »Das soll *er* glauben, falls er gefaßt wird. Wir machen uns in vier oder fünf Tagen an die Arbeit.«

»Christus und Wei«, sagte Karl lächelnd, »du bist wahrhaftig mit allen Wassern gewaschen.«

3

Sie blieben ein paar Tage, wo sie waren, schliefen und aßen und rasierten sich und übten sich im Kampf, machten kindliche Spiele und sprachen über die Demokratie als Staatsform und über Sex und die Pygmäen der Äquatorwälder, und am dritten Tag, dem Sonntag, fuhren sie nach Norden. Vor '00013 machten sie halt und stiegen auf das Hochplateau über dem Platz und der Brücke. Die Brücke war teilweise repariert und durch Schranken gesperrt. Radfahrer-Kolonnen überquerten den Platz in beiden Richtungen; es waren keine Ärzte da, keine Hubschrauber und keine Wagen. Wo der Hubschrauber gestanden hatte, leuchtete jetzt ein neues, rosarotes, rechteckiges Stück Pflaster.

Am frühen Nachmittag kamen sie an '001 vorbei und warfen aus der

Entfernung einen Blick auf Unis weißen Dom neben dem See der weltweiten Brüderlichkeit. Sie fuhren in ein Parkgelände hinter der Stadt. Am Abend danach versteckten sie ihre Fahrräder in der Dämmerung hinter dem Gebüsch in einem Hohlweg und schulterten ihre Tornister. Dann passierten sie einen Raster am anderen Ende des Parkgeländes und traten auf die grasigen Hänge hinaus, die zum Berg der Liebe führten. Sie schritten rasch voran, in Schuhen und grünen Overalls, die Ferngläser und Gasmasken um den Hals gehängt. Ihre Pistolen hielten sie in der Hand, aber als die Dunkelheit allmählich undurchdringlich und der Hang steiniger und unebener wurde, steckten sie sie in die Tasche. Ab und zu legten sie eine Pause ein, und Chip ließ unter der vorgehaltenen Hand eine Taschenlampe aufleuchten, damit er auf den Kompaß sehen konnte.

Sie kamen zu der ersten der drei Stellen, wo sich der Eingang zum Tunnel vermutlich befand, und trennten sich, um mit abgeblendeten Taschenlampen nach ihm zu suchen. Aber sie fanden ihn nicht.

Sie machten sich auf den Weg zur zweiten Stelle, einen Kilometer weiter nordöstlich. Ein Halbmond tauchte über dem Berggipfel auf. In seinem schwachen Licht suchten sie den Fuß des Berges ab, als sie den Felshang überquerten, der sich davor erhob.

Der Hang wurde eben, aber nur in dem Abschnitt, wo sie gingen, und sie merkten, daß sie sich auf einer alten, stellenweise mit Gestrüpp bewachsenen Straße befanden, die hinter ihnen in einem Bogen in das Parkgelände führte und weiter vorn in einer Schlucht verschwand.

Sie sahen einander an und zogen die Pistolen. Nachdem sie die Straße verlassen hatten, gingen sie näher zum Rande des Berges und schlichen hintereinander – erst Chip, dann Dover, dann Karl – an ihm entlang. Mit einer Hand umklammerten sie die Pistolen, mit der anderen hielten sie die Tornister fest, damit sie nirgends anstießen.

Sie kamen zu der Schlucht und warteten mit gespitzten Ohren am Rand des Berges.

Kein Laut drang heraus.

Sie warteten und lauschten, und dann blickte Chip zu den anderen zurück, schob die Gasmaske hoch und schnallte sie fest.

Die anderen taten dasselbe.

Chip betrat mit gezückter Pistole die Schlucht. Dover und Karl folgten ihm.
Vor ihnen lag eine weite, ebene Lichtung und auf der anderen Seite, am Fuß einer kahlen Bergwand, die schwarze, bogenförmige Öffnung eines großen Tunnels.
Er schien völlig unbewacht zu sein.

Sie schoben die Gasmasken aus dem Gesicht und betrachteten durch ihre Ferngläser die Öffnung, den Berg darüber und, nach ein paar Schritten vorwärts, die Wände der Schlucht, die sich nach oben erweiterte, und das Himmelsoval, das sich darüber wölbte wie ein Dach.
»Buzz muß gute Arbeit geleistet haben«, sagte Karl.
»Oder auch nicht, und er ist geschnappt worden«, sagte Dover.
Chip richtete das Fernglas wieder auf die Öffnung. Am Rand glänzte sie gläsern, und auf ihrem Boden lag hellgrünes Laub.
»Der Tunnel wirkt auf mich wie die Boote an den Ufern«, sagte er. »So richtig einladend und . . .«
»Glaubst du, er führt zur Freiheits-Insel zurück?« fragte Dover, und Karl lachte.
Chip sagte: »Hier könnten fünfzig Fallen lauern, die wir erst bemerken, wenn es zu spät ist.« Er ließ sein Fernglas sinken.
Karl sagte: »Vielleicht hat Ria nichts gesagt.«
»Wenn du in einem Medizentrum verhört wirst, sagst du *alles*. Aber selbst wenn sie geschwiegen hätte – sollte der Tunnel nicht wenigstens geschlossen sein? Deswegen haben wir ja die Werkzeuge mitgebracht.«
Karl sagte: »Er muß noch in Betrieb sein.«
Chip starrte auf die Öffnung.
»Wir können immer noch umkehren«, sagte Dover.
»Klar, immer zu«, sagte Chip.
Sie sahen sich alle um und rückten ihre Masken zurecht und gingen langsam über die Lichtung. Kein Gas zischte, keine Sirenen heulten, kein Mitglied im Antischwerkraft-Anzug erschien am Himmel.
Sie traten vor die Öffnung des Tunnels und leuchteten mit ihren Taschenlampen hinein.
In dem hohen, mit Plastik ausgeschlagenen Rund schimmerte und fun-

kelte Licht bis zu der Stelle, wo der Tunnel aufzuhören schien. Aber nein – dort fiel er nur schräg nach unten ab. Zwei flache, stählerne Gleise, zwischen denen einige Meter Gestein ohne Plastikbelag zu sehen waren, führten in das Innere.
Sie blickten auf die Lichtung zurück, zum Rand der Öffnung empor. Sie betraten den Tunnel, sahen einander an, zogen die Masken herunter und schnupperten.
»Nun«, sagte Chip, »marschbereit?«
Karl nickte, und Dover sagte lächelnd: »Gehen wir.«
Sie blieben einen Augenblick stehen und schritten dann auf dem glatten, schwarzen Gestein zwischen den Schienen voran.
»Wird die Luft in Ordnung sein?« fragte Karl.
»Wenn sie es nicht ist, haben wir die Masken«, sagte Chip. Er beleuchtete seine Uhr mit der Taschenlampe. »Es ist Viertel vor zehn«, sagte er. »Etwa um eins sollten wir dort sein.«
»Uni wird wachen«, sagte Dover.
»Bis wir ihn in Schlaf versetzen«, sagte Karl.
Der Tunnel machte eine Biegung und wurde leicht abschüssig. Sie blieben stehen und sahen, so weit das Auge reichte, ein Plastik-Gewölbe schimmern, das sich in unendlicher Ferne in schwärzestem Schwarz verlor.
»Christus und Wei«, sagte Karl.
Sie setzten ihren Weg zwischen den Schienen weiter fort, einer neben dem anderen; aber jetzt gingen sie schneller. »Wir hätten die Fahrräder mitbringen sollen«, sagte Dover. »Hier könnten wir sie gut gebrauchen.«
»Wir sollten nur noch das Nötigste sprechen«, sagte Chip, »und nur eine Taschenlampe brennen lassen. Jetzt deine, Karl.«
Sie gingen wortlos hinter dem Licht aus Karls Taschenlampe her. Sie nahmen ihre Ferngläser ab und steckten sie in ihre Tornister.
Chip spürte, daß Uni sie belauschte und die Schwingungen des Bodens unter ihren Schritten oder die Wärme ihrer Körper registrierte. Würde es ihnen gelingen, die Abwehrmaßnahmen, die Uni sicherlich traf, zu überstehen und seine Mitglieder niederzukämpfen und seinen Gasen zu widerstehen? (Taugten die Gasmasken etwas? War Jack umgekommen,

weil er sie zu spät aufgesetzt hatte, oder wäre er ebenso gestorben, wenn er sie früher angelegt hätte?)
Jedoch die Zeit für Fragen war vorüber. Jetzt mußten sie vorwärtsstreben. Was immer sie auch erwartete, sie würden nicht zurückweichen und ihr Bestes tun, um zu den Gefrieranlagen zu gelangen und sie zu sprengen.
Wie viele Mitglieder mußten sie wohl verletzen oder töten? Vielleicht gar keines, dachte er. Vielleicht reichte der bloße Anblick ihrer drohenden Pistolen aus, um sie zu schützen. (Gegen hilfsbereite, selbstlose Mitglieder, die Uni in Gefahr sahen? Nein, niemals!)
Nun, es mußte sein. Es gab keine andere Wahl.
Er wandte seine Gedanken Lilac zu – Lilac und Jan und ihrem Zimmer in Neu-Madrid.
Der Tunnel wurde kalt, aber die Luft blieb gut.
Sie schritten immer weiter in das Plastikgewölbe hinein, dem Punkt entgegen, wo die Gleise in schwärzestem Schwarz verschwanden. *Wir sind da*, dachte er. *Jetzt. Wir tun es.*

Nach einer Stunde machten sie Pause. Sie setzten sich auf die Gleise und teilten einen Kuchen und ließen einen Behälter mit Tee kreisen. Karl sagte: »Für ein bißchen Schnaps würde ich meinen Arm hergeben.«
»Ich kaufe dir eine ganze Kiste, wenn wir zurückkommen«, sagte Chip.
»Du bist mein Zeuge«, sagte Karl zu Dover.
Sie blieben ein paar Minuten sitzen, dann standen sie auf und machten sich wieder auf den Weg. Dover ging auf einer Schiene. »Du wirkst ganz schön zuversichtlich«, sagte Chip, der ihn mit seiner Taschenlampe anstrahlte.
»Bin ich auch«, sagte Dover. »Du nicht?«
»Doch«, sagte Chip und richtete das Licht wieder geradeaus nach vorn.
»Mir wäre wohler, wenn wir zu sechst wären«, sagte Karl.
»Mir auch«, sagte Chip.
Es ist komisch mit Dover, dachte Chip: Als Jack anfing zu schießen, hat er das Gesicht in den Armen versteckt, und jetzt, da *wir* bald schießen und vielleicht Menschen töten, macht er epnen fröhlichen, unbeschwerten Eindruck. Aber vielleicht tat er nur so, um seine Angst zu

verbergen, oder es kam einfach daher, daß er erst fünf- oder sechsundzwanzig war.

Sie hängten beim Gehen ihre Tornister von einer Schulter über die andere.

»Bist du sicher, daß das Ding einmal aufhört?« sagte Karl.

Chip ließ das Licht auf seine Uhr fallen. »Es ist elf Uhr dreißig«, sagte er. »Wir müßten schon mehr als die Hälfte hinter uns haben.«

Sie schritten tiefer in das Plastik-Gewölbe hinein. Die Kälte ließ ein wenig nach.

Um Viertel vor zwölf machten sie wieder Pause, aber sie merkten, daß sie keine Ruhe hatten, und gingen schon nach einer Minute weiter.

In weiter Ferne, mitten in der Schwärze, schimmerte Licht, und Chip zog seine Pistole. »Warte«, sagte Dover und berührte ihn am Arm, »es ist *mein* Licht. Schau!« Er knipste seine Taschenlampe an und aus, an und aus, und der Lichtschein in der Schwärze erschien und verschwand im gleichen Rhythmus. »Dort ist das Ende«, sagte er. »Oder es ist etwas auf den Gleisen.«

Sie gingen schneller weiter. Auch Karl zog seine Pistole. Der Lichtschimmer, der sich leicht auf und ab bewegte, schien in der gleichen Entfernung zu bleiben, klein und schwach.

»Es bewegt sich weg von uns«, sagte Karl.

Aber dann wurde es plötzlich heller und war näher.

Sie blieben stehen, legten die Masken an und gingen weiter.

Auf eine Stahlplatte zu, eine Mauer, die den Tunnel bis zum Rand verschloß.

Sie traten näher, berührten die Mauer aber nicht. Feine, senkrecht verlaufende Kratzer und der den Gleisen angepaßte untere Abschluß der Platte ließen erkennen, daß diese beim Öffnen nach oben glitt.

Sie zogen ihre Masken tiefer, und Chip hielt seine Uhr in Dovers Licht. »Zwanzig vor eins«, sagte er. »Wir haben es in einer guten Zeit geschafft.«

»Oder der Tunnel geht auf der anderen Seite weiter«, sagte Karl.

»Was du für Ideen hast!« sagte Chip, steckte seine Pistole in die Tasche und ließ seinen Tornister von der Schulter gleiten, stellte ihn auf den Steinboden, kniete sich daneben und machte ihn auf. »Komm näher mit

dem Licht, Dover«, sagte er. »Aber faß die Platte ja nicht an, Karl.«
Karl, der die Mauer ansah, fragte: »Glaubst du, sie ist elektrisch geladen?«
»Dover?« sagte Chip.
»Aufgepaßt, Freunde«, sagte Dover.
Er war ein paar Meter in den Tunnel zurückgetreten und hielt das Licht auf die beiden Männer gerichtet. Das Ende seines L-Strahls ragte in den Lichtkegel. »Habt keine Angst«, sagte er, »es geschieht euch nichts. Eure Pistolen sind kaputt. Laß deine fallen, Karl. Chip, zeig mir deine Hände, leg sie dann auf den Kopf und steh auf.«
Chip starrte über das Licht hinweg und sah eine schimmernde Linie: Dovers geschnittenes, blondes Haar.
Karl sagte: »Ist das ein Witz oder was?«
»Laß sie fallen, Karl«, sagte Dover. »Stell auch deinen Tornister auf den Boden. Chip, laß mich deine Hände sehen.«
Chip zeigte seine leeren Hände und legte sie auf den Kopf und stand auf. Karls Pistole rasselte auf den Steinboden, und sein Tornister plumpste hinterher. »Was *soll* das?« fragte er, und zu Chip gewandt: »Was *tut* er?«
»Er ist ein Spion!« sagte Chip.
»Ein was?«
Lilac hatte recht gehabt. Ein Spion in der Gruppe. Aber *Dover*? Es war unmöglich. Es konnte nicht sein.
»Deine Hände auf den Kopf, Karl«, sagte Dover. »Jetzt dreht euch zur Mauer um, alle beide!«
»Du Bruderfeind«, sagte Karl.
Sie drehten sich um und standen, mit den Händen auf dem Kopf, vor der Stahlwand.
»Dover«, sagte Chip. »Christus und Wei –«
»Du kleiner Bastard«, sagte Karl.
»Es wird euch nichts geschehen«, sagte Dover. Die Stahlplatten glitten nach oben – und ein langer Raum mit Betonwänden erstreckte sich vor ihnen; die Gleise führten bis zu seiner Mitte, wo sie aufhörten. Am anderen Ende des Raums befanden sich zwei Stahltüren.
»Sechs Schritte nach vorn und dann halt«, sagte Dover. »Los, geht!

Sechs Schritte.« Sie gingen sechs Schritte nach vorn und blieben stehen. Hinter ihnen klirrten Metallbeschläge an Tornisterriemen. »Die Pistole ist immer noch auf euch gerichtet«, sagte Dover von weit unten her; er kauerte auf dem Boden. Die beiden Männer warfen sich einen Blick zu. Karl stellte mit den Augen eine Frage, aber Chip schüttelte den Kopf. »Gut so«, sagte Dover; seine Stimme kam wieder aus normaler Höhe. »Geradeaus!«
Sie durchschritten den Raum mit den Betonwänden, und die Stahltüren an seinem Ende glitten auseinander. Dahinter waren weiß gekachelte Wände zu sehen.
»Hinein und nach rechts«, sagte Dover.
Sie gingen durch die Tür und bogen nach rechts ab. Vor ihnen lag ein langer, weiß gekachelter Korridor, der vor einer einzelnen Stahltür mit einem Raster endete. Die rechte Wand des Korridors bestand einheitlich aus Kacheln, die linke wurde in regelmäßigen Abständen – etwa alle zehn Meter – von zehn oder zwölf Stahltüren unterbrochen.
Chip und Karl schritten nebeneinander, die Hände auf dem Kopf, den Korridor entlang. *Dover!* dachte Chip. Der erste, an den er sich gewandt hatte! Und warum nicht? An jenem Tag auf dem E.H.-Boot hatte er so verbittert und haßerfüllt von Uni gesprochen! Dover war es gewesen, der ihm und Lilac gesagt hatte, die Freiheits-Insel sei ein Gefängnis, und Uni habe sie dorthin entkommen lassen! »Dover!« sagte er. »Wie, zum Haß, kannst du –«
»Geh nur weiter«, sagte Dover.
»Du bist nicht betäubt, du bist nicht behandelt!«
»Nein.«
»Dann – *wie? Warum?*«
»In einer Minute wirst du es sehen«, sagte Dover.
Sie näherten sich einer Tür am Ende des Korridors, und diese glitt urplötzlich auf. Hinter ihr erstreckte sich ein weiterer Korridor. Er war breiter und weniger hell erleuchtet und hatte dunkle, nicht gekachelte Wände.
»Weitergehen!« sagte Dover. Sie gingen durch die Tür und blieben mit aufgerissenen Augen stehen.
»Vorwärts!« sagte Dover.

Sie gingen weiter. Was für ein Korridor mochte das sein? Auf seinem Boden lag ein Teppich, ein goldfarbener Teppich, so dick und weich, wie Chip noch keinen gesehen oder betreten hatte. Die Wände bestanden aus glänzendem, poliertem Holz; auf beiden Seiten waren numerierte Türen (12, 11) mit goldenen Klinken. Bilder hingen zwischen den Türen, wunderschöne Bilder, die bestimmt aus der Zeit vor der Vereinigung stammten: eine weise lächelnde Frau mit gefalteten Händen; eine auf einem Hügel gelegene Stadt, deren Häuser mit Fenstern versehen waren, unter einem merkwürdigen, schwarzbewölkten Himmel; ein Garten; eine liegende Frau; ein Mann in Rüstung. Ein angenehmer Duft – kräftig, herb und keinem anderen zu vergleichen – würzte die Luft.
»Wo *sind* wir?« fragte Chip.
»In Uni«, sagte Dover.
Vor ihnen standen Doppeltüren offen, hinter denen ein rot ausgeschlagener Raum lag.
»Weitergehen!« sagte Dover.
Sie traten durch die Tür in den rot ausgeschlagenen Raum; er zog sich nach beiden Seiten hin, und Mitglieder, Menschen, saßen darin und lächelten und begannen zu lachen, lachten und standen auf, einige applaudierten. Junge Menschen und alte Menschen erhoben sich von Stühlen und Sofas, lachten und applaudierten, applaudierten, applaudierten, *sie applaudierten alle*, und Chips Arme wurden nach unten gezogen – von Dover, der lachte –, und er sah Karl an, der ihn verblüfft anschaute, und die anderen applaudierten immer noch; fünfzig oder sechzig munter und lebendig wirkende Männer und Frauen in Overalls aus Seide, nicht aus Paplon, grün-golden-blau-weiß-purpurrot; eine große schöne Frau, ein schwarzhäutiger Mann, eine Frau, die aussah wie Lilac, ein weißhaariger Mann, der über neunzig sein mußte, und sie applaudierten, applaudierten, lachten, applaudierten ...
Chip drehte sich um, und Dover sagte grinsend: »Du träumst nicht«, und zu Karl: »Es ist Wirklichkeit, ihr seht richtig.«
»*Was?*« fragte Chip. »Was, zum Haß, *ist* das? *Wer* sind die Leute?«
Lachend sagte Dover: »Das sind die Programmierer, Chip! Und das werdet ihr auch sein! Ach, wenn ihr nur eure Gesichter sehen könntet!«
Chip starrte auf Karl, dann wieder auf Dover. »Christus und Wei, wo-

von redest du denn?« fragte er. »Die Programmierer sind *tot*! Uni – läuft *von selbst*, er braucht keine –«

Dover sah lächelnd über ihn hinweg. Stille breitete sich aus im Raum. Chip drehte sich um.

Ein Mann mit einer lächelnden Maske, die aussah wie Wei (war es Wirklichkeit, was hier geschah?), kam mit federnden Schritten auf ihn zu; er trug einen rotseidenen Overall mit Stehkragen. »Nichts läuft von selbst«, sagte der Mann mit einer hohen, aber kräftigen Stimme, und seine lächelnden Maskenlippen bewegten sich wie echte. (Aber *war* es eine Maske – die gelbe Haut, die sich straff über den scharfen Backenknochen spannte, die funkelnden Schlitzaugen, die weißen Haarbüschel auf dem blanken gelben Kopf?)

»Du mußt ›Chip‹ mit dem einen grünen Auge sein«, sagte der Mann lächelnd und streckte seine Hand aus. »Du mußt mir sagen, was dich an dem Namen ›Li‹ so stört, daß du ihn geändert hast.« Rings um ihn erschallte Gelächter.

Die ausgestreckte Hand war jugendlich und von normaler Hautfarbe. Chip nahm sie (*Ich werde verrückt*, dachte er), und sie schloß sich mit festem Griff um seine Hand und drückte sie, daß seine Knöchel einen Augenblick lang schmerzten.

»Und du bist Karl«, sagte der Mann, indem er sich umwandte und wieder die Hand ausstreckte. »Also, wenn *du* deinen Namen geändert hättest, könnte ich es verstehen.« Das Gelächter schwoll an. »Schüttle sie«, sagte der Mann lächelnd. »Hab keine Angst.«

Mit weit aufgerissenen Augen schüttelte Karl die Hand des Mannes.

Chip sagte: »Du bist –«

»Wei«, sagte der Mann, und seine Schlitzaugen blinzelten. »Das heißt, von hier aufwärts.« Er faßte an den Stehkragen seines Overalls. »Von hier abwärts«, sagte er, »bin ich verschiedene andere Mitglieder, hauptsächlich Jesus RE, der 163 den Zehnkampf gewonnen hat.« Er lächelte ihnen zu. »Habt ihr als Kinder nie einen Ball gegen die Wand geworfen?« fragte er. »›Marx und Wood und Wei und Christ, nur noch Wei am Leben ist.‹ Es stimmt immer noch, wie ihr seht. ›Weisheit aus Kindermund.‹ Kommt, setzt euch, ihr müßt müde sein. Warum konntet ihr nicht den Aufzug benutzen wie alle anderen? Dover, es ist schön, daß du wieder da bist. Du hast sehr gute Arbeit geleistet, von dieser schrecklichen Geschichte bei der Brücke in '013 abgesehen.«

Sie saßen in niederen und bequemen roten Stühlen, tranken hellen, gelben, herb schmeckenden Wein aus funkelnden Gläsern, aßen Fleisch und Fisch und Wer-weiß-was in frisch geschmorten Würfeln von feinen, weißen Tellern, die junge Mitglieder, welche ihnen bewundernd zulächelten, auftrugen – und während sie aßen und tranken, sprachen sie mit Wei.
Mit *Wei!*
Er saß ihnen in einem roten Overall gegenüber, streckte mühelos die Hand nach einer Zigarette aus und schlug lässig die Beine übereinander. Wie alt war der gelbe Kopf mit der straffen Haut, der auf diesem gelenkigen Körper lebte und sprach? War sein letzter Geburtstag, der gefeiert wurde, der zweihundertsechste oder der zweihundertsiebte gewesen? Wei starb, als er sechzig war, fünfundzwanzig Jahre nach der Vereinigung, mehrere Generationen vor dem Bau von Uni; dieser wurde von seinen »geistigen Erben« programmiert, die natürlich mit zweiundsechzig starben. So lernte es die Familie.
Und da saß er und trank und aß und rauchte. Männer und Frauen standen als aufmerksame Zuhörer um die Gruppe herum, aber er schien sie nicht zu bemerken.
»Alles, was ihr über die Inseln gehört habt«, sagte er, »traf einmal zu. Zuerst waren sie die Hochburgen der ersten Unheilbaren und dann ›Isolierstationen‹, wie ihr es nennt, zu denen wir die späteren Unheilbaren ›entkommen‹ ließen; damals waren wir allerdings noch nicht so freundlich, Boote zur Verfügung zu stellen.«
Er lächelte und zog an seiner Zigarette. »Dann jedoch fand ich einen besseren Verwendungszweck für sie, und jetzt dienen sie als – ihr entschuldigt! – Wilden-Reservate, wo geborene Führer in Erscheinung treten und sich bewähren können, genau wie ihr. Jetzt stellen wir, allerdings ziemlich versteckt, Boote und Landkarten und ›Schäfer‹ wie Dover, die zurückkehrende Mitglieder begleiten und Gewaltanwendung verhindern, so gut sie können; und natürlich die letzte geplante Gewalttat, die Zerstörung Unis, verhindern – obgleich der Angriff ge-

wöhnlich den Attrappen für die Besucher gilt, so daß keine wirkliche Gefahr besteht.«
Chip sagte: »Ich weiß nicht, wo ich bin.« Karl, der mit einer kleinen goldenen Gabel einen Fleischwürfel aufspießte, sagte: »Im Parkgelände – eingeschlafen«, und die Männer und Frauen in der Nähe lachten.
Wei sagte lächelnd: »Ja, gewiß, es ist eine höchst verwirrende Entdeckung. Der Computer, den ihr für den unveränderlichen und unkontrollierten Beherrscher der Familie hieltet, ist in Wirklichkeit ihr Diener und wird gelenkt von Mitgliedern, die eure Eigenschaften besitzen – Unternehmungsgeist, scharfen Verstand und Sorge um das Wohl der Allgemeinheit. Unis Ziele und Methoden wechseln ständig, entsprechend den Entscheidungen eines Hohen Rates und vier beratender Ausschüsse. Wir leben im Luxus, wie ihr seht, aber wir tragen auch ein so hohes Maß an Verantwortung, daß dieser Luxus mehr als gerechtfertigt ist. Morgen werdet ihr anfangen zu lernen. Nun jedoch« – er beugte sich vor und drückte seine Zigarette in einem Aschenbecher aus – »ist es, dank eurer Vorliebe für Tunnel, sehr spät. Man wird euch eure Zimmer zeigen; hoffentlich findet ihr, daß sich für sie der weite Weg gelohnt hat.« Er lächelte und erhob sich, und sie standen mit ihm auf. Er schüttelte Karl die Hand – »Herzlichen Glückwunsch, Karl« – und dann Chip. »Ich gratuliere dir, Chip«, sagte er. »Wir haben schon vor langem vermutet, daß ihr früher oder später kommen würdet. Wir freuen uns, daß ihr uns nicht enttäuscht habt. Ich meine, *ich* freue mich. Es ist schwer, nicht so zu sprechen, als hätte Uni auch Gefühle.« Er wandte sich ab, und die Leute scharten sich um sie, schüttelten ihnen die Hand und sagten: »Herzlichen Glückwunsch, ich hätte nie gedacht, daß ihr es vor dem Tag der Vereinigung schafft, es ist schrecklich, nicht wahr, wenn man hereinkommt, und alle sitzen hier; herzliche Glückwünsche, ihr werdet euch eingewöhnen, bevor ihr . . . herzlichen Glückwunsch.«

Sein Zimmer war groß und blaßblau, mit einem großen, blauen Bett mit vielen Kissen, einem großen Gemälde, auf dem schwimmende Wasserlilien zu sehen waren, dunkelgrünen Lehnstühlen, einem Tisch voll zugedeckter Schüsseln und Karaffen und einer Schale mit weißen und gelben Chrysanthemen auf einer langen, niedrigen Kommode.

»Es ist wunderschön«, sagte Chip. »Ich danke dir.« Das Mädchen, das ihn geführt hatte, ein normal aussehendes, etwa sechzehnjähriges Mitglied in weißem Paplon, sagte: »Setz dich, ich ziehe dir das aus.« Sie deutete auf seine Füße.
»Die Schuhe«, sagte er lächelnd. »Nein, danke, Schwester, ich kann es allein.«
»Tochter«, sagte sie.
»Tochter?«
»Die Programmierer sind unsere Väter und Mütter«, sagte sie. »Aha«, sagte er. »Na gut. Danke, Tochter. Du kannst jetzt gehen.«
Sie sah überrascht und gekränkt aus. »Ich soll hierbleiben und mich um dich kümmern«, sagte sie. »Wir beide.« Sie machte eine Kopfbewegung zu der Tür hinter dem Bett. Licht und das Geräusch von laufendem Wasser drangen daraus hervor.
Chip ging hinüber.
Hinter der Tür war ein großes, glänzendes, blaßblaues Badezimmer; ein anderes junges Mitglied in weißem Paplon kniete vor einer fast gefüllten Wanne und rührte mit der Hand im Wasser. Sie drehte sich um und lächelte und sagte: »Grüß dich, Vater.«
»Grüß dich«, sagte Chip. Er stand an den Türpfosten gelehnt und schaute zurück auf das erste Mädchen, das die Bettdecke zurückschlug, und wieder auf das zweite Mädchen. Sie kniete vor ihm und lächelte zu ihm hoch. Er stand an den Türpfosten gelehnt. »Tochter«, sagte er.

4

Er saß im Bett, hatte gerade sein Frühstück beendet und griff nach einer Zigarette, als es an der Tür klopfte. Eines der Mädchen ging nachsehen, und Dover kam herein, lächelnd und sauber und munter, in gelbe Seide gehüllt. »Wie geht's, Bruder?« fragte er.
»Ganz gut«, sagte Chip, »ganz gut.« Das andere Mädchen gab ihm Feuer, nahm das Frühstückstablett und fragte ihn, ob er noch Kaffee

wolle. »Nein, danke«, sagte er. »Möchtest du Kaffee?« »Nein, danke«, sagte Dover. Er saß zurückgelehnt in einem der dunkelgrünen Sessel, die Ellbogen auf die Armlehnen gestützt, die Hände im Schoß gefaltet, die Beine ausgestreckt. Er lächelte Chip zu und sagte: »Schock überwunden?«

»Zum Haß, nein«, sagte Chip.

»Es ist ein alter Brauch«, sagte Dover. »Wenn die nächste Gruppe kommt, wirst du deinen Spaß daran haben.«

»Es ist grausam, wirklich grausam«, sagte Chip.

»Warte ab, bis du mit allen anderen lachst und applaudierst.«

»Wie oft treffen Gruppen ein?«

»Manchmal jahrelang keine«, sagte Dover, »manchmal zwei in einem Monat Abstand. Im Durchschnitt Eins Komma soundsoviel Menschen im Jahr.«

»Und du hast die ganze Zeit Verbindung zu Uni gehabt, du Bruderfeind?«

Dover nickte und lächelte. »Über ein Telecomp, das in einer Streichholzschachtel Platz hat«, sagte er.

»Bastard«, sagte Chip.

Das Mädchen hatte das Tablett hinausgetragen, und das andere Mädchen wechselte den Aschenbecher auf dem Nachttisch, nahm ihren Overall von einer Stuhllehne und ging ins Badezimmer. Sie schloß die Tür.

Dover schaute ihr nach und sah Chip fragend an. »Nette Nacht?« fragte er.

»Mm-hm«, sagte Chip. »Ich nehme an, sie sind nicht behandelt.«

»Nicht auf allen Gebieten, das ist sicher«, sagte Dover. »Ich hoffe, du bist mir nicht böse, weil ich unterwegs keine Andeutung fallenließ. Aber die Vorschriften sind ungeheuer streng: keine Hilfe außer der erbetenen, keine Vorschläge, nichts. Du mußt dich nach Möglichkeit im Hintergrund halten und versuchen, Blutvergießen zu verhindern. Ich hätte sogar damals auf dem Boot nicht damit herausrücken sollen, daß die Insel ein Gefängnis ist, aber ich war seit zwei Jahren dort, und niemand hat auch nur daran *gedacht*, etwas zu unternehmen. Du kannst dir vorstellen, warum ich ein wenig nachhelfen wollte.«

»Ja, das kann ich wahrhaftig«, sagte Chip. Er schnippte Asche von seiner Zigarette in den sauberen, weißen Aschenbecher.

»Es wäre mir sehr angenehm, wenn du Wei nichts davon sagtest. Du ißt heute um eins mit ihm zu Mittag.«

»Karl auch?«

»Nein, nur du. Ich glaube, du bist als Kandidat für den Hohen Rat vorgesehen. Ich komme zehn Minuten vorher und bringe dich zu ihm. Hier drin findest du einen Rasierapparat – ein Ding, das aussieht wie eine Taschenlampe. Heute nachmittag gehen wir ins Medizentrum und fangen mit der Enthaarung an.«

»Hier gibt es ein Medizentrum?«

»Hier gibt es alles«, sagte Dover. »Ein Medizentrum, eine Bücherei, eine Sporthalle, ein Schwimmbad, ein Theater – sogar einen Garten, von dem du schwören würdest, daß er oben auf der Erde ist. Ich werde dich später herumführen.«

Chip sagte: »Und hier – bleiben wir?«

»Alle außer uns armen Schäfern«, sagte Dover. »Ich werde auf eine andere Insel gehen, aber – Uni sei's gedankt – nicht in den nächsten sechs Monaten.«

Chip löschte seine Zigarette. Er drückte sie sorgfältig aus. »Was ist, wenn ich keine Lust habe, zu bleiben?«

»Keine *Lust*?« sagte Dover.

»Ich habe eine Frau und ein kleines Kind, erinnerst du dich?«

»So geht es vielen anderen auch«, sagte Dover. »Hier hast du eine größere Verpflichtung, Chip, eine Verpflichtung gegenüber der ganzen Familie, *einschließlich* der Mitglieder auf den Inseln.«

»Schöne Verpflichtung«, sagte Chip. »Seidene Overalls und zwei Mädchen auf einmal.«

»Das war nur letzte Nacht«, sagte Dover. »Heute nacht mußt du Glück haben, um *eine* zu erwischen.« Er richtete sich gerade auf. »Schau«, sagte er, »ich weiß, es gibt hier – oberflächliche Reize, die alles fragwürdig aussehen lassen. Aber die Familie *braucht* Uni. Denk doch daran, wie es auf der Freiheits-Insel zuging! Und die Familie braucht unbehandelte Programmierer, die Uni steuern und – nun, Wei wird es dir besser erklären, als ich es kann. Und einen Tag in der Woche tragen wir im-

merhin Paplon und essen Kuchen.« »Einen ganzen Tag?« sagte Chip. »Wirklich?«
»Schon gut, schon gut«, sagte Dover und stand auf. Er ging zu einem Stuhl, auf dem Chips grüner Overall lag, und tastete die Taschen ab. »Hast du alles?« fragte er.
»Ja«, sagte Chip. »Einschließlich einiger Fotos, die ich gern behalten würde.«
»Tut mir leid – nichts, was du mitgebracht hast«, sagte Dover. »Auch eine Vorschrift.« Er hob Chips Schuhe vom Boden auf und sah ihn an. »Zuerst ist jeder ein wenig unsicher. Du wirst stolz sein, daß du bleiben kannst, wenn du die Dinge erst einmal richtig siehst. Es ist eine Verpflichtung.«
»Ich werde daran denken«, sagte Chip.
Es klopfte an der Tür, und das Mädchen, das das Frühstückstablett mitgenommen hatte, kam mit einem blauseidenen Overall und weißen Sandalen herein. Sie legte die Kleidungsstücke auf das Fußende des Bettes. Lächelnd sagte Dover: »Wenn du Paplon möchtest, läßt es sich einrichten.«
Das Mädchen sah ihn an.
»Zum Haß, nein«, sagte Chip. »Ich glaube, ich habe so gut wie jeder andere hier Seide verdient.«
»Hast du«, sagte Dover. »Hast du, Chip. Wir sehen uns zehn vor eins – ja?« Den grünen Overall über dem Arm und die Schuhe in der Hand, ging er auf die Tür zu. Das Mädchen eilte voraus, um ihm die Tür aufzuhalten.
Chip sagte: »Was ist mit Buzz geschehen?«
Dover blieb stehen, drehte sich um und sah ihn bedauernd an. »Er wurde in '015 gefaßt«, sagte er.
»Und behandelt?«
Dover nickte.
»Auch eine Vorschrift«, sagte Chip.
Dover nickte noch einmal und drehte sich um und ging.

Es gab dünne, in einer leicht gewürzten braunen Soße gebratene Steaks, kleine gebräunte Zwiebeln, ein in Scheiben geschnittenes, gelbes

Gemüse, das Chip auf der Freiheits-Insel nicht gesehen hatte – »Kürbis«, sagte Wei –, und einen klaren Rotwein, der weniger gut schmeckte als der gelbe am Abend zuvor. Sie aßen mit goldenen Messern und Gabeln, von Tellern mit breitem Goldrand.

Wei, in grauer Seide, aß schnell, schnitt sein Steak in Stücke, steckte sie in seinen runzligen Mund, kaute nur kurz, bevor er schluckte, und hob die Gabel wieder. Ab und zu machte er eine Pause, nippte Wein und drückte seine gelbe Serviette an die Lippen.

»Diese Dinge waren vorhanden«, sagte er. »Hätte es irgendeinen Sinn gehabt, sie zu vernichten?«

Der Raum war groß und hübsch in vV-Stil möbliert: weiß, golden, orange, gelb. In einer Ecke warteten zwei Mitglieder in weißen Overalls neben einem Serviertisch auf Rädern.

»Natürlich erscheint es auf den ersten Blick unrecht«, sagte Wei, »aber die letzten Entscheidungen *müssen* von unbehandelten Mitgliedern gefällt werden, und unbehandelte Mitglieder können und sollen mehr vom Leben haben als Kuchen und Fernsehen und *Marx beim Schreiben*.« Er lächelte. »Sogar mehr als *Wei spricht zu den Chemotherapeuten*«, sagte er und schob Steak in den Mund.

»Warum kann die Familie ihre Entscheidungen nicht selbst treffen?« fragte Chip.

Wei kaute und schluckte. »Weil sie dazu unfähig ist«, sagte er. »Das heißt, unfähig zu vernünftigen Entscheidungen. Unbehandelt ist sie – nun, du hast ein Beispiel auf deiner Insel erlebt. Sie ist gemein und töricht und aggressiv. Sie wird von Egoismus mehr als von irgendeinem anderen Motiv gelenkt. Von Egoismus und Angst.« Er schob Zwiebeln in den Mund.

»Sie hat die Vereinigung zuwege gebracht«, sagte Chip.

»Mm, ja«, sagte Wei, »aber nach was für einem Kampf! Und auf welch wackligen Beinen stand doch die Vereinigung, bis wir sie durch Behandlungen untermauert haben. Nein, zur Entfaltung ihrer Menschlichkeit braucht die Familie Hilfe – heute durch Behandlungen, morgen durch genetische Steuerung. Und es ist notwendig, daß Entscheidungen für sie getroffen werden. Wer die Fähigkeiten und die Intelligenz dazu besitzt, muß auch die Pflicht auf sich nehmen. Sich ihr zu entziehen,

wäre Verrat an der Menschheit.« Er schob Steak in den Mund und hob die andere Hand und winkte.
»Und zu dieser Pflicht gehört, daß man Mitglieder mit zweiundsechzig umbringt?«
»Ach«, sagte Wei und lächelte, »*das* ist immer eine Kardinalfrage, die mit großem Ernst vorgebracht wird.«
Die zwei Mitglieder kamen zu ihnen herüber, einer mit einer Karaffe voll Wein, der andere mit einer goldenen Platte, die er Wei vorhielt. »Du siehst nur einen Teil des Gesamtbilds«, sagte Wei, während er ein großes Vorlegebesteck ergriff und ein Steak, aus dem Soße tropfte, von der Platte hob. »Was du außer Betracht läßt«, sagte er, »ist die unermeßlich große Zahl der Mitglieder, die ohne den Frieden und die Ausgeglichenheit und Gesundheit, die wir ihnen schenken, lange *vor* dem zweiundsechzigsten Lebensjahr stürben. Denke einmal an die Masse, nicht an Einzelwesen in der Masse.« Er legte das Steak auf seinen Teller. »Insgesamt fügen wir dem Leben der Familie viel mehr Jahre hinzu, als wir ihm entziehen«, sagte er. »Viel, viel mehr Jahre.« Er löffelte Soße auf das Steak und nahm sich Zwiebeln und Kürbisgemüse. »Chip?« sagte er.
»Nein, danke«, sagte Chip. Er schnitt ein Stück von dem halben Steak vor ihm. Das Mitglied mit der Karaffe füllte sein Glas wieder auf.
»Übrigens«, sagte Wei, Steak schneidend, »liegt das tatsächliche Sterbealter jetzt näher bei dreiundsechzig als bei zweiundsechzig; und da die Bevölkerung der Erde allmählich reduziert wird, steigt es noch höher.« Er schob Steak in den Mund.
Die Mitglieder zogen sich zurück.
Chip sagte: »Beziehst du in deine Gegenüberstellung von hinzugefügten und entzogenen Jahren auch die Mitglieder ein, die gar nicht geboren werden?«
»Nein«, sagte Wei lächelnd. »So unrealistisch sind wir nicht. *Würden* diese Mitglieder geboren, dann gäbe es keine Stabilität und keinen Wohlstand und letztlich keine Freiheit.« Er schob Kürbisgemüse in den Mund und kaute und schluckte. »Ich erwarte nicht, daß du während eines einzigen Mittagessens deine Ansichten änderst«, sagte er. »Sieh dich um, sprich mit allen, schmökere in der Bibliothek – vor allem in

den Geschichts- und Soziologiespeichern. Ein paarmal in der Woche veranstalte ich zwanglose Diskussionsabende – einmal ein Lehrer, immer ein Lehrer; nimm daran teil, debattiere, diskutiere.«

»Ich habe eine Frau und ein kleines Kind auf der Freiheits-Insel zurückgelassen«, sagte Chip.

»Woraus ich schließe«, sagte Wei lächelnd, »daß sie dir nicht sonderlich viel bedeutet haben.«

Chip sagte: »Ich habe erwartet, daß ich zurückkomme.«

»Für ihren Unterhalt kann gesorgt werden, falls es nötig ist«, sagte Wei. »Dover sagte mir, du hättest dich schon darum gekümmert.«

»Werde ich zurückgehen dürfen?« fragte Chip.

»Du wirst nicht wollen«, sagte Wei. »Du wirst zu der Erkenntnis gelangen, daß wir recht haben und deine Verantwortung hier liegt.« Er nippte Wein und preßte seine Serviette an die Lippen. »Wenn wir in ein paar nebensächlichen Punkten unrecht haben, kannst du uns eines Tages, wenn du im Hohen Rat sitzt, korrigieren«, sagte er. »Interessierst du dich zufällig für Architektur oder Städteplanung?«

Chip sah ihn an und sagte nach kurzer Pause: »Ich habe ein- oder zweimal daran gedacht, Gebäude zu entwerfen.«

»Uni findet, du solltest jetzt im Architektur-Ausschuß sitzen«, sagte Wei. »Schau einmal hinein. Sprich mit Madhir, dem Vorsitzenden.« Er schob Zwiebeln in den Mund.

Chip sagte: »Ich *weiß* eigentlich gar nichts . . .«

»Du kannst lernen, wenn du Interesse hast«, sagte Wei, Steak schneidend. »Zeit hast du genug.«

Chip sah ihn an. »Ja«, sagte er. »Programmierer scheinen älter als zweiundsechzig oder sogar dreiundsechzig zu werden.«

»Außergewöhnliche Mitglieder müssen so lange wie möglich erhalten bleiben«, sagte Wei. »Zum Wohl der Familie.« Er schob Steak in den Mund und kaute und blickte Chip mit seinen Schlitzaugen an. »Möchtest du etwas Unglaubliches hören?« sagte er. »Deine Programmierer-Generation wird beinahe mit Sicherheit ewig leben. Ist das nicht phantastisch? Wir Alten werden früher oder später sterben – Uni hat es uns bestätigt, wenn uns die Ärzte auch Hoffnung machen. Ihr Jüngeren aber werdet höchstwahrscheinlich *nicht* sterben. Niemals.«

Chip schob ein Stück Steak in den Mund und kaute langsam. Wei sagte: »Ich nehme an, der Gedanke ist verwirrend. Er wird dir reizvoller erscheinen, wenn du älter wirst.«
Chip schluckte, was er im Mund hatte. Er sah Wei an, warf einen Blick auf seine grauseidene Brust und schaute ihm wieder ins Gesicht. »Dieses Mitglied«, sagte er, »der Zehnkampf-Sieger, starb er auf natürliche Weise, oder wurde er getötet?«
»Er wurde getötet«, sagte Wei. »Mit seiner Zustimmung, die er aus freien Stücken, ja sogar höchst bereitwillig gegeben hat.«
»Natürlich«, sagte Chip. »Er war behandelt.«
»Ein Sportler?« sagte Wei. »Sie nehmen sehr wenig. Nein, er war stolz, in mich – eingegliedert zu werden. Er hatte nur eine Sorge: ob ich ihn ›in Form‹ halten würde – eine Sorge, die berechtigt war, wie ich fürchte. Du wirst feststellen, daß die Kinder, die gewöhnlichen Mitglieder hier, miteinander wetteifern, Teile ihres Körpers für Verpflanzungen anzubieten. Wenn du zum Beispiel dieses Auge austauschen wolltest, würden sie sich in dein Zimmer schleichen und dich um die Ehre bitten.« Er schob Kürbisgemüse in den Mund.
Chip rutschte auf seinem Stuhl hin und her. »Mein Auge stört mich nicht«, sagte er. »Es gefällt mir.«
»Das sollte es nicht«, sagte Wei. »Wenn sich nichts daran ändern ließe, wäre es gerechtfertigt, daß du dich damit abfindest. Aber eine Unvollkommenheit, die sich beheben läßt? Die dürfen wir *niemals* hinnehmen.« Er schnitt Steak. »Ein Ziel, nur ein Ziel für uns alle – Vollkommenheit«, sagte er. »Noch sind wir nicht soweit, aber eines Tages erreichen wir sie. Dann sind wir eine Familie, die genetisch derart verbessert ist, daß Behandlungen nicht mehr nötig sind; ein Korps ewig lebender Programmierer. Auch die Inseln können vereinigt werden, und Vollkommenheit wird auf Erden herrschen und ›empor, empor, empor zu den Sternen‹ ziehen.« Wei blickte geradeaus und sagte: »Davon habe ich geträumt, als ich jung war: von einer Welt der Freundlichen, der Hilfsbereiten, Liebevollen, Selbstlosen. Ich werde sie noch erleben. Ich *werde* sie noch erleben.«

Nachmittags führte Dover Chip und Karl durch den ganzen Komplex und zeigte ihnen die Bibliothek, die Sporthalle, das Schwimmbad und den Garten (»Christus und Wei!« »Wartet, bis ihr die Sonnenuntergänge und die Sterne seht.«), den Musiksaal, das Theater, die Foyers, den Speisesaal und die Küche (»Ich weiß nicht, von irgendwo«, sagte ein Mitglied, das andere Mitglieder beaufsichtigte, die Kopfsalat und Zitronen aus einem Stahlkorb nahmen. »Was wir brauchen, das wird geliefert«, sagte sie lächelnd. »Fragt Uni.«). Es gab vier Stockwerke, die durch kleine Aufzüge und schmale Rolltreppen miteinander verbunden waren. Das Medizentrum befand sich in der untersten Etage. Zwei Ärzte namens Boroviev und Rosen, Männer mit jugendlichen Bewegungen und verschrumpelten Gesichtern, die so alt wie das von Wei aussahen, begrüßten sie und untersuchten sie und gaben ihnen Infusionen. »Das Auge können wir im Handumdrehen auswechseln, weißt du«, sagte Rosen zu Chip, und Chip sagte: »Ich weiß, danke. Aber es stört mich nicht.«

Sie besuchten das Schwimmbad. Dover ging mit einer großen, schönen Frau, die Chip in der Nacht zuvor aufgefallen war, ins Wasser, und Karl saß am Rande des Beckens und sah ihnen zu. »Wie fühlst du dich?« fragte Chip.

»Ich weiß nicht«, sagte Karl. »Natürlich gefällt es mir, und Dover sagt, es sei alles notwendig, und wir seien verpflichtet, zu helfen, aber – ich weiß nicht. Selbst wenn sie Uni lenken, ist es doch immer noch Uni, nicht wahr?«

»Ja«, sagte Chip. »So sehe ich es auch.«

»Wenn wir unseren Plan durchgeführt hätten, wäre da oben ein Chaos entstanden«, sagte Karl, »aber schließlich wäre es mehr oder weniger wieder in Ordnung gebracht worden.« Er schüttelte den Kopf. »Ehrlich, ich weiß nicht, Chip«, sagte er. »Jedes System, das die Familie auf eigene Faust errichten würde, wäre sicherlich viel weniger *leistungsfähig* als Uni oder diese Leute, das kann man nicht bestreiten.«

»Nein, das kann man nicht«, sagte Chip.

»Ist es nicht phantastisch, wie lange sie leben?« sagte Karl. »Ich komme immer noch nicht darüber hinweg, daß – Mann, schau dir den Busen an! Christus und Wei!«

Eine hellhäutige Frau mit runden Brüsten sprang auf der anderen Seite

in das Schwimmbecken. Karl sagte: »Reden wir später weiter, ja?« Er glitt ins Wasser.
»Klar, wir haben jede Menge Zeit«, sagte Chip.
Karl lächelte ihm zu, stieß sich ab und kraulte hastig davon.
Am nächsten Morgen verließ Chip sein Zimmer und ging durch einen Korridor mit grünen Teppichen und Gemälden an der Wand auf eine Stahltür zu. Er war noch nicht weit gekommen, als Dover »Grüß dich, Bruder«, sagte und ihn einholte und neben ihm herging. »Grüß dich«, sagte Chip. Er sah wieder geradeaus und fragte im Gehen: »Werde ich überwacht?«
»Nur wenn du in diese Richtung gehst«, sagte Dover.
Chip sagte: »Mit bloßen Händen könnte ich nichts ausrichten, selbst wenn ich wollte.«
»Ich weiß«, sagte Dover. »Der Alte ist vorsichtig, vV-Mentalität.« Er tippte sich an die Schläfe und lächelte. »Nur für ein paar Tage«, sagte er.
Sie gingen zum Ende des Korridors, und die Stahltür glitt auf. Ein weiß gekachelter Flur erstreckte sich hinter ihr; ein Mitglied in Blau berührte einen Raster und ging durch eine Tür.
Sie machten sich auf den Rückweg. Die Tür summte hinter ihnen. »Du wirst ihn zu sehen bekommen«, sagte Dover. »Wei selbst wird dich wahrscheinlich herumführen. Möchtest du in die Sporthalle gehen?«
Am Nachmittag machte Chip einen Besuch in den Büros des Architektur-Ausschusses. Ein kleiner, fröhlicher alter Mann erkannte und begrüßte ihn – Madhir, der Leiter des Ausschusses. Sein Gesicht sah aus, als wäre er über hundert; seine Hände auch – sein ganzer Körper anscheinend.
Er machte Chip mit anderen Mitgliedern des Architektur-Ausschusses bekannt: einer alten Frau namens Sylvie, einem rothaarigen Mann von etwa fünfzig, dessen Namen Chip nicht verstand, und einer kleinen, aber hübschen Frau, die Gri-gri hieß. Chip trank Kaffee mit ihnen und aß ein Stück Gebäck mit Cremefüllung. Sie zeigten ihm eine Reihe von Plänen, die sie diskutierten, Entwürfe, die Uni für den Neubau der »G-3-Städte« angefertigt hatte. Sie sprachen darüber, ob die Entwürfe nach verschiedenen Gesichtspunkten überarbeitet werden sollten, richteten

Fragen an ein Telecomp und konnten sich über die Bedeutung seiner Antworten nicht einigen. Sylvie, die alte Frau, erklärte Punkt für Punkt, warum sie die Entwürfe für unnötig monoton hielt. Madhir fragte Chip, ob er sich schon eine Meinung gebildet habe; er sagte nein. Die jüngere Frau, Gri-gri, lächelte ihn einladend an.
In der Haupthalle fand in dieser Nacht ein Fest statt – »Glückliches Neues Jahr!« »Glückliches V-Jahr!« – und Karl schrie Chip ins Ohr: »Ich will dir mal sagen, was mir hier nicht gefällt: daß es keinen Schnaps gibt! Ist das nicht die Höhe? Wenn Wein okay ist, warum dann nicht auch Schnaps?« Dover tanzte mit der Frau, die aussah wie Lilac (eigentlich doch nicht, sie war nicht halb so hübsch), und es waren Leute da, die Chip beim Essen und in der Sporthalle und im Musiksaal getroffen hatte, Leute, die er irgendwo in dem Komplex gesehen hatte, und andere, die ihm völlig unbekannt waren. Heute waren es mehr als in der Nacht zuvor, als Karl und er angekommen waren – fast hundert. Mitglieder in weißem Paplon schlängelten sich mit Tabletten zwischen ihnen hindurch. »Glückliches V-Jahr!« sagte jemand neben ihm, eine ältere Frau, die beim Mittagessen an seinem Tisch gesessen hatte; Hera oder Hela hieß sie. »Es ist schon beinahe 172!« sagte sie. »Ja«, sagte er. »In einer halben Stunde.« »Oh, da ist er!« sagte sie und eilte nach vorne. Wei stand in der Tür, ganz in Weiß, von Menschen umringt. Er schüttelte ihnen die Hand und küßte sie auf die Wange. Sein runzliges Gesicht verzog sich zu einem Grinsen und strahlte, seine Augen verschwanden zwischen Falten. Chip zog sich weiter in die Menschenmenge zurück. Gri-gri hüpfte hoch, um ihn über andere Leute hinweg sehen zu können, und winkte ihm zu. Er winkte zurück und ging weiter.
Den nächsten Tag, den Tag der Vereinigung, verbrachte er in der Sporthalle und in der Bibliothek.

Er ging zu einigen von Weis Diskussionsabenden. Sie fanden in dem Garten, einem angenehmen Aufenthaltsort, statt. Das Gras und die Bäume waren echt und die Sterne und der Mond beinahe. Die Phase des Mondes änderte sich, aber seine Position nie. Ab und zu ertönte Vogelgezwitscher, und eine sanfte Brise wehte. Im allgemeinen kamen fünfzehn oder zwanzig Programmierer zu den Diskussionen und saßen auf

Stühlen oder im Gras. Meist führte Wei das Wort. Er verbreitete sich über Zitate aus der *Lebendigen Weisheit* und leitete geschickt von einzelnen Fragen auf die größeren Zusammenhänge über, in denen sie standen. Gelegentlich überließ er den Vorsitz dem Leiter des Bildungsausschusses, Gustafsen, oder Boroviev, dem Leiter des Medizinischen Ausschusses, oder einem anderen Mitglied des Hohen Rats.
Zuerst saß Chip am Rande der Gruppe und hörte nur zu, aber dann begann er Fragen zu stellen – warum die Behandlungen nicht wenigstens teilweise wieder auf freiwilliger Basis durchgeführt werden konnten, ob menschliche Vollkommenheit nicht ein gewisses Maß an Egoismus und Aggressivität einschloß, und ob nicht sogar der Egoismus zu einem guten Teil dafür verantwortlich war, daß sie selbst ihre angebliche »Pflicht« und »Verantwortung« akzeptierten. Einige der Programmierer in seiner Nähe schienen über seine Fragen empört, aber Wei beantwortete sie geduldig und vollständig. Er schien diese Fragen sogar zu begrüßen und hörte sein »Wei?« über die Zurufe der anderen hinweg. Chip rückte vom Rand der Gruppe ein wenig zur Mitte vor.
Eines Nachts saß er im Bett und zündete eine Zigarette an und rauchte im Dunkeln.
Die Frau neben ihm streichelte seinen Rücken. »Es ist richtig, Chip«, sagte sie. »Es ist für alle am besten so.«
»Kannst du Gedanken lesen?« sagte er.
»Manchmal«, sagte sie. Sie hieß Deirdre und gehörte dem Kolonial-Ausschuß an. Sie war achtunddreißig, hellhäutig und nicht besonders hübsch, aber vernünftig, gut gebaut und von angenehmer Wesensart.
»Ich glaube allmählich, daß es am besten *ist*«, sagte Chip, »und ich weiß nicht, ob ich von Weis Logik überzeugt werde oder von Hummer und Mozart und dir. Von der Aussicht auf ewiges Leben ganz zu schweigen.«
»Davor fürchte ich mich«, sagte Deirdre.
»Ich auch«, sagte Chip.
Sie streichelte immer noch seinen Rücken. »Ich habe zwei Monate gebraucht, um zur Ruhe zu kommen«, sagte sie.
»Hast du es so betrachtet?« fragte er. »Daß man zur Ruhe kommt?«
»Ja«, sagte sie. »Und erwachsen wird und sich der Wirklichkeit stellt.«

»Warum hat man dann das Gefühl einer Niederlage?« fragte Chip.
»Leg dich hin«, sagte Deirdre.
Er drückte seine Zigarette aus, stellte den Aschenbecher auf den Nachttisch und legte sich zu ihr. Sie umarmten und küßten einander. »Wirklich«, sagte sie, »auf die Dauer ist es für alle das beste. Durch die Arbeit in unseren Ausschüssen werden wir die Verhältnisse allmählich verbessern.«
Sie küßten und streichelten einander, und dann schob Deirdre die Decke weg und warf ihr Bein über Chips Hüfte, und sein hartes Geschlecht glitt in sie.
Eines Morgens, als er in der Bibliothek saß, legte sich eine Hand auf seine Schulter. Er drehte sich verblüfft um, und Wei stand hinter ihm. Er bückte sich, schob Chip zur Seite und hielt sein Gesicht vor das Guckloch, durch das man die auf Mikrofilme übertragenen Bücher lesen konnte.
Nach einem Augenblick sagte er: »Du hast dir den richtigen Mann ausgesucht.« Er schaute noch eine kleine Weile durch das Guckloch, dann erhob er sich und ließ Chips Schulter los und lächelte ihm zu. »Lies auch Liebman«, sagte er, »und Okida und Marcuse. Ich werde eine Liste von Titeln aufstellen und sie dir heute abend im Garten geben. Wirst du da sein?«
Chip nickte.

Allmählich verbrachte er seine Tage ganz gleichförmig: morgens in der Bibliothek, nachmittags im Ausschuß. Er studierte Konstruktionsverfahren und Umweltplanung, untersuchte Tabellen über den Zuwachs an Fabriken und Entwürfe für Wohnbauten. Madhir und Sylvie zeigten ihm Zeichnungen von Gebäuden, die sich im Bau befanden oder für die Zukunft geplant waren, und von Städten, die existierten, und Pläne (unter Plastikhüllen) für Städte, wie sie vielleicht eines Tages aussehen würden. Er war das achte Mitglied des Ausschusses. Von den anderen sieben neigten drei dazu, Unis Entwürfe in Frage zu stellen und zu ändern, und vier, darunter Madhir, waren bereit, sie vorbehaltlos zu akzeptieren. Offizielle Sitzungen fanden Freitag nachmittags statt, sonst waren selten mehr als vier oder fünf Mitglieder in den Büros. Einmal waren Chip und

Gri-gri allein, und zum Schluß lagen sie eng umschlungen auf Madhirs Sofa.

Wenn er vom Ausschuß kam, benutzte Chip die Sporthalle und das Schwimmbecken. Er aß mit Deirdre und Dover und Dovers augenblicklicher Freundin und anderen, die sich dazusetzten – manchmal war auch Karl dabei, der dem Verkehrs-Ausschuß angehörte und sich dem Wein ergeben hatte.

Eines Tages im Februar fragte Chip Dover, ob es ihm möglich wäre, mit seinem Nachfolger auf der Freiheits-Insel Verbindung aufzunehmen und sich zu erkundigen, ob es Lilac und Jan gutging und Julia, wie versprochen, für sie sorgte.

»Klar«, sagte Dover. »Gar kein Problem.«

»Würdest du es dann tun?« fragte Chip. »Ich wäre dir sehr dankbar.«

Ein paar Tage später suchte Dover Chip in der Bibliothek auf. »Alles in Ordnung«, sagte er. »Lilac ist zu Hause und kauft Lebensmittel und bezahlt die Miete. Also muß Julia eingesprungen sein.«

»Danke, Dover«, sagte Chip. »Ich hatte mir Sorgen gemacht.«

»Der Mann drüben wird sie im Auge behalten«, sagte Dover. »Wenn sie etwas braucht, können wir Geld mit der Post schicken.«

»Das ist gut«, sagte Chip. »Wei hat es mir schon gesagt.« Er lächelte. »Die arme Julia«, sagte er, »unterstützt die ganzen Familien, obwohl es eigentlich gar nicht nötig wäre. Wenn sie das wüßte, würde sie der Schlag treffen.«

Dover lächelte. »Mit Sicherheit«, sagte er. »Natürlich sind nicht alle, die aufgebrochen sind, hier angekommen. In manchen Fällen *ist* die Unterstützung also notwendig . . .«

»Das stimmt«, sagte Chip. »Daran habe ich nicht gedacht.«

»Wir sehen uns beim Mittagessen«, sagte Dover.

»Gut«, sagte Chip. »Danke.«

Dover ging, und Chip beugte sich zu dem Guckkasten nieder. Er legte den Finger auf die Taste, mit dem die nächste Seite einzustellen war, und drückte sie einen Augenblick später.

Er begann bei Ausschuß-Sitzungen zu sprechen und stellte bei Weis Diskussionen weniger Fragen. Eine Bittschrift, daß die Kuchentage auf einen im Monat reduziert werden sollten, wurde in Umlauf gesetzt; Chip zögerte, unterschrieb dann aber doch. Er wechselte von Deirdre zu Blackie, zu Nina und wieder zu Deirdre zurück, hörte in den kleineren Aufenthaltsräumen dem Geschwätz über Sex und den Witzen über Mitglieder des Hohen Rats zu und ging zwei verrückten Hobbies nach: Er machte Papierflugzeuge und lernte vV-Sprachen (»Français« wurde »Frahsä« ausgesprochen, wie er erfuhr).

Eines Morgens wachte er früh auf und ging in die Sporthalle. Wei war dort. Sein schmalhüftiger, muskelbepackter Körper glänzte vor Schweiß, als er in die Grätsche sprang und Hanteln stemmte. Er trug ein schwarzes Suppositorium und etwas Weißes um den Hals geknotet.

»Noch ein Frühaufsteher, guten Morgen«, sagte er, sprang immer hin und her – Beine breit, Beine geschlossen – und stemmte im gleichen Rhythmus die Hanteln, daß sie fast über seinem Kopf zusammenstießen.

»Guten Morgen«, sagte Chip. Er ging zur Wand und zog seinen Bademantel aus und hängte ihn an einen Haken. Ein paar Haken weiter hing ein anderer Bademantel, ein blauer.

»Du warst nicht bei der Diskussion gestern abend«, sagte Wei.

Chip drehte sich um. »Wir haben gefeiert«, sagte er und schlüpfte aus den Sandalen. »Patyas Geburtstag.«

»Ist schon gut«, sagte Wei, springend, Hanteln stemmend. »Ich habe es nur erwähnt.«

Chip stieg auf eine Matte und begann auf der Stelle zu treten. Das weiße Ding um Weis Hals war ein fest verknotetes Seidenband.

Wei hörte auf zu springen und ließ die Hanteln fallen und nahm ein Handtuch von einem der Barren. »Madhir befürchtet, du würdest ein Radikaler«, sagte er lächelnd.

»Dabei weiß er nicht einmal die Hälfte«, sagte Chip.

Wei beobachtete ihn, immer noch lächelnd, während er sich mit dem Handtuch die muskulösen Schultern und die Achselhöhlen abfrottierte.

»Trainierst du jeden Morgen?« fragte Chip.

»Nein, nur ein- oder zweimal in der Woche«, sagte Wei. »Ich bin von Natur aus nicht sportlich.« Er rubbelte sich den Rücken mit dem Handtuch.

Chip brach seine Laufübung ab. »Wei, ich möchte etwas mit dir besprechen«, sagte er.
Er ging einen Schritt auf ihn zu. »Als ich hierher kam«, sagte er, »und wir gemeinsam zu Mittag gegessen haben –.«
»Ja?« sagte Wei.
Chip räusperte sich und sagte: »Du meinst, ich könnte mein Auge auswechseln lassen, wenn ich wollte. Rosen sagt es auch.«
»Ja, natürlich«, sagte Wei. »Willst du es machen lassen?«
Chip sah ihn unsicher an. »Ich weiß nicht, es sieht so nach – Eitelkeit aus«, sagte er. »Aber ich konnte nie vergessen, daß ich zwei verschiedene Augen habe.«
»Einen Makel zu beseitigen, hat nichts mit Eitelkeit zu tun«, sagte Wei. »Es nicht zu tun, wäre Nachlässigkeit.«
»Kann ich nicht eine Linse eingepaßt bekommen?« sagte Chip. »Eine braune Linse?«
»Ja, das kannst du«, sagte Wei, »wenn du es verstecken und nicht korrigieren willst.«
Chip sah zur Seite und dann wieder auf Wei. »Also gut«, sagte er, »ich würde es gerne machen, das heißt machen lassen.«
»Fein«, sagte Wei und lächelte. »Ich habe schon zwei Augenverpflanzungen hinter mir«, sagte er. »Man sieht ein paar Tage lang undeutlich und verschwommen, das ist alles. Geh heute morgen ins Medizentrum hinunter. Ich werde mit Rosen sprechen, daß er es selbst macht, so bald wie möglich.«
»Danke«, sagte Chip.
Wei legte das Handtuch um seinen Hals mit dem weißen Band, trat zu dem Barren und schwang sich mit ausgestreckten Armen hinauf. »Behalte es aber für dich«, sagte er, während er im Handstand über den Barren marschierte. »Sonst fangen die Kinder an, dich zu belästigen.«

Er hatte es hinter sich und sah in den Spiegel, und seine Augen waren beide braun. Er lächelte und trat zurück und stellte sich wieder dicht vor den Spiegel. Er betrachtete sich lächelnd von einer Seite und dann von der anderen.
Als er sich angezogen hatte, sah er sich noch einmal an.

Deirdre sagte im Aufenthaltsraum: »So ist es viel, viel besser! Du siehst phantastisch aus! Karl, Gri-gri, schaut euch Chips Auge an!«

Mitglieder halfen ihnen in schwere, grüne Mäntel mit dickem Futter und Kapuzen. Sie machten die Mäntel zu und zogen dicke, graue Handschuhe an, und ein Mitglied öffnete die Tür. Die beiden, Wei und Chip, gingen hinein.
Sie schritten gemeinsam zwischen den Stahlmauern der Gedächtnisspeicher durch einen Gang. Ihr Atem bildete weiße Wölkchen vor Mund und Nase. Wei sprach über die Innentemperatur der Speicher und ihr Gewicht und ihre Zahl. Sie bogen in einen schmaleren Gang ein, der immer enger wurde, bis die Stahlmauern in weiter Ferne auf eine Querwand trafen.
»Hier war ich als Kind«, sagte Chip.
»Dover hat es mir erzählt«, sagte Wei.
»Damals habe ich mich vor diesem Raum gefürchtet«, sagte Chip. »Aber er besitzt eine Art von – Majestät. Die Ordnung und Präzision . . .«
Wei nickte mit funkelnden Augen. »Ja«, sagte er. »Ich suche nach Ausreden, um hierher kommen zu können.«
Sie bogen in einen anderen Quergang ein, kamen an einem Pfeiler vorbei und bogen in einen weiteren Gang aus stählernen Gedächtnisspeichern, die Rücken an Rücken aufgereiht waren.
Wieder im Overall, blickten sie in einen riesig großen, runden und tiefen, von einem Geländer umgebenen Schacht, in dem Stahl- und Betongehäuse lagen. Diese waren durch blaue Masten verbunden, und dickere blaue Masten ragten aus ihnen zu der niedrigen, strahlend hellen Decke empor. (»Ich glaube, du hattest ein besonderes Interesse an den Gefrieranlagen«, sagte Wei lächelnd, und Chip blickte verlegen drein). Neben dem Schacht stand ein Stahlpfeiler, und dahinter lag ein zweiter Schacht mit einem Geländer und blauen Masten, und noch ein Pfeiler und noch ein Schacht. Der Raum war ungeheuer groß, hell und ruhig. Sende- und Empfangsgeräte säumten seine beiden langen Wände; rote Lichter, so groß wie Stecknadelköpfe, blinkten; Mitglieder in Blau wechselten Schalttafeln in fleckigem Schwarz und Gold mit zwei Griffen aus. An

einem Ende des Raums standen vier Reaktoren mit roten Kuppeln, und dahinter saß ein halbes Dutzend Programmierer hinter einer Glasscheibe um ein rundes Mischpult und sprachen in Mikrofone und blätterten Seiten um.

»Nun stehst du davor«, sagte Wei.

Chip blickte sich um und sah alles genau an. Er schüttelte den Kopf und atmete tief aus. »Christus und Wei«, sagte er.

Wei lachte glücklich.

Sie blieben eine Weile, gingen umher, sahen sich um und sprachen mit einigen Mitgliedern. Dann verließen sie den Raum und schritten durch weiß gekachelte Flure. Eine Stahltür glitt auf, und sie gingen den dahinter liegenden, teppichbelegten Korridor entlang.

5

Anfang September 172 verließen sieben Männer und Frauen in Begleitung einer »Schäferin« namens Anna die Andamanen im Golf der Beständigkeit, um Uni zu überfallen und zu zerstören. Die Fortschritte, die sie machten, wurden bei jeder Mahlzeit im Speiseraum der Programmierer bekanntgegeben. Zwei Mitglieder der Gruppe »scheiterten« am Flughafen in SEA 77 120 (Kopfschütteln und Seufzer der Enttäuschung), und zwei weitere tags darauf in einer Wagenstation in EUR 46 209 (Kopfschütteln und Seufzer der Enttäuschung). Am Abend des zehnten September kamen die anderen drei – ein junger Mann und eine junge Frau und ein älterer Mann – im Gänsemarsch in die Haupthalle.

Sie hatten die Hände auf dem Kopf und sahen ärgerlich und ängstlich aus. Hinter ihnen steckte eine stämmige Frau grinsend ihre Pistole in die Tasche.

Die drei rissen blöde die Augen auf, und die Programmierer, unter ihnen Chip und Deirdre, erhoben sich lachend und applaudierten. Chip lachte laut und klatschte kräftig in die Hände. Alle Programmierer lachten laut und klatschten kräftig, als die Neuankömmlinge die Hände sinken lie-

ßen und einander ansahen und sich zu ihrer lachenden, applaudierenden Schäferin umdrehten.
Wei, in goldgesäumtem Grün, trat lächelnd zu ihnen und schüttelte ihnen die Hand. Die Programmierer ermahnten einander, leise zu sein. Wei faßte an seinen Kragen und sagte: »Von hier aufwärts wenigstens. Von hier abwärts . . .« Die Programmierer lachten und ermahnten einander wieder zur Ruhe. Sie kamen näher, um zuzuhören und zu gratulieren.
Nach ein paar Minuten schlüpfte die stämmige Frau aus dem Gewühl und verließ die Halle. Sie bog nach rechts und ging auf eine schmale, nach oben führende Rolltreppe zu. Chip folgte ihr.
»Herzlichen Glückwunsch«, sagte er.
»Danke«, sagte die Frau, die sich müde lächelnd nach ihm umsah. Sie war etwa vierzig, hatte Schmutz im Gesicht und Ringe unter den Augen.
»Wann bist du angekommen?« fragte sie.
»Vor ungefähr acht Monaten«, sagte Chip.
»Mit wem?« Die Frau betrat die Rolltreppe.
Chip trat hinter ihr auf die Stufen. »Dover«, sagte er.
»Oh«, sagte sie. »Ist er noch hier?«
»Nein«, sagte Chip. »Er ist letzten Monat wieder ausgeschickt worden. Deine Leute sind nicht mit leeren Händen gekommen, was?«
»Mir wäre es anders lieber gewesen«, sagte die Frau. »Meine Schulter tut höllisch weh. Ich habe die Tornister beim Aufzug gelassen. Jetzt gehe ich zurück, um sie zu holen.« Sie trat von der Rolltreppe und ging auf der Rückseite um sie herum.
Chip ging mit ihr. »Ich helfe dir dabei«, sagte er.
»Nicht nötig, ich werde einen von den Jungen mitnehmen«, sagte die Frau und bog nach rechts ab.
»Nein, es macht mir nichts aus«, sagte Chip.
Sie gingen den Korridor entlang, an der Glaswand des Schwimmbeckens vorbei. Die Frau sah hinein und sagte: »Da drin werde ich in einer Viertelstunde sein.«
»Ich schließe mich an«, sagte Chip.
Die Frau warf ihm einen Blick zu. »In Ordnung«, sagte sie.
Boroviev und ein Mitglied kamen ihnen im Flur entgegen. »Anna! Grüß

dich!« sagte Boroviev, und die Augen in seinem verwitterten Gesicht funkelten. Das Mitglied, ein Mädchen, lächelte Chip zu.
»Grüß dich!« sagte die Frau und schüttelte Boroviev die Hand. »Wie geht's dir?«
»Gut!« sagte Boroviev. »Oh, du siehst erschöpft aus!«
»Bin ich auch.«
»Aber es ist alles in Ordnung?«
»Ja«, sagte die Frau. »Sie sind unten. Ich will gerade die Tornister beseitigen.«
»Gönn dir ein wenig Ruhe«, sagte Boroviev.
»Darauf kannst du dich verlassen«, sagte die Frau lächelnd. »Sechs Monate lang.«
Boroviev lächelte Chip zu, nahm das Mitglied bei der Hand und ging an ihnen vorbei den Flur hinunter. Die Frau und Chip gingen geradeaus auf die Stahltür am Ende des Flurs zu. Sie kamen an dem Bogengang zum Garten vorbei, wo jemand sang und Gitarre spielte.
»Was für Bomben hatten sie?« fragte Chip.
»Primitive Plastikdinger«, sagte die Frau. »Werfen und – bumm! Ich bin froh, wenn sie im Abfalleimer liegen.«
Die Stahltür glitt auf, sie gingen hindurch und bogen nach rechts ab. Ein weiß gekachelter Flur mit rasterbewachten Türen auf der linken Seite lag vor ihnen.
»In welchem Ausschuß bist du?« fragte die Frau.
»Warte eine Sekunde«, sagte Chip, blieb stehen und ergriff ihren Arm. Sie blieb stehen und drehte sich um, und er versetzte ihr einen Schlag in den Magen, drückte ihr die Hand aufs Gesicht und schmetterte ihren Hinterkopf mit voller Wucht gegen die Wand. Er riß ihren Kopf wieder nach vorne, schmetterte ihn noch einmal gegen die Wand und ließ die Frau los. Sie sank schwerfällig zu Boden – eine Kachel war zersprungen – fiel auf die Seite und blieb mit geschlossenen Augen liegen. Ein Knie hatte sie angezogen.
Chip ging auf die nächste Tür zu und öffnete sie. Sie führte in ein Badezimmer mit zwei Toiletten. Die Tür mit einem Fuß aufhaltend, bückte er sich und packte die Frau unter den Armen. Ein Mitglied, ein Junge von etwa zwanzig Jahren, kam in den Korridor und starrte ihn an.

»Hilf mir«, sagte Chip. Der Junge kam herüber. Er war ganz blaß im Gesicht. »Was ist passiert?« fragte er.

»Nimm ihre Beine«, sagte Chip. »Sie ist ohnmächtig geworden.«

Sie trugen die Frau in das Badezimmer und legten sie auf den Boden. »Sollten wir sie nicht sofort ins Medizentrum bringen?« fragte der Junge.

»In einer Minute«, sagte Chip. Er kniete neben der Frau nieder, griff in die Tasche ihres gelben Paplon-Overalls und zog ihre Pistole heraus. Er richtete sie auf den Jungen. »Dreh dich um zur Wand«, sagte er. »Gib keinen Ton von dir.«

Der Junge starrte ihn mit weit aufgerissenen Augen an, drehte sich um und stand mit dem Gesicht zur Wand zwischen den Toiletten.

Chip stand auf, nahm die Pistole in beide Hände und stellte sich mit gespreizten Beinen über die Frau. Er umklammerte den Lauf der Pistole und ließ den Kolben mit voller Wucht auf den kurzgeschorenen Kopf des Jungen niedersausen. Der Schlag zwang den Jungen in die Knie. Er fiel nach vorne zur Wand und dann zur Seite, bis er mit dem Kopf am Abflußrohr hängenblieb. In seinem kurzen, schwarzen Haar glänzte es rot.

Chip sah auf die Pistole. Er drehte sie um, so daß er sie schußbereit in der Hand hielt, entsicherte sie mit dem Daumen und richtete sie auf die hintere Wand des Badezimmers. Ein roter Strahl zischte durch die Luft, zerschmetterte eine Kachel und bohrte Schutt aus der Wand. Chip steckte die Pistole in die Tasche, ohne sie loszulassen, stieg über die Frau hinweg und ging zur Tür.

Er trat auf den Flur hinaus, zog die Tür ganz zu und machte sich auf den Weg. Die Pistole in seiner Tasche hielt er immer noch in der Hand. Er kam zum Ende des Flurs und bog nach links ab.

Ein Mitglied, das ihm entgegenkam, lächelte und sagte: »Grüß dich, Vater.«

Chip nickte im Vorübergehen. »Sohn«, sagte er.

Rechts vor ihm war eine Tür in der Wand. Er öffnete sie, ging hinein und stand in einem dunklen Gang.

Er zog die Pistole.

Auf der gegenüberliegenden Seite, fast im Dunkeln, sah er die rosaroten,

braunen und orangeroten Gedächtnisspeicher für die Besucher, das
goldene Kreuz und die goldene Sichel, die Uhr an der Wand – 9.33 *Do*
10. *Sep.* 172 J. v.
Er ging nach links, an den anderen Ausstellungsstücken vorbei, die unbeleuchtet vor sich hin dämmerten und im Licht einer offenen Tür zur Eingangshalle immer deutlicher zu erkennen waren.
Er ging auf die offene Tür zu.
Mitten in der Halle lagen drei Tornister, eine Pistole und zwei Messer auf dem Boden. Ein weiterer Tornister lag neben den Aufzugstüren.

Wei lehnte sich lächelnd zurück und zog an seiner Zigarette. »Glaubt mir«, sagte er, »in diesem Stadium empfindet jeder so. Aber selbst unsere hartnäckigsten Kritiker sehen schließlich ein, daß wir klug und richtig handeln.« Er blickte auf die Programmierer, die um die Stühle standen. »Ist es nicht so, Chip?« sagte er. »Erzähle es ihnen.« Er sah lächelnd in die Runde.
»Chip ist hinausgegangen«, sagte Deirdre, und jemand sagte: »Auf Annas Spuren.« Ein anderer Programmierer sagte: »Schlimm, schlimm, Deirdre«, und Deirdre drehte sich um und sagte: »Mit Anna hat das gar nichts zu tun. Er ist nur mal rausgegangen und kommt gleich wieder.«
»Ein bißchen geschwächt natürlich«, sagte jemand.
Wei schaute auf seine Zigarette und beugte sich vor und drückte sie aus.
»Jeder hier wird bestätigen, was ich sage«, sagte er zu den Neuankömmlingen und lächelte. »Ihr entschuldigt mich, ja?« sagte er. »Ich bin in einer kleinen Weile wieder da. Bleibt sitzen.« Er stand auf, und die Programmierer traten zur Seite und machten ihm Platz.

Ein Holzbrettchen teilte das Innere des Tornisters in zwei Hälften: Die eine war mit Stroh gefüllt, die andere mit Draht, Werkzeug, Papier, Kuchen und allem möglichen. Chip streifte das Stroh zur Seite und stieß auf weitere Brettchen, die rechteckige, strohgefüllte Fächer bildeten. Er steckte die Finger in eines der Fächer und stieß nur auf Stroh und Luft. In einem anderen jedoch lag etwas Festes mit glatter Oberfläche. Er entfernte das Stroh und zog eine schwere, weißliche Kugel hervor, eine Handvoll lehmartiger Masse, an der Stroh klebte. Er legte sie auf den

Boden und holte noch zwei andere heraus - ein weiteres Fach war leer
– und eine vierte. Er riß den Holzrahmen aus dem Tornister, stellte ihn
zur Seite und kippte Stroh, Werkzeuge und alles andere aus dem Tornister, machte die zwei anderen Tornister auf, nahm die Bomben heraus
– aus einem Tornister fünf, aus dem anderen sechs – und legte sie zu
den vieren. Für drei war noch Platz.
Er stand auf, um den vierten Tornister vom Aufzug zu holen. Ein
Geräusch im Gang riß ihn herum – er hatte die Pistole bei den Bomben
gelassen – aber der Gang war leer und dunkel, und das Geräusch (Geraschel von Seide?) –, wenn es überhaupt eines gegeben hatte, war nicht
mehr zu vernehmen. Vielleicht hatte er nur sein eigenes Echo gehört.
Ohne den Eingang aus den Augen zu lassen, ging er rückwärts auf den
Tornister zu, ergriff ihn beim Riemen und trug ihn schnell zu den anderen Tornistern, ging wieder in die Knie und legte die Pistole dicht neben
sich. Er öffnete den Tornister, warf Stroh zur Seite und nahm die Bomben heraus, die er zu den anderen legte. Drei Sechser-Reihen. Er deckte
sie zu und schloß den Tornister sorgfältig. Dann schob er seinen Arm
unter den Riemen und streifte ihn über die Schulter. Vorsichtig hob er
den Tornister so weit hoch, daß er an seiner Hüfte lag. Die Bomben
darin rutschten mit ihrem ganzen Gewicht hin und her.
Die Pistole neben dem Tornister war ebenfalls ein L-Strahlen-Modell,
sah aber weniger alt aus als seine eigene. An der Stelle des Generators
lag ein Stein. Er legte die Pistole weg, nahm eines der Messer – aus der
Zeit vor der Vereinigung, mit schwarzem Griff und abgewetzter, aber
scharfer Klinge – und steckte es in seine rechte Tasche. Er nahm die
funktionierende Pistole und legte die andere Hand stützend unter den
Tornister, erhob sich von den Knien, stieg über leere Tornister und ging
leise auf die Tür zu.
Draußen war es still und dunkel. Er wartete, bis er besser sehen konnte,
dann ging er nach links. Ein riesiges Telecomp hing an der Wand der
Ausstellungshalle (bei seinem ersten Besuch hier war es zerbrochen gewesen, oder nicht?), er ging daran vorbei und blieb stehen. An der Wand
vor ihm lag eine regungslose Gestalt.
Aber nein, es war eine Tragbahre, zwei Tragbahren, mit Kissen und
Decken, den Decken, die Papa Jan und er um sich gewickelt hatten.

Unter Umständen genau dieselben zwei. In Erinnerungen versunken, blieb er einen Augenblick stehen.
Dann ging er weiter. Auf die Tür zu. Die Tür, durch die Papa Jan ihn geschoben hatte. Daneben stand der Raster, der erste, den er passiert hatte, ohne ihn zu berühren. Wie er sich damals gefürchtet hatte!
Diesmal brauchst du mich nicht anzutreiben, Papa Jan, dachte er.
Er öffnete die Tür einen Spalt breit, sah hinein auf den hell erleuchteten, leeren Treppenabsatz und trat ein.
Er stieg die Stufen hinab, der Kälte entgegen. Er beeilte sich, denn der Junge und die Frau kamen vielleicht bald wieder zu sich und schlugen oben Alarm.
Er schritt durch die Tür zum ersten Geschoß der Gedächtnisspeicher. Und durch die zum zweiten.
Und kam zum Ende der Treppe, zur Tür im untersten Geschoß.
Er lehnte seine rechte Schulter dagegen, hielt die Pistole bereit und drehte mit der linken Hand den Türknauf.
Er schob die Tür langsam auf. Rote Lichter funkelten im Dämmerlicht – eine der Wände mit den Sende- und Empfangsgeräten. Die niedrige Decke leuchtete schwach. Er machte die Tür weiter auf. Ein Gefriermaschinen-Schacht, von einem Geländer umgeben, lag vor ihm. Blaue Masten ragten daraus empor. Dahinter ein Pfeiler, ein Schacht, ein Pfeiler, ein Schacht. Die Reaktoren standen am anderen Ende des Raums, rote Kuppeln spiegelten sich im Glas des schwach erleuchteten Programmier-Raums. Keine Mitglieder in Sicht, geschlossene Türen, Stille – von einem leisen, gleichmäßigen, klagenden Ton abgesehen. Er machte die Tür weiter auf, trat in den Raum und sah die roten Lichter an der zweiten Gerätewand blitzen.
Er schritt tiefer in den Raum hinein, griff nach dem Türrand und ließ ihn hinter sich zugleiten. Er senkte die Pistole, löste mit dem Daumen den Riemen über seiner Schulter und ließ den Tornister sanft auf den Fußboden gleiten. Seine Kehle wurde umklammert, sein Kopf nach hinten gerissen. Ein Ellbogen in grauer Seide tauchte unter seinem Kinn auf, ein Arm drückte ihm den Hals zu und erstickte ihn beinahe. Das Gelenk seiner rechten Hand, in der er die Pistole hielt, wurde von einem schmerzhaften Griff umschlossen, und Wei flüsterte ihm ins Ohr: »Du

Lügner, du gemeiner Lügner, wie ich mich freue, dich umzubringen.«

Chip zog an dem Arm, schlug mit seiner freien linken Hand darauf ein, aber er traf auf den seidenumhüllten Marmorarm einer Statue. Er versuchte, mit dem Fuß nach hinten auszuschlagen, um Wei abzuschütteln, aber Wei wich zurück, hielt ihn fest, gekrümmt und hilflos, schleifte ihn unter der kreisenden, leuchtenden Decke durch den Raum und schmetterte seine Hand immer wieder und wieder und wieder gegen das harte Geländer, und die Pistole fiel polternd in den Schacht und war weg. Chip faßte nach hinten und ergriff Weis Kopf, fand sein Ohr und verrenkte es. Die harten Armmuskeln drückten seinen Hals noch fester zusammen, und die Decke flimmerte rosarot. Chip steckte seine Hand in Weis Kragen, quetschte seine Finger unter einen Streifen Stoff. Er zwängte seine Hand hinein und drückte die Knöchel, so fest er konnte, in sehniges, wulstiges Fleisch. Seine rechte Hand wurde losgelassen, seine linke gepackt und umgedreht. Mit seiner Rechten ergriff er das Handgelenk an seinem Hals und drückte den Arm zur Seite. Er rang nach Atem und fühlte die Luft tief in seine Kehle strömen.

Er wurde zur Seite geschleudert, fiel gegen rot beleuchtete Geräte. Das zerrissene Band war um seine Hand geschlungen. Er packte zwei Griffe und riß eine Schalttafel heraus, drehte sich um und warf sie nach Wei, der auf ihn zukam. Wei stieß die Tafel mit einem Arm zur Seite und kam näher auf Chip zu, beide Hände zum Schlag erhoben. Chip kauerte sich nieder und hielt den linken Arm hoch. (»Schön *abducken*, Grünauge«, schrie Hauptmann Gold). Schläge trafen seinen Arm. Er drosch auf Weis Herz ein. Wei wich zurück und trat mit den Füßen nach ihm. Chip löste sich von der Wand, taumelte vorwärts, steckte seine starre Hand in die Tasche und fand den Messergriff. Wei stürzte auf Chip zu und bearbeitete seinen Hals und seine Schultern mit Schlägen. Chip, der seinen linken Arm immer noch hoch hielt, schlitzte seine Tasche mit dem Messer auf und rannte es Wei in den Leib – erst ein Stück, dann tiefer, kräftig, ganz hinein, bis das Heft in Seide steckte. Immer weiter prasselten Hiebe auf ihn nieder. Er zog das Messer heraus und wich zurück. Wei blieb, wo er war. Er schaute Chip an, sah das Messer in seiner Hand, sah an sich hinunter. Er faßte sich an den Bauch und sah auf seine Finger, blickte wieder auf Chip. Der beobachtete ihn taumelnd, ohne das Messer loszulassen.

Wei machte einen Ausfall. Chip stach zu und schlitzte Weis Ärmel auf, aber Wei ergriff seinen Arm mit beiden Händen, drängte ihn zu dem Geländer zurück und kniete sich auf ihn. Chip griff in den zerrissenen grün-goldenen Kragen und drückte Wei mit ganzer Kraft den Hals zu. Er warf Wei ab und löste sich von dem Geländer. Er hörte nicht auf, Wei zu würgen, aber Wei ließ die Hand nicht los, in der Chip sein Messer hielt. Er drängte Wei rückwärts um den Schacht herum. Wei schlug Chips Handgelenk nach unten. Chip befreite seinen Arm und stach mit dem Messer in Weis Seite. Wei torkelte und fiel über das Geländer und stürzte in den Schacht, flach mit dem Rücken auf ein zylindrisches Stahlgehäuse.

Er rutschte davon herunter und saß gegen den blauen Mast gelehnt und sah keuchend, mit offenem Mund, zu Chip hinauf. In seinem Schoß breitete sich ein schwarzroter Fleck aus.

Chip lief zu dem Tornister. Er hob ihn auf, nahm ihn unter den Arm und ging rasch an der Wand entlang zurück durch den Raum. Er steckte das Messer in seine Tasche – es fiel durch, aber er kümmerte sich nicht darum –, riß den Tornister auf, schlug die Klappe zurück und klemmte sie unter dem Tornister fest. Dann drehte er sich um, ging zum Ende der Gerätewand zurück, blieb stehen und hatte die Schächte und die Pfeiler vor sich.

Er rieb sich mit dem Handrücken den Schweiß von Mund und Stirn, sah Blut auf seiner Hand und wischte es an der Hüfte ab.

Er nahm eine der Bomben aus dem Tornister, hielt sie nach hinten zwischen seine Schultern, zielte und warf. Sie flog in einem Bogen in den Mittelschacht. Er legte die Hand auf eine andere Bombe. Ein *Zack* erklang aus dem Schacht, aber keine Explosion erfolgte. Er nahm die zweite Bombe und warf sie mit größerem Schwung in den Schacht. Sie machte ein schwächeres und gedämpfteres Geräusch als die erste. In dem umgitterten Schacht, aus dem blaue Maste ragten, rührte sich nichts.

Chip sah auf den Schacht und auf die weißen, strohverklebten Bomben, die in dem Tornister aufgereiht lagen.

Er nahm noch eine und schleuderte sie mit voller Kraft in den näher gelegenen Schacht.

Wieder ein *Zack*.

Er wartete und ging vorsichtig auf den Schacht zu, trat näher und sah die Bombe auf dem zylindrischen Stahlgehäuse – ein weißer Klumpen, wie eine Frauenbrust aus Lehm.

Ein hoher, keuchender Ton drang aus dem am weitesten entfernten Schacht. Wei! Er lachte!

Diese drei waren ihre Bomben, die der Schäferin, dachte Chip. *Vielleicht hatte sie etwas mit ihnen gemacht.* Er ging zur Mitte der Gerätewand und stellte sich direkt vor den Mittelschacht. Er schleuderte eine Bombe. Sie traf einen blauen Mast und blieb an ihm hängen, rund und weiß.

Wei lachte und keuchte. Chip hörte, wie er sich in seinem Schacht bewegte, an der Wand kratzte.

Chip warf noch mehr Bomben. *Eine könnte losgehen, eine wird losgehen!* (»Werfen und – bumm!« hatte sie gesagt. »Ich bin froh, wenn sie im Abfalleimer liegen.« Sie hatte ihn bestimmt nicht belogen. Was war nur mit ihnen passiert, daß sie nicht explodierten?). Er warf Bomben auf die blauen Maste und die Pfeiler, pflasterte die eckigen Stahlpfeiler mit flachen, weißen, sich überschneidenden Scheiben. Er warf alle »Bomben«, die letzte quer durch den Raum. Sie klebte als großer, weißer Fleck an der gegenüberliegenden Gerätewand.

Nun hielt er den leeren Tornister in der Hand.

Wei lachte laut.

Er saß rittlings auf dem Geländer um den Schacht. Mit beiden Händen hielt er die Pistole auf Chip gerichtet. Schwarzrote Krusten bedeckten seine am Körper klebenden Overall-Beine; Rotes sickerte über seine Sandalenriemen. Er lachte immer noch. »Was glaubst du?« fragte er. »Zu kalt? Zu naß? Zu trocken? Zu alt? Zu was?« Er ließ die Pistole mit einer Hand los, griff nach hinten und stieg über das Geländer. Als er das Bein hob, zuckte er zusammen und zog zischend die Luft ein. »Ooh, Jesus Christus«, sagte er, »du hast diesen Körper wirklich schlimm verletzt. Sss! Du hast ihn richtig ramponiert!« Als er auf den Beinen stand, hielt er die Pistole wieder mit beiden Händen und sah Chip ins Gesicht.

Er lächelte. »Ein Vorschlag«, sagte er. »Du gibst mir deinen, ja? Du hast einen Körper verletzt, du gibst mir einen anderen dafür. Ist das fair? Und – sauber und *wirtschaftlich*! Jetzt müssen wir dir einen Kopfschuß geben, ganz vorsichtig, und dann werden die Ärzte eine Nacht lang alle Hände voll mit uns beiden zu tun haben.« Sein Lächeln wurde breiter. »Ich verspreche dir, dich ›in Form‹ zu halten, Chip«, sagte er und kam langsam und steif, die Ellbogen dicht am Körper, nach vorne. Die Pistole, die er vor seiner Brust umklammert hielt, zielte auf Chips Gesicht.

Chip wich zur Wand zurück.

»Ich werde meine Rede an die Neuankömmlinge ändern müssen«, sagte Wei. »›Von hier abwärts bin ich Chip, ein Programmierer, der mich mit seinem Gerede und seinem neuen Auge und seinem Lächeln in den Spiegel fast hereingelegt hätte.‹ Ich glaube aber nicht, daß es noch Neuankömmlinge geben wird. Das Risiko ist allmählich größer als das Vergnügen.«

Chip warf den Tornister nach Wei und machte einen Satz zur Seite, sprang Wei an und warf ihn rückwärts zu Boden. Wei schrie auf, und Chip, der auf ihm lag, rang um die Pistole in seiner Hand. Rote Strahlen schossen aus der Waffe. Chip drückte die Pistole mit Gewalt auf den Boden. Eine Explosion erschütterte den Raum. Er entriß Wei die Pistole und ließ ihn los, sprang auf die Füße und wich zurück und drehte sich um und schaute.

Auf der anderen Seite des Raums klaffte ein rauchendes Loch in der Mitte der Gerätewand, wo die Bombe geklebt hatte. Schutt rieselte aus dem Loch, Staub wirbelte durch die Luft, und schwarze Trümmer lagen in einem großen Bogen auf der Erde.

Chip sah auf die Pistole und auf Wei. Wei, der sich auf einen Ellbogen stützte, blickte durch den Raum zu Chip.

Chip ging nach hinten, auf die Ecke des Raums zu, und schaute auf die weiß gepflasterten Pfeiler und die mit Weiß überzogenen blauen Maste über dem Mittelschacht. Er hob die Pistole.

»Chip!« schrie Wei. »Er gehört *dir*! Er wird eines Tages *dir* gehören! Wir können *beide* leben! Chip, hör mir zu«, sagte er, sich vorbeugend, »es macht *Freude*, Uni zu besitzen und zu lenken, der einzige zu sein.

Das ist die volle Wahrheit, Chip. Du wirst es selbst sehen. Es macht *Freude*, ihn zu besitzen.«

Chip schoß auf den am weitesten entfernten Pfeiler. Ein roter Strahl zischte über die weißen Scheiben hinweg, ein anderer traf direkt. Eine Explosion barst und dröhnte, donnerte und rauchte. Sie klang ab, und der Pfeiler war leicht zur anderen Seite des Raums geneigt.

Wei stöhnte kläglich. Eine Tür neben Chip begann sich zu öffnen. Er schob sie wieder zu und stellte sich davor. Er schoß auf die Bomben, die an den blauen Masten klebten. Eine Explosion krachte, Flammen schossen empor, und aus dem Schacht dröhnte eine noch lautere Explosion, drückte ihn gegen die Tür, ließ Glas zerspringen, schleuderte Wei gegen die schwankende Gerätewand und warf Türen zu, die sich auf der anderen Seite des Raums geöffnet hatten. Der Schacht war von Flammen erfüllt. Eine riesige, zitternde, orangegelbe Säule stand über dem Geländer und pochte gegen die Decke. Chip hob den Arm, um sich gegen die Hitze zu schützen.

Wei stützte sich auf alle viere und kam auf die Beine. Er schwankte und ging taumelnd vorwärts. Chip schoß einen roten Strahl auf Weis Brust ab und noch einen, und Wei drehte sich um und torkelte auf den Schacht zu. Flammen züngelten über seinen Overall, und er sank auf die Knie und fiel zu Boden. Seine Haare fingen Feuer, sein Overall brannte.

Schläge ließen die Tür erbeben, und Schreie ertönten hinter ihr. Die anderen Türen gingen auf, und Mitglieder kamen herein. »Bleibt zurück!« rief Chip und richtete die Pistole auf den nächsten Pfeiler und feuerte. Eine Explosion erdröhnte, und der Pfeiler war verbogen.

Das Feuer im Schacht ebbte ab, und die verbogenen Pfeiler drehten sich knirschend.

Mitglieder kamen in den Raum. »Geht zurück!« rief Chip, und sie zogen sich zu den Türen zurück. Er stellte sich in die Ecke und beobachtete die Pfeiler und die Decke. Die Tür neben ihm ging auf. »Bleibt draußen!« rief er und stemmte sich dagegen.

Der Stahl der Pfeiler splitterte und rollte sich auf; ein Betonbrocken fiel aus dem Pfeiler, der am nächsten stand.

Die geschwärzte Decke krachte, quietschte, ächzte und bröckelte in großen Stücken ab.

Der Pfeiler brach durch, und die Decke stürzte ein. Gedächtnisspeicher donnerten in die Schächte, gigantische Stahlblöcke sausten krachend in die Tiefe, stürzten aufeinander und bohrten sich in die Gerätewand. In allen Schächten dröhnten Explosionen; sie hoben Blöcke hoch und betteten sie in Flammen.
Chip hob den Arm, um sich gegen die Hitze zu schützen. Er sah dahin, wo Wei gewesen war. Ein Block lag dort; sein Rand ragte aus dem zerborstenen Fußboden.
Aus der Schwärze zwischen den glühenden, zerfetzten Rändern der Decke ertönte immer noch Ächzen und Krachen. Und weitere Speicher stürzten herab, prallten auf die unten liegenden und zerschmetterten sie. Gedächtnisspeicher füllten mit Getöse die Öffnung.
Und in dem Raum wurde es kühler, trotz des Feuers.
Chip senkte seinen Arm und schaute – auf die dunklen Umrisse der feuerglänzenden Stahlblöcke, die durch die Decke gestürzt waren und sich übereinander türmten. Er schaute und schaute, und dann ging er um die Tür herum und bahnte sich seinen Weg durch die hereinstarrenden Mitglieder.
Er schritt mit der Pistole an der Seite zwischen Mitgliedern und Programmierern hindurch, die ihm in weiß gekachelten Korridoren entgegenliefen, vorbei an weiteren Programmierern, die durch Korridore mit Teppichen und Bildern an der Wand eilten. »Was ist los?« rief Karl, blieb stehen und packte seinen Arm. Chip schaute ihn an und sagte: »Sieh selbst.« Karl ließ ihn los, warf einen Blick auf die Pistole und auf Chips Gesicht und drehte sich um und rannte.
Chip drehte sich um und ging weiter.

6

Er wusch sich, besprühte die Quetschungen an seiner Hand und einige Schnittwunden im Gesicht und zog einen Paplon-Overall an. Während er ihn zumachte, sah er sich im Raum um. Er hatte vorgehabt, den Bett-

überwurf mitzunehmen, damit Lilac sich Kleider daraus nähen konnte, und ein kleines Bild oder etwas Ähnliches als Geschenk für Julia. Aber jetzt hatte er keine Lust mehr dazu. Er steckte Zigaretten und die Pistole in seine Tasche. Die Tür ging auf, und er zog die Pistole wieder hervor. Deirdre starrte ihn an wie eine Wahnsinnige.
Er steckte die Pistole in die Tasche zurück.
Deirdre kam herein und schloß die Tür hinter sich. »Du *warst* es«, sagte sie.
Er nickte.
»*Weißt* du, was du *getan* hast?«
»Was du nicht getan hast«, sagte er. »Was du, als du hierher kamst, vorhattest und dir selbst ausgeredet hast.«
»Ich kam hierher, um ihn anzuhalten, damit er neu programmiert werden könnte«, sagte sie, »nicht um ihn völlig zu zerstören.«
»Er *wurde* neu programmiert, erinnerst du dich?« sagte er. »Und wenn ich ihn angehalten und eine *echte* Neuprogrammierung erzwungen hätte – ich –, zwar nicht wie, aber nehmen wir es einmal an –, wäre früher oder später alles wieder beim alten gewesen. Derselbe *Wei*. Oder ein neuer – ich. ›Es macht Freude, ihn zu besitzen!‹ das waren seine letzten Worte. Alles übrige war reine Selbsttäuschung.«
Sie blickte wütend zur Seite und sah ihm dann wieder ins Gesicht. »Das ganze Gebäude wird einstürzen«, sagte sie.
»Ich merke nicht, daß der Fußboden bebt«, sagte er.
»Alle machen sich aus dem Staub. Die Belüftung könnte aussetzen, und wir sind von Strahlen bedroht.«
»Ich hatte nicht vor zu bleiben«, sagte er.
Sie öffnete die Tür und sah ihn an und ging.
Er ging hinter ihr hinaus. Programmierer rannten in beiden Richtungen durch den Flur und schleppten Bilder, Stapel von Kissenbezügen, Diktiergeräte und Lampen hin und her. (»Wei war drinnen! Er ist tot!« »Bleib weg von der Küche, da geht's drunter und drüber!«). Er ging in ihrer Mitte. Die Wände waren kahl bis auf einige große, leere Bilderrahmen. (»Sirri sagt, Chip sei es gewesen, nicht die Neuen!« – »– vor fünfundzwanzig Jahren: ›Vereinige die Inseln, wir haben *genug* Programmierer, aber er hat meinen *Egoismus* gerügt!‹«).

Die Rolltreppen waren in Betrieb. Er fuhr zum obersten Geschoß hinauf und ging durch die halboffene Stahltür in das Badezimmer, wo der Junge und die Frau gewesen waren. Sie waren verschwunden.
Er ging ein Stockwerk tiefer. Programmierer und Mitglieder mit Bildern und Bündeln unter dem Arm drängten sich in den Raum, der zum Tunnel führte. Er mischte sich unter die wimmelnde Menge. Die Tür vorne war geschlossen, mußte aber teilweise hochgezogen gewesen sein, denn alle bewegten sich langsam vorwärts. (»Schnell!« »Geh doch weiter, los!« »Oh, Christus und Wei!«).
Chip wurde am Arm gepackt, und Madhir, der ein gefülltes Tischtuch gegen die Brust drückte, starrte ihn an. »Warst *du* es?« fragte er.
»Ja«, sagte Chip.
Madhir riß die Augen auf, zitterte, lief rot an. »Du Irrer!« schrie er. »Wahnsinniger! *Wahnsinniger!*«
Chip schüttelte seinen Arm ab und drehte sich um und ging weiter vorwärts.
»Hier ist er!« schrie Madhir. »Chip! Er war es! Er hat es getan! Hier ist er! Hier! *Er hat es getan!*«
Chip rückte mit der Menge vor, den Blick auf die Stahltür gerichtet, die Pistole in der Tasche fest in der Hand. (»Du *Bruder*feind, bist du verrückt?« »Er ist wahnsinnig, er ist wahnsinnig!«).

Sie gingen durch den Tunnel, erst schnell, dann langsam, ein endloser Zug dunkler, schwerbeladener Gestalten. Hier und da am Weg brannten Lampen und erleuchteten ein Stück schimmerndes Plastik-Gewölbe.
Chip sah Deirdre an der Seite des Tunnels sitzen. Sie blickte ihn mit steinerner Miene an. Er schritt weiter, die Pistole an der Seite.
Vor dem Tunnel saßen und lagen sie auf der Lichtung, rauchten und aßen und redeten durcheinander, wühlten in ihren Bündeln, tauschten Gabeln gegen Zigaretten.
Chip sah vier oder fünf Tragbahren auf dem Boden. Ein Mitglied mit einer Lampe in der Hand stand daneben, andere Mitglieder knieten davor.
Er steckte die Pistole in die Tasche und ging hinüber. Auf zwei der Bahren lagen der Junge und die Frau, mit verbundenen Köpfen und ge-

schlossenen Augen. Ihre Brust hob und senkte sich unter den Decken. Auf zwei anderen Bahren befanden sich Mitglieder, und auf der fünften lag Barlow, der Leiter des Ernährungs-Ausschusses. Er hatte die Augen geschlossen und sah aus wie tot. Rosen kniete neben ihm und klebte ihm durch den aufgeschnittenen Overall etwas auf die Brust.
»Geht es ihnen gut?« fragte Chip.
»Den anderen ja«, sagte Rosen. »Barlow hat einen Herzanfall gehabt.« Er sah auf zu Chip. »Sie sagen, Wei sei drinnen gewesen«, sagte er.
»Stimmt«, sagte Chip.
»Bist du sicher?«
»Ja«, sagte Chip. »Er ist tot.«
»Es ist schwer zu glauben«, sagte Rosen. Er schüttelte den Kopf und nahm einem Mitglied ein kleines Etwas aus der Hand und drückte es in das, was er Barlow auf die Brust geklebt hatte.
Chip sah einen Augenblick lang zu, dann ging er zum Eingang der Lichtung hinüber, setzte sich mit dem Rücken gegen einen Stein und zündete eine Zigarette an. Er streifte seine Sandalen ab und rauchte und beobachtete, wie Mitglieder und Programmierer aus dem Tunnel kamen und Sitzplätze suchten. Karl kam mit einem Gemälde und einem Bündel heraus.
Ein Mitglied kam auf Chip zu. Er zog die Pistole aus der Tasche und hielt sie im Schoß.
»Bist du Chip?« fragte das Mitglied. Es war der ältere der zwei Männer, die am Abend gekommen waren.
»Ja«, sagte Chip.
Der Mann setzte sich neben ihn. Er war ungefähr fünfzig, sehr dunkel, und hatte ein vorspringendes Kinn. »Ein paar von ihnen wollen dich umlegen«, sagte er.
»Das habe ich mir gedacht«, sagte Chip. »Ich verschwinde in einer Sekunde.«
»Ich heiße Luis«, sagte der Mann.
»Grüß dich«, sagte Chip.
Sie schüttelten sich die Hand.
»Wo gehst du hin?« fragte Luis.
»Zurück auf die Insel, von der ich gekommen bin«, sagte Chip. »Frei-

heits-Insel. Mallorca. *Myorca*. Du weißt nicht zufällig, wie man einen Hubschrauber fliegt, oder?«

»Nein«, sagte Luis, »aber es dürfte nicht allzu schwierig sein, es herauszufinden.«

»Die Landung macht mir Kopfzerbrechen«, sagte Chip.

»Lande im Wasser.«

»Ich möchte aber eigentlich den Hubschrauber nicht verlieren. Vorausgesetzt ich finde einen. Willst du eine Zigarette?«

»Nein, danke«, sagte Luis.

Sie schwiegen einen Augenblick. Chip zog an seiner Zigarette und sah nach oben. »Christus und Wei, richtige Sterne«, sagte er. »Da unten hatten sie falsche.«

»Wirklich?« sagte Luis.

»Wirklich.«

Luis sah zu den Programmierern hinüber. Er schüttelte den Kopf. »Sie reden, als ob die Familie am Morgen sterben würde«, sagte er. »Aber sie stirbt nicht. Sie wird geboren.«

»Aber in eine Menge Schwierigkeiten hineingeboren«, sagte Chip. »Sie haben schon angefangen. Flugzeuge sind abgestürzt...«

Luis sah ihn an und sagte: »Mitglieder, die sterben sollten, sind nicht gestorben...«

Nach kurzem Schweigen sagte Chip: »Ja. Ich danke dir, daß du mich daran erinnert hast.«

Luis sagte: »Natürlich wird es Schwierigkeiten geben. Aber in jeder Stadt leben Mitglieder – die Unterbehandelten, die ›Kampf Uni‹ auf die Mauern schreiben –, die dafür sorgen, daß alles erst einmal weitergeht. Und schließlich wird es besser werden. Lebende Menschen!«

»Es wird interessanter werden, das ist sicher«, sagte Chip.

»Du wirst doch nicht auf deiner Insel bleiben, nicht wahr?« fragte Luis.

»Ich weiß nicht«, sagte Chip. »Weiter habe ich noch nicht gedacht.«

»Du kommst zurück«, sagte Luis. »Die Familie braucht Mitglieder wie dich!«

»Wirklich?« fragte Chip. »Ich habe mir da unten ein Auge auswechseln lassen, und ich bin nicht sicher, ob ich es nur getan habe, um Wei zu täuschen.« Er drückte seine Zigarette aus und stand auf. Programmierer

sahen sich nach ihm um. Er richtete die Pistole auf sie, und sie wandten sich schnell ab.
Luis stand ebenfalls auf. »Ich freue mich, daß die Bomben funktioniert haben«, sagte er lächelnd. »Ich habe sie gemacht.«
»Sie haben hervorragend funktioniert«, sagte Chip. »Werfen und – bumm!«
»Gut«, sagte Luis. »Hör zu, ich weiß nichts von einem Auge, du landest auf dem Land und kommst in ein paar Wochen zurück.«
»Ich werde sehen«, sagte Chip. »Leb wohl.«
»Leb wohl, Bruder«, sagte Luis.
Chip drehte sich um und verließ die Lichtung und ging über den felsigen Abhang dem Parkgelände entgegen.

Er flog über Straßen, wo vereinzelte Wagen im Zick-Zack langsam an stillstehenden Kolonnen vorbeifuhren; dem Fluß der Freiheit entlang, wo Lastkähne blindlings gegen das Ufer stießen; über Städte hinweg, wo Einschienenbahn-Wagen bewegungslos auf den Schienen klebten, während Hubschrauber über einigen von ihnen kreisten.
Als er im Umgang mit dem Hubschrauber sicherer wurde, flog er tiefer, sah auf Plätze, wo Mitglieder durcheinander wimmelten und sich zusammenscharten, fegte über Fabriken hinweg, in denen die Fließbänder stillstanden, flog über Baustellen, auf denen sich, von einem oder zwei Mitgliedern abgesehen, nichts rührte, und wieder über den Fluß, vorbei an einer Gruppe von Mitgliedern, die einen Lastkahn am Ufer vertäuten, ihn bestiegen und zu Chip hinaufsahen.
Er folgte dem Fluß bis zum Meer und setzte im Tiefflug zu seiner Überquerung an. Er dachte an Lilac und Jan, sah, wie Lilac sich entgeistert am Spülstein umdrehte (er hätte den Bettüberwurf mitnehmen sollen. Warum hatte er es nicht getan?). Aber würde sie noch in dem Raum sein? Hatte Lilac vielleicht einen anderen geheiratet, weil sie glaubte, er sei gefaßt und behandelt worden und komme nicht mehr zurück? – Nein, niemals! Warum nicht? Nahezu neun Monate war er weggewesen. Nein, sie würde es nicht tun. Sie –
Tropfen einer klaren Flüssigkeit fielen auf das Plastik-Vorderteil des Hubschraubers und streiften ihn an der Seite. Wahrscheinlich ist oben

etwas leck, dachte Chip; aber dann sah er, daß der Himmel grau geworden war, grau auf beiden Seiten und vorne noch dunkler grau, wie der Himmel auf manchen vV-Bildern. *Regen* war es, was auf den Hubschrauber fiel.

Regen! Bei Tag! Er flog mit einer Hand und zog mit einer Fingerspitze auf der Innenseite des Plastik-Verdecks die Spuren der Regentropfen auf der Außenseite nach.

Regen bei Tag! Christus und Wei, wie merkwürdig! Und wie lästig! Aber es war auch etwas Angenehmes daran, etwas Natürliches.

Er legte die Hand zurück auf den Hebel – *Wir wollen nicht zu optimistisch werden, Bruder* – und flog lächelnd geradeaus.